Diogenes Taschenbuch 22747

W0416698

Agatha Christie

Meister-erzählungen

Aus dem Englischen von Maria Meiner, Marfa Berger und Ingrid Jacob

Diogenes

Diese Geschichten sind mit
freundlicher Genehmigung des Scherz Verlags,
Bern und München, folgenden Bänden
von Agatha Christie entnommen:
›Zeugin der Anklage – Der Prügelknabe‹
›Der Unfall und andere Fälle‹
›Die Mausefalle und andere Fallen‹ und
›Ein diplomatischer Zwischenfall‹
Umschlagillustration:
Edouard Manet, Werbeplakat für
das Buch ›Les Chats‹ von
Champfleury, 1868

Veröffentlicht als Diogenes Taschenbuch, 1994
Alle deutschen Rechte vorbehalten
Copyright © 1961, 1964, 1966, 1967 by
Scherz Verlag, Bern und München
Copyright © dieser Auswahl 1994
Diogenes Verlag AG Zürich
100/94/8/1
ISBN 3 257 22747 7

Inhalt

Zeugin der Anklage

I

So war die Geschichte, Herr Rechtsanwalt«, schloß der gutaussehende junge Mann im schäbigen Tweedanzug seinen etwas aufgeregten Bericht. »Was soll man da nur machen?«

»Es ist wohl mit Sicherheit anzunehmen, daß die Polizei Sie verhaften wird, Mr. Vole, und da brauchen Sie einen Barrister[1], der Sie vor Gericht verteidigt. Ich werde mich gleich mal mit meinem Kollegen in Verbindung setzen.«

Der Anwalt zog das Telefon zu sich heran und wählte eine Nummer.

»Mayhew von der Firma Mayhew und Brinskill am Apparat. Ich möchte gern mit Sir Wilfrid Robarts sprechen ... Wilfrid? Hier ist John. Ich habe da einen Klienten, dessen Fall dich bestimmt interessieren wird ... Ja, ich weiß, daß du viel zu tun hast, aber es ist sehr dringend ... Schön, wann könnten wir zu einer Besprechung kommen? ... Gut, wir werden pünktlich da sein.«

Er legte den Hörer auf und wandte sich an den jungen Mann. »Also, Sir Wilfrid Robarts erwartet uns um fünf Uhr. Da sein Büro im Temple[2] ist, treffen wir uns am besten dort in der Halle.«

Leonard Vole erhob sich, und der Rechtsanwalt begleitete ihn bis zur Tür.

Eine müde Oktobersonne warf ihren wässrigen Schein auf die regennassen Straßen, als Leonard Vole in die Fleet

[1] Rechtsanwalt bei höheren englischen Gerichten.

[2] Sitz zweier Rechtskollegien.

Street – das Reich der Presse und des Gesetzes – einbog. Sobald er in die Halle des Temple trat, fühlte er sich um ein paar Jahrhunderte zurückversetzt. Draußen der dröhnende Verkehr der Gegenwart – drinnen die mittelalterliche Atmosphäre der dämmerigen Halle, über deren riesige Steinquader Gestalten in schwarzen Roben, weißen Beffchen und grauen Perücken hin und her eilten. Leonard Vole wurde von einem leichten Schauder erfaßt bei dem Gedanken, daß vielleicht schon bald ein paar solcher schwarzer Gestalten miteinander um seinen Kopf debattieren würden. Er hatte jedoch nicht viel Zeit, sich diesen Betrachtungen hinzugeben, denn schon sah er die hagere Gestalt seines Rechtsanwalts auf sich zukommen, und wenige Minuten später betraten sie gemeinsam das Vorzimmer zu Sir Wilfrids Büro.

»Guten Tag, Mr. Mayhew«, begrüßte der Bürovorsteher Carter den Anwalt, während die Stenotypistin Greta den beiden die Hüte abnahm und an die Haken hängte. »Sir Wilfrid muß jeden Augenblick kommen. Ich werde aber sofort zum Garderobenraum hinübergehen und sagen, daß Sie hier sind mit . . .«

»Mit Mr. Leonard Vole. Vielen Dank, Carter.«

»Vielleicht nehmen Sie inzwischen in Sir Wilfrids Büro Platz?« Damit führte er die Besucher in das innere Zimmer.

Mr. Mayhew setzte sich, während Leonard Vole unruhig auf und ab ging. Die Tür öffnete sich wieder. Greta erschien und bot ihnen eine Tasse Tee an, wobei sie Leonard Vole fasziniert betrachtete. Vole lächelte ihr freundlich zu und meinte, er sei einer Erfrischung nicht abgeneigt. Aber Mr. Mayhew fiel ihm schnell ins Wort und lehnte etwas schroff für beide ab, woraufhin Greta das Zimmer verließ, aber nicht, ohne Voles Lächeln zu erwidern.

»Wenn Sir Wilfrid kommt«, wandte sich Mr. Mayhew an

Vole, »möchte ich, daß Sie ihm die ganze Geschichte genau so erzählen, wie Sie sie mir erzählt haben.«

Der junge Mann versprach dies bereitwillig.

»Im Augenblick«, fuhr Mr. Mayhew fort, »sind Sie also arbeitslos, nicht wahr?«

Vole wurde ziemlich verlegen. »Allerdings. Aber ich habe ein paar Pfund auf der Bank. Das ist ja nicht viel, doch vielleicht . . .«

Mr. Mayhew wehrte ab. »Oh, ich habe dabei nicht an – hm – mein Honorar gedacht. Es ist mir daran gelegen, ein klareres Bild von Ihren ganzen Verhältnissen zu bekommen. Wie lange sind Sie schon ohne Beschäftigung?«

»Seit einigen Monaten.«

»Und was haben Sie vordem gemacht?«

»Ich habe als Mechaniker in einer Autoreparaturwerkstatt gearbeitet.« Geduldig ließ Vole diese Fragen über sich ergehen.

»Wie lange waren Sie dort beschäftigt?«

»Etwa drei Monate.«

»Wurden Sie entlassen?« fragte Mr. Mayhew in scharfem Ton.

»Nein, ich habe die Stelle selbst aufgegeben. Hatte mich mit dem Werkmeister in der Wolle. Ein richtiger Schw . . . wollte sagen, ein ziemlich gemeiner Kerl, der immer auf einem herumhackte.«

»So, so. Und davor?«

»Arbeitete ich in einer Tankstelle. Aber die Situation wurde etwas heikel, und so ging ich eben.«

»Heikel?« fragte Mr. Mayhew erstaunt. »Inwiefern?«

Vole errötete leicht. »Nun, die Tochter meines Arbeitgebers war ein wenig – in mich verschossen. Sie war fast noch ein Kind, und es ist nichts Unerlaubtes zwischen uns vorgefallen. Aber der Alte hielt es für richtiger, daß ich ginge. Wir trennten uns ganz freundschaftlich, und er gab mir noch ein anständiges Zeugnis.«

Bevor Mr. Mayhew zu einer neuen Frage ausholen konnte, fuhr Vole grinsend fort: »Und davor habe ich Schaumbesen auf Provisionsbasis verkauft. Sie waren aber nichts wert. Hätte selbst einen besseren Schaumbesen erfinden können.«

Als er spürte, daß Mr. Mayhew auf seinen leichtfertigen Ton nicht einging, setzte er hinzu: »Sie denken sicher, ich bin ein unsteter Geselle, der zu nichts Ausdauer hat. In gewissem Sinne stimmt das auch. Aber ich war nicht immer so. Das Leben in der Armee und im Ausland hat mich aus dem Geleise gebracht. Ich war in Deutschland; da gefiel es mir. Dort habe ich auch meine Frau kennengelernt. Sie war Schauspielerin. Seit meiner Rückkehr nach England habe ich nicht so recht festen Fuß fassen können. Ich weiß nicht, was ich eigentlich will. Am liebsten arbeite ich an Automobilen und mache kleine Erfindungen dafür. Das ist interessant . . .«

Weiter kam er mit seinen Offenbarungen nicht, denn in diesem Augenblick trat Sir Wilfrid Robarts ein, der seine Perücke in der Hand und seine Robe überm Arm trug. Carter, der ihm auf dem Fuße folgte, nahm ihm beides ab und half ihm, sich seiner übrigen amtlichen Kleidungsstücke – Anwaltsrock und Beffchen – zu entledigen. Sir Wilfrid eilte auf Mr. Mayhew zu und begrüßte ihn herzlich. Dieser stellte ihm Leonard Vole vor, und Sir Wilfrid bat den jungen Mann, Platz zu nehmen.

»Die Verhandlung hat etwas länger gedauert, als ich dachte. Lassen Sie uns rasch zur Sache kommen. Also, worum handelt es sich denn, Mr. Vole?«

»Meine Frau bildet sich steif und fest ein, daß man mich verhaften wird«, stammelte Vole etwas verlegen. »Und da sie viel klüger ist als ich, mag sie vielleicht recht haben.«

»Weswegen sollte man Sie denn verhaften wollen?«

Vole zögerte einen Augenblick. »Wegen – wegen Mordes, Sir«, brachte er schließlich stockend hervor.

Sir Wilfrid setzte sich auf die Kante seines Schreibtisches und blickte ihn fragend an. Mr. Mayhew zog eine Zeitung aus der Tasche und deutete auf einen Bericht. »Es handelt sich um den Fall von Miss Emily French, einer unverheirateten Dame, die mit einer älteren Haushälterin in Hampstead wohnte. Am Abend des 14. Oktober kehrte die Haushälterin in die Wohnung zurück und machte die Entdeckung, daß man anscheindend eingebrochen und ihre Herrin durch einen Schlag auf den Hinterkopf getötet hatte.«

»Und was haben Sie damit zu tun?« fragte Sir Wilfrid den jungen Mann.

»Ich war gerade an dem Abend bei ihr gewesen, und am nächten Tage las ich in der Zeitung, daß die Polizei gern mit einem gewissen Leonard Vole sprechen möchte, da er ihnen ihrer Ansicht nach nützliche Auskunft geben könnte. Ich ging natürlich sofort zur Wache, wo man eine ganze Reihe von Fragen an mich stellte.«

Sir Wilfrid unterbrach ihn scharf: »Hat man die übliche Warnung ausgesprochen?«

»Ich weiß nicht so recht. Sie haben mich gefragt, ob ich eine Aussage machen wolle. Die würden sie dann schriftlich niederlegen und bei einer eventuellen Verhandlung gebrauchen. Nennt man das eine Warnung?«

Sir Wilfrid tauschte einen bedeutungsvollen Blick mit Mr. Mayhew aus und seufzte. »Das war nicht gut. Aber es läßt sich nun nicht mehr ändern.«

»Ich habe ihnen alles gesagt, was ich wußte, und sie waren sehr höflich zu mir, die Herren Kriminalbeamten. Schienen auch mit meiner Aussage zufrieden zu sein. Als ich dann nach Hause kam und Romaine – das ist meine Frau – davon erzählte, bekam sie es mit der Angst zu tun. Sie redete sich ein, die Polizei stehe im Glauben, daß – daß *ich* der Täter sei. Und da hielt ich es für richtiger, einen Anwalt zu konsultieren. So kam ich zu Ihnen, Mr. Mayhew. Ich dachte, Sie könnten mir vielleicht einen Rat geben. Ich kann mir gar nicht vorstellen, daß mir so etwas passieren soll. Es kommt mir vor wie ein böser Traum, aus dem ich bald aufwachen muß. Das Ganze ist so lächerlich.«

»Lächerlich, Mr. Vole?« fragte Mr. Mayhew mit einiger Schärfe.

»Nun ja. Ich meine, ich bin immer sehr friedliebend gewesen – komme mit allen gut aus. Ich bin kein Mensch, der – gewalttätig wird. Es wird doch wohl alles gut ausgehen, nicht wahr?« Dabei blickte er mit ängstlicher Miene von einem zum anderen.

Die Rechtsanwälte gingen nicht weiter darauf ein. Stattdessen fragte ihn Sir Wilfrid, ob er Miss French gut gekannt habe.

»O ja«, antwortete Vole. »Sie war immer sehr nett zu mir. Manchmal wurde es mir allerdings etwas lästig. Sie machte meinetwegen viel zuviel Umstände. Aber sie meinte es gut, und als ich in der Zeitung las, daß sie ermordet worden sei, war ich ganz erschüttert; ich mochte sie nämlich sehr gern.«

Mr. Mayhew bat ihn dann, Sir Wilfrid doch zu erzählen, wie er ihre Bekanntschaft gemacht hatte, und Vole wandte sich gehorsam an Sir Wilfrid:

»Ich ging eines Tages durch die Oxford Street und beobachtete, wie eine alte Dame den Fahrdamm überquerte und mitten auf der Straße die unzähligen Pakete, mit denen sie beladen war, hinfallen ließ. Als sie sich bückte, um sie aufzuheben, rollte ein großer Omnibus in rasendem Tempo auf sie zu. Mit knapper Not gelang es ihr, den Bürgersteig zu erreichen. Na, ich habe dann die Pakete von der Straße aufgelesen, den Dreck abgewischt, sie wieder zusammengebunden und die alte Dame beruhigt. Sie wissen ja, wie das so ist.«

»Und war sie sehr froh darüber?« fragte Sir Wilfrid.

»O ja, sie floß über vor Dankbarkeit. Man konnte meinen, ich hätte ihr das Leben gerettet und nicht nur ein paar lumpige Pakete.«

»Und Sie haben ihr tatsächlich nicht das Leben gerettet?«

»O nein. Es war durchaus nichts Heroisches. Ich hatte überhaupt nicht angenommen, daß ich sie je wiedersehen würde.«

Sir Wilfrid, auf den diese schlichte Erzählung offenbar einen guten Eindruck machte, war inzwischen aufgestanden und hatte aus einer Schreibtischschublade ein Päckchen Zigaretten genommen. Er bot Vole eine an, der jedoch ablehnte, da er Nichtraucher sei.

»Zufällig«, fuhr Vole fort, »saß ich zwei Tage später hinter ihr im Theater. Sie blickte sich um, erkannte mich, und wir kamen ins Gespräch. Schließlich lud sie mich ein, sie doch einmal zu besuchen. Sie drängte mich sehr, gleich einen Tag auszumachen. Und da es unhöflich schien, die Einladung abzulehnen, schlug ich den folgenden Sonnabend vor.«

»Sie haben sie dann in ihrem Hause in Hampstead aufgesucht, wo sie mit ihrer Haushälterin allein lebte, nicht wahr?«

»Ja. Außerdem hatte sie noch acht Katzen. Acht Stück! Das Haus war wunderschön möbliert. Aber es roch ein bißchen zu sehr nach Katzen.«

»Wußten Sie, daß Miss French reich war?«

»Nach ihren Reden zu urteilen, mußte sie ziemlich wohlhabend sein.«

Sir Wilfrid sah ihn forschend an. »Und wie steht's mit Ihren pekuniären Verhältnissen?«

»Oh«, erwiderte Vole in heiterem Ton, »bei mir ist Ebbe in der Kasse. Schon lange.«

»Das ist ja eine dumme Geschichte.«

»Ja, nicht wahr? Ach so, Sie meinen wohl, man wird sagen, ich sei ein Speichellecker und hinter ihrem Gelde hergewesen?«

Der Verdacht, den Sir Wilfrid geschöpft hatte, wurde durch diese offenherzige Frage ziemlich zerstreut. »Das ist vielleicht etwas kraß ausgedrückt. Doch so ähnlich werden die Leute wohl reden.«

»Aber es ist nicht wahr«, beteuerte Vole leidenschaftlich. »Ganz bestimmt nicht. In Wirklichkeit tat sie mir nur leid. Sie schien so einsam zu sein. Ich bin selbst bei einer alten Tante groß geworden, bei meiner Tante Betsy, und ich mag alte Damen gern.«

»Sie sprechen immer von alten Damen. Wissen Sie eigentlich, wie alt Miss French war?«

»Ich wußte es nicht, habe es aber nach dem Mord durch die Zeitungen erfahren. Sie war sechsundfünfzig.«

»Sechsundfünfzig. Sie nennen das alt. Aber ich möchte bezweifeln, daß Miss French sich für alt hielt.«

»Na, sie war jedenfalls kein Küken mehr.«

Sir Wilfrid runzelte die Stirn über diesen leichtfertigen Ton. Er setzte sich in seinen Schreibtischsessel und fuhr nach einer Weile fort:

»Sie haben Miss French also ziemlich häufig besucht, nicht wahr?«

»Ja, etwa ein- bis zweimal in der Woche.«

»Haben Sie Ihre Frau bei diesen Besuchen mitgenommen?«

Diese Frage schien Vole peinlich zu sein. »Nein, das habe ich nicht getan.«

»Warum nicht?«

»Na – ehrlich gesagt, das hätte wohl nicht gut gepaßt.«

»Wem hätte das nicht gepaßt? Ihrer Frau oder Miss French?«

»Miss French . . .« Vole zögerte, und erst als Mr. Mayhew ihn ermunterte, fortzufahren, fügte er hinzu: »Sie war mir nämlich sehr zugetan.«

»Wollen Sie damit sagen, daß diese sechsundfünfzigjährige Frau in Sie, den Siebenundzwanzigjährigen, verliebt war?« fragte Sir Wilfrid erstaunt.

Vole wehrte ganz entsetzt ab. »Um Gottes willen, nein! Davon war nicht die Rede. Sie hat mich nur verwöhnt und verhätschelt, immer gut aufgetischt und dergleichen. Sie behandelte mich wie einen Lieblingsneffen.«

Sir Wilfrid überlegte eine Weile. »Sehen Sie mal, Mr. Vole, wenn es zu einer Verhandlung kommen sollte, wird man bestimmt fragen, warum Sie, ein gutaussehender, verheirateter junger Mann, einer älteren Dame, mit der Sie kaum etwas gemeinsam hatten, so viel Zeit widmeten.«

Vole gab dies ziemlich niedergeschlagen zu. »Ja, wie ich vorhin schon sagte, wird es heißen, ich sei hinter ihrem Geld hergewesen.« Mit gewinnender Offenheit setzte er hinzu: »Und in gewissem Sinne stimmt es ja vielleicht auch. Aber nur in einem gewissen Sinne.«

»Können Sir mir das etwas näher erklären?« fragte Sir Wilfrid, dem dieses Zugeständnis offenbar gefiel.

»Na, sie hat nie ein Geheimnis daraus gemacht, daß sie im Geld schwamm. Romaine und ich sind ziemlich knapp bei Kasse, und ich habe im stillen gehofft – das gebe ich unumwunden zu –, daß Miss French mir mal Geld leihen würde, falls wirklich Not am Mann wäre.«

»Haben Sie sie je um ein Darlehen gebeten oder Geld von ihr empfangen?«

»Nein, niemals. Unsere Lage war noch nicht so verzweifelt.«

Vole wurde auf einmal sehr nachdenklich. Der Ernst seiner Lage schien ihm zum Bewußtsein zu kommen. »Es sieht nicht gerade rosig für mich aus. Das sehe ich jetzt auch allmählich.«

»Wußte Miss French überhaupt, daß Sie verheiratet sind?« Sir Wilfrid ließ nicht locker.

»O ja.«

»Und hat sie niemals Ihre Frau von sich aus eingeladen?«

»Nein.« Vole wurde wieder ein wenig verlegen. »Sie – sie lebte in der Illusion, daß meine Frau und ich nicht gut miteinander auskämen.«

»Haben Sie absichtlich diesen Eindruck bei ihr erweckt?«

»Nein, ganz gewiß nicht. Aber ich dachte mir, sie würde das Interesse an mir verlieren, wenn ich Romaine zu sehr in den Vordergrund schöbe. Es lag mir zwar fern, sie anzubetteln. Aber ich hatte eine kleine Erfindung für Automobile gemacht, und ich dachte, ich könnte sie vielleicht dazu überreden, die Sache zu finanzieren. Ich habe aber nicht genassauert.«

Es trat eine Pause ein, und dann forderte Sir Wilfrid ihn auf, ihm etwas über die Haushälterin zu erzählen.

»Janet MacKenzie?« begann Leonard Vole. »Sie war ein regelrechter Drachen, das kann ich Ihnen versichern. Hat ihre Herrin nur so tyrannisiert. Sie hat ja gut für sie gesorgt. Aber in Janets Gegenwart durfte sich die arme Miss French nicht mucksen.« Er schwieg. Nach einer kleinen Pause setzte er nachdenklich hinzu: »Mich konnte Janet nicht ausstehen.«

»Warum nicht?« fragte Sir Wilfrid.

»Eifersucht, nehme ich an. Sie fürchtete wohl, daß ich sie von ihrem Platz bei der alten Dame verdrängen könnte. Dabei habe ich Miss French nur Gesellschaft geleistet und ihr bei den Steuererklärungen und Wertpapieren etwas geholfen. Sie füllte nämlich nicht gern Formulare aus.«

Sir Wilfrid blickte ihn prüfend an. »So, das haben Sie also auch gemacht? Mr. Vole, jetzt werde ich Ihnen eine schwerwiegende Frage stellen, und ich möchte eine ehrliche Antwort darauf haben. Es ging Ihnen doch finanziell schlecht, und Sie verwalteten die Vermögensangelegenheiten dieser Dame. Haben Sie da zu irgendeiner Zeit mal einige dieser Wertpapiere für sich selbst verwandt?«

Vole fuhr auf und war im Begriff, dies leidenschaftlich abzustreiten. Aber Sir Wilfrid brachte ihn durch eine Geste zum Schweigen.

»Nein, nein, warten Sie einen Augenblick, bevor Sie antworten, Mr. Vole. Es gibt nämlich zwei Verteidigungsmöglichkeiten für Sie. Entweder können wir auf Ihrer absoluten Rechtschaffenheit und Ehrlichkeit aufbauen, oder wir können – falls Sie die alte Dame doch betrogen haben – sagen, daß für Sie kein Grund vorlag, die Frau zu ermorden; denn Sie hätten ja die Gans getötet, die die goldenen Eier legte. Wie Sie sehen, hat jeder Standpunkt etwas für sich. Aber von Ihnen möchte ich die reine Wahrheit hören.«

»Ich versichere Ihnen hoch und heilig, Sir Wilfrid, daß ich kein unredliches Spiel getrieben habe, und niemand kann mir etwas Gegenteiliges nachweisen. So wahr ich hier stehe.«

Sir Wilfrid sah ihn durchdringend an. »Ich danke Ihnen, Mr. Vole. Das bedeutet für mich eine ungeheure Erleichterung, und ich mache Ihnen das Kompliment, daß ich Sie für viel zu intelligent halte, um in einer so wichtigen Sache zu lügen. Und nun kommen wir zum . . .«

»Vierzehnten Oktober«, ergänzte Mr. Mayhew.

Sir Wilfrid erhob sich. »Hatte Miss French Sie für diesen Abend eingeladen, Mr. Vole?«

»Nein, das gerade nicht. Aber Janet MacKenzie hatte Ausgang, und ich wußte, daß Miss French dann allein war und sich einsam fühlte.«

»Es war Ihnen also bekannt, daß Janet MacKenzie nicht zu Hause war. Das ist nicht besonders günstig.«

»Wieso? Janet MacKenzie hatte freitags immer Ausgang, und da ist es doch ganz natürlich, daß ich diesen Abend wählte, um Miss French Gesellschaft zu leisten.«

Sir Wilfrid äußerte sich nicht weiter dazu, sondern bat Vole, ihm die Vorgänge des Abends zu schildern.

»Ich kam«, berichtete Vole, »gegen ein Viertel vor acht bei Miss French an. Sie war gerade mit dem Essen fertig, und wir tranken eine Tasse Kaffee zusammen. Dann spielten wir Karten. Kurz vor neun Uhr verabschiedete ich mich. Da es ein schöner Abend war, ging ich zu Fuß und war kurz vor halb zehn zu Hause. Ich wohne in einem kleinen Haus in der Nähe des Bahnhofs Euston. Den Rest des Abends habe ich mit meiner Frau verbracht und bin nicht mehr ausgegangen. Das kann meine Frau bezeugen.«

Die beiden Rechtsanwälte wechselten wieder einen Blick, und Mr. Mayhew fragte: »Verstehen Sie sich gut mit Ihrer Frau?«

»O ja, wir sind außerordentlich glücklich verheiratet. Romaine ist wundervoll – einfach wundervoll ...«

Sir Wilfrid unterbrach diese Lobeshymne mit der nüchternen Frage: »Hat Sie eigentlich irgend jemand nach Hause kommen sehen?«

»Nein, aber wozu denn auch? Meine Frau kann doch ...«

»Leider ist die Aussage einer liebenden Ehefrau allein nicht völlig überzeugend«, fiel ihm Sir Wilfrid ins Wort.

»Oh, glaubt man etwa, meine Frau würde meinetwegen lügen?«

»Das soll schon vorgekommen sein, Mr. Vole«, bemerkte Sir Wilfrid trocken.

»Aber das ist doch in diesem Fall gar nicht nötig. Es verhält sich tatsächlich alles so, wie ich es geschildert habe. Sie glauben mir doch, Sir Wilfrid, nicht wahr?«

»Ja, *ich* glaube Ihnen schon. Doch Sie müssen nicht mich überzeugen, sondern die Geschworenen.«

»Aber mein Gott, warum hätte ich denn Miss French töten sollen?«

Bevor er fertiggesprochen hatte, klopfte es an die Tür, und Greta erschien mit der Abendzeitung. Sie legte das Blatt vor Sir Wilfrid auf den Tisch und wies dabei auf eine angestrichene Passage. Dann zog sie sich wieder zurück. Die beiden Rechtsanwälte beugten sich über die Zeitung und lasen die Stelle. Nach einer Weile richtete sich Sir Wilfrid auf.

»Hier wäre schon ein ganz ausreichendes Motiv. Miss French hat Ihnen nämlich ihr ganzes Vermögen vermacht.«

Vole schien wie vom Donner gerührt. »Mir? Ihr ganzes Vermögen? Das ist wohl ein Scherz!«

»Es ist kein Scherz, Mr. Vole. Es steht hier schwarz auf weiß. Sie können sich selbst davon überzeugen.« Mit diesen Worten reichte er Vole das Abendblatt hin. »Haben Sie nichts davon gewußt?«

»Gar nichts. Ich bin natürlich sehr dankbar. Aber unter diesen Umständen wollte ich, sie hätte es nicht getan. Jetzt sieht die Sache ziemlich finster für mich aus, nicht wahr? Mein Gott, werden sie mich nun wohl verhaften?«

»Damit müssen Sie wahrscheinlich rechnen«, entgegnete Sir Wilfrid.

Vole stand ganz verwirrt auf. »Sie – Sie werden doch alles für mich tun, was Sie können, nicht wahr, Sir?«

Sir Wilfrid trat zu ihm und sprach beruhigend auf ihn ein. »Machen Sie sich darüber keine Gedanken. Ich werde alles tun, was in meinen Kräften steht. Lassen Sie das nur meine Sorge sein.«

»Mein Gott, ich kann es noch gar nicht fassen. Ich kann es

einfach nicht glauben, daß ich, Leonard Vole, auf der Anklagebank sitzen und des Mordes bezichtigt werden soll.«

Er schüttelte sich, als erwache er aus einem bösen Traum. Dann wandte er sich an Mr. Mayhew: »Ich verstehe nicht, warum die Polizei nicht glaubt, es sei ein Einbrecher gewesen. Das Fenster war doch eingeschlagen und alles durcheinandergewühlt – so stand es jedenfalls in den Zeitungen.«

Die Rechtsanwälte schwiegen. Nach dem letzten Bericht zu urteilen, schien die Polizei ganz und gar nicht der Ansicht zu sein, daß es sich um einen Einbruch handle.

In diesem Augenblick kam es zu einer neuen Unterbrechung. Der Bürovorsteher erschien und meldete Sir Wilfrid, daß zwei Herren draußen warteten, die Mr. Vole zu sprechen wünschten. Als Sir Wilfrid mit Carter hinausging, um mit den Herren zu reden, fragte Vole ängstlich:

»Ist es nun soweit?«

Mr. Mayhew klopfte ihm beruhigend auf die Schulter und riet ihm, keine weiteren Aussagen zu machen.

»Wie wußten sie denn nur, daß ich hier bin?«

»Man hat Sie wahrscheinlich beschatten lassen.«

»Dann«, meinte Vole ganz ungläubig, »haben sie mich also wirklich in Verdacht?«

Ehe Mr. Mayhew antworten konnte, kam Sir Wilfrid mit einem Inspektor von Scotland Yard und noch einem Detektivbeamten wieder ins Zimmer. Der Inspektor entschuldigte sich wegen der Störung und ging sofort auf Vole zu.

»Heißen Sie Leonard Vole?«

»Ja.«

»Ich bin Polizeiinspektor Hearne und habe einen Haftbefehl gegen Sie wegen des am 14. Oktober an Emily French verübten Mordes. Ich muß Sie warnen, daß alles, was Sie sagen, aufgeschrieben wird und gegen Sie verwandt werden kann.«

Vole warf einen nervösen Blick auf Sir Wilfrid und verließ mit den Polizeibeamten das Zimmer.

Sobald Sir Wilfrid die Tür hinter ihnen zugemacht hatte, erklärte er:

»Ich muß schon sagen, John, der junge Mann befindet sich in einer viel schlimmeren Lage, als er selbst anzunehmen scheint.«

»Das stimmt«, pflichtete ihm Mr. Mayhew bei. »Was für einen Eindruck hat er auf dich gemacht?«

»Er scheint außerordentlich naiv zu sein. Und doch in gewisser Hinsicht ganz gerieben. Intelligent, möchte ich wohl sagen. Aber er ist sich ganz bestimmt der Gefahr nicht bewußt, in der er schwebt.«

»Glaubst du, daß er es getan hat?«

»Keine Ahnung. Im großen und ganzen möchte ich wohl sagen, nein.« In schärferem Ton fügte er hinzu: »Bist du auch der Ansicht?«

»Ja«, antwortete Mr. Mayhew, »das ist auch meine Meinung.«

Sir Wilfrid bot Mr. Mayhew die Tabaksdose an. Dieser stopfte sich seine Pfeife.

»Na ja«, meinte Sir Wilfrid, »er hat anscheinend einen guten Eindruck bei uns beiden hinterlassen. Warum, weiß ich nicht. Eine so fadenscheinige Geschichte ist mir noch nicht vorgekommen. Weiß der Himmel, was wir damit anfangen sollen! Die einzige Aussage zu seinen Gunsten könnte von seiner Frau kommen – und wer wird schon einer Ehefrau glauben? Dazu ist sie noch eine Ausländerin. Neun der zwölf Geschworenen glauben von vornherein, daß jeder Ausländer ein Lügner ist. Außerdem wird sie vollständig aufgelöst sein und überhaupt nicht verstehen, was der Staatsanwalt zu ihr sagt. Immerhin, wir werden wohl mit ihr reden müssen. Ich kann dir aber jetzt schon sagen, sie wird hier einen hysterischen Anfall nach dem anderen bekommen.«

»Vielleicht möchtest du den Fall lieber nicht übernehmen?«

»Davon ist nicht die Rede. Ich habe nur darauf hingewiesen, daß der junge Mann uns eine unmögliche Geschichte aufgetischt hat.«

»Aber eine wahre«, behauptete Mr. Mayhew und gab Sir Wilfrid die Tabaksdose zurück, während er nach Streichhölzern Umschau hielt.

»Sie muß wahr sein«, stimmte Sir Wilfrid zu und reichte Mr. Mayhew eine Zündholzschachtel. »Sonst könnte sie nicht so idiotisch sein. Alle Tatsachen sprechen ja gegen ihn. Und doch könnte man sich vorstellen, daß alles so passiert ist, wie er es geschildert hat. Verdammt nochmal, ich hatte selbst eine Tante Betsy, die ich zärtlich liebte.«

Mr. Mayhew entdeckte, daß die Schachtel leer war, und warf sie in den Papierkorb. »Er hat eine sehr sympathische Art.«

»Ja, er müßte eigentlich ein leichtes Spiel mit den Geschworenen haben, wenn er auch beim Richter keinen Blumentopf mit seinem Wesen gewinnen kann. Aber er ist der Typ, der sich auf dem Zeugenstand leicht ins Bockshorn jagen läßt. Es hängt eben sehr viel von seiner Frau ab.«

Es klopfte an die Tür, und Greta trat ziemlich aufgeregt ins Zimmer.

»Na, Greta, was ist denn los?«

»Mrs. Vole ist hier«, erwiderte die Sekretärin im Flüsterton.

Während Mr. Mayhew ganz erstaunt den Namen wiederholte, winkte Sir Wilfrid Greta zu sich und sagte:

»Der junge Mann, den Sie hier sahen, ist soeben wegen

Mordes verhaftet worden. Glauben Sie, daß er der Täter ist?«

»O nein, Sir, auf keinen Fall.«

»Warum nicht?«

»Weil er viel zu nett ist.«

»Das ist also die Dritte im Bunde«, sagte Sir Wilfrid zu Mr. Mayhew und forderte Greta auf, Mrs. Vole ins Zimmer zu führen. »Wahrscheinlich sind wir drei leichtgläubige Narren, die sich von einem sympathischen jungen Mann einwickeln lassen.«

In diesem Augenblick trat eine etwa fünfunddreißigjährige Frau mit kastanienbraunem Haar und schiefergrauen Augen sehr ruhig und gelassen ins Zimmer. Mr. Mayhew stellte sich und seinen Kollegen vor und ging mit teilnahmsvoller Miene auf sie zu, erhielt jedoch eine leichte Abfuhr.

»Sie sind also Mr. Mayhew«, sagte Romaine Vole, und in ihrer dunklen Stimme schwang ein leiser ironischer Unterton mit. »Man hat mir in Ihrem Büro gesagt, daß ich Sie hier mit meinem Mann vorfinden würde. Aber wenn ich mich nicht irre, habe ich soeben meinen Mann unten in einen Wagen steigen sehen, und zwar in Begleitung von zwei Herren.«

»Nun, meine liebe Mrs. Vole«, legte sich hier Sir Wilfrid ins Mittel, »Sie dürfen sich nicht aufregen.« Er hielt jedoch betroffen inne, als er merkte, daß Mrs. Vole die Ruhe selber war, und fuhr etwas verlegen fort: »Wollen Sie nicht Platz nehmen?«

Mrs. Vole setzte sich in den Sessel, den Sir Wilfrid ihr zurechtrückte, und Sir Wilfrid begann von neuem:

»Es liegt durchaus kein Grund zur Beunruhigung vor, und Sie dürfen den Mut nicht sinken lassen.«

»O nein, das werde ich auch nicht tun«, erwiderte Mrs. Vole nach einer kleinen Pause.

»Dann kann ich es Ihnen ja ruhig sagen: Ihr Mann ist soeben verhaftet worden.«

»Wegen des Mordes an Miss Emily French?«

»Ja, leider. Aber bitte regen Sie sich nicht auf.«

»Sie sagen mir das dauernd, Sir Wilfrid, dabei bin ich doch ganz ruhig.«

»Ja. Ich sehe, Sie sind sehr tapfer.«

»Wenn es Ihnen Spaß macht, können Sie es so nennen.«

»Vor allen Dingen muß man die Ruhe bewahren und mit Vernunft an die Sache herangehen.«

»Das soll mir recht sein. Aber Sie dürfen mir nichts verheimlichen, Sir Wilfrid. Sie brauchen mich nicht zu schonen. Ich will alles wissen.« Ihre Stimme nahm eine andere Klangfarbe an, als sie hinzusetzte: »Ich möchte auch – das Schlimmste wissen.«

Erleichtert über ihre sachliche Einstellung, begann Sir Wilfrid sie über das Verhältnis ihres Mannes zu Miss French auszuholen. Sie parierte seine Fragen mit großem Geschick und brachte ihn öfters in Verlegenheit. Als er schließlich aus ihrem eigenen Munde vernahm, daß sie diese merkwürdige Freundschaft nicht gestört habe, erklärte er begeistert:

»Ich bewundere Ihre Haltung, Mrs. Vole, besonders da ich weiß, wie sehr Sie Ihren Mann lieben.«

»So, Sie wissen, wie sehr ich meinen Mann liebe?« Sie lächelte ihn an. »Darf ich fragen, woher Sie das wissen?«

»Ihr Mann hat es mir verraten. Er sprach von Ihrer Liebe in Worten, die mich wirklich bewegt haben.«

Es entstand eine kleine Pause. »Männer«, sagte Mrs. Vole lakonisch, »sind mitunter sehr einfältig.«

Sir Wilfrid zog erstaunt die Augenbrauen hoch. »Wie bitte?«

»Es ist belanglos, Sir Wilfrid. Fahren Sie bitte fort.«

Sir Wilfrid erhob sich und kam auf das Testament zu

sprechen. »Kurz nachdem Miss French Ihrem Mann begegnete, hat sie ein neues Testament gemacht, in dem sie, abgesehen von kleineren Vermächtnissen, Ihrem Mann ihr ganzes Vermögen hinterlassen hat.«

»Ja.«

»Das wissen Sie?« frage Sir Wilfrid höchst erstaunt.

»Ich habe es in der Abendausgabe gelesen.«

»Ach so. Aber vorher hatten Sie keine Ahnung davon, wie? Ihr Mann doch wohl auch nicht?«

Wiederum schien sie mit der Antwort zu zögern.

»Hat er Ihnen das gesagt, Sir Wilfrid?«

»Ja. Wollen Sie etwa das Gegenteil behaupten?«

»Nein, o nein. Ich will gar nichts behaupten.«

Sir Wilfrid nahm wieder an seinem Schreibtisch Platz. »Mrs. Vole, es scheint kein Zweifel zu bestehen, daß Miss French Ihren Mann wie einen Sohn oder einen Lieblingsneffen betrachtete.«

»Meinen Sie das wirklich?« Die Ironie in ihrer Stimme war unverkennbar und brachte Sir Wilfrid in eine gewisse Verlegenheit. Um so heftiger verteidigte er diese Ansicht.

»Ja. Das ist meine Meinung. Ganz entschieden. Das könnte unter den Umständen auch als ganz natürlich und normal gelten.«

»Was für Heuchler sind sie doch in diesem Lande!« platzte Mrs. Vole heraus.

Mr. Mayhew ließ sich vor Entsetzen in den nächsten Sessel fallen, während Sir Wilfrid sich bemühte, der Sache die Spitze abzubiegen:

»Nun, meine liebe Mrs. Vole, Sie vertreten natürlich in diesen Dingen einen kontinentalen Standpunkt. Aber glauben Sie mir, es wäre im höchsten Grade unklug, den Eindruck zu erwecken, als habe Miss French für Ihren Mann andere – hm – Gefühle gehabt als die einer – Mutter oder – sagen wir mal – einer Tante.«

»O ja, wenn Ihnen das besser paßt, sagen wir ruhig – Tante.«

»Man muß nämlich bei all diesen Dingen immer daran denken, was für eine Wirkung sie auf die Geschworenen haben.«

»Darüber habe ich ziemlich viel nachgedacht.«

»Ganz recht, Mrs. Vole. Wir müssen Hand in Hand arbeiten. Nun kommen wir zum Abend des vierzehnten Oktober. Das war vor einer Woche. Können Sie sich noch daran erinnern?«

»O ja, sehr gut.«

»Ihr Mann hat mir erzählt, er sei gegen neun Uhr von Miss French fortgegangen, habe den Weg zu Fuß zurückgelegt und sei um fünf Minuten vor halb zehn zu Hause angelangt.«

Sir Wilfrid blickte fragend zu Mrs. Vole hinüber. Diese erhob sich und ging langsam zum Kamin. Die beiden Anwälte standen ebenfalls auf.

»Fünf Minuten vor halb zehn«, sagte Mrs. Vole tonlos und nachdenklich vor sich hin.

»Um halb zehn«, fuhr Sir Wilfrid fort, »kehrte die Haushälterin zurück, um etwas zu holen, das sie vergessen hatte. Als sie an der Wohnzimmertür vorbeikam, hörte sie, wie sich Miss French mit einem Manne unterhielt. Sie behauptete, daß dieser Mann Leonard Vole gewesen sei, und Inspektor Hearne erklärte, diese Aussage habe zur Verhaftung Ihres Mannes geführt. Mr. Vole hat mir jedoch versichert, daß er ein unumstößliches Alibi habe, da er um halb zehn bei Ihnen zu Hause gewesen sei.«

Sir Wilfrid blickte erwartungsvoll zu Mrs. Vole hinüber, die schweigend am Kaminsims lehnte. Nach einer beklemmenden Pause drängte Sir Wilfrid: »Das stimmt doch, nicht wahr? Um halb zehn war er bei Ihnen, ja?«

»Hat er Ihnen das gesagt?« fragte sie schließlich, während beide Anwälte sie gespannt ansahen. »Daß er um halb zehn bei mir war?«

»Stimmt es etwa nicht?« fragte Sir Wilfrid ein wenig gereizt.

Wieder entstand eine längere Pause. Mrs. Vole ging langsam zu ihrem Sessel zurück und ließ sich nieder.

»Aber natürlich«, lautete ihre ruhige Antwort, die bei Sir Wilfrid einen Seufzer der Erleichterung auslöste. Er setzte sich ebenfalls wieder.

»Die Polizei hat Sie wahrscheinlich schon über diesen Punkt vernommen. Was haben Sie da gesagt?«

»Ja, sie war gestern abend bei mir, und ich habe gesagt: ›Leonard ist an dem Abend um 9.25 nach Hause gekommen und nicht wieder ausgegangen.‹« Den letzten Satz leierte sie herunter, als habe sie ihn auswendig gelernt. Als sie bei Mr. Mayhew eine gewisse Nervosität bemerkte, setzte sie hinzu: »Das war doch richtig so, nicht wahr?«

»Was soll das heißen, Mrs. Vole?« fragte Sir Wilfrid.

»Leonard wünscht, daß ich das sage, nicht wahr?«

»Es ist doch die Wahrheit. Das haben Sie vorhin gerade bestätigt.«

»Ich muß dies ganz richtig verstehen. Wenn ich sage, ja, es verhält sich so, Leonard war um halb zehn bei mir – werden sie ihn dann freisprechen? Werden sie ihn aus der Haft entlassen?«

Ihr Verhalten kam den beiden Anwälten ziemlich rätselhaft vor. Mr Mayhew beantwortete ihre Frage:

»Wenn Sie beide die Wahrheit sprechen, dann werden sie ihn – freilassen müssen.«

»Aber als ich es der Polizei sagte, hat man es mir nicht geglaubt. Das Gefühl hatte ich wenigstens.«

Sie schien durchaus nicht unglücklich darüber zu sein. Im Gegenteil, sie erweckte den Eindruck, als verursache ihr diese Tatsache eine gewisse Befriedigung. Mit plötzlich hervorbrechender Bosheit fügte sie hinzu: »Vielleicht habe ich es nicht sehr gut gesagt?«

Die beiden Männer sahen sich schweigend an. Dann begegneten Sir Wilfrids Augen dem kühlen, ein wenig frechen Blick von Mrs. Vole. Sie saßen sich wie zwei Feinde gegenüber. Sir Wilfrid änderte seine Taktik.

»Wissen Sie, Mrs. Vole«, sagte er, »ich verstehe Ihre Haltung in dieser Angelegenheit nicht ganz. Vielleicht machen Sie sich die Lage Ihres Mannes nicht recht klar.«

»Ich habe Ihnen bereits gesagt«, entgegnete sie, »daß ich gern genau wissen möchte, wie schwarz die Sache für – meinen Mann aussieht. Ich sage der Polizei, Leonhard war um halb zehn bei mir zu Hause – und man glaubt mir nicht. Aber vielleicht hat ihn jemand beobachtet, als er Miss Frenchs Haus verließ, oder beim Heimweg auf der Straße gesehen?«

Sie blickte durchdringend und ein wenig verschlagen von einem zum anderen, und Mr. Mayhew gab zögernd zu, daß dies nicht der Fall sei.

»Dann hängt sein Freispruch also nur von seinem Wort – und meinem ab.« Sie wiederholte mit ziemlicher Heftigkeit: »Und meinem. Ich danke Ihnen, meine Herren; das ist alles, was ich wissen wollte.«

Damit erhob sie sich, aber Mr. Mayhew bat sie, noch ein wenig zu bleiben. »Es ist so vieles zu besprechen, Mrs. Vole.«

»Nicht mit mir.«

»Warum nicht, Mrs. Vole?« fragte Sir Wilfrid.

»Ich werde doch schwören müssen, daß ich die Wahrheit sage, die reine Wahrheit und nichts als die Wahrheit, nicht wahr?« Sie schien belustigt zu sein.

»So lautet die Eidesformel, Mrs. Vole.«

»Und wenn ich nun auf Ihre Frage, wann Leonard Vole an jenem Abend nach Hause gekommen sei, antworten sollte . . .«

»Ja, was würden Sie dann sagen?«

»Ach, ich könnte so vieles sagen.«

»Mrs. Vole, lieben Sie Ihren Mann eigentlich?« fragte Sir Wilfrid, der aus ihrem Verhalten nicht mehr klug zu werden schien.

»Leonard behauptet, ja«, entgegnete sie mit einem spöttischen Blick auf Mr. Mayhew.

»Mr. Vole glaubt es jedenfalls«, warf dieser ein.

»Aber Leonard ist nicht sehr klug.«

»Sie wissen doch wohl«, bemerkte Sir Wilfrid, »daß das Gesetz Sie nicht dazu zwingen kann, gegen Ihren Mann auszusagen.«

»Wie außerordentlich bequem!«

»Und Ihr Mann . . .«

»Leonard Vole ist nicht mein Mann«, fiel sie Sir Wilfrid ins Wort.

»Was sagen Sie da?«

»Wir haben uns zwar in Berlin trauen lassen, aber ich habe ihm nicht gesagt, daß ich zu der Zeit verheiratet war und mein Mann noch lebte. Leonard hat mich aus der russischen Zone geholt und in dieses Land gebracht.«

»Dann müßten Sie ihm im Grunde genommen sehr dankbar sein. Sind Sie das?« fragte Sir Wilfrid ziemlich scharf.

»Dankbarkeit kann einem auch zuviel werden.«

»Hat Mr. Vole Sie eigentlich jemals gekränkt?«

Sie blickte ihn höhnisch an. »Leonard? Mich gekränkt? Er verehrt sogar den Boden, über den ich schreite.«

»Und Sie?«

Wieder fochten sie ein kleines Duell mit den Augen aus.

Dann wandte sie sich lachend ab und sagte: »Sie wollen zuviel wissen, Sir Wilfrid.«

»Wir müssen uns über einen Punkt endlich Klarheit verschaffen«, ließ sich Mr. Mayhew hören. »Ihre Aussagen waren einigermaßen zweideutig. Was ist nun wirklich am Abend des 14. Oktober geschehen?«

Mrs. Vole wiederholte mit monotoner Stimme: »Leonard kam um 21.25 nach Hause und ist nicht wieder fortgegangen. Ich habe ihm ein Alibi gegeben, nicht wahr?«

»Allerdings«, erwiderte Sir Wilfrid und ging auf sie zu. »Mrs. Vole . . .« Er sah den Ausdruck in ihren Augen und brach ab. Nach einer Weile sagte er: »Sie sind eine außergewöhnliche Frau, Mrs. Vole.«

»Und Sie sind hoffentlich zufrieden.« Mit diesen Worten drehte sie sich um und verließ das Zimmer.

»Zufrieden? Das ist gut! Die Frau führt etwas im Schilde – aber was? Die Sache ist mir ganz und gar nicht geheuer, John.«

»Eins steht fest«, schmunzelte Mr. Mayhew. »Sie hat bestimmt nicht einen hysterischen Anfall nach dem anderen bekommen.«

»Kalt wie eine Hundeschnauze«, gab Sir Wilfrid zu.

»Wenn die als Zeugin auftritt, gibt's ein Fiasko, besonders wenn Myers als Staatsanwalt fungiert. Wie gedenkst du die Sache zu handhaben?«

»Wie üblich. Dauernd unterbrechen – soviel Einspruch erheben wie möglich.«

»Was ich nicht verstehen kann, ist, daß der junge Vole von ihrer Liebe so überzeugt ist. Er selbst liebt sie wirklich und verläßt sich vollständig auf sie.«

»Dumm genug von ihm. Traue niemals einer Frau!«

2

Sechs Wochen später wurde im Hauptkriminalgericht Old Bailey die Schwurgerichtsverhandlung gegen Leonard Vole eröffnet. Wie stets bei Mordprozessen war der Gerichtssaal bis auf den letzten Platz besetzt. Nachdem die Geschworenen vereidigt waren, wandte sich der Sprecher an den Angeklagten:

»Leonard Vole, Sie stehen unter der Anklage, am vierzehnten Tag des Oktober Emily Jane French ermordet zu haben. Sprechen Sie, Leonard Vole: sind Sie schuldig oder nicht schuldig?«

»Nicht schuldig«, antwortete Vole mit fester Stimme.

Daraufhin erhob sich Staatsanwalt Myers und begründete die Anklage in einer kurzen Ansprache an den Richter und die Geschworenen. Als er schilderte, wie am Abend des 14. Oktober die Haushälterin Janet MacKenzie unerwartet von ihrem Besuch bei Freunden zurückkehrte, um ein vergessenes Schnittmuster zu holen, und um 21.25 im Wohnzimmer die Stimmen ihrer Herrin und des Angeklagten hörte, wurde er vom Angeklagten unterbrochen, der aufsprang und leidenschaftlich beteuerte: »Das ist nicht wahr! Das bin ich nicht gewesen!«

Der Staatsanwalt nahm von dem Zwischenruf keine Notiz und fuhr fort:

»Janet MacKenzie war überrascht; denn Miss French hatte Leonard Voles Besuch an jenem Abend nicht erwartet. Sie verließ jedoch das Haus wieder, und als sie um 23 Uhr zurückkehrte, fand sie Miss Emily French ermordet vor. Das Zimmer war in großer Unordnung. Ein Fenster war eingeschlagen, und die Vorhänge flatterten heftig hin und her. Von Entsetzen erfaßt, rief Janet MacKenzie die Polizei an, und am 20. Oktober wurde der Angeklagte verhaftet. Für die Anklage steht fest, daß Miss Emily Jane French am Abend des 14. Oktober zwischen 21.30 und 22 Uhr durch einen Schlag mit einem ›Totschläger‹ ermordet und dieser Schlag von dem Angeklagten ausgeführt worden ist. Ich werde nun Inspektor Hearne vernehmen.«

Inspektor Hearne betrat den Zeugenstand. Sobald er vereidigt war, forderte Myers ihn auf, über seinen Befund am Tatort zu berichten.

»Ich stellte fest«, sagte Hearne, »daß Miss Emily French tot war. Sie lag auf dem Gesicht und hatte schwere Verletzungen am Hinterkopf erlitten. Ein Fenster war eingeschlagen, und Glasscherben lagen auf dem Fußboden. Später entdeckte ich auch einige Glassplitter draußen unter dem Fenster.«

Diesen Punkt griff Myers auf: »Hat die Tatsache, daß Glasscherben sowohl drinnen als auch draußen vorhanden waren, eine besondere Bedeutung?«

»Das draußen befindliche Glas ließ nicht darauf schließen, daß das Fenster von außen her eingeschlagen worden war.«

»Sie meinen also, daß man das Fenster vom Zimmer aus eingeschlagen hatte und den Eindruck erwecken wollte, als sei es von außen her geschehen?«

Sir Wilfrid sprang auf. »Ich erhebe Einspruch. Mein Herr Kollege legt dem Zeugen die Antwort ja geradezu in den Mund. Er muß sich doch zumindest an die Regeln der Beweisaufnahme halten.«

»Ich werde meine Frage anders formulieren«, erklärte Myers. »Wenn ein Fenster von außen eingedrückt wird, wo liegen nach Ihren Erfahrungen die Glasscherben?«

»Auf der Innenseite.«

»Was haben Sie ferner unternommen?«

»Wir haben das Haus durchsucht, Aufnahmen gemacht und Fingerabdrücke abgenommen.«

»Was für Fingerabdrücke haben Sie gefunden?«

»Die von Miss French, Janet MacKenzie und Leonard Vole. Sonst keine.«

»Herr Inspektor, haben Sie nach allem, was Sie sahen, den Eindruck gewonnen, daß es sich tatsächlich um einen Einbruch handelt?«

Wieder schnellte Sir Wilfrid hoch. »Mylord, ich muß protestieren. Mein verehrter Herr Kollege versucht wieder, eine Meinung von diesem Zeugen zu erlangen.«

»Ja, Mr. Myers«, erklärte der Richter, »Sie werden sich wohl etwas mehr Mühe geben müssen.«

»Herr Inspektor«, begann Myers von neuem, »haben Sie irgend etwas entdeckt, das sich nicht mit einem Einbruch vereinbaren läßt?«

»Nur das Glas, Sir, sonst nichts.«

»Da scheinen wir ja hier eine Niete gezogen zu haben, Mr. Myers«, bemerkte der Richter trocken.

Myers ging unerschütterlich zu einem anderen Punkt über. »Sagen Sie mal, Herr Inspektor, trug Miss French wertvollen Schmuck?«

»Ja, Sir. Sie trug eine Diamantbrosche und zwei Brillantringe im Werte von neunhundert Pfund.«

»Und die hatte man ihr gelassen? Ist überhaupt etwas gestohlen worden?«

»Nach Janet MacKenzies Aussage fehlte nichts.«

»Ist es Ihnen in Ihrer Praxis schon einmal vorgekommen, daß ein Einbrecher das Haus verläßt, ohne etwas mitzunehmen?«

»Nein; es sei denn, er ist überrascht worden, Sir.«

»Aber in diesem Falle hat es doch nicht den Anschein, als sei der Einbrecher gestört worden?«

»Nein, Herr Staatsanwalt.«

»Sie haben da noch ein Beweisstück, Herr Inspektor. Einen Rock, nicht wahr?«

Der Rock wurde herübergereicht, identifiziert und vom Gerichtsdiener auf den Tisch gelegt.

»Woher haben Sie den Rock, Herr Inspektor?«

»Ich fand ihn kurz nach der Verhaftung des Angeklagten in seiner Wohnung und ließ ihn durch unseren Gerichtslaboranten auf Blutspuren hin untersuchen.«

»Ferner legen Sie noch das Testament von Miss French vor, nicht wahr, Herr Inspektor?«

»Ja, Herr Staatsanwalt.«

Der Gerichtsdiener reichte dem Inspektor das Testament und legte es dann zu dem Rock auf den Tisch.

»Datiert vom 8. Oktober?«

»Ja, Sir.«

»Und wer ist der Haupterbe?«

»Wenn man von einigen kleineren Vermächtnissen absieht, der Angeklagte, Sir.«

»Wie hoch ist der reine Vermögenswert?«

»Soweit es sich im Augenblick übersehen läßt, etwa fünfundachtzigtausend Pfund.«

Myers nahm Platz und ließ einen triumphierenden Blick durch den Zuschauerraum gleiten.

Sir Wilfrid erhob sich. Es lag nun an ihm, diese sehr belastende Zeugenaussage abzuschwächen. Er wandte sich an den Inspektor:

»Sie erwähnten, daß Sie nur Fingerabdrücke von Miss French, Janet MacKenzie und Leonard Vole gefunden hätten. Hinterläßt ein Einbrecher bei einem Einbruch gewöhnlich Fingerabdrücke, oder trägt er Handschuhe?«

»Gewöhnlich trägt er Handschuhe.«

»Demnach ist es also nicht überraschend, wenn nach einem Einbruch keine Fingerabdrücke des Einbrechers gefunden werden?«

»Nein, Sir.«

»Am Abend des 14. Oktober war es ziemlich windig, nicht wahr?«

»Ich kann mich nicht erinnern, Sir.«

»Mein Herr Kollege erwähnte, daß nach Aussage von Janet MacKenzie die Vorhänge flatterten. Vielleicht ist Ihnen das auch aufgefallen?«

»Sie bauschten sich allerdings ziemlich stark, Sir.«

»Das spricht dafür, daß es ein windiger Abend war. Wenn nun ein Einbrecher das Fenster von außen eingedrückt und dann den Flügel aufgerissen hat, so ist es doch sehr gut möglich, daß ein Windstoß den Flügel heftig zurückschleuderte und auf diese Weise ein paar Glasstücke *draußen* vor dem Fenster zu Boden fielen.«

»Ja, Sir.«

»Die Zahl der Gewalttaten ist in letzter Zeit stark angewachsen. Das geben Sie doch zu, Herr Inspektor?«

»Sie ragt über den Durchschnitt hinaus, Sir.«

»Nehmen wir einmal an, daß ein paar Rüpel einbrachen und Miss French attackierten, um dann ungehindert stehlen zu können. Als einer sie mit dem Totschläger niederschlug und entdeckte, daß sie tot war, ist es da nicht sehr gut möglich, daß die Burschen, von Panik ergriffen, Reißaus nahmen, ohne sich etwas anzueignen? Vielleicht hatten sie es nur auf Geld abgesehen und wollten mit Juwelen nichts zu tun haben.«

Hier erhob sich Myers und fiel ihm ins Wort. »Nach meiner Ansicht kann Inspektor Hearne unmöglich erraten, was in den Köpfen einiger Verbrecher vor sich ging, die wahrscheinlich nur in der Phantasie meines Herrn Kollegen existieren.«

Sir Wilfrid ging zu einem anderen Punkt über. »Soviel ich weiß, ist der Angeklagte von selbst zu Ihnen gekommen und hat seine Aussagen sehr bereitwillig gemacht.«

»Das stimmt, Sir.«

»Und hat der Angeklagte nicht immer wieder seine Unschuld beteuert?«

»Allerdings, Sir.«

Sir Wilfrid, der wußte, daß man Blutspuren am Rockärmel des Angeklagten gefunden hatte, zeigte dem Inspektor ein Messer.

»Dies ist ein französisches Gemüsemesser, das wir vom Küchentisch in der Wohnung des Angeklagten genommen haben und das Ihnen von seiner Frau bei ihrem ersten Verhör gezeigt worden ist. Stimmt's, Herr Inspektor?«

»Ja, Sir.«

»Prüfen Sie, bitte, die Schneide des Messers mit Ihrem Finger – aber vorsichtig! Geben Sie zu, daß Spitze und Schneide dieses Messers so scharf wie eine Rasierklinge sind?«

»Ja, Sir.«

»Und wenn Sie damit – sagen wir mal – Schinken schnitten und mit der Hand ausrutschten, könnten Sie sich da nicht eine sehr unangenehme Verletzung beibringen, die gar nicht wieder aufhören will zu bluten?«

Myers sprang auf. »Ich erhebe Einspruch! Das sind Spekulationen und keine Tatsachen.«

Sir Wilfrid zog die Frage zurück und versuchte es auf andere Weise. »Herr Inspektor, als Sie den Angeklagten nach den Blutspuren auf seinem Rockärmel befragten, hat er Sie da nicht auf eine kürzlich verheilte Narbe an seinem Handgelenk aufmerksam gemacht und Ihnen erklärt, daß sie von einer Wunde herrühre, die er sich beim Schinkenschneiden zugezogen habe?«

»Ja, das hat er getan.«

»Und die Frau des Angeklagten hat Ihnen dasselbe erzählt, nicht wahr?«

»Das erste Mal. Hinterher . . .«

»Ein einfaches Ja oder Nein, bitte. Hat Ihnen die Frau des Angeklagten dieses Messer gezeigt und gesagt, daß ihr Mann sich damit beim Schinkenschneiden verletzt habe?«

»Ja, Sir.«

Kaum hatte Sir Wilfrid das Kreuzverhör beendet, als Myers schon wieder aufsprang und den Inspektor mit Fragen bombardierte.

»Was hat Ihre Aufmerksamkeit zuerst auf den Rock gelenkt, Herr Inspektor?«

»Der Ärmel schien vor kurzem gewaschen worden zu sein.«

»Selbst wenn wir annehmen, daß die fragliche Wunde durch dieses Messer verursacht worden ist, so war doch nichts vorhanden, woraus man schließen konnte, ob der Angeklagte sich die Verletzung aus Versehen oder absichtlich beigebracht hatte, nicht wahr?«

Sir Wilfrid erhob Einspruch. »Das geht zu weit, Mylord. Wenn mein verehrter Herr Kollege seine Fragen gleichselbst beantwortet, dürfte die Anwesenheit des Zeugen überflüssig sein.«

Myers zog die Frage zurück und entließ den Inspektor. Nun wurde der Polizeiarzt Dr. Wyatt gerufen, und Myers forderte ihn auf, den Geschworenen alles zu erzählen, was er über den Tod von Miss Emily French wisse.

»Am 14. Oktober abends um elf Uhr«, begann Dr. Wyatt, »sah ich die Leiche von Miss Emily French. Die Untersuchung ergab, daß Miss French durch einen Schlag mit einem harten Gegestand auf den Kopf getötet worden war. Sie muß sofort tot gewesen sein. Die Körpertemperatur und andere Faktoren deuteten darauf hin, daß der Tod zwischen halb zehn und zehn Uhr eingetreten sein mußte.«

»Waren Anzeichen dafür vorhanden, daß Miss French sich gegen den Angreifer gewehrt hat?« fragte Myers.

»Ich habe nichts davon bemerkt. Im Gegenteil, ich hatte den Eindruck, daß der Schlag völlig unerwartet für sie kam.«

Myers stellte keine weiteren Fragen und überließ Sir Wilfrid das Feld.

»Herr Doktor, sagen Sie mir bitte genau, welche Stelle am Kopf getroffen worden ist. Es war doch wohl nur ein Schlag, nicht wahr?«

»Ja, nur einer. Er traf links die Junktur der parietalen, der okzipitalen und der Schläfenknochen.«

»Sehr interessant. Aber allgemeinverständlich ausgedrückt hieße das?«

»Die Stelle hinter dem linken Ohr.«

»Kann man daraus schließen, daß der Schlag von einer linkshändigen Person ausgeführt worden ist?«

»Das ist möglich, läßt sich aber nicht mit Bestimmtheit sagen.«

»Erforderte dieser Schlag sehr viel Kraft?«

»Keineswegs.«

»Dann hätte er also auch von einer Frau ausgeführt werden können, nicht wahr?«

»Gewiß.«

Als nächste Zeugin ließ Myers Janet MacKenzie aufrufen. Eine ältere, männlich aussehende Schottin mit bärtiger Oberlippe und weißen Porzellanzähnen betrat den Gerichtssaal, und aus den Blicken, die sie dem Angeklagten zuschleuderte, ging deutlich hervor, daß sie nicht die geringste Sympathie für den jungen Mann hatte. Zu Beginn der Vereidigung hielt sie die Bibel in der linken Hand, bis der Gerichtsdiener sie darauf aufmerksam machte, daß sie in die rechte Hand gehöre.

Myers wandte sich ihr mit einschmeichelnder Miene zu:

»Sie waren also Gesellschafterin und Haushälterin bei der verstorbenen Miss Emily French?«

»Ich war ihre Haushälterin. Halte nicht viel von Gesellschafterinnen. Armselige, schwächliche Kreaturen, die Angst haben, sich mal die Hände schmutzig zu machen.«

»Ganz recht, ganz recht. Ich wollte damit ja auch nur sagen, daß Sie von Miss French geachtet und geschätzt wurden und ihr mehr waren als eine Angestellte.«

»Zwanzig Jahre habe ich für sie gesorgt und ihr Vertrauen genossen, und manches Mal habe ich sie daran gehindert, eine Dummheit zu begehen. Sie war zu warmherzig und impulsiv.«

»Wann haben Sie den Angeklagten zum erstenmal gesehen?«

»Ende August kam er ins Haus. Erst einmal die Woche, dann zwei- oder dreimal. Scharwenzelte immer um sie herum, erzählte ihr, wie jung sie aussehe, und schmeichelte ihr, wenn sie etwas Neues anhatte.«

Myers unterbrach hastig diesen Redefluß und veranlaßte sie, den Geschworenen noch einmal die Ereignisse des verhängnisvollen Abends zu schildern, was sie auch in epischer Breite tat.

»Sind Sie ganz sicher«, fragte Myers schließlich, »daß es der Angeklagte war, dessen Stimme Sie gehört haben?«

»O ja, ich kenne seine Stimme zur Genüge.«

»Wie wissen Sie denn, daß die von Ihnen angegebenen Zeiten stimmen?«

»Ich habe meine Uhr mit der meiner Freundin verglichen, und sie gingen ganz gleich. Und als ich dann gegen elf nach Hause kam« – hier zitterte ihre Stimme vor Erregung –, »lag die arme Seele am Boden. Ihr Kopf war eingeschlagen. Sämtliche Schubladen waren herausgezogen und der Inhalt durcheinandergewühlt. Eine Vase lag zerbrochen auf dem Fußboden. Die Gardinen bauschten sich im Wind. Ich habe dann gleich die Polizei angerufen.«

»Glaubten Sie wirklich, daß es Einbrecher gewesen waren?«

Sir Wilfrid erhob hier heftigen Einspruch, und der Richter ließ die Frage nicht zu. Statt dessen fragte Myers:

»Was haben Sie getan, nachdem Sie die Polizei angerufen hatten?«

»Ich habe das Haus nach einem Eindringling durchsucht, habe aber außer dem Durcheinander im Wohnzimmer nichts weiter entdeckt.«

»Was wußten Sie eigentlich über den Angeklagten?«

»Ich wußte, daß er Geld brauchte.«

»Hat er Miss French um Geld gebeten?«

»Nein, dazu war er zu schlau.«

»Hat er Miss French bei ihren Geschäftsangelegenheiten geholfen?«

»Ja, das hat er getan, obwohl es gar nicht nötig war. Miss French hatte einen klaren Kopf für solche Dinge.«

»Ist Ihnen bekannt, wann Miss French ihr letztes Testament machte?«

»Das war am 8. Oktober. Ich hörte, wie sie am Tage vorher mit ihrem Rechtsanwalt telefonierte. Er solle kommen, da sie ein neues Testament machen wolle. Der Angeklagte war auch dabei und protestierte dauernd, und die gnädige Frau sagte: ›Aber ich möchte es gern, mein lieber Junge. Ich wäre neulich beinahe vom Bus überfahren worden, und das kann jeden Augenblick wieder passieren.‹ «

»Miss MacKenzie, wußten Sie, daß der Angeklagte verheiratet war?«

»Nein, und meine Herrin auch nicht.«

Sir Wilfrid erhob Einspruch mit der Begründung, daß

Miss MacKenzie nur Vermutungen darüber anstellen könne, was ihre Herrin gewußt oder nicht gewußt habe.

»Dann wollen wir es anders ausdrücken«, fuhr Myers fort. »Sie waren zu der Ansicht gelangt, daß Miss French Leonard Vole für unverheiratet hielt. Stützte sich diese Ansicht auf irgendwelche Tatsachen?«

»Ja, die Bücher, die sie von der Bibliothek bestellte. Sie las das ›*Leben der Baronin Burdett Courtts*‹ und ein Buch über Disraeli und seine Frau. Beide Bücher handeln von Frauen, die sehr viel jüngere Männer geheiratet hatten. Ich wußte schon, was sie im Sinn hatte.«

»Ich fürchte«, unterbrach sie der Richter, »daß dies aus dem Protokoll gestrichen werden muß.«

»Warum?« fragte Janet MacKenzie.

»Weil ich es für durchaus möglich halte, daß eine Frau ein Buch über das Leben Disraelis liest, ohne eine Heirat mit einem jüngeren Manne zu planen.«

Diese Bemerkung löste unter den Zuschauern Heiterkeit aus, die aber bald vom Gerichtsdiener unterdrückt wurde.

Sir Wilfrid begann sein Kreuzverhör mit ein paar sanften und freundlichen Redensarten, um keinen Antagonismus bei ihr zu erwecken. Dann kam er auf das Testament zurück.

»Miss MacKenzie, war Ihnen bekannt, daß Miss French in ihrem vorletzten Testament fast ihr ganzes Vermögen Ihnen vermacht hatte?«

»Ja, das hat sie mir selbst gesagt. ›Alles Schwindel, diese Wohltätigkeitsvereine‹, erklärte sie. ›Hierfür Geld und dafür Geld. Nur an die Stellen, für die es eigentlich gedacht ist, kommt es nicht. Ich habe Ihnen alles vermacht, Janet, und Sie können damit tun, was Sie für richtig halten.‹ «

»In ihrem letzten Testament hat Miss French Ihnen aber nur ein kleines Vermächtnis hinterlassen. Der Haupterbe ist Leonard Vole.«

»Ja, und es wäre eine himmelschreiende Ungerechtigkeit, wenn er je einen Penny davon in die Hand bekäme«, stieß sie giftig hervor.

Sir Wilfrid kam nun auf den Abend des 14. Oktober zu sprechen. »Sie behaupten, Sie hätten gehört, wie sich der Angeklagte mit Miss French unterhielt. Worüber sprachen denn die beiden?«

»Ich habe nicht verstanden, was gesagt wurde. Ich hörte nur, daß sie sich unterhielten und lachten.«

»Mit anderen Worten, Sie hörten nur das Geräusch von Stimmen. Wie kommen Sie dann zu der Behauptung, daß es die Stimme des Angeklagten war?«

»Weil ich seine Stimme ganz genau kenne.«

»Die Tür war doch verschlossen, nicht wahr?«

»Ja, sie war zu.«

»Ich vermute, daß Sie beide Male sehr schnell an der Tür vorbeigegangen sind, um bald wieder zu Ihrer Freundin zu kommen. Habe ich recht?«

»Ich war nicht besonders in Eile; hatte ja den ganzen Abend vor mir.«

»Aber Miss MacKenzie, Sie wollen doch wohl nicht bei den Geschworenen den Eindruck erwecken, als hätten Sie an der Tür gelauscht?«

Ein Schmunzeln ging durch den Zuschauerraum, als Janet MacKenzie sich heftig gegen diesen Verdacht wehrte. Nun spielte Sir Wilfrid seinen Trumpf aus:

»Miss MacKenzie, soweit ich unterrichtet bin, sind Sie ein Mitglied der staatlichen Krankenversicherung.«

»Ja. Viereinhalb Schilling muß ich jede Woche bezahlen. Einen Haufen Geld für eine Frau in meinen Verhältnissen.«

»Da haben Sie vollkommen recht«, sagte Sir Wilfrid verständnisvoll. »Aber sagen Sie mal, Miss MacKenzie, haben Sie nicht kürzlich einen Hörapparat beantragt?«

»Das stimmt. Schon vor sechs Monaten, und ich habe ihn immer noch nicht.«

»Ihr Gehör ist demnach nicht ganz in Ordnung, wie?« Er senkte seine Stimme und fragte leise: »Wenn ich Ihnen nun sage, Miss MacKenzie, daß Sie mit Ihrem schlechten Gehör eine Stimme durch eine geschlossene Tür wahrscheinlich gar nicht erkennen können, was werden Sie mir da antworten?« Nach einer kleinen Pause fuhr er mit normaler Stimme fort: »Können Sie mir sagen, was ich eben gefragt habe?«

»Ich kann Leute nicht verstehen, wenn sie murmeln.«

»Tatsache ist, daß Sie mich nicht verstanden haben, obwohl ich nur ein paar Schritte von Ihnen entfernt im offenen Gerichtssaal stehe. Und doch wollen Sie bei einer normalen Unterhaltung die Stimme des Angeklagten hinter einer geschlossenen Tür erkannt haben, an der Sie rasch vorübergegangen sind.«

»Er war es, das sage ich Ihnen. Er war's.«

»Der Wunsch ist wohl der Vater des Gedankens. Sie haben eben ein Vorurteil gegen den Angeklagten.«

»Aber wer soll es denn sonst gewesen sein?«

»Sehen Sie, da haben wir's ja: wer sollte es denn sonst gewesen sein? Sie hatten eben nur den Angeklagten im Kopf. Nun sagen Sie mal, Miss MacKenzie, wenn Miss French abends allein war, hat sie doch sicher hin und wieder das Radio angedreht, nicht wahr?«

»Ja, sie interessierte sich sehr für ein gutes Hörspiel.«

»Dann war es doch durchaus möglich, daß das Lachen sowie die Männer- und Frauenstimme aus dem Radio kamen. An jenem Abend wurde nämlich zu der Zeit ein Lustspiel gegeben.«

»Es war aber nicht das Radio.«

»Wie können Sie das so eigensinnig behaupten?«

»Weil das Radio gar nicht im Hause war; es wurde repariert.«

Sir Wilfrid wurde durch diese unerwartete Antwort ein wenig aus dem Geleise geworfen. Er faßte sich aber schnell und ging unbeirrt zu einem neuen Angriff über.

»Miss MacKenzie, wenn Sie wirklich in dem Glauben lebten, daß Miss French den Angeklagten heiraten wollte, so muß Sie das doch sehr aufgeregt haben. Dadurch war ja Ihre ganze Lebensweise bedroht; denn der Angeklagte hätte Miss French wahrscheinlich dazu überredet, Sie zu entlassen, nicht wahr?«

»Das hätte meine Herrin wohl nicht getan nach all diesen Jahren. Aber er hätte bestimmt kein Mittel unversucht gelassen. Auf jeden Fall wäre durch ihn alles anders geworden.«

»So etwas kann einen natürlich aus der Fassung bringen.« Sir Wilfrid war die Teilnahme selbst. »Kein Wunder, daß Sie so erbittert gegen den Angeklagten sind!«

Der Staatsanwalt erhob sich mit der recht sarkastischen Bemerkung:

»Mein verehrter Herr Kollege hat ja wirklich keine Mühe gescheut, um aus Ihnen das Motiv der Rachsucht zu extrahieren . . .«

»Eine schmerzlose Extraktion – völlig schmerzlos«, warf Sir Wilfrid dazwischen, ohne aufzustehen, aber so, daß die Geschworenen es hören konnten.

Myers ignorierte diesen Zwischenruf und fuhr fort: »Miss MacKenzie, Sie haben durch die geschlossene Tür die Stimme des Angeklagten erkannt, ohne seine Worte verstanden zu haben. Wollen Sie bitte den Geschworenen erklären, wie Sie zu der Überzeugung kamen, daß es seine Stimme war?«

Langsam und nachdrücklich, als habe sie jedes Wort erwogen, antwortete Miss MacKenzie: »Man kann eine Stimme erkennen, auch wenn man nicht versteht, was gesprochen wird.«

Als sie den Zeugenstand verließ, versäumte sie es nicht, dem Richter einen guten Morgen zu wünschen, wodurch sie beim Publikum abermals Heiterkeit auslöste.

Nach ihr wurde Mr. Clegg, ein Assistent am gerichtsmedizinischen Institut von Scotland Yard, vernommen. Er bestätigte, daß er den Rock des Angeklagten auf Blutspuren hin untersucht und an einem Ärmel auch einige entdeckt habe.

»Haben Sie festgestellt«, fragte Myers, »welcher Gruppe dieses Blut angehört?«

»Ja, es gehört zur Gruppe o.«

»Hat man Ihnen auch eine Blutprobe von Miss French zur Untersuchung übergeben?«

»Ja. Ihr Blut gehört ebenfalls der Gruppe o an.«

Myers überließ den Zeugen dem Verteidiger mit einer Miene, als wolle er sagen: Nun sehen Sie zu, wie Sie mit diesem Burschen fertigwerden. Zu seinem großen Erstaunen ließ sich Sir Wilfrid von seinem Partner eine Bescheinigung reichen.

»Ich habe hier ein Attest, das besagt, daß Leonard Vole Blutspender am Nord-Londoner Krankenhaus ist und ebenfalls der Blutgruppe o angehört. Wie Ihnen sicherlich bekannt ist, hat der Angeklagte sich geschnitten. Das Blut an seinem Ärmel könnte also ebensogut aus seiner eigenen Wunde stammen, nicht wahr?«

»Das ist durchaus möglich«, gab Mr. Clegg zu, und mit dieser Antwort wurde dem Staatsanwalt der Wind aus den Segeln genommen.

Nun ließ der Staatsanwalt die Zeugin Romaine Heilger rufen. Als diese den Zeugenstand betrat, erhob sich ein lautes Gemurmel im Saal, so daß der Gerichtsdiener gezwungen war, die Anwesenden zur Ruhe zu ermahnen. Die Zeugin wurde vereidigt, und mit der ersten Frage stellte der Staatsanwalt fest, daß sie zwar eine Ehe mit dem Angeklagten eingegangen, diese Ehe aber ungültig war, da ihr erster Mann, von dem sie nicht geschieden war, zu der Zeit noch lebte. Als Beweis legte der Staatsanwalt dem Richter einen Trauschein vor, aus dem hervorging, daß am 18. April 1946 in Leipzig die Eheschließung zwischen der Zeugin und Otto Gert Heilger vollzogen worden war. Daraufhin erklärte der Richter die Zeugin für vernehmungsfähig, nachdem Sir Wilfrid zuerst versucht hatte, sie als befangen abzulehnen.

Der Staatsanwalt fragte zunächst: »Mrs. Heilger, sind Sie willens, gegen den Angeklagten, den Sie bisher Ihren Mann genannt haben, auszusagen?«

Sie antwortete mit fester Stimme: »Ja, ich bin dazu bereit.«

Jetzt sprang Leonard Vole von der Anklagebank auf und rief entsetzt: »Aber Romaine – was sagst du denn da – bist du von Sinnen?«

Der Richter wandte sich an den Angeklagten: »Ich muß auf Ruhe bestehen. Ihr Anwalt wird Ihnen sagen, daß Sie in Kürze Gelegenheit haben werden, sich selbst zu verteidigen.«

Myers fuhr mit der Vernehmung fort: »Schildern Sie uns bitte die Vorgänge des 14. Oktober.«

»Ich war den ganzen Abend zu Hause.«

»Und Leonard Vole?«

»Leonard ging um halb acht fort.«

»Und wann kam er zurück?«

»Um zehn Minuten nach zehn.«

Wieder sprang der Angeklagte auf und rief erregt: »Das ist nicht wahr. Ich bin kurz vor halb zehn nach Hause gekommen!«

Mr. Mayhew eilte zu ihm und versuchte, ihn zu beschwichtigen. Aber Vole fuhr fort: »Wie kommst du nur dazu, so etwas zu behaupten?. Ich verstehe das einfach nicht.« Er sank in sich zusammen und barg das Gesicht in den Händen, während er im Flüsterton wiederholte: »Ich verstehe es einfach nicht.«

»Was geschah«, fragte der Staatsanwalt, »als Leonard Vole um zehn Minuten nach zehn nach Hause kam?«

»Er war ganz außer Atem und sehr erregt. Hastig zog er seinen Rock aus und untersuchte die Ärmel. Dann sagte er: ›Verdammt nochmal, da sind ja Blutspritzer! Hier, wasch mal die Aufschläge aus.‹ Ich fragte ihn, was geschehen sei, und er antwortete: ›Ich habe sie umgebracht!‹ «

An dieser Stelle wurde die Zeugin wieder von dem Angeklagten unterbrochen, der wie von Sinnen rief: »Das ist nicht wahr! Kein Wort davon ist wahr!«

Der Richter beugte sich erstaunt vor: »Sind Sie sich eigentlich bewußt, was Sie hier sagen, Mrs. Heilger?«

»Ich soll doch die Wahrheit sprechen, nicht wahr?« lautete ihre Antwort.

Der Staatsanwalt setzte das Verhör fort: »Als der Angeklagte sagte: ›Ich habe sie umgebracht‹, wußten Sie da sofort, wer damit gemeint war?«

»Ja, ich wußte, daß es sich um die alte Dame handelte, die er so oft besucht hatte.«

»Und was geschah dann?«

»Leonard schärfte mir ein zu sagen, daß er um halb zehn nach Hause gekommen und den ganzen Abend bei mir gewesen sei. Vor allen Dingen sollte ich nicht vergessen, daß er um halb zehn zu Hause gewesen sei. Ich fragte ihn, ob die

Polizei wisse, daß er diesen Mord begangen habe. Darauf antwortete er mir: ›Nein, sie werden annehmen, es handle sich um einen Einbrecher.‹ «

»Mrs. Heilger, bei Ihrer ersten Vernehmung haben Sie ausgesagt, daß Leonard Vole um halb zehn zu Hause gewesen sei. Jetzt haben Sie Ihre Aussage geändert. Warum?«

»Weil es um einen Mord geht. Ich kann nicht weiterhin lügen, nur um ihn zu retten. Gewiß, ich bin ihm dankbar. Er hat mich in dieses Land gebracht, und bisher habe ich auch alles getan, worum er mich gebeten hat, weil ich ihm verpflichtet war.«

»Doch wohl auch, weil Sie ihn liebten?«

»Nein, ich habe ihn nie geliebt.«

»Romaine!« klang ein verzweifelter Schrei von der Anklagebank zu ihr herüber. Doch sie achtete nicht darauf und wiederholte: »Ich habe ihn nie geliebt.«

»Aber Sie waren dem Angeklagten Dank schuldig und daher zunächst bereit, ihm ein Alibi zu verschaffen. Später kam es Ihnen dann zum Bewußtsein, daß Sie nicht richtig gehandelt hatten, nicht wahr?«

»Ja, so war es.«

»Warum hielten Sie auf einmal Ihre Handlungsweise für falsch?«

»Ich sagte es Ihnen ja schon. Weil es sich um einen Mord handelt. Ich kann doch nicht vor Gericht lügen und unter Eid aussagen, daß Leonard zur Zeit des Verbrechens bei mir zu Hause war. Nein, das kann ich nicht. Das kann ich beim besten Willen nicht. Ich muß die Wahrheit sprechen.«

»Und was Sie heute ausgesagt haben, das ist also die reine Wahrheit vor Gott?«

»Ja, das ist die Wahrheit.«

Sir Wilfrid begann nun das Kreuzverhör.

»Wußte der Angeklagte, als er mit Ihnen diese Formehe

einging, daß Sie verheiratet waren und Ihr erster Mann noch lebte?«

»Nein.«

»Er handelte also im guten Glauben?«

»Ja.«

»Und Sie waren ihm sehr dankbar?«

»Natürlich war ich ihm dankbar.«

»Das haben Sie bewiesen, indem Sie hierherkamen und gegen ihn aussagten.«

»Ich muß doch die Wahrheit sagen!«

»Ist es aber die Wahrheit?« fragte Sir Wilfrid wütend.

»Ja.«

»Ich warne Sie um Ihrer selbst willen, wenn Ihnen das Schicksal des Angeklagten auch gleichgültig ist. Die Strafe für Meineid ist schwer.«

Hier legte sich Myers ins Mittel. »Mylord, ich weiß nicht, ob diese theatralischen Ausbrüche die Geschworenen beeindrucken sollen, aber ich möchte doch darauf hinweisen, daß kein Grund vorliegt, die Glaubwürdigkeit der Zeugin anzuzweifeln.«

»Mr. Myers«, erwiderte der Richter, »es geht hier um Leben und Tod, und da möchte ich der Verteidigung, soweit es angängig ist, jeden Spielraum lassen. Bitte, Sir Wilfrid.«

Durch eine Reihe geschickter Fragen verwickelte Sir Wilfrid die Zeugin in Widersprüche, als er sie über die Blutspuren am Ärmel verhörte.

»Vielleicht ist Ihr Gedächtnis in bezug auf andere Teile Ihrer Geschichte ebenso unzuverlässig. Ursprünglich haben Sie der Polizei gesagt, daß Leonard Vole sich beim Schinkenschneiden verletzt habe und das Blut am Ärmel daher stamme. Warum haben Sie damals gelogen?«

»Ich habe gesagt, was Leonard mir aufgetragen hatte.«

»Und sogar das Messer gezeigt, mit dem er den Schinken geschnitten hatte, wie?«

»Als Leonard die Blutflecke am Ärmel entdeckte, hat er sich absichtlich einen Schnitt beigebracht, um den Anschein zu erwecken, daß das Blut von ihm selbst stamme.«

»Das habe ich nicht getan!« rief der Angeklagte dazwischen. Sobald sich dieser wieder beruhigt hatte, fuhr Sir Wilfrid fort:

»Sie geben also zu, daß Ihre ursprüngliche Aussage der Polizei gegenüber ein Gewebe von Lügen war. Sie scheinen eine vortreffliche Lügnerin zu sein. Man fragt sich nur: haben Sie damals gelogen, oder lügen Sie jetzt? Wenn Sie wirklich so entsetzt darüber gewesen wären, daß ein Mord begangen worden war, warum haben Sie da nicht schon bei Ihrer ersten Vernehmung die Wahrheit gesagt?«

»Ich hatte Angst vor Leonard.«

Sir Wilfrid wies auf die zusammengesunkene Gestalt auf der Anklagebank: »Sie hatten Angst vor Leonard Vole – Angst vor dem Mann, dem Sie soeben durch Ihre Aussage das Herz gebrochen und allen Lebensmut genommen haben? Ich denke, die Geschworenen werden wissen, wem sie mehr Glauben schenken sollen.«

Der Staatsanwalt wandte sich an den Richter: »Mylord, die Beweisaufnahme der Anklage ist geschlossen.«

Nun hielt Sir Wilfrid eine kurze Ansprache an den Richter und die Geschworenen. Er betonte, daß die Indizien gegen den Angeklagten sehr belastend seien, und erwähnte lobend die unparteiischen Aussagen der Polizei und der Sachverständigen. Jedoch warnte er davor, den Aussagen der Haushälterin Janet MacKenzie und der Frau, die sich bisher Romaine Vole genannt habe, allzu große Bedeutung beizumessen. »Meine Damen und Herren, glauben Sie etwa, daß diese

Zeuginnen in ihren Aussagen vorurteilsfrei gewesen sind? Janet MacKenzie, die durch das neue Testament ihrer Herrin ein Vermögen verloren hat, weil ihr Platz durch diesen unglückseligen jungen Mann ohne sein Dazutun eingenommen worden war ... Romaine Vole oder Heilger – wie sie sich auch nennen mag –, die ihn in eine Heirat lockte, wobei sie ihm verheimlichte, daß sie schon verheiratet war. Diese Frau schuldet ihm mehr, als sie je wiedergutmachen kann. Sie benutzte ihn nur als Mittel zum Zweck. Er sollte sie lediglich vor politischer Verfolgung retten. Sie hat ja gestanden, daß sie ihn niemals liebte. Nun hat er seinen Zweck erfüllt. Ich bitte Sie, meine Damen und Herren, ihre Aussage sehr sorgfältig zu prüfen – die Aussage einer Frau, der wahrscheinlich die verderbliche Doktrin eingeimpft worden ist, daß die Lüge eine Waffe sei, die man jederzeit zu seinem eigenen Vorteil anwenden dürfe. Meine Damen und Herren, ich rufe jetzt den Angeklagten, Leonard Vole, auf.«

Leonard Vole, der sich inzwischen wieder gefaßt hatte, ging festen Schrittes zum Zeugenstand und legte den Eid ab.

In dem nun folgenden Verhör gab Sir Wilfrid dem Angeklagten Gelegenheit, vor Gericht das zu wiederholen, was er ihm im Verlauf ihrer ersten Unterredung gesagt hatte. Zum Schluß fragte er ihn: »Sie haben die Aussage der Frau gehört, die Sie bis jetzt als Ihre Frau ansahen.«

»Ja«, erwiderte Vole erregt, »und ich kann nicht verstehen ...«

Sir Wilfrid fiel ihm ins Wort: »Ich weiß, daß Sie das alles sehr aufgeregt hat. Aber ich bitte Sie, alle Gefühle auszuschalten und meine Frage sachlich zu beantworten. Hat die Zeugin die Wahrheit gesprochen oder nicht?«

»Sie hat nicht die Wahrheit gesprochen.«

»Nun noch eine letzte Frage, Mr. Vole. *Haben Sie Emily French getötet?«*

»Nein, ich habe sie nicht getötet.«

Sobald Sir Wilfrid Platz genommen hatte, begann Staatsanwalt Myers mit dem Kreuzverhör.

»Zu welchem Zeitpunkt in Ihrer Bekanntschaft mit Miss French haben Sie erfahren, daß sie eine reiche Frau war?«

»Ich hatte keine Ahnung davon, als ich sie zuerst besuchte.«

»Aber sobald Ihnen dies klargeworden war, beschlossen Sie die Bekanntschaft zu pflegen, nicht wahr?«

»Ich weiß, es sieht so aus. Aber ich mochte sie wirklich gern. Geld hatte nichts damit zu tun.«

»Wieviel Geld hatten Sie auf der Bank, als Sie verhaftet wurden?«

»Sehr wenig. Nur ein paar Pfund.«

Wieder holte Myers zu einem bösen Schlag aus. »Ich werde es Ihnen sagen. Bei Ihrer Verhaftung waren Sie finanziell in einer verzweifelten Situation!«

»Das stimmt nicht. Ich machte mir wohl Sorgen, das gebe ich zu. Aber meine Lage war nicht hoffnungslos.«

»Sie hatten also Geldsorgen, machten die Bekanntschaft einer reichen Frau und bewarben sich eifrig um ihre Gunst.«

»Sie verdrehen mir die Worte im Munde. Ich sagte Ihnen doch, ich mochte Miss French wirklich gern.«

»Obwohl Miss French eine tüchtige Geschäftsfrau war, haben Sie ihr bei den Steuererklärungen geholfen. Wie kamen Sie dazu?«

»Das Ausfüllen der Formulare machte ihr Schwierigkeiten. Sie wissen ja selbst, daß es nicht so einfach ist, sich darin zurechtzufinden.«

»Bei dieser Gelegenheit haben Sie dann gleich erfahren, wie hoch ihr Einkommen war. Sehr vorteilhaft! Sie haben doch bestimmt gehofft, einen finanziellen Vorteil aus Ihrer Freundschaft mit Miss French zu ziehen, nicht wahr?«

»Nicht in dem Sinne, wie Sie es meinen.«

»Sie scheinen ja meine Gedanken besser zu kennen als ich. In welchem Sinne haben Sie denn einen finanziellen Vorteil erhofft?«

»Ich hatte eine Erfindung gemacht – einen Scheibenwischer, der bei Schneefall besonders gut funktioniert –, und ich nahm an, daß Miss French die Sache vielleicht finanzieren würde. Aber das war nicht der einzige Grund, warum ich sie besuchte. Ich wiederhole nochmals: ich mochte sie gern.«

»Ja, ja, das haben wir nun reichlich oft gehört – wie gut Sie sie leiden konnten.«

»Es stimmt aber auch«, beharrte der Angeklagte.

»Mr. Vole, es hat sich herausgestellt, daß Sie etwa eine Woche vor Miss Frenchs Tode in einem Reisebüro waren und Erkundigungen über Vergnügungsreisen ins Ausland eingezogen haben.«

»Selbst wenn ich das getan habe«, parierte Vole, »ist das etwa ein Verbrechen?«

»Keineswegs. Viele Leute machen solche Reisen, *wenn sie sie bezahlen können.* Aber *Sie* konnten sich doch so etwas nicht leisten, Mr. Vole.«

»Ich war allerdings etwas knapp. Daraus habe ich keinen Hehl gemacht.«

»Und doch gingen Sie in das betreffende Reisebüro in Begleitung einer Blondine – einer ›Erdbeerblonden‹ – wie ich höre, und . . .«

»Mit einer Erdbeerblonden, Mr. Myers?« warf der Richter erstaunt ein.

»Ja, das ist die Bezeichnung für eine Dame mit rötlichblondem Haar, Mylord.«

»Ich bildete mir ein, alle blonden Typen zu kennen. Doch eine Erdbeerblonde ist mir noch nicht über den Weg gelaufen. Aber man lernt bekanntlich nie aus. Bitte, fahren Sie fort, Mr. Myers.«

»Was haben Sie dazu zu sagen, Mr. Vole?«

»Meine Frau ist nicht blond, und außerdem geschah das alles nur zum Spaß.«

»Dann geben Sie also zu, daß Sie sich dort erkundigt haben, und zwar nicht nach billigen Ausflügen, sondern nach den teuersten Luxusreisen. Wie gedachten Sie denn, das zu bezahlen?«

»Überhaupt nicht.«

»Und ich sage Ihnen, Sie wußten, daß Sie in einer Woche ein großes Vermögen erben würden – von einer älteren Dame, die Ihnen ihr volles Vertrauen geschenkt hatte.«

»Das wußte ich nicht. Ich hatte nur alles satt, und da hingen die verlockenden Plakate in den Fenstern – mit Kokospalmen und blauem Meer. Also ging ich hinein und holte mir Auskunft. Ich machte wohl einen etwas schäbigen Eindruck, denn der Angestellte musterte mich ziemlich geringschätzig. Das brachte mich hoch. Da habe ich mich ein wenig aufgespielt« – er grinste plötzlich, als mache ihm die Szene jetzt noch Spaß – »und nach den extravagantesten Reisen gefragt – alles nur Luxusklasse mit einer Kabine auf dem Bootsdeck!«

»Und das sollen Ihnen die Geschworenen glauben?«

»Niemand braucht mir etwas zu glauben. Aber so war es. Es war vielleicht kindisch. Doch ich hatte Spaß daran.« Er macht auf einmal einen pathetischen Eindruck, als er hinzusetzte: »Ich habe dabei bestimmt nicht an Mord oder Erbschaft gedacht.«

»Dann war es also nur ein bemerkenswerter Zufall, daß Miss French wenige Tage später ermordet wurde und Ihnen ihr ganzes Vermögen hinterließ?«

»Ich versichere Ihnen nochmals, ich habe sie nicht getötet.«

»Wie Sie hörten, sagte Mrs. Heilger aus, daß Sie nicht um *fünfundzwanzig Minuten nach neun,* sondern um *zehn Minuten nach zehn* nach Hause gekommen sind . . .«

»Das ist nicht wahr!« rief der Angeklagte.

». . . daß Ihr Anzug Blutflecke aufwies und daß Sie ihr gegenüber unumwunden zugegeben haben, Sie hätten Miss French umgebracht.«

Der Angeklagte schluckte krampfhaft und beteuerte dann wieder: »Es ist nicht wahr. Ich versichere es Ihnen. Kein Wort davon ist wahr!«

»Können Sie mir einen Grund nennen, warum diese junge Dame, die doch als Ihre Frau galt, eine derartig belastende Aussage gegen Sie gemacht haben sollte, wenn die Geschichte nicht wahr wäre?«

»Nein, das kann ich eben nicht. Das ist ja gerade das furchtbare. Sie muß unter dem seelischen Druck verrückt geworden sein.«

»So? Auf mich machte sie einen außerordentlich klaren und beherrschten Eindruck. Ist Wahnsinn der einzige Grund, den Sie angeben können?«

Der Angeklagte rang die Hände. »Ich verstehe es einfach nicht. Mein Gott, was ist bloß passiert? Was ist in sie gefahren?«

»Sehr wirkungsvoll – diese Szene, Mr. Vole. Aber vor Gericht haben wir es nur mit Tatsachen zu tun. Wir haben lediglich Ihr Wort dafür, daß Sie um fünfundzwanzig Minuten nach neun zu Hause angelangt und nicht wieder fortgegangen sind.«

Der Angeklagte blickte wild umher. »Es muß mich doch jemand gesehen haben – auf der Straße oder als ich ins Haus ging.«

»Das sollte man eigentlich annehmen. Aber die einzige Person, die Sie an jenem Abend nach Hause kommen sah, behauptete, es sei zehn Minuten nach zehn gewesen. Auch behauptete diese Person, daß Ihr Anzug Blutspuren aufgewiesen habe.«

»Ich hatte mich geschnitten.«

»Sehr einfach, sich eine Verletzung beizubringen für den Fall, daß später Fragen gestellt werden sollten.«

Hier brach der Angeklagte zusammen und schrie hysterisch in den Saal: »Sie verdrehen alles – alles, was ich sage. Sie stellen mich ganz anders hin, als ich in Wirklichkeit bin.«

»Sie haben sich den Schnitt absichtlich beigebracht.«

»Das habe ich nicht getan.«

»Sie sind um zehn Minuten nach zehn nach Hause gekommen.« Wie Hammerschläge prasselten die Anschuldigungen auf den Angeklagten herab.

»Das stimmt nicht. Sie *müssen* es mir glauben. Sie müssen es mir *glauben!*«

»Sie haben Emily French ermordet.«

»Nein, nein, ich habe es nicht getan. Ich habe sie nicht umgebracht. Ich habe noch nie einen Menschen getötet. O Gott! Es ist wie ein Alpdruck – wie ein böser, schrecklicher Traum!«

Einem Nervenzusammenbruch nahe, wurde der Angeklagte abgeführt, und damit war der erste Verhandlungstag zu Ende.

Sir Wilfrid und Mr. Mayhew kehrten zu Fuß in Sir Wilfrids Büro zurück.

»Verdammter Nebel!« knurrte Sir Wilfrid, als er die Fenstervorhänge zuzog. »Da kommt man nun aus einem dumpfen Gerichtssaal und will ein bißchen frische Luft schnappen. Und was findet man? Nebel!«

»Aber der da draußen ist nicht so dicht wie der Nebel, in den wir durch Mrs. Heilgers Schrullen geraten sind«, erwiderte Mr. Mayhew und legte seine Aktenmappe auf den Tisch.

Sir Wilfrid pflichtete ihm aufrichtig bei. »Diese verflixte Frau! Vom ersten Moment an, als sie mir unter die Augen kam, habe ich Unheil gewittert. Ein durch und durch rachsüchtiges Weibsbild und viel zu gerissen für den einfältigen jungen Tropf auf der Anklagebank. Aber was führt sie im Schilde? Was will sie erreichen?«

»Daß Leonard Vole verurteilt wird, wie mir scheint.«

»Undankbare Kreaturen, die Frauen. Aber warum so gehässig? Wenn sie seiner überdrüssig war, brauchte sie ja nur das Feld zu räumen. Finanziell konnte er ihr sowieso nichts bieten.«

Greta erschien mit einem Tablett und stellte vor jeden eine Tasse hin. »Ich habe Ihnen Ihren Tee gebracht, Sir Wilfrid.«

»Tee? Wir brauchen ein stärkeres Getränk.«

»Ohne Ihren Tee können Sie ja gar nicht leben, Sir. Wie ist es denn heute gegangen?«

»Schlecht.«

»O nein, hoffentlich nicht; denn er hat's bestimmt nicht getan.«

»Immer noch derselben Ansicht?« Er blickte sie nachdenklich an. »Woher diese felsenfeste Überzeugung?«

»Weil er nicht der Typ ist. Er ist richtig nett. Niemals würde er einer alten Dame den Schädel einschlagen. Sie werden ihn aber schon loseisen, nicht wahr, Sir?«

»Ich – werde – ihn – loseisen«, lautete die grimmige Antwort. Als Greta die Tür hinter sich zugemacht hatte, fuhr er fort: »Wie, das mag der liebe Himmel wissen. Schade, es gibt nur eine Frau unter den Geschworenen ... Frauen mögen ihn anscheinend gern ... hat wohl etwas, das den mütterlichen Instinkt in ihnen wachruft. Frauen wollen ihn bemuttern.«

»Wogegen Mrs. Heilger – *nicht* der mütterliche Typ ist.«

»Nein, John, sie ist eine leidenschaftliche Natur. Heißblütig hinter der kühlen Fassade. Die würde zum Messer greifen und einen Mann erstechen, wenn er sie betröge. Ha, ich lechze förmlich danach, sie kleinzukriegen, ihre Lügen aufzudecken und sie den Geschworenen in ihrer richtigen Couleur zu zeigen.«

»Entschuldige, Wilfrid, aber läßt du das Ganze nicht zu einem persönlichen Duell zwischen dir und ihr ausarten?«

»Hast du den Eindruck? Vielleicht hast du recht. Aber sie ist eine schlechte Frau, John. Und das Leben eines jungen Mannes hängt von dem Ausgang dieses Duells ab.«

Mr. Mayhew holte sich einen Pfeifenreiniger vom Kaminsims und meinte nachdenklich: »Die Geschworenen mochten sie nicht.«

»Den Eindruck hatte ich auch, John. Zunächst einmal ist sie eine Ausländerin, und sie sind mißtrauisch gegen Ausländer. Dann ist sie mit dem Mann nicht verheiratet und hat so gut wie eingestanden, daß sie sich der Bigamie schuldig gemacht hat. Das können sie nicht einfach hinnehmen. Und letzten Endes hält sie nicht zu ihrem Mann, wenn er am Boden liegt. Das mag man in diesem Lande nicht.«

»Das ist ja nur gut.«

»Ja, aber nicht gut genug. Und dann diese dumme Angelegenheit mit dem Reisebüro. Die Frau macht ein Testament zu seinen Gunsten, und sofort holt er sich Auskunft über Luxusreisen. Das ist natürlich Wasser auf die Mühle des Staatsanwalts.«

Mr. Mayhew stimmte ihm zu. »Seine Erklärung klang auch nicht gerade überzeugend.«

Mit Sir Wilfrid ging auf einmal eine vollständige Veränderung vor sich. Er wurde geradezu menschlich. Lächelnd sagte er: »Aber weißt du, John, meine Frau macht's genauso. Sie läßt sich von einem Reisebüro ausgedehnte Auslandsreisen zusammenstellen. Für uns beide. Und dabei bleiben wir letzten Endes doch immer zu Hause.«

Er erhob sich und ging eine Weile nachdenklich im Zimmer auf und ab, während Mr. Mayhew seine Pfeife stopfte. Auf beiden Gesichtern lag ein nachsichtiges Lächeln. Dann kam der Rechtsanwalt in Sir Wilfrid wieder an die Oberfläche:

»Die Phantasien unserer Frauen sind leider kein Beweismaterial. Aber man kann verstehen, warum der junge Mann Reiseprospekte verlangte.«

Er kramte eine Streichholzschachtel aus der Schublade seines Schreibtisches hervor und reichte sie seinem Freunde, der feststellte, daß die Schachtel leer war. Er warf sie in den Papierkorb und steckte seine Pfeife in die Tasche.

»Na, keine Lust zu rauchen, John?« fragte Sir Wilfrid.

»Danke, im Augenblick nicht. Das war übrigens ein guter Punkt – Janet MacKenzies Schwerhörigkeit.«

»Ja, da haben wir ihr eins ausgewischt. Aber dafür zahlte sie es uns mit dem Radio heim.«

»Wer war wohl der Mann, den Janet MacKenzie im Gespräch mit Miss French gehört hat?«

»Da gibt's zwei Möglichkeiten. Entweder hat sie die ganze Geschichte erfunden . . .«

»Das würde sie doch bestimmt nicht tun«, unterbrach ihn Mr. Mayhew schockiert.

»Na, was hat sie denn gehört? Nun erzähle mir nur nicht, daß es ein Einbrecher war, der erst liebenswürdig mit Miss French plauderte, bevor er ihr den Schädel einschlug, du alter Spaßvogel!«

»Das ist natürlich sehr unwahrscheinlich.«

»Ich glaube nicht, daß die grimmige Alte davor zurückschrecken würde, so etwas zu erfinden. Weißt du, ich glaube, sie würde vor nichts zurückschrecken. Nein«, sagte er bedeutungsvoll, »ich glaube, sie würde vor *nichts* zurückschrecken.«

Mr. Mayhew war ehrlich entrüstet: »Großer Gott! Du meinst doch nicht etwa . . .?«

In diesem Augenblick betrat Carter das Zimmer. »Verzeihung, Sir Wilfrid, eine junge Person möchte Sie in der Angelegenheit Vole sprechen.«

Sir Wilfrid tippte sich auf die Stirn: »Hat sie einen leichten Dachschaden?«

»O nein, Sir Wilfrid. *Den* Typ kenne ich gleich heraus.«

»Wie sieht sie denn aus, und was will sie?«

»Es ist eine ziemlich gewöhnliche Person, und sie drückt sich reichlich derb aus. Sie behauptet, etwas zu wissen, das dem Angeklagten helfen würde.«

Sir Wilfrid seufzte. »Höchst unwahrscheinlich. Aber wir müssen leider nach jedem Strohhalm greifen. Bringen Sie sie also herein.«

Die Frau, die Carter kurz darauf ins Zimmer führte, war ungefähr fünfunddreißig Jahre alt. Sie war billig und auffallend gekleidet und stark geschminkt. Blonde Haarsträhnen verdeckten eine Seite ihres Gesichts. Ihre Hände zuckten verräterisch. Sobald Carter den Raum verlassen hatte, blickte sie scharf von einem zum anderen. »Was? Zweie? Ich rede nicht mit zweien.«

Sie wandte sich wieder zum Gehen. Aber Sir Wilfrid klärte sie flink auf: »Dies ist Mr. Mayhew, Leonard Voles Anwalt, und ich bin Sir Wilfrid Robarts, sein Verteidiger.«

Die Frau blickte ihn prüfend an: »Ach, ja, richtig, mein Schatz. Habe euch ohne Perücken nicht erkannt. Zum Anbeißen seht ihr alle darin aus. Ihr steckt wohl ein bißchen die Köpfe zusammen, wie? Na, vielleicht kann ich euch helfen, wenn für mich was dabei herausspringt.«

»Wissen Sie, Miss – hm –«

»Aber mein Teuerster, Namen sind doch ganz überflüssig. Ich könnte euch ja einen nennen, aber es wäre wahrscheinlich nicht der richtige.« Sie ging zu einem Sessel und ließ sich darin nieder.

»Wie Sie wollen«, erwiderte Sir Wilfrid. »Sie sind sich aber gewiß klar darüber, daß es Ihre Pflicht ist, als Zeugin aufzutreten, wenn Sie etwas wissen, ja?«

»Ach, hören Sie auf damit. Ich hab' doch nicht gesagt, daß ich was weiß. Ich *habe* was. Das ist ein ganz anderer Vers.«

»Was haben Sie denn in Ihrem Besitz, Madame?« fragte Mr. Mayhew.

»Nicht so hastig! Ich war heute in der Verhandlung und habe die Aussage dieser – dieser Person gehört. Und so arrogant, wie die war! Das ist 'ne Giftnudel. Eine richtige Jesebel!«

»Ganz recht«, stimmte Sir Wilfrid zu. »Aber wie wäre es, wenn wir zu Sache kämen?«

Ihr Gesicht nahm einen verschlagenen Ausdruck an: »Ja, aber wie schneide ich dabei ab? Was ich hier habe, ist wertvoll. Sagen wir mal, hundert Pfund.«

Hier legte sich Mr. Mayhew ins Mittel: »Ich fürchte, so hoch können wir uns nicht versteigen. Aber wenn Sie uns vielleicht Näheres über dieses geheimnisvolle Angebot verraten würden ...«

»Ich verstehe schon. Ihr wollt natürlich keine Katze im Sack kaufen. Aber ihr könnt ganz beruhigt sein. Ich habe schon das richtige ›Material‹.« Sie öffnete ihre schäbige Handtasche und zog ein Bündel Briefe hervor. »Hier ist es. Briefe.«

»Briefe«, fragte Sir Wilfrid, »die Romaine Vole dem Angeklagten geschrieben hat?«

»Dem Angeklagten? Daß ich nicht lache. Den armseligen

Schlucker hat sie ja richtig an der Nase herumgeführt.« Sie kniff ein Auge zu. »Ich habe was zu *verkaufen*, mein Lieber, vergessen Sie das nicht.«

Mr. Mayhew schaltete sich diplomatisch ein: »Wenn wir einen Einblick in die Briefe tun dürften, könnten wir Ihnen sagen, wieviel sie uns wert sind.«

»Aalglatt, was? Aber wie gesagt, ihr sollt sie nicht unbesehen kaufen. Doch was dem einen recht ist, ist dem anderen billig. Wenn ihr den Jungen durch diese Briefe freikriegt und das ausländische Weibsbild dahin bringt, wo sie hingehört, dann heißt es hundert Pfund für mich herausrücken. Gemacht?«

Mr. Mayhew nahm zehn Pfund aus seiner Brieftasche. »Wenn diese Briefe der Verteidigung von Nutzen sind, bin ich bereit, Ihnen zehn Pfund für Ihre Auslagen anzubieten.«

Die Frau kreischte förmlich los: »Was? Zehn lumpige Pfund für solche Briefe! Kommt überhaupt nicht in Frage.«

Sir Wilfrid ging zu Mayhew hinüber und nahm ihm die Brieftasche und das Geld aus der Hand. Dann wandte er sich wieder der Frau zu. »Wenn ein Brief darunter ist, der dazu beiträgt, die Unschuld meines Klienten zu beweisen, dann wären Ihre Unkosten mit zwanzig Pfund wohl nicht schlecht bezahlt.«

Mit diesen Worten entnahm er der Brieftasche weitere zehn Pfund und reichte sie seinem Freunde leer wieder zurück.

»Fünfzig Pfund«, erklärte die Frau, »und die Sache ist gemacht.«

»Zwanzig Pfund und nicht einen Penny mehr.« Sir Wilfrid blieb jetzt eisern.

Als er das Geld auf den Tisch zählte, leckte sich die Frau die Lippen. Es war mehr, als sie erhofft hatte.

»Na, meinetwegen, ihr Gauner. Da habt ihr sie. Ein

ziemlicher Packen. Der oberste wird den Kram schon schmeißen.«

Sie legte die Briefe auf den Tisch und wollte gerade das Geld einstecken. Aber Sir Wilfrid kam ihr zuvor: »Einen Augenblick noch! Woher wissen wir denn, ob es ihre Handschrift ist?«

»Die Briefe sind von ihr geschrieben, das ist so sicher wie das Amen in der Kirche.«

»Ich besitze einen Brief von Mrs. Vole«, sagte Mr. Mayhew, »aber leider nicht hier, sondern in meinem Büro.«

»Dann müssen wir uns eben für den Augenblick auf Sie verlassen«, meinte Sir Wilfrid und händigte ihr das Geld aus.

Er glättete die Briefe und begann zu lesen, während die Frau ein paar Schritte auf die Tür zu machte.

»Unglaublich«, stieß Sir Wilfrid hervor.

»Diese kaltblütige Rachsucht!« erklärte Mr. Mayhew, der über Sir Wilfrids Schulter hinweg mitlas.

Sir Wilfrid ging auf die Frau zu: »Wie sind Sie überhaupt zu den Briefen gekommen?«

»Das möchtet ihr wohl wissen!«

»Was haben Sie eigentlich gegen Romaine Vole?«

Die Frau ging langsam zum Schreibtisch, drehte die Lampe so, daß das Licht voll auf ihr Gesicht fiel. Dann schob sie ihr Haar zur Seite. Sir Wilfrid wich mit einem Ausruf des Entsetzens zurück; die Wange war völlig zerschnitten und durch rote Narben entstellt.

»Mein Gott, hat Mrs. Vole das getan?«

»Sie nicht. Aber der Kerl, mit dem ich ging. Es war ein ernstes Verhältnis. Er war ja ein bißchen jünger als ich. Aber er mochte mich gern, und ich liebte ihn. Dann kam *sie* dazu, verliebte sich in ihn und hat ihn mir abspenstig gemacht. Zuerst hat sie sich heimlich mit ihm getroffen, und eines Tages haute er ab. Ich ging ihm nach und fand sie zusammen. Ich habe ihr dann gesagt, was ich von ihr hielt, und da ging er auf mich los. Er gehörte zu einer Rasiermesserbande und hat mein Gesicht schön zurechtgestutzt. ›So, jetzt sieht dich kein Mann mehr an‹, hat er noch gesagt.«

Sir Wilfrid fragte entsetzt: »Haben Sie ihn nicht angezeigt?«

»Ich? Seh' ich so aus? Außerdem war er ja nicht schuld daran, sondern sie – sie ganz allein. Sie hat ihn mir ausgespannt und gegen mich aufgehetzt. Aber ich habe auf eine günstige Gelegenheit gelauert. Ich habe ihr nachgestellt und sie beobachtet. Ich weiß so einiges von ihr. Weiß auch, wo der Bursche wohnt, den sie hin und wieder heimlich besucht. Auf diese Weise habe ich auch die Briefe in die Hände gekriegt. So, jetzt kennen Sie die ganze Geschichte, Mister. Möchten Sie mir nicht vielleicht einen Kuß geben, Herr Rechtsanwalt?«

Sie strich das Haar wieder zur Seite und hielt Sir Wilfrid die zerschlitzte Backe hin. Als er zurückwich, lachte sie kurz auf. »Na, ich nehme es Ihnen nicht krumm, wenn Sie kein Verlangen spüren.«

»Sie tun mir aufrichtig leid«, stammelte Sir Wilfrid, dem der Auftritt sehr peinlich war. »John, hast du noch einen Fünfer?«

Als Mr. Mayhew ihm die leere Brieftasche zeigte, nahm Sir Wilfrid einen Fünfpfundschein aus seiner eigenen Tasche und reichte ihn ihr: »Wollen noch fünf Pfund hinzulegen.«

Die Frau griff hastig danach. »So, ihr habt mich also hintergangen, wie? Hab's ja gleich gewußt, daß ich viel zu nachgiebig war. Die Briefe haben es in sich, was?«

»Ja«, entgegnete Sir Wilfrid, »ich glaube, sie werden uns nützlich sein. John, lies einmal diesen.«

Während sich die beiden Anwälte von neuem über die Briefe beugten, schlich sich die Frau auf leisen Sohlen zur Tür hinaus.

»Wir ziehen am besten einen Handschriftenexperten hinzu«, schlug Mr. Mayhew vor.

»Vor allen Dingen«, erklärte Sir Wilfrid, »müssen wir den Namen und die Adresse des Mannes haben, an den die Briefe gerichtet sind.«

Er drehte sich um und entdeckte zu seiner Überraschung, daß die Frau verschwunden war. Er stürzte ins Vorzimmer und schickte Greta hinter ihr her.

»Bei diesem Nebel«, meinte er resigniert, als er zu Mr. Mayhew zurückkehrte, »wird es nicht viel Zweck haben. Verdammt nochmal.«

»Du wirst den Namen nie erfahren. Sie hat alles sehr sorgfältig ausgeklügelt. Weigerte sich sogar, uns ihren Namen zu geben, und schlüpfte uns dann wie ein Aal durch die Finger. Es ist ein zu großes Risiko für sie, als Zeugin aufzutreten.«

»Sie würde unter Schutz stehen«, wandte Sir Wilfrid ein. Aber es klang nicht sehr überzeugend.

»So? Wie lange wohl? Letzten Endes würde er sie doch fassen. Sie hat schon allerlei gewagt, indem sie hierherkam. Den Mann will sie ja auch nicht mit hineinziehen. Sie hat es in der Hauptsache auf Romaine Heilger abgesehen.«

»Und was für ein nettes Pflänzchen unsere teure Romaine ist! Aber jetzt werden wir ihr das Handwerk schon legen.«

3

Am nächsten Morgen begann der letzte Verhandlungstag, der die Urteilsverkündigung bringen sollte.

Sobald alles im Gerichtssaal versammelt war, klopfte der

Gerichtsdiener dreimal an die Tür des Richters und forderte alle Anwesenden auf, sich von den Plätzen zu erheben. Als der Richter den Saal betrat, verkündete der Gerichtsdiener:

»Wer vor dem Königlichen Gerichtshof zum Zwecke der Rechtsfindung noch etwas vorzubringen hat, der trete vor und bezeuge dem hohen Gericht seine Achtung. Gott schütze die Königin.«

Nachdem alles wieder Platz genommen hatte, erhob sich Sir Wilfrid und bat den Richter um Erlaubnis, die Zeugin Romaine Heilger noch einmal vernehmen zu dürfen, da ihm nach Schluß der gestrigen Verhandlung äußerst wichtiges Beweismaterial in die Hände gefallen sei, woraufhin Staatsanwalt Myers aufsprang und heftig dagegen protestierte. Der Richter wies ihn mit ruhiger Sachlichkeit zurecht und gab Sir Wilfrid das Wort, der sofort einen Präzedenzfall zitierte. Der Richter erkundigte sich dann, worum es sich bei diesem neuen Beweismaterial handle.

»Um Briefe, Mylord, Briefe, die Romaine Heilger geschrieben hat.«

Der Richter wünschte die Briefe zu sehen. Sie wurden ihm gereicht, und er begann zu lesen.

Myers stand wieder auf: »Da mein Herr Kollege mich eben erst von dieser Sache unterrichtet hat, hatte ich keine Gelegenheit, etwas darüber nachzuschlagen. Aber es schwebt mir da ein Fall vor, ich glaube aus dem Jahre 1930, das Verfahren gegen Porter ...«

»Nein, Mr. Myers«, erwiderte der Richter, »es war das Verfahren gegen Potter, und es war im Jahre 1931. Ich erinnere mich sehr gut daran; denn ich war damals Staatsanwalt.«

»Und wenn mein Gedächtnis mich nicht täuscht, so erhoben Sie einen ähnlichen Einspruch, Mylord, und dieser wurde angenommen.«

»Ihr Gedächtnis täuscht Sie aber leider, Mr. Myers. Mein Einspruch wurde damals von Richter Swindon abgelehnt – wie Ihrer jetzt von mir.«

Während Romaine Heilger in den Zeugenstand gerufen wurde, machten sich bei dem Angeklagten deutliche Zeichen der Aufregung bemerkbar, und Mr. Mayhew sah sich veranlaßt, ihm beschwichtigend zuzureden.

Sir Wilfrid erinnerte Mrs. Heilger zunächst daran, daß sie noch unter Eid stehe, und fragte dann: Mrs. Heilger, kennen Sie einen Mann, dessen Vorname Max ist?«

Bei der Erwähnung dieses Namens fuhr sie heftig zusammen, erklärte aber in der nächsten Sekunde ganz gelassen: »Ich habe niemals einen Mann namens Max gekannt. Nie in meinem Leben.«

»Und doch ist es in Ihrem Lande kein seltener Name. Haben Sie tatsächlich nie einen Max gekannt?«

»Ach so, in Deutschland – ja – vielleicht. Ich kann mich nicht entsinnen. Es ist schon so lange her.«

»So weit brauchen Sie nicht zurückzudenken. Ein paar Wochen genügen. Sagen wir mal« – hier zog er einen Brief hervor und faltete ihn umständlich auseinander – »bis zum 17. Oktober dieses Jahres.«

»Was haben Sie denn da?« fragte Romaine, sichtlich bestürzt.

»Einen Brief. Einen Brief, den Sie am 17. Oktober an einen Mann namens Max geschrieben haben.«

»Das ist erlogen. Ich habe einen solchen Brief nie geschrieben. Ich weiß überhaupt nicht, was Sie damit bezwecken.«

»Dieser Brief ist nur einer von vielen, die Sie während einer beträchtlichen Zeitspanne an diesen Mann geschrieben haben.«

»Lügen – weiter nichts als Lügen!« rief die Zeugin erregt.

Sir Wilfrid warf ihr einen vielsagenden Blick zu. »Anscheinend unterhielten Sie zu diesem Mann intime Beziehungen.«

»Wie können Sie so etwas behaupten?« fuhr der Angeklagte dazwischen. »Das ist nicht wahr!«

Der Richter ermahnte ihn, in seinem eigenen Interesse zu schweigen.

»Aber«, fuhr Sir Wilfrid fort, »der allgemeine Inhalt dieser Briefe geht mich nichts an. Ich interessiere mich im besonderen nur für einen Brief. Der fängt an: ›*Mein geliebter Max. Es ist etwas ganz Unwahrscheinliches passiert. Ich glaube, alle unsere Schwierigkeiten werden jetzt ein Ende haben.*‹ «

»Alles erlogen!« tobte die Zeugin. »Ich habe den Brief nicht geschrieben. Woher haben Sie den überhaupt? Wer hat ihn Ihnen gegeben?«

»Das tut nichts zur Sache.«

»Sie haben ihn gestohlen. Sie sind nicht nur ein Lügner, sondern auch ein Dieb. Oder hat eine Frau Ihnen diesen Brief gegeben? Ich habe recht, nicht wahr?«

»Vorläufig haben Sie nur den Anfang des Briefes gehört. Leugnen Sie nach wie vor, ihn geschrieben zu haben?«

»Natürlich habe ich ihn nicht geschrieben. Er ist gefälscht. Es ist unerhört, daß man mich zwingt, derartige Lügen anzuhören – Lügen, die von einer eifersüchtigen Frau erfunden worden sind.«

»Ich glaube, *Sie* sind es, die hier lügt. Sie haben vor Gericht unter Eid dauernd in der unverschämtesten Weise gelogen. Und der Grund, warum Sie gelogen haben, geht deutlich aus diesem Brief hervor.«

»Sie sind ja total verrückt. Warum sollte ich wohl einen solchen Unsinn schreiben?«

»Weil sich ein Weg in die Freiheit für Sie aufgetan hatte. Die Tatsache, daß ein unschuldiger Mann mit dem Tode bestraft werden würde, machte Ihnen beim Schmieden Ihrer Pläne nicht das geringste aus. Sie haben sogar in Ihrem Brief erwähnt, wie geschickt Sie es angefangen haben, Leonard Vole wie durch Zufall mit einem Schinkenmesser zu verwunden.«

Außer sich vor Wut fiel ihm die Zeugin ins Wort: »Das stimmt schon mal nicht. Ich habe geschrieben, daß es ihm selbst beim Schinkenschneiden –« Sie preßte die Hand auf den Mund; denn in diesem Augenblick kam ihr zum Bewußtsein, daß man sie in eine Falle gelockt hatte.

»Ach, Sie wissen also, was in diesem Brief steht – noch ehe ich ihn vorgelesen habe«, triumphierte Sir Wilfrid.

Die Zeugin warf nun jegliche Selbstbeherrschung über Bord: »Verdammt nochmal! Der Teufel soll Sie holen! Ich hasse Sie!« Sie blickte wild umher. »Lassen Sie mich hier heraus! Lassen Sie mich gehen!«

Mit diesen Worten verließ sie den Zeugenstand, aber der Gerichtsdiener vertrat ihr den Weg. Der Richter befahl ihm, der Zeugin einen Stuhl zu geben, und forderte Sir Wilfrid auf, den Geschworenen den ganzen Brief vorzulesen. Sir Wilfrid las:

»Mein geliebter Max! Es ist etwas ganz Unwahrscheinliches passiert. Ich glaube, alle unsere Schwierigkeiten werden jetzt zu Ende sein. Ich kann zu Dir kommen, ohne befürchten zu müssen, daß die wertvolle Arbeit, die Du in diesem Lande leistest, gefährdet wird. Die alte Dame, von der ich Dir erzählte, ist ermordet worden, und ich glaube, man hat Leonard in Verdacht. Er ist an jenem Abend bei ihr gewesen, und seine Fingerabdrücke werden überall zu finden sein. Es soll um halb zehn passiert sein. Um diese Zeit war Leonard schon zu Hause, aber sein Alibi hängt von mir ab – von mir ganz allein. Ich kann ja sagen, er sei erst viel später nach Hause gekommen und habe Blut an seiner Kleidung gehabt. Er hatte auch tatsächlich Blut am Ärmel, da er sich beim Abendessen geschnitten hatte. Das würde ganz schön passen. Ich könnte sogar aussagen, er habe mir erzählt, daß er sie getötet habe. O Max, Geliebter, sag mir, ob ich es so machen soll – es wäre wunderbar, frei zu sein und nicht mehr die liebende, dankbare Gattin spielen zu müssen. Ich weiß, daß die Bewegung und die Partei an erster Stelle stehen, aber wenn Leonard wegen Mordes verurteilt würde, könnte ich ohne Gefahr zu Dir kommen, und wir könnten immer zusammensein. Deine Dich anbetende Romaine.«

Es herrschte tiefe Stille im Saal. Die Geschworenen hatten sich wie gebannt nach vorn gebeugt. Der Richter forderte nun Mrs. Heilger auf, wieder in den Zeugenstand zu treten, und fragte, was sie zu diesem Brief zu sagen habe.

Die Zeugin war wie versteinert und antwortete resigniert: »Nichts.«

Der Angeklagte sprang auf und rief leidenschaftlich:

»Romaine, sage ihnen doch, daß du das nicht geschrieben hast. Ich weiß, daß du es nicht getan hast.«

Mrs. Heilger drehte sich um und zischte zwischen den Zähnen hervor: »Natürlich habe ich es geschrieben.«

»Das«, erklärte Sir Wilfrid, »dürfte für die Verteidigung genügen, Mylord.«

Der Richter fragte den Staatsanwalt, ob er ein Kreuzverhör anzustellen wünsche. Von dieser Aufgabe nicht sonderlich begeistert, erhob sich Myers und fragte die Zeugin, ob man einen Zwang auf sie ausgeübt habe und ob sie sich darüber klar sei, was ein Eid vor einem englischen Gerichtshof bedeute.

»Müssen Sie mich immer noch mehr quälen?« lautete

die verzweifelte Antwort. »Ich habe den Brief geschrieben. Nun lassen Sie mich endlich gehen.«

Der Richter erinnerte den Staatsanwalt daran, daß Sir Wilfrid die Zeugin bei der früheren Vernehmung auf die Heiligkeit des Eides hingewiesen habe, und Mrs. Heilger machte er darauf aufmerksam, daß sie sich demnächst wegen Meineides zu verantworten habe. Damit entließ er die Zeugin und forderte Sir Wilfrid auf, sein Plädoyer zu beginnen.

Als Sir Wilfrid mit seinem sehr eindrucksvollen Plädoyer zu Ende war, zogen sich die Geschworenen für knapp fünf Minuten zurück. Sobald sie ihre Plätze wieder eingenommen hatten, forderte der Sprecher den Angeklagten auf, sich zu erheben, und fragte dann die Geschworenen: »Sind Sie sich alle über das Urteil einig?«

Der Obmann stand auf und antwortete: »Ja.«

»Haben Sie den Angeklagten, Leonard Vole, für schuldig oder für nicht schuldig befunden?«

»Nicht schuldig, Mylord.«

Dieses Urteil löste ein beifälliges Gemurmel unter den Zuschauern aus, das aber sehr schnell vom Gerichtsdiener unterdrückt wurde; denn nun sprach der Richter zu dem Angeklagten:

»Leonard Vole, Sie sind des am 14. Oktober an Emily French verübten Mordes für nicht schuldig erklärt worden. Sie werden hiermit freigesprochen und können den Gerichtssaal verlassen.«

Der Richter erhob sich, und alle Anwesenden folgten seinem Beispiel.

Allmählich leerte sich der Gerichtssaal, und schließlich blieben nur noch Leonard Vole und seine beiden Anwälte zurück. Vole bedankte sich bei ihnen, daß sie ihn aus einer

»ekelhaften Patsche«, wie er sich ausdrückte, gerettet hatten. Er machte jedoch Sir Wilfrid den Vorwurf, daß er zu scharf gegen Romaine vorgegangen sei.

»Hören Sie mal, Vole«, entgegnete Sir Wilfrid mit großem Nachdruck, »Sie sind nicht der erste junge Mann, der in eine Frau vernarrt und infolgedessen so mit Blindheit geschlagen ist, daß er nicht erkennt, wie sie in Wirklichkeit ist. Diese Frau hat alles darangesetzt, um Ihnen die Schlinge um den Hals zu legen.«

»Ja, aber warum? Das kann ich immer noch nicht begreifen. Sie schien stets so voller Hingabe zu sein. Ich hätte schwören können, daß sie mich liebte – und doch hatte sie die ganze Zeit diesen anderen am Bändel.« Er schüttelte den Kopf. »Unglaublich. Es muß etwas anderes dahinterstecken.«

In diesem Augenblick schob ein Polizist Romaine Heilger durch die Tür mit den Worten:

»Sie warten am besten hier drinnen. Draußen ist noch eine große Menschenmenge versammelt, und die Stimmung ist gegen Sie. An Ihrer Stelle würde ich warten, bis die Masse sich verlaufen hat.«

Mrs. Heilger bedankte sich und eilte schnurstracks auf Leonard Vole zu. Aber Sir Wilfrid versperrte ihr den Weg.

»Wollen Sie Leonard etwa vor mir schützen?« fragte Romaine Heilger mit leichter Ironie. »Das ist wirklich nicht notwendig.«

»Sie haben genug Unheil angerichtet«, brummte Sir Wilfrid.

»Darf ich Leonard nicht einmal gratulieren, daß er nun frei ... und reich ist?«

»Reich?« fragte Vole zögernd.

»Ja, Mr. Vole, ich glaube, Sie werden Ihre Erbschaft bald antreten können«, versicherte ihm Mr. Mayhew.

»Nach allem, was ich durchgemacht habe, scheint Geld keine besondere Rolle zu spielen. Romaine, ich kann nicht verstehen ...«

»Leonard«, fiel sie ihm ins Wort, »ich kann dir alles erklären.«

»Nein!« donnerte Sir Wilfrid dazwischen.

Mrs. Heilger und Sir Wilfrid blickten sich feindselig an.

»Sagen Sie mir, Sir Wilfrid, komme ich nun wegen Meineides ins Gefängnis?«

»Das ist so gut wie sicher. Es mag Sie vielleicht interessieren, daß ich Sie gleich bei unserer ersten Begegnung durchschaut habe. Ich habe mir damals sofort geschworen, Ihnen einen Strich durch die Rechnung zu machen. Und beim Barte des Propheten, ich habe es geschafft! Ich habe Vole freibekommen trotz Ihrer Schliche!«

»*Trotz* – meiner Schliche! Würde man mir geglaubt haben, wenn ich gesagt hätte, Leonard sei an dem Abend bei mir zu Hause gewesen und nicht wieder fortgegangen? Nein, man hätte sich gesagt: diese Frau liebt den Mann – sie würde alles für ihn sagen und tun. Gewiß, man hätte mir vielleicht Sympathie entgegengebracht. Aber *geglaubt* hätte man mir nicht.«

»Wenn Sie die Wahrheit gesprochen hätten, schon.«

»Na, ich weiß nicht ... Jedenfalls wollte ich keine Sympathie – ich wollte Abscheu und Mißtrauen erwecken, wollte die Geschworenen davon überzeugen, daß ich verlogen sei. Und als ich dann von Ihnen als Lügnerin entlarvt wurde, da glaubten sie endlich ...« Sie machte plötzlich eine Handbewegung, und ihre Stimme nahm einen völlig veränderten, vulgären Ton an, als sie fortfuhr: »So, nun kennen Sie die ganze Geschichte, Mister – möchten Sie mir nicht vielleicht einen Kuß geben, Herr Rechtsanwalt?«

Sir Wilfrid war wie vom Donner gerührt. »Mein Gott! Sie sind also . . .«

»Die Frau mit den Narben und den Briefen. Jawohl. Ich hatte die Briefe geschrieben, die ich Ihnen brachte. Ich hatte mir die Narben aufgemalt, die Ihren Ekel und Ihr Mitleid erregten. Nicht *Sie* haben Leonard das Leben gerettet, sondern *ich.* Und dafür muß ich ins Gefängnis wandern . . .« Sie schloß die Augen. »Aber am Ende werden wir wieder vereint und glücklich sein.«

Sir Wilfrid war sichtlich gerührt. »Aber meine liebe Mrs. Vole, warum hatten Sie denn so wenig Vertrauen zu mir? Wir glauben nämlich, daß unsere britische Justiz auf seiten der Wahrheit steht. Wir hätten ihn auch so freibekommen.«

»Das konnte ich nicht riskieren.« Nach einer kleinen Pause setzte sie langsam hinzu: »Sie *dachten* nämlich, Leonard sei unschuldig . . .«

Sir Wilfrid unterbrach sie rasch: »Und Sie *wußten,* daß er unschuldig war. Ich verstehe schon.«

»Aber Sie verstehen mich ganz und gar nicht, Sir Wilfrid. *Ich* wußte, daß er *schuldig* war . . .«

Sir Wilfrid verstummte bestürzt. Erst nach einer geraumen Weile fand er die Sprache wieder. »Aber haben Sie denn keine Angst?«

»Angst? Wovor?«

»Mit einem Mörder zusammenzuleben?«

»Sie verstehen wieder nicht, Sir Wilfrid – wir lieben uns doch!«

»Mrs. Vole, bei unserer ersten Begegnung sagte ich Ihnen, Sie seien eine außergewöhnliche Frau – ich sehe keinen Grund, meine Meinung zu ändern.«

Damit verließ Sir Wilfrid den Saal. In der gleichen Minute stürzte zu einer anderen Tür ein junges Mädchen mit rötlichblondem Haar und von einigermaßen aufdringlichem Benehmen herein. Es war die ›Erdbeerblonde‹, von der der Staatsanwalt gesprochen hatte. Sie lief direkt auf Vole zu:

»O Len, Darling, ist es nicht wunderbar? Du bist frei! Man hat mich nicht hineinlassen wollen. Oh, es war schrecklich! Ich bin fast verrückt geworden!«

»Leonard – wer – ist – dieses Mädchen?« fragte Romaine heftig.

Statt Leonard antwortete das Mädchen mit einem gewissen Trotz: »Ich bin Leonards Freundin. Über Sie bin ich orientiert. Sie sind gar nicht seine Frau. Nie gewesen. Sie haben Ihr möglichstes getan, um ihn an den Galgen zu bringen. Aber das ist jetzt vorbei.« Sie wandte sich wieder Leonard Vole zu. »Wir werden jetzt ins Ausland reisen, wie du es mir versprochen hast, und alle die herrlichen Gegenden besuchen. Wir werden eine wunderschöne Zeit verleben und dies alles hier schnell vergessen.«

»Ist – das – wahr? Ist sie wirklich deine Freundin, Leonard?« fragte Romaine mit gequältem Ausdruck.

Leonard zögerte zunächst mit der Antwort, sah dann aber ein, daß er Farbe bekennen mußte. Er ging ein paar Schritte auf Romaine zu und gestand:

»Ja, sie ist meine Freundin.«

»Nach allem, was ich für dich getan habe ... was kann *sie* dir da noch bedeuten?«

Leonard Vole ließ jetzt die Maske fallen, die er so lange getragen hatte, und zeigte sich in seiner ganzen Brutalität.

»Sie ist fünfzehn Jahre jünger als du«, erwiderte er lachend.

Romaine zuckte zusammen wie vom Blitz getroffen. Leonard stellte sich dicht vor sie hin und sagte in drohendem Ton:

»Ich bin freigesprochen und bekomme das Geld. Nach

unseren Gesetzen kann ich desselben Verbrechens nicht noch einmal angeklagt werden. Also würde ich dir raten, deinen Mund zu halten. Sonst kann es sein, daß du selbst noch wegen Beihilfe gehängt wirst.«

Romaine warf den Kopf zurück und nahm eine würdevolle Haltung an. »Nein«, rief sie, »das wird nicht geschehen. Ich werde nicht wegen Beihilfe angeklagt. Auch nicht wegen Meineides. Ich werde des Mordes angeklagt . . .«

Noch ehe irgend jemand erfassen konnte, was geschah, hatte sie blitzschnell das Messer ergriffen, das immer noch als Beweisstück hinter ihr auf dem Tisch lag, und es Leonard in den Leib gestoßen.

». . . des Mordes an dem einzigen Manne, den ich je geliebt habe.«

Als Leonard, tödlich getroffen, zu Boden sank, blickte sie zum Richterstuhl empor und sagte mit feierlicher Stimme:

»Schuldig, Mylord.«

Der Unfall

»... Und ich sage Ihnen, es ist dieselbe Frau! Gar kein Zweifel.«

Kapitän Haydock blickte in das lebhaft interessierte Gesicht seines Freundes und seufzte. Er wünschte, Evans wäre mit seinen Urteilen nicht immer so schnell bei der Hand. Während seiner vielen Jahre auf See hatte der alte Kapitän gelernt, die Dinge, die ihn nichts angingen, ruhen zu lassen.

Sein Freund Evans, ehemaliger Kriminalinspektor, hatte eine andere Philosophie. »Nach erhaltenen Informationen handeln«, das war sein Motto in früheren Tagen gewesen. Und er hatte es jetzt derart ausgebaut, daß er sich die Informationen selbst beschaffte. Evans war ein tüchtiger Beamter gewesen, und er war auch dementsprechend befördert worden. Sogar jetzt, da er pensioniert war und sich in einem Landhaus zur Ruhe gesetzt hatte, war er der alte geblieben.

»Ich vergesse nicht leicht ein Gesicht«, wiederholte er immer wieder selbstzufrieden. »Mrs. Anthony, ja, es ist ganz sicher Mrs. Anthony. Als Sie sagten Mrs. Merrowdene, erkannte ich sie sofort.«

Kapitän Haydock rutschte unbehaglich hin und her. Die Merrowdenes waren, von Evans abgesehen, seine nächsten Nachbarn. Und die Identifizierung von Mrs. Merrowdene als Hauptperson eines früheren Sensationsprozesses war ihm unangenehm.

»Es ist schon lange her«, sagte er etwas lahm.

»Neun Jahre«, entgegnete Evans, akkurat wie immer, »neun Jahre und drei Monate. Erinnern Sie sich an den Fall?«

»Ziemlich ungenau.«

»Es stellte sich heraus, daß Mr. Anthony öfters kleinere Mengen Arsen zu sich nahm«, erinnerte ihn Evans. »Deshalb hat man sie freigesprochen.«

»Warum hätte man es auch nicht tun sollen?«

»Es war das einzige Urteil, das man auf Grund des Beweismaterials fällen konnte. Durchaus korrekt.«

»Dann ist es ja in Ordnung«, sagte Haydock. »Und ich sehe nicht ein, weshalb wir uns noch damit herumquälen müssen.«

»Wer quält sich denn?«

»Ich dachte, Sie.«

»Aber keine Spur«, meinte Evans heiter.

»Die Geschichte ist vorbei und zu Ende«, faßte Kapitän Haydock zusammen. »Wenn Mrs. Merrowdene in ihrem Leben einmal das Unglück hatte, wegen Mordes vor Gericht gestellt und freigesprochen zu werden –«

»Normalerweise betrachtet man es nicht als Unglück, wenn man freigesprochen wird«, unterbrach ihn Evans.

»Sie verstehen schon, wie ich es meine«, entgegnete Haydock unwillig. »Wenn die arme Frau eine so schreckliche Geschichte durchmachen mußte, kommt es uns nicht zu, sie wieder aufzurollen, nicht wahr?«

Evans schwieg.

»Aber Evans, die Frau war unschuldig. Sie haben es eben selbst gesagt.«

»Ich sagte nicht, sie war unschuldig. Ich sagte, sie wurde freigesprochen.«

»Das ist doch dasselbe.«

»Nicht immer.«

Haydock hatte gerade begonnen, seine Pfeife am Stuhl auszuklopfen. Er unterbrach seine Tätigkeit und setzte sich mit einem Ruck auf.

»Hallo, hallo«, rief er. »Also daher weht der Wind. Sie glauben, daß sie nicht unschuldig war?«

»Das möchte ich nicht sagen. Ich ... nun, ich weiß es nicht. Anthony hatte die Gewohnheit, Arsen zu nehmen. Seine Frau besorgte es für ihn. Eines Tages, durch ein Versehen, nahm er zuviel. War es sein Fehler oder der seiner Frau? Niemand konnte es sagen, und die Geschworenen entschieden zu ihren Gunsten. Das ist völlig richtig, und ich finde keinen Fehler darin. Trotz alledem – ich würde es gern genau wissen.«

Kapitän Haydock beschäftigte sich wieder mit seiner Pfeife. »Nun«, meinte er behaglich, »das geht uns nichts an.«

»Da bin ich mir nicht so sicher.«

»Aber gewiß –«

»Hören Sie mir einen Augenblick zu«, bat Evans. »Sie erinnern sich, wie Mr. Merrowdene neulich abends in seinem Laboratorium herumexperimentierte –«

»Ja. Er erwähnte den Marshschen Test für Arsen. Er sagte, *Sie* wüßten alles darüber, es läge auf *Ihrer* Linie – und kicherte dabei. Er würde das nicht gesagt haben, wenn er auch nur einen Augenblick vermutet hätte –«

Evans unterbrach ihn.

»Sie meinen, er hätte es nicht gesagt, wenn er etwas *wüßte*. Wie lange sind doch die beiden jetzt verheiratet, sagen Sie? Sechs Jahre? Ich gehe jede Wette ein, daß er keine Ahnung hat, daß seine Frau einst die berüchtigte Mrs. Anthony war.«

»Und er wird es von mir gewiß nicht erfahren«, sagte Haydock mit Nachdruck.

Evans kümmerte sich nicht um ihn, sondern fuhr fort:

»Sie haben mich gerade unterbrochen. Im Anschluß an den Marshschen Test erhitzte Merrowdene eine Substanz in einem Reagenzglas, den metallischen Rückstand löste er in Wasser und präzipitierte ihn durch Beifügung von Silbernitrat. Das war eine Probe auf Chlorate. Ein kleiner, bescheidener, hübscher Test. Aber ich konnte zufällig die Worte in einem Buch lesen, das offen auf dem Tisch lag: ›H_2SO_4 zersetzt Chlorate durch Entwicklung von CL_4O_2. Erhitzt man es, entstehen starke Explosionen. Die Mixtur sollte daher kühl gehalten und nur in kleinsten Mengen verwendet werden.‹«

Haydock starrte seinen Freund verständnislos an.

»Ja und?«

»Nichts weiter. In meinem Beruf macht man auch Tests. Tests für Morde. Man zählt die Tatsachen zusammen, wägt sie ab, zerlegt den Rest, nachdem man Voreingenommenheit und durchschnittliche Ungenauigkeit von Zeugen berücksichtigt hat.

Aber es gibt einen anderen Test für Mord, einen, der ziemlich genau ist, aber auch ziemlich gefährlich. Ein Mörder gibt sich selten mit einem Verbrechen zufrieden. Läßt man ihm Zeit, und fühlt er sich unbeobachtet, wird er einen neuen verüben. Man fängt einen Mann, den man des Mordes an seiner Frau verdächtigt. Vielleicht sähe der Fall gar nicht so schwarz für ihn aus. Dann schaut man sich seine Vergangenheit an. Findet man heraus, daß er schon öfter verheiratet war und daß alle seine Frauen starben, dann sagt man sich, recht eigenartig, nicht wahr? Dann *weiß* man es. Nicht juristisch, verstehen Sie? Ich spreche von einer inneren Gewißheit. Wenn man die hat, kann man anfangen, nach Beweisen zu suchen.«

»Und?«

»Ich komme schon zu dem entscheidenden Punkt. Es geht in dieser Form natürlich nur, wenn es eine Vergangenheit gibt, in der man wühlen kann. Aber angenommen, Sie fangen Ihren Mörder bei seinem ersten Verbrechen? Dann wäre dieser Test sinnlos. Der Gefangene wird freigesprochen. Er fängt das Leben mit einem anderen Namen neu an. Wird der Mörder das Verbrechen wiederholen, ja oder nein?«

»Das ist eine schreckliche Idee!«

»Sagen Sie immer noch, es ginge uns nichts an?«

»Jawohl, das sage ich. Sie haben keinen Grund, Mrs. Merrowdene zu verdächtigen.«

Der Ex-Inspektor schwieg einen Moment. Dann sagte er langsam:

»Ich erzählte Ihnen, daß wir uns mit ihrer Vergangenheit beschäftigten und nichts fanden. Das ist nicht ganz richtig. Sie hatte einen Stiefvater. Als Mädchen von achtzehn Jahren liebte sie einen jungen Mann, mit dem der Stiefvater nicht einverstanden war. Eines Tages ging sie mit ihrem Stiefvater an einem recht gefährlichen Teil der Klippen spazieren. Da passierte ein Unfall. Der Stiefvater ging zu nahe an den Rand, der bröckelte ab, und er fiel hinunter und war tot.«

»Sie glauben doch nicht etwa . . .«

»Es war ein *Unfall!* Anthonys Überdosis von Arsen war auch ein Unfall. Sie wäre nie vor ein Gericht gestellt worden, wenn damals nicht durchgesickert wäre, daß da noch ein anderer Mann existierte – er machte sich aus dem Staube, nebenbei bemerkt. Es sah aus, als sei er nicht so ganz überzeugt, selbst wenn die Geschworenen es sein sollten. Ich sage Ihnen, Haydock, was diese Frau betrifft, befürchte ich einen neuen – Unfall!«

Der alte Kapitän zuckte die Achseln.

»Es sind neun Jahre seit dieser Affäre vergangen. Weshalb sollte es jetzt einen neuen Unfall geben, wie Sie es nennen?«

»Ich habe nicht gesagt, jetzt. Ich sagte, irgendwann. Wenn das erforderliche Motiv auftaucht.«

»Ich kann mir nicht vorstellen, wie Sie das verhindern wollen«, sagte Haydock.

»Ich auch nicht«, entgegnete Evans kleinlaut.

»Meiner Meinung nach sollte man die Sache auf sich beruhen lassen. Es ist noch nie etwas dabei herausgekommen, in anderer Leute Angelegenheiten herumzustochern«, brummte der Kapitän.

Dieser Rat war nicht nach dem Geschmack des Inspektors. Er war ein Mann der Geduld, aber auch des Entschlusses. Er verabschiedete sich von seinem Freund und schlenderte hinunter ins Dorf. In Gedanken erwog er die Möglichkeiten, ein eventuelles Verbrechen zu verhindern.

Als er ins Postamt trat, um einige Briefmarken zu kaufen, stieß er ausgerechnet mit George Merrowdene zusammen. Der ehemalige Chemieprofessor war ein kleiner, verträumt aussehender Mann, höflich und gütig in seiner Art, aber gewöhnlich mit seinen Gedanken woanders. Er erkannte Evans und begrüßte ihn freundlich. Dann bückte er sich, um die Briefe aufzusammeln, die durch den Zusammenstoß zu Boden gefallen waren. Evans war ihm behilflich und schielte dabei auf die Briefe. Die Adresse auf dem einen Umschlag verstärkte seinen Verdacht aufs neue. Er trug den Namen einer bekannten Versicherungsgesellschaft. Sofort stand sein Entschluß fest.

Der arglose Merrowdene bemerkte kaum, wie es kam, daß er nun zusammen mit dem Inspektor durch das Dorf ging, und noch weniger hätte er sagen können, weshalb er plötzlich von seiner Lebensversicherung sprach. Evans hatte keine Mühe, ihn für sich zu gewinnen. Merrowdene gab bereitwilligst Auskunft, daß er gerade sein Leben zugunsten seiner Frau versichert habe, und fragte nach Evans' Meinung über die Firma, mit der er abgeschlossen hatte.

»Ich habe schon manch eine unüberlegte Investition gemacht«, erklärte er, »mit dem Resultat, daß mein Vermögen zusammengeschrumpft ist. Sollte mir etwas passieren, wäre meine Frau schlecht daran. Diese Versicherung soll das verhindern.«

»Hat sie gegen diese Idee keinen Einspruch erhoben?« erkundigte sich Evans beiläufig. »Manche Frauen tun das, wissen Sie. Sie meinen, es brächte Unglück oder so etwas.«

»Ach, Margaret ist sehr praktisch«, entgegnete Merrowdene lächelnd. »Überhaupt nicht abergläubisch. Ich glaube, es war sogar ursprünglich ihre eigene Idee. Sie wollte nicht, daß ich mir Sorgen mache.«

Evans hatte die Information, die er wollte. Er verließ den Professor kurz darauf. Sein Gesicht spiegelte grimmige Entschlossenheit wider. Der verstorbene Mr. Anthony hatte auch eine Lebensversicherung zugunsten seiner Frau abgeschlossen – gerade ein paar Wochen vor seinem Tode.

Evans war gewöhnt, sich auf seine Eingebungen zu verlassen. Für ihn gab es keinen Zweifel mehr. Aber was er unternehmen konnte, stand auf einem anderen Blatt. Er wollte keinen auf frischer Tat ertappten Verbrecher verhaften, sondern ein Verbrechen verhindern. Und das war etwas ganz anderes und viel schwieriger.

Den ganzen Tag über war er sehr nachdenklich. Am Nachmittag gab der Primelzüchterverein ein Fest auf dem Besitz des örtlichen Gutsherrn, und er ging hin. Er spielte beim *›Penny dip‹*, einer Art Lotterie, mit und warf mit Bällen nach leeren Blechdosen. In Gedanken aber war er ständig bei seinem Problem. Er ließ sich sogar von Sarah, der Wahrsagerin, für eine halbe Krone die Zukunft deuten und mußte über sich selbst lächeln, als er sich erinnerte, wie er während seiner Amtszeit gegen diese Wahrsager vorgegangen war.

Er war nicht so richtig bei der Sache, bis das Ende eines Satzes seine Aufmerksamkeit erregte.

»... und Sie werden in Kürze, in allernächster Kürze in einer Sache stecken, bei der es um Tod oder Leben geht ... Leben oder Tod eines Menschen.«

»Ha? Wie war das?« fragte er.

»Einen Beschluß. Sie werden einen Beschluß zu fassen haben. Sie müssen sehr vorsichtig sein, sehr, sehr vorsichtig. Wenn Sie einen Fehler machen, den kleinsten Fehler auch nur ...«

Die Wahrsagerin schauderte. Inspektor Evans wußte, daß das alles Unsinn war, trotzdem war er beeindruckt.

»Ich warne Sie. Sie dürfen keinen Fehler machen. Wenn Sie es doch tun, sehe ich die Folge ganz klar – Tod.«

Komisch, verflixt komisch. Tod. Daß ihre Phantasie sie darauf gebracht hatte!

»Wenn ich einen Fehler mache, wird es einen Todesfall zur Folge haben? Ist es so?«

»Ja.«

»Aus diesem Grunde«, meinte Evans trocken und reichte ihr das Geldstück hinüber, »darf ich also keinen Fehler machen, was?«

Er sprach zwar unbekümmert, als er das Zelt verließ, aber er war fest entschlossen, aufzupassen. Leichter gesagt als getan! Er durfte keinen Schnitzer machen. Ein Leben, ein kostbares menschliches Leben hing davon ab. Und niemand war da, der ihm helfen konnte.

Er blickte hinüber zu seinem Freund Haydock, der in einiger Entfernung stand. Von ihm konnte er keine Hilfe erwarten. »Laß die Dinge auf sich beruhen«, war Haydocks Devise.

Haydock unterhielt sich mit einer Frau. Sie verabschiedete sich jetzt von ihm und kam auf Evans zu. Der Inspektor erkannte sie. Es war Mrs. Merrowdene. Impulsiv stellte er sich ihr genau in den Weg.

Mrs. Merrowdene war eine sehr gut aussehende Frau. Sie hatte eine breite, gerade Stirn und einen sanften Gesichtsausdruck. Mit ihren wunderschönen braunen Augen glich sie einer italienischen Madonna, und das unterstrich sie noch dadurch, daß sie ihr Haar in der Mitte gescheitelt trug. Ihre Stimme war warm und dunkel.

Sie lächelte Evans zu.

»Ich dachte mir doch, daß Sie es waren, Mrs. Anthony – ich meine, Mrs. Merrowdene«, sagte er hintergründig.

Diesen Fehler hatte er absichtlich gemacht, und er beobachtete sie dabei, ohne es sich anmerken zu lassen. Er sah, wie sich ihre Augen weiteten und wie sie kurz den Atem anhielt. Aber sie zuckte mit keiner Wimper. Sie betrachtete ihn würdevoll.

»Ich suche meinen Mann«, sagte sie ruhig. »Haben Sie ihn irgendwo gesehen?«

»Er war dort drüben, als ich ihn zuletzt sah.«

Sie gingen Seite an Seite in der bezeichneten Richtung und plauderten. Der Inspektor fühlte, wie seine Bewunderung wuchs. Welch eine Frau! Diese Selbstbeherrschung! Dieses wunderbare Gleichgewicht! Ein bemerkenswerter Mensch – und sehr gefährlich.

Er fühlte sich unbehaglich, obgleich er mit seinem ersten Schritt zufrieden war. Er hatte sie wissen lassen, daß er sie erkannt hatte. Sie würde auf der Hut sein und es nicht wagen, irgend etwas Übereiltes zu tun. Blieb noch Merrowdene. Wenn man ihn warnen könnte!

Sie fanden den kleinen Mann, wie er abwesend eine Porzellanpuppe betrachtete, die er gewonnen hatte. Seine Frau schlug vor, nach Hause zu gehen, und er stimmte freudig zu. Mrs. Merrowdene wandte sich an den Inspektor.

»Wollen Sie nicht mit uns kommen und eine gemütliche Tasse Tee trinken, Mr. Evans?«

Lag da nicht ein leichter Ton von Herausforderung in ihrer Stimme? Er meinte, ihn bemerkt zu haben.

»Vielen Dank, Mrs. Merrowdene. Gern.«

Auf dem Wege unterhielten sie sich über alltägliche Dinge. Die Sonne schien, und ein leichter Wind wehte. Die Welt schien ruhig und friedlich.

Ihr Hausmädchen sei auch bei dem Fest, erklärte Mrs. Merrowdene, als sie in dem hübschen Landhaus ankamen. Sie ging in ihr Zimmer, um ihren Hut abzusetzen. Dann kam sie zurück und begann den Tee bereitzustellen. Auf einem kleinen silbernen Kocher brachte sie Wasser zum Sieden. Aus einem Fach neben dem Kamin nahm sie drei hauchdünne Schalen und Untertassen.

»Wir haben einen ganz speziellen chinesischen Tee«, sagte sie. »Und wir trinken ihn immer auf chinesische Weise, aus Schalen, nicht aus Tassen.«

Sie brach ab, blickte in eine der Schalen und tauschte sie mit einem Ausdruck von Verärgerung gegen eine andere aus.

»George, das ist nicht nett von dir. Du hast schon wieder eine dieser Schalen benutzt«, schalt sie ihren Mann.

»Es tut mir leid, Liebes«, antwortete der Professor entschuldigend. »Sie haben eine so brauchbare Größe. Die anderen, die ich bestellt habe, sind noch nicht angekommen.«

»Eines schönen Tages wirst du uns alle vergiften«, meinte seine Frau mit einem halben Lachen. »Mary findet sie im Laboratorium und bringt sie mit herauf. Wenn nicht etwas sehr Auffälliges darin ist, macht sie sich nicht die Mühe, sie auszuwaschen. Neulich hast du sogar eine davon für Zyankali benutzt. Wirklich, George, es ist höchst gefährlich.«

Merrowdene schien etwas ärgerlich.

»Mary hat überhaupt nichts aus meinem Laboratorium wegzunehmen. Sie darf dort nichts anfassen.«

»Aber wir lassen oft unsere Tassen nach dem Tee dort

stehen. Woher soll sie das wissen? Sei doch vernünftig, Lieber.«

Der Professor ging in sein Laboratorium und murmelte vor sich hin. Lächelnd goß Mrs. Merrowdene kochendes Wasser über den Tee und blies die Flamme auf dem silbernen Kocher aus.

Evans war überrascht. Aus irgendeinem Grunde ließ sich Mrs. Merrowdene in die Karten blicken. Sollte das der ›Unfall‹ werden? Sprach sie bewußt von alldem, um sich von vornherein ein Alibi zu verschaffen? Er wäre gezwungen, zu ihren Gunsten auszusagen, wenn der ›Unfall‹ eines Tages passiert. Wie dumm von ihr, denn bevor ...

Plötzlich hielt er den Atem an. Sie hatte den Tee in drei Schalen gegossen. Eine setzte sie vor sich hin, eine vor ihn und die dritte auf einen kleinen Tisch beim Feuer, in der Nähe des Sessels, in dem gewöhnlich ihr Mann saß. Als sie diese letzte Schale auf den Tisch stellte, verzog ein eigenartiges Lächeln ihren Mund.

Dieses Lächeln gab den Ausschlag.

Eine bemerkenswerte Frau – eine gefährliche Frau. Kein Warten, keine Vorbereitungen. Heute nachmittag, genau heute nachmittag – mit ihm hier als Zeugen. Diese Kühnheit verschlug ihm den Atem. Es war raffiniert, verdammt raffiniert. Er würde ihr nichts beweisen können. Sie baute darauf, daß er nichts ahnte – einfach weil es noch so früh war. Eine Frau, die blitzschnell dachte und handelte.

Er holte tief Luft und beugte sich vor.

»Mrs. Merrowdene, ich bin ein Mann mit sonderbaren Einfällen. Würden Sie so liebenswürdig sein und bei einem davon mitmachen?«

Sie blickte ihn fragend an.

Er stand auf, nahm die Schale, die vor ihr stand, und ging hinüber zu dem kleinen Tisch, wo er sie gegen die andere vertauschte. Diese brachte er zurück und stellte sie vor sie hin.

»Ich möchte sehen, wie Sie das trinken!«

Ihre Blicke trafen sich. Sie sah ihn fest und unergründlich an. Langsam wich die Farbe aus ihrem Gesicht.

Sie streckte die Hand aus und hob die Schale hoch. Er hielt den Atem an. Angenommen, er hatte sich von allem Anfang an geirrt?

Sie führte die Schale an die Lippen. Im letzten Moment lehnte sie sich vor und goß den Inhalt in einen Blumentopf. Dann richtete sie sich auf und sah ihn herausfordernd an.

Er stieß einen langen Seufzer der Erleichterung aus und setzte sich wieder hin.

»Nun?« fragte sie.

Ihre Stimme klang verändert. Sie war leicht spöttisch und herausfordernd.

Er antwortete bedächtig: »Sie sind eine sehr kluge Frau, Mrs. Merrowdene. Ich glaube, Sie verstehen mich. Es darf kein zweites Mal geben. Wissen Sie, was ich meine?«

»Ja, ich weiß«, sagte sie.

Er nickte zufrieden mit dem Kopf. Sie war sehr vorsichtig. Sie wollte nicht gehängt werden.

»Auf Ihr langes Leben und auf das Ihres Gatten«, sagte er bedeutungsvoll und hob die Schale mit dem Tee an die Lippen.

Dann veränderte sich sein Gesicht. Es verzog sich grauenvoll ... er mußte aufstehen ... hinausschreien. Sein Körper wurde steif, sein Gesicht lief rot an. Er fiel hin, stürzte über den Stuhl. Seine Glieder verkrampften sich.

Mrs. Merrowdene lehnte sich vor und beobachtete ihn. Ein leichtes Lächeln umspielte ihre Lippen. Sie sprach zu ihm, ganz sanft und liebenswürdig.

»Sie haben einen Fehler gemacht, Mr. Evans. Sie glaubten, ich wollte George töten ... Wie dumm von Ihnen, wie furchtbar dumm.«

Sie saß noch eine Minute lang da und blickte auf den toten Mann – den dritten, der gedroht hatte, ihren Weg zu kreuzen und sie von dem Mann zu trennen, den sie liebte.

Ihr Lächeln vertiefte sich. Mehr denn je glich sie einer Madonna. Dann hob sie ihre Stimme und rief:

»George! George! ... Oh, bitte, komm her. Ich fürchte ein schrecklicher Unfall ist passiert! Armer Mr. Evans!«

Die spanische Truhe

Pünktlich auf die Minute, wie immer, betrat Hercule Poirot den kleinen Raum, wo Miss Lemon, seine tüchtige Sekretärin, ihre Instruktionen für den Tag erwartete.

Auf den ersten Blick schien Miss Lemon gänzlich aus Kanten und Winkeln zu bestehen und befriedigte somit Poirots Verlangen nach Symmetrie.

Womit jedoch nicht gesagt sein soll, daß Poirot sich sonst bei Frauen von seiner Leidenschaft für geometrische Präzision beherrschen ließ. Im Gegenteil, er war altmodisch und hatte eine kontinentale Vorliebe für Kurven – ja sogar für üppige Kurven. Frauen sollten in seinen Augen Frauen sein. Er liebte sie wohlgerundet, farbenprächtig, exotisch.

Doch Miss Lemon hatte er nie als eine Frau angesehen. Sie war eine menschliche Maschine – ein Präzisionsinstrument. Von nahezu erschreckender Tüchtigkeit. Sie war achtundvierzig Jahre alt und besaß auch nicht die geringste Spur von Phantasie.

»Guten Morgen, Miss Lemon.«

»Guten Morgen, Monsieur Poirot.«

Poirot setzte sich hin, und Miss Lemon legte die sorgfältig nach Kategorien geordnete Morgenpost vor ihn auf den Tisch. Dann nahm sie wieder Platz und saß mit gezücktem Bleistift und aufgeschlagenem Stenogrammheft erwartungsvoll da.

Aber dieser Morgen sollte eine leichte Änderung in der gewohnten Routine bringen. Poirot hatte die Morgenzeitung bei sich, und sein Blick glitt voller Interesse über die großen, fetten Schlagzeilen. DAS GEHEIMNIS DER SPANISCHEN TRUHE. NEUESTE ENTHÜLLUNGEN.

»Sie haben gewiß die Morgenzeitungen gelesen, Miss Lemon?«

»Ja, Monsieur Poirot. Die Nachrichten von Genf sind nicht sehr gut.«

Mit einer umfassenden Handbewegung fegte Poirot die Nachrichten von Genf beiseite.

»Eine spanische Truhe«, sagte er sinnend vor sich hin. »Können Sie mir verraten, Miss Lemon, was man eigentlich unter einer spanischen Truhe versteht?«

»Ich nehme an, Monsieur Poirot, daß es eine Truhe ist, die ursprünglich aus Spanien stammte.«

»Das sollte man vernunftgemäß annehmen. Sie besitzen also auch keine genaueren Sachkenntnisse?«

»Diese Truhen stammen gewöhnlich aus der Elisabethanischen Periode, glaube ich. Sie sind geräumig und reichlich mit Messingbeschlägen verziert. Wenn sie gut gepflegt und poliert sind, sehen sie sehr nett aus. Meine Schwester hat eine solche Truhe bei einer Auktion erstanden und bewahrt Leinenwäsche darin auf. Sie sieht sehr hübsch aus.«

»Ich bin überzeugt, daß in einem Hause, das einer Ihrer Schwestern gehört, alles Mobiliar tadellos gepflegt ist«, erklärte Poirot mit einer galanten Verbeugung.

Dann blickte er wieder in die Zeitung und studierte die Namen: Major Rich, Mr. und Mrs. Clayton, Commander McLaren, Mr. und Mrs. Spence, Namen, nichts weiter als Namen für ihn. Und doch waren es menschliche Individuen, besessen von Haß, Liebe, Furcht. Ein Drama, in dem er, Hercule Poirot, keine Rolle spielte. Und doch hätte er sich so gern damit befaßt. Sechs Menschen auf einer Abendgesellschaft, in einem Raum mit einer großen spanischen Truhe an der Wand, sechs Menschen, von denen fünf schwatzten, schmausten, Schallplatten auflegten, tanzten, und der sechste tot war, *tot in der spanischen Truhe ...*

Ach, seufzte Poirot. Was für einen Spaß mein lieber Freund Hastings an diesem Problem gehabt hätte! Die Sprünge, die seine romantische Phantasie gemacht haben würde! Was für Torheiten er geäußert hätte! Ah, *ce cher Hastings,* wie sehr ich ihn in diesem Augenblick vermisse ...

Seufzend wanderte sein Blick zu Miss Lemon hinüber. Miss Lemon, die klugerweise merkte, daß Poirot nicht in der Stimmung war, Briefe zu diktieren, hatte die Schutzhülle von ihrer Schreibmaschine genommen und wartete auf den Moment, wo sie mit ihrer Arbeit fortfahren konnte. Nichts hätte sie weniger interessieren können als unheimliche spanische Truhen, die Leichen enthielten.

Abermals seufzend blickte Poirot auf ein fotografiertes Gesicht hinab. Zeitungsreproduktionen waren nie besonders gut, und diese Aufnahme war entschieden verschmiert – aber was für ein Gesicht! *Mrs. Clayton, die Gattin des Ermordeten ...*

Einer plötzlichen Eingebung folgend, schob er Miss Lemon die Zeitung hin.

»Sehen Sie mal«, gebot er. »Betrachten Sie einmal dieses Gesicht.«

Miss Lemon leistete gehorsam und gefühllos seiner Aufforderung Folge.

»Was halten Sie von ihr, Miss Lemon? Das ist Mrs. Clayton.«

Miss Lemon warf abermals einen gleichgültigen Blick auf das Bild und bemerkte:

»Sie ähnelt ein wenig der Frau unseres Bankdirektors, als wir in Croydon Heath wohnten.«

»Interessant«, meinte Poirot. »Seien Sie doch so gut und erzählen Sie mir etwas von dieser Bankdirektorsfrau.«

»Nun, es ist eigentlich keine sehr angenehme Geschichte, Monsieur Poirot.«

»Das habe ich mir bereits gedacht. Fahren Sie bitte fort.«

»Man hörte viel Gerede – über Mrs. Adams und einen jungen Künstler. Dann erschoß sich Mr. Adams. Aber Mrs. Adams wollte den anderen Mann nicht heiraten, und er versuchte sich zu vergiften, wurde jedoch gerettet. Schließlich heiratete Mrs. Adams einen jungen Rechtsanwalt. Es folgten weitere Unannehmlichkeiten, glaube ich. Aber um die Zeit hatten wir Croydon Heath bereits verlassen, und ich habe nicht mehr viel darüber gehört.«

Hercule Poirot nickte ernst.

»Sie war wohl sehr schön, ja?«

»Nun, schön im eigentlichen Sinne wohl nicht. Aber sie schien etwas an sich zu haben . . .«

»Ganz richtig. Was ist dieses gewisse Etwas, das sie besitzen – die Sirenen dieser Welt? Frauen wie die schöne Helena, Kleopatra . . .?«

Miss Lemon schob energisch einen Bogen Papier in ihre Maschine.

»Wirklich, Monsieur Poirot, darüber habe ich nie nachgedacht. Es erscheint mir alles sehr töricht. Wenn die Menschen sich nur an ihre Arbeit halten und über solche Dinge nicht nachdenken wollten, wäre alles viel besser.«

Nachdem Miss Lemon menschliche Schwächen und Leidenschaften auf diese Weise kategorisch abgetan hatte, ließ sie ihre Finger leicht auf den Maschinentasten ruhen, voller Ungeduld, endlich mit ihrer Arbeit beginnen zu können.

»Das ist *Ihre* Ansicht«, meinte Poirot. »Und in diesem Augenblick ist Ihr ganzes Verlangen darauf gerichtet, mit Ihrer Arbeit fortfahren zu dürfen. Aber Ihre Arbeit, Miss Lemon, besteht nicht nur darin, meine Korrespondenz zu erledigen, meine Briefe abzulegen und meine Telefongespräche entgegenzunehmen. Alle diese Dinge erledigen Sie in bewundernswerter Weise. Ich aber habe nicht nur mit Dokumenten zu tun, sondern auch mit menschlichen Wesen. Und dabei brauche ich ebenfalls Unterstützung.«

»Gewiß, Monsieur Poirot«, lautete die geduldige Erwiderung.

»Dieser Fall interessiert mich, und es würde mich freuen, wenn Sie die Berichte darüber in allen Morgenzeitungen und auch die späteren Berichte in den Abendzeitungen durchläsen und mir ein Resümee des Tatsachenbestandes anfertigten.«

»Sehr wohl, Monsieur Poirot.«

Poirot zog sich, wehmütig lächelnd, in sein Wohnzimmer zurück.

Zu gegebener Zeit erschien Miss Lemon bei ihm mit einem getippten Bericht.

»Ich habe hier die gewünschten Informationen, Monsieur Poirot. Allerdings befürchte ich, daß sie nicht als zuverlässig anzusehen sind. Die Zeitungsberichte weichen beträchtlich voneinander ab. Ich möchte den angegebenen Tatsachen nicht mehr als sechzig Prozent Genauigkeit zubilligen.«

»Das ist wahrscheinlich eine konservative Schätzung«, murmelte Poirot. »Vielen Dank, Miss Lemon, für die Mühe, die Sie sich gemacht haben.«

Der Tatsachenbestand war sensationell, aber ziemlich klar. Major Rich, ein wohlhabender Junggeselle, hatte einige seiner Freunde zu einer Abendgesellschaft in seine Wohnung geladen. Diese Freunde waren Mr. und Mrs. Clayton, Mr. und Mrs. Spence und Commander McLaren. Commander McLaren war mit Rich und den Claytons schon sehr lange befreundet. Mr. und Mrs. Spence, ein jüngeres Ehepaar, waren ziemlich neue Bekannte. Arnold Clayton war im

Schatzamt. Jeremy Spence war ein jüngerer Beamter der Zivilverwaltung. Major Rich war achtundvierzig, Arnold Clayton fünfundfünfzig, Commander McLaren sechsundvierzig und Jeremy Spence siebenunddreißig. Mrs. Clayton war, wie es hieß, ›einige Jahre jünger als ihr Gatte‹. Eine dieser Personen war nicht in der Lage, an der Abendgesellschaft teilzunehmen. Mr. Clayton wurde im letzten Augenblick wegen dringender Geschäfte nach Schottland gerufen, und es wurde angenommen, daß er mit dem Zuge um 20.15 Uhr vom Bahnhof King's Cross abgefahren sei.

Die Party verlief wie alle solche Veranstaltungen. Allen schien es gut zu gefallen. Man war weder ausgelassen noch betrunken und brach gegen Viertel vor zwölf Uhr auf. Die vier Gäste gingen zusammen fort und nahmen gemeinsam ein Taxi. Commander McLaren wurde als erster bei seinem Klub abgesetzt. Dann brachten die Spences Margharita Clayton nach Cardigan Gardens abseits der Sloane Street und fuhren allein weiter zu ihrem Haus in Chelsea.

Die gruselige Entdeckung wurde am nächsten Morgen gemacht, und zwar von William Burgess, dem Diener des Majors Rich, der außerhalb des Hauses wohnte. Er erschien sehr früh, um das Wohnzimmer aufzuräumen, ehe er Major Rich mit der frühmorgendlichen Tasse Tee weckte. Während Burgess mit seinen Arbeiten beschäftigt war, entdeckte er plötzlich mit Schrecken einen großen, häßlichen Fleck auf dem hellen Teppich, auf dem die spanische Truhe stand. Der Diener hob sofort den Deckel der Truhe und blickte hinein. Voller Entsetzen sah er darin die Leiche des Mr. Clayton, der offenbar erstochen worden war.

Seinem ersten Impuls gehorchend, stürzte Burgess auf die Straße und holte den nächsten Polizisten.

Das waren die nackten Tatsachen. Aber es wurden noch weitere Einzelheiten erwähnt. Die Polizei hatte Mrs. Clayton sofort davon in Kenntnis gesetzt, und sie war ›völlig niedergeschmettert‹. Sie hatte ihren Mann am vorhergegangenen Abend kurz nach sechs zum letztenmal gesehen. Er war verärgert nach Hause gekommen, da er in einer dringenden geschäftlichen Angelegenheit, die etwas mit einem seiner Besitztümer zu tun hatte, nach Schottland gerufen worden war, und hatte seine Frau gedrängt, ohne ihn an der Abendgesellschaft teilzunehmen. Mr. Clayton hatte dann seinen Klub aufgesucht, zu dem auch Commander McLaren gehörte, und bei einem Glase Whisky seinem Freund die Sachlage erklärt. Nach einem Blick auf seine Uhr hatte er dann geäußert, daß er auf seinem Wege nach King's Cross gerade noch Zeit habe, bei Major Rich vorzusprechen und ihm die Sache auseinanderzusetzen. Er hatte schon versucht, ihn telefonisch zu erreichen, aber keinen Anschluß bekommen.

Nach William Burgess' Aussage erschien Mr. Clayton gegen neunzehn Uhr fünfundfünfzig in der Etage. Major Rich war nicht zu Hause, mußte aber jeden Augenblick zurückkehren. Burgess schlug daher Mr. Clayton vor, einzutreten und zu warten. Clayton sagte, er habe keine Zeit, da er auf dem Wege zum Bahnhof sei, möchte aber gern ein paar Zeilen für Major Rich hinterlassen. Daraufhin führte ihn der Diener ins Wohnzimmer und ging selbst in die Küche zurück, wo er mit der Zubereitung von Appetithäppchen für die Party beschäftigt war. Der Diener hörte seinen Herrn nicht zurückkehren, aber etwa zehn Minuten später erschien Major Rich in der Küche und bat ihn, eiligst türkische Zigaretten zu besorgen, da sie von Mrs. Spence bevorzugt würden. Der Diener kam dieser Aufforderung nach und brachte die Zigaretten seinem Herrn ins Wohnzimmer. Mr. Clayton war nicht mehr da, und der Diener nahm natürlich an, daß er bereits fortgegangen sei, um seinen Zug zu erreichen.

Major Richs Schilderung war kurz und schlicht. Mr. Clayton war nicht in der Wohnung, als er selbst zurückkehrte, und er hatte keine Ahnung, daß er dort gewesen war. Er hatte keine Zeilen vorgefunden und von Claytons Reise nach Schottland erst erfahren, als Mrs. Clayton und die anderen Gäste eintrafen.

Die Abendzeitungen brachten zwei weitere Notizen. Die ›niedergeschmetterte‹ Mrs. Clayton hatte ihre Wohnung in Cardigan Gardens verlassen, und man nahm an, daß sie sich bei Freunden aufhalte.

Die andere Notiz erschien in der Rubrik ›Letzte Meldungen‹: Major Charles Rich war des Mordes an Arnold Clayton beschuldigt und in Untersuchungshaft genommen worden.

»Das wär's also«, meinte Poirot und blickte zu Miss Lemon auf. »Die Verhaftung des Majors war zu erwarten. Aber was für ein merkwürdiger Fall! Ein *sehr* merkwürdiger Fall! Finden Sie nicht auch?«

»So etwas passiert ja wohl, Monsieur Poirot«, erwiderte Miss Lemon ohne besonderes Interesse.

»Oh, gewiß! So etwas passiert jeden Tag. Oder beinahe jeden Tag. Aber gewöhnlich sind derartige Vorkommnisse ganz verständlich – wenn auch betrüblich.«

»Es ist bestimmt eine sehr unangenehme Sache.«

»Erstochen und in eine spanische Truhe gesteckt zu werden, ist gewiß unangenehm für das Opfer – ganz entschieden. Aber wenn ich von einem merkwürdigen Fall spreche, so bezieht sich das auf das merkwürdige Verhalten des Majors Rich.«

Miss Lemon sagte in leicht mißfälligem Ton:

»Man scheint zu vermuten, daß Major Rich und Mrs. Clayton sehr eng befreundet waren ... Es war eine Andeutung und keine erwiesene Tatsache. Daher habe ich es in meinem Resümee nicht erwähnt.«

»Sehr richtig von Ihnen. Aber es ist eine Folgerung, die ins Auge springt. Ist das alles, was Sie zu sagen haben?«

Miss Lemon blickte ausdruckslos vor sich hin. Poirot dachte mit einem Seufzer an die lebhafte Phantasie seines Freundes Hastings. Die Diskussion eines Falles mit Miss Lemon war eine mühsame Arbeit.

»Betrachten wir einmal diesen Major Rich. Er ist in Mrs. Clayton verliebt – zugegeben ... Er will ihren Gatten beiseite schaffen – auch das räumen wir ein, obgleich man sich fragt: Wenn Mrs. Clayton in ihn verliebt ist und die beiden ein Verhältnis miteinander haben, warum pressiert's denn so? Will Mr. Clayton sich vielleicht nicht von seiner Frau scheiden lassen? Doch davon will ich nicht reden. Major Rich ist ein pensionierter Soldat, und manchmal heißt es, daß Soldaten nicht viel Grips haben. Aber, *tout de même*, ist denn dieser Major Rich ein kompletter Idiot?«

Miss Lemon erwiderte nichts darauf. Sie hielt dies für eine rein rhetorische Frage.

»Nun«, fragte Poirot, »was halten *Sie* denn von der ganzen Geschichte?«

»Was *ich* davon halte?« wiederholte Miss Lemon erschrocken.

»*Mais oui* – Sie!«

Miss Lemon bemühte sich, der neuen Aufforderung, die ihrem Verstand zugemutet wurde, gerecht zu werden. Sie erging sich nie in irgendwelchen Spekulationen, falls sie nicht direkt dazu aufgefordert wurde. Wenn sie einmal über einen müßigen Augenblick verfügte, beschäftigten sich ihre Gedanken mit den Einzelheiten eines überaus vollkommenen Ablegesystems. Das war ihre einzige geistige Ausschweifung.

»Nun ...«, begann sie und brach ab.

»Erzählen Sie mir einfach, was nach Ihrer Ansicht an jenem Abend geschah. Mr. Clayton sitzt im Wohnzimmer und schreibt ein paar Zeilen. Major Rich kehrt zurück – was dann?«

»Er findet Mr. Clayton vor. Sie haben – es ist jedenfalls anzunehmen – einen Wortwechsel, und Major Rich ersticht Mr. Clayton. Sobald er sieht, was er getan hat, verbirgt er die – die Leiche in der Truhe. Die Gäste konnten schließlich jeden Augenblick eintreffen.«

»Ja, ja. Die Gäste erscheinen! Die Leiche ist in der Truhe. Der Abend vergeht. Die Gäste brechen auf. Und dann?«

»Na, dann geht Major Rich vermutlich zu Bett und ... Oh!«

»Aha«, sagte Poirot. »Jetzt geht Ihnen ein Licht auf. Sie haben einen Menschen ermordet und die Leiche in einer Truhe versteckt. Und dann – gehen Sie seelenruhig zu Bett, ohne sich von dem Gedanken stören zu lassen, daß Ihr Diener am nächsten Morgen das Verbrechen entdecken wird.«

»Vielleicht hat er nicht damit gerechnet, daß der Diener einen Blick in die Truhe werfen würde.«

»Trotz einer großen Blutlache auf dem Teppich?«

»Vielleicht ahnte Major Rich nichts von dem Fleck.«

»War es nicht reichlich nachlässig von ihm, sich nicht davon zu überzeugen?«

»Er war wohl etwas aufgeregt«, meinte Miss Lemon.

Poirot hob verzweifelt die Hände.

Miss Lemon benutzte die Gelegenheit, um sich eiligst aus dem Zimmer zu entfernen.

Das Geheimnis der spanischen Truhe ging Poirot genaugenommen nichts an. Er war im Augenblick mit einem delikaten Auftrag beschäftigt, den ihm eine der großen Ölgesellschaften erteilt hatte. Es handelte sich dabei um einen Mann in hoher Position, der möglicherweise an fragwürdigen Transaktionen beteiligt war. Eine streng vertrauliche, wichtige und höchst lukrative Aufgabe. Sie war genügend kompliziert, um Poirots Interesse zu fesseln, und hatte den großen Vorteil, daß sie sehr wenig physische Aktivität erforderte. Aber sie war nüchtern und appellierte nur an den Verstand. Verbrechen auf höchster Ebene.

Das Geheimnis der spanischen Truhe dagegen war hochdramatisch und mit Gefühlen durchsetzt; zwei Eigenschaften, vor denen er Hastings oft gewarnt hatte. In dieser Hinsicht war er mit *ce cher Hastings* sehr streng gewesen, und nun war er selbst, genau wie sein Freund, besessen von schönen Frauen, Verbrechen aus Leidenschaft, Eifersucht, Haß und allen anderen romantischen Mordursachen! Er wollte genau darüber Bescheid wissen. Er wollte in Erfahrung bringen, was für Menschen das waren, dieser Major Rich und sein Diener und Margharita Clayton (obgleich er über sie im Bilde zu sein glaubte), und der ermordete Arnold Clayton (denn seiner Ansicht nach war der Charakter des Opfers bei der Lösung eines Mordfalles von allergrößter Bedeutung), und sogar Commander McLaren, der treue Freund, und Mr. und Mrs. Spence, die kürzlich erworbenen Bekannten.

Und er sah keine Möglichkeit, seine Neugierde zu befriedigen!

Später am Tage kehrten seine Gedanken zu diesem Thema zurück.

Warum fesselte ihn eigentlich dieser Vorfall so sehr? Nach einiger Überlegung kam er zu dem Schluß, daß ihn das Problem so reizte, weil das Ganze im Hinblick auf die Beziehung der Tatsachen zueinander eigentlich ein Ding der Unmöglichkeit war!

Er überflog noch einmal die akzeptierbaren Tatsachen. Zunächst ein Wortwechsel zwischen zwei Männern. Ursache vermutlich eine Frau. Im Eifer des Gefechts brachte der eine den anderen um. Ja, das kam vor – obwohl es einleuchtender wäre, wenn der Ehemann den Liebhaber beseitigt hätte. Immerhin – der Liebhaber hatte den Ehemann getötet, ihn mit einem Dolch erstochen – irgendwie eine ziemlich unwahrscheinliche Waffe. Hatte Major Rich vielleicht eine italienische Mutter gehabt? Sicherlich mußte irgendwo eine Erklärung für die Wahl eines Dolches als Waffe existieren. Jedenfalls mußte man den Dolch akzeptieren (in manchen Zeitungen wurde er als Stilett bezeichnet). Er war eben zur Hand und wurde benutzt. Die Leiche wurde dann in der Truhe versteckt. Das war gesunder Menschenverstand und unvermeidlich. Das Verbrechen war nicht vorausgeplant, und da der Diener jeden Augenblick zurückkehren konnte und vier Gäste in Kürze eintrafen, schien es die einzige Möglichkeit zu sein.

Die Party steigt und geht zu Ende, die Gäste brechen auf – der Diener ist bereits fort – und Major Rich geht zu Bett!

Um das zu verstehen, mußte man Major Rich sehen und ausfindig machen, was für ein Mensch so handeln kann.

Hatte er vielleicht, überwältigt von dem Entsetzen über seine Tat und von der großen Anstrengung, den langen Abend hindurch natürlich zu erscheinen, eine Schlaftablette genommen, die ihn in einen so tiefen Schlummer versetzte, daß er nicht um die gewohnte Zeit wach wurde? Möglich. Oder aber handelte es sich um das psychologische Phänomen, daß das Schuldgefühl in Major Richs Unterbewußtsein das Verlangen nach Aufdeckung des Verbrechens erweckte? Um in dieser Hinsicht zu einer Entscheidung zu gelangen, war es unbedingt erforderlich, Major Rich kennenzulernen. Es ließ sich alles zurückführen auf –

Das Telefon läutete. Poirot ließ es eine Weile klingeln, bis es ihm dämmerte, daß Miss Lemon bereits nach Hause gegangen war. Also nahm er den Hörer ab.

»Monsieur Poirot?«

»Am Apparat.«

»Oh, wie herrlich!« Poirot war ein wenig erstaunt über die Glut in der bezaubernden weiblichen Stimme. »Hier ist Abbie Chatterton.«

»Ach, Lady Chatterton. Was kann ich für Sie tun?«

»Kommen Sie so rasch wie möglich zu einer absolut schauderhaften Cocktail-Party, die ich gebe. Nicht gerade wegen der Cocktail-Party – sondern wegen einer ganz anderen Geschichte. Ich brauche Sie dringend. Es ist ungeheuer wichtig. Bitte, *bitte,* lassen Sie mich nicht im Stich! Sagen Sie bloß nicht, daß Sie es nicht einrichten können.«

Poirot hatte nicht die geringste Absicht gehabt, die Einladung abzulehnen. Lord Chatterton war, abgesehen von seiner Peerswürde und der Tatsache, daß er gelegentlich eine langweilige Rede im Oberhaus hielt, keine bemerkenswerte Persönlichkeit. Doch Lady Chatterton war einer der strahlendsten Sterne am Himmel der hohen Gesellschaft. Alles, was sie tat oder sagte, war ein Ereignis. Sie besaß Verstand, Schönheit, Originalität und genug Energie, um eine Rakete zum Mond zu befördern.

Sie sagte nochmals:

»Ich brauche Sie. Zwirbeln Sie einfach Ihren wundervollen Schnurrbart mit kühnem Schwung, und kommen Sie!«

Ganz so rasch ging es allerdings nicht. Zunächst einmal machte Poirot aufs sorgfältigste Toilette. Dann erst zwirbelte er seinen Schnurrbart und machte sich auf den Weg.

Die Tür zu Lady Chattertons bezauberndem Haus in der Cheriton Street war angelehnt, und aus dem Innern drang ein Geräusch, das einer Meuterei im Zoo glich. Lady Chatterton führte gerade eine Unterhaltung mit zwei Gesandten, einem internationalen Fußballspieler und einem amerikanischen Evangelisten. Aber mit der Schnelligkeit eines Taschenspielers warf sie diese Leute über Bord, als Poirot eintrat, und eilte zu ihm.

»Monsieur Poirot, wie wunderbar, daß Sie gekommen sind! Nein, trinken Sie nicht diesen garstigen Martini. Ich habe etwas Besonderes für Sie – eine Art Sirup, den die Scheiche in Marokko trinken. Ich habe ihn oben in meinem kleinen Zimmer.«

Auf dem Wege nach oben erwähnte sie:

»Ich habe diese Party nicht abgeblasen, weil es ungeheuer wichtig ist, daß keiner ahnt, was hier vor sich geht, und ich habe den Dienstboten unerhörte Belohnungen versprochen, wenn nichts ausgeplappert wird. Man möchte schließlich nicht sein Haus von Reportern belagert sehen. Und die arme Seele hat auch so schon viel durchmachen müssen.«

Lady Chatterton machte im ersten Stock nicht halt, sondern eilte weiter in den nächsten. Keuchend und etwas verblüfft folgte ihr Poirot.

Im zweiten Stock blieb Lady Chatterton stehen und stieß nach einem raschen Blick über das Geländer eine Tür auf, wobei sie ausrief:

»Ich habe ihn, Margharita! Ich habe ihn! Hier ist er!«

Sie trat triumphierend zur Seite, um Poirot eintreten zu lassen, und machte die beiden rasch miteinander bekannt.

»Dies ist Margharita Clayton, eine sehr, sehr liebe Freundin von mir. Sie werden ihr helfen, nicht wahr? Margharita, dies ist der wundervolle Hercule Poirot. Er wird alles tun, was du ihm sagst – nicht wahr, lieber Monsieur Poirot?«

Und ohne auf eine Antwort zu warten, die sie offenbar als positiv voraussetzte, stürzte sie aus dem Zimmer und die Treppe hinunter, während sie ziemlich indiskret zurückrief:

»Ich muß leider zu all diesen gräßlichen Leuten zurückkehren.«

Die Frau, die in einem Sessel am Fenster gesessen hatte, erhob sich und kam auf ihn zu. Poirot hätte sie auch erkannt, selbst wenn Lady Chatterton ihren Namen nicht erwähnt hätte: diese breite, sehr breite Stirn, das dunkle Haar, das so beschwingt daraus emporstieg, und die grauen, weit auseinanderstehenden Augen. Sie trug ein enganliegendes, hochgeschlossenes Kleid in einem stumpfen Schwarz, das die schönen Linien ihres Körpers und die magnolienhafte Weiße ihrer Haut betonte. Ihr Gesicht war eher ungewöhnlich als schön. Sie war von einer Aura mittelalterlicher Einfachheit umgeben – von einer seltsamen Unschuld, die, wie Poirot dachte, eine vernichtendere Wirkung ausüben konnte als eine wollüstige Raffiniertheit. Wenn sie sprach, tönte aus ihren Worten eine gewisse kindliche Offenheit.

»Abbie sagt, Sie wollen mir helfen.«

Sie blickte ihm ernst und forschend ins Gesicht.

Einen Augenblick lang stand Poirot ganz still und unterzog sie einer genauen Prüfung, was durchaus nicht unhöflich wirkte. Es war eher der freundliche, aber durchdringende Blick, mit dem ein berühmter Arzt einen neuen Patienten betrachtet.

»Sind Sie sicher, Madame«, sagte er schließlich, »daß ich Ihnen helfen *kann?*«

Eine leichte Röte stieg in ihre Wangen.

»Ich weiß nicht, was Sie meinen.«

»Was wünschen Sie denn von mir, Madame?«

»Oh!« Sie schien überrascht. »Ich dachte, Sie wüßten, wer ich bin.«

»Ich weiß, wer Sie sind. Ihr Gatte wurde getötet – erdolcht, und ein gewisser Major Rich ist wegen Mordverdachts verhaftet worden.«

Die Röte in ihren Wangen vertiefte sich.

»Major Rich hat meinen Mann *nicht* getötet.«

Pfeilschnell entgegnete Poirot:

»Warum nicht?«

Sie starrte ihn verblüfft an. »Wie – wie bitte?«

»Ich habe Sie verwirrt – weil ich nicht dieselbe Frage gestellt habe wie alle anderen, die Polizei, die Rechtsanwälte, ... ›warum sollte Major Rich Arnold Clayton töten?‹ Ich aber frage das Gegenteil. Ich frage Sie, Madame, warum Sie davon überzeugt sind, daß Major Rich ihn *nicht* getötet hat.«

»Weil« – sie hielt einen Augenblick inne –, »weil ich Major Rich so gut kenne.«

»Sie kennen Major Rich so gut«, wiederholte Poirot mit ausdrucksloser Stimme. Nach einer kleinen Pause fragte er scharf: »Wie gut?«

Ob sie die Bedeutung seiner Frage verstand, konnte er nicht erraten. Er dachte bei sich: Hier ist eine Frau, die entweder sehr einfach oder sehr raffiniert ist. Viele Menschen müssen versucht haben, das bei Margharita Clayton zu ergründen ...

»Wie gut?« Sie blickte ihn zweifelnd an. »Seit fünf Jahren – nein, es sind schon fast sechs.«

»So war das eigentlich nicht gemeint. Sie müssen einsehen, Madame, daß ich Ihnen scheinbar impertinente Fragen stellen muß. Vielleicht werden Sie die Wahrheit sprechen, vielleicht aber auch lügen. Es ist manchmal sehr notwendig für eine Frau, zu lügen. Frauen müssen sich verteidigen, und die Lüge kann eine gute Waffe sein. Aber es gibt drei Menschen, Madame, denen eine Frau die Wahrheit sagen sollte: ihr Beichtvater, ihr Friseur und ihr Privatdetektiv – wenn sie ihm vertraut. Vertrauen Sie mir, Madame?«

Margharita Clayton schöpfte tief Atem.

»Ja«, sagte sie. »Das tue ich.« Und setzte hinzu: »Ich muß es ja.«

»Na schön. Was soll ich also für Sie tun? Ausfindig machen, wer Ihren Gatten ermordet hat?«

»Das auch – ja.«

»Aber es ist nicht wesentlich, wie? Sie wünschen in erster Linie, daß ich Major Rich von dem Mordverdacht befreien soll, ja?«

Sie nickte rasch, dankbar.

»Das – und sonst nichts?«

Eine unnötige Frage, das sah er ein. Margharita Clayton war eine Frau, die zur Zeit nur eins im Auge hatte.

»Und jetzt eine sehr impertinente Frage, Madame. Sie und Major Rich sind ineinander verliebt, ja?«

»Wenn Sie damit sagen wollen, daß wir ein Verhältnis miteinander hatten – nein.«

»Aber er war in Sie verliebt?«

»Ja.«

»Und Sie – waren in ihn verliebt?«

»Ich glaube, ja.«

»Sie scheinen nicht ganz sicher zu sein, wie?«

»Doch – jetzt bin ich sicher.«

»Aha! Sie haben also Ihren Gatten nicht geliebt?«

»Nein.«

»Sie antworten mit bewundernswerter Schlichtheit. Die meisten Frauen hätten das Verlangen, ihre Gefühle bis ins einzelne zu erklären. Wie lange waren Sie verheiratet?«

»Elf Jahre.«

»Können Sie mir ein wenig von Ihrem Gatten erzählen? Wie war er als Mensch?«

Sie runzelte die Stirn.

»Es ist schwierig. Ich weiß eigentlich gar nicht, was für ein Mensch Arnold war. Er war sehr ruhig, sehr reserviert. Man konnte seine Gedanken nicht erraten. Natürlich war er klug, jeder sagte, er sei brillant – in seiner Arbeit, meine ich. Aber er – ich weiß nicht, wie ich es ausdrücken soll – er hat sein ureigenes Wesen nie enthüllt.«

»War er in Sie verliebt?«

»O ja. Das muß er schon gewesen sein. Sonst hätte er sich nicht so aufgeregt –« Sie brach plötzlich ab.

»Über andere Männer? Das wollten Sie doch sagen, wie? Er war also eifersüchtig?«

Wieder sagte sie:

»Das muß er schon gewesen sein.« Und dann, als ob sie spürte, daß die Redensart einer Erklärung bedurfte, fuhr sie fort: »Manchmal sprach er tagelang kein Wort mit mir.«

Poirot nickte nachdenklich.

»Diese Gewalttätigkeit – die in Ihr Leben gekommen ist. Haben Sie sie zum ersten Male erlebt?«

»Gewalttätigkeit?« Sie runzelte die Stirn und errötete dann. »Meinen Sie etwa den armen jungen Mann, der sich erschossen hat?«

»Ja«, erwiderte Poirot. »So etwas habe ich wohl gemeint.«

»Ich hatte keine Ahnung, daß er so viel für mich empfand. Er tat mir sehr leid. Er schien so scheu, so einsam zu sein. Er muß wohl sehr neurotisch gewesen sein. Und dann die beiden Italiener – ein Duell. Es war lächerlich. Jedenfalls ist keiner dabei umgekommen, Gott sei Dank ... Und offen gestanden, war mir an keinem der beiden etwas gelegen. Ich habe nicht einmal eine Zuneigung vorgetäuscht.«

»Nein. Sie waren eben nur – da! Und wo Sie sind – passiert etwas! Die Erfahrung habe ich schon früher in meinem Leben gemacht. Eben *weil* Sie gleichgültig sind, werden die Männer zum Wahnsinn getrieben. Aber für Major Rich haben Sie tatsächlich etwas übrig. Daher – müssen wir tun, was wir können.«

Er schwieg eine Zeitlang, während sie ernst vor ihm saß und ihn beobachtete.

»Wir wenden uns von den Persönlichkeiten ab, die oft das wirklich Wichtige darstellen, und den einfachen Tatsachen zu. Ich weiß nur, was in den Zeitungen gestanden hat. Auf Grund dieser Darstellungen hatten nur zwei Personen Gelegenheit, Ihren Gatten zu töten, *konnten* nur zwei Personen ihn getötet haben – Major Rich und sein Diener.

Eigensinnig wiederholte sie:

»Ich weiß, daß Charles ihn nicht getötet hat.«

»Dann muß es also der Diener gewesen sein. Geben Sie das zu?«

»Ich sehe, was Sie meinen«, sagte sie zweifelnd.

»Aber es will Ihnen nicht so recht einleuchten, ja?«

»Es erscheint einfach – phantastisch!«

»Und doch besteht die Möglichkeit. Ihr Gatte erschien zweifellos in der Wohnung, da seine Leiche dort gefunden wurde. Wenn die Aussage des Dieners auf Wahrheit beruht, hat Major Rich den Mord begangen. Wenn aber die Aussage des Dieners falsch ist? Dann hat der Diener Ihren Gatten getötet und die Leiche vor der Rückkehr seines Herrn in der Truhe versteckt. Von seinem Standpunkt aus eine ausgezeichnete Gelegenheit, die Leiche loszuwerden. Er brauchte nur am nächsten Morgen ›den Blutfleck zu bemerken‹ und ›die Leiche zu entdecken‹. Der Verdacht würde sofort auf Rich fallen.«

»Aber warum sollte der Diener meinen Mann töten wollen?«

»Ja, warum? Das Motiv kann nicht auf der Hand liegen. Sonst hätte die Polizei Nachforschungen angestellt. Möglicherweise wußte Ihr Gatte etwas über den Diener, was ihm zur Schande gereichte, und stand im Begriff, Major Rich davon in Kenntnis zu setzen. Hat Ihr Gatte jemals mit Ihnen über diesen Burgess gesprochen?«

Sie schüttelte den Kopf.

»Glauben Sie, daß er es getan hätte, wenn sich die Sache so verhalten hätte?«

Sie runzelte die Stirn.

»Es ist schwierig, etwas darüber zu sagen. Wahrscheinlich nicht. Er sprach nicht viel über andere Menschen. Wie ich Ihnen schon sagte, war er sehr reserviert.«

»Er war also ein Mann, der seine Meinung für sich behielt. Nun, was für eine Meinung haben *Sie* von Burgess?«

»Er ist kein Mann, der einem sehr auffällt. Ein ziemlich guter Diener. Ausreichend, aber nicht besonders geschliffen.«

»Wie alt?«

»Etwa sieben- oder achtunddreißig, denke ich. Während des Krieges war er Offiziersbursche, aber kein regelrechter Soldat.«

»Wie lange war er bei Major Rich?«

»Nicht sehr lange. Vielleicht anderthalb Jahre.«

»Haben Sie nie bemerkt, daß er Ihrem Gatten gegenüber ein merkwürdiges Verhalten an den Tag legte?«

»Wir waren nicht so sehr oft dort. Nein, ich habe überhaupt nichts bemerkt.«

»Nun schildern Sie mir bitte die Vorgänge des Abends. Um welche Zeit waren Sie geladen?«

»Acht Uhr fünfzehn bis acht Uhr dreißig.«

»Und was für eine Party sollte es sein?«

»Nun, gewöhnlich wurden Drinks gereicht, und es gab ein kaltes Büfett – meistens ein sehr gutes. Gänseleberpastete und heißen Toast. Geräucherten Lachs und dergleichen. Manchmal gab es auch ein warmes Reisgericht – Charles hatte ein besonderes Rezept aus dem Nahen Osten mitgebracht –, aber das war meist im Winter. Dann hatten wir häufig Musik – Charles besitzt eine sehr gute Stereo-Anlage. Mein Mann und Jock McLaren begeisterten sich beide für klassische Platten. Auch hatten wir Tanzmusik – die Spences waren leidenschaftliche Tänzer. So war es meistens – ein ruhiger, zwangloser Abend. Charles war ein sehr guter Gastgeber.«

»Und glich dieser besondere Abend den anderen Abenden, die Sie dort verbrachten? Sie haben nichts Ungewöhnliches bemerkt? War alles an seinem Platz?«

»Alles an seinem Platz?« Sie runzelte die Stirn. »Eben als Sie das sagten, hatte ich – nein, es ist wieder verschwunden. Aber da war irgend etwas . . .« Wiederum schüttelte sie den Kopf. »Nein. Es war überhaupt nichts Ungewöhnliches an dem Abend. Wir hatten viel Spaß. Alle schienen ungezwungen und glücklich zu sein.« Sie schauderte. »Und wenn man bedenkt, daß während der ganzen Zeit –«

Poirot hob rasch die Hand.

»Denken Sie nicht daran. Was wissen Sie von den Geschäften, derentwegen Ihr Gatte nach Schottland reisen wollte?«

»Nicht viel. Es handelte sich um einen Disput über den Verkauf von Ländereien, die meinem Mann gehörten. Der Verkauf war offenbar vollzogen, und dann tauchten plötzlich Schwierigkeiten auf.«

»Was hat Ihr Gatte Ihnen genau gesagt?«

»Er kam mit einem Telegramm in der Hand zu mir herein. Soweit ich mich entsinnen kann, sagte er: ›Eine höchst ärgerliche Geschichte! Ich muß mit dem Nachtzug nach Edinburgh fahren und morgen früh gleich mit Johnston sprechen. Zu dumm, wenn man schon angenommen hatte, daß die Sache endlich im klaren sei.‹ Dann fügte er hinzu: ›Soll ich Jock anrufen und ihn bitten, dich abzuholen?‹ Und ich erwiderte: ›Unsinn, ich nehme einfach ein Taxi.‹ Er meinte, daß Jock oder die Spences mich nach Hause bringen würden. Ich fragte ihn dann, ob ich ihm beim Packen helfen solle, und er sagte, er würde nur ein paar Sachen in einen Koffer werfen und dann einen kleinen Imbiß im Klub einnehmen, ehe er zum Bahnhof gehe. Bald darauf ging er fort, und – und das war das letzte Mal, daß ich ihn gesehen habe.«

Ihre Stimme brach ein wenig bei diesen Worten.

Poirot blickte sie sehr fest an.

»Hat er Ihnen das Telegramm gezeigt?«

»Nein.«

»Schade.«

»Warum sagen Sie das?«

Poirot beantwortete ihre Frage nicht. Statt dessen sagte er energisch:

»Nun zur Sache. Wie heißen die Anwälte, die Major Rich vertreten?«

Sie gab ihm die gewünschte Auskunft, und er notierte sich die Adresse.

»Wollen Sie mir ein paar Zeilen für sie mitgeben? Ich möchte nämlich Anordnungen treffen, um Major Rich persönlich zu sehen.«

»Er – befindet sich in Untersuchungshaft.«

»Natürlich. Das ist das übliche Verfahren. Wollen Sie ebenfalls ein paar Zeilen an Commander McLaren und an Ihre Freunde, die Spences, schreiben? Ich möchte mit allen sprechen, und es ist wichtig, daß sie mir nicht gleich die Tür zeigen.«

Als sie sich vom Schreibtisch erhob, sagte er:

»Noch eins. Ich werde mir natürlich mein eigenes Urteil bilden, aber mittlerweile möchte ich von Ihnen hören, was für einen Eindruck Sie von Commander McLaren und Mr. und Mrs. Spence haben.«

»Jock McLaren ist einer unserer ältesten Freunde. Ich kenne ihn schon von meiner Kindheit her. Er macht einen ziemlich strengen Eindruck, aber in Wirklichkeit ist er eine gute Seele – immer derselbe – stets zuverlässig. Er ist nicht heiter und amüsant, aber eine ungeheure Stütze. Arnold und ich haben uns oft auf sein Urteil verlassen.«

»Und zweifellos ist er auch in Sie verliebt, nicht wahr?« Poirot zwinkerte ein wenig mit den Augen.

»O ja«, erwiderte Margharita lächelnd. »Er war immer in mich verliebt – aber allmählich ist es ihm gewissermaßen zur Gewohnheit geworden.«

»Und die Spences?«

»Sie sind amüsant und sehr gute Gesellschafter. Linda Spence ist tatsächlich eine ziemlich gescheite Frau. Arnold hat sich gern mit ihr unterhalten. Außerdem ist sie sehr attraktiv.«

»Sind Sie miteinander befreundet?«

»Sie und ich? Gewissermaßen. Obwohl ich sie eigentlich nicht richtig gern habe. Sie ist zu maliziös.«

»Und ihr Gatte?«

»Oh, Jeremy ist bezaubernd. Sehr musikalisch. Versteht auch sehr viel von Gemälden. Er und ich gehen oft zusammen ins Kino . . .«

»Na ja, ich werde mich selbst überzeugen.« Er ergriff ihre Hand. »Hoffentlich bereuen Sie es nicht, Madame, meine Hilfe in Anspruch genommen zu haben.«

»Warum sollte ich es bereuen?« Ihre Augen weiteten sich vor Staunen.

»Man kann nie wissen«, erwiderte er geheimnisvoll.

»Und ich – ich weiß es auch nicht«, murmelte er vor sich hin, als er die Treppe hinabstieg. Die Cocktail-Party war noch in vollem Schwunge, aber er vermied die Gastgeberin und gelangte ohne weiteres auf die Straße.

»Nein«, wiederholte er. »Ich weiß es nicht.«

Seine Gedanken waren von Margharita Clayton erfüllt.

Diese kindliche Aufrichtigkeit, diese offenherzige Einfalt – waren sie echt? Oder verhüllten sie etwas anderes? Im Mittelalter hatte es solche Frauen gegeben – Frauen, über die sich die Historiker nicht einigen konnten. Er dachte an Maria Stuart, die schottische Königin. Hatte sie in jener Nacht in Kirk o'Fields von der Tat gewußt, die geschehen sollte? Oder war sie völlig unschuldig? Hatten die Verschwörer ihr nichts gesagt? War sie eine dieser kindlich-einfachen Frauen, die sich selbst etwas vormachen und daran glauben können? Er spürte den Zauber, der von Margharita Clayton ausging. Aber von ihrer Unschuld war er nicht völlig überzeugt...

Solche Frauen konnten, auch wenn sie selber unschuldig waren, die Ursache schwerer Verbrechen sein.

Solche Frauen konnten, wenn auch nicht in der Tat, so doch in Absicht und Plänen, selbst Verbrecherinnen sein.

Ihre Hand war es nie, die das Messer hielt...

Und Margharita Clayton – nein, er wußte es wahrhaftig nicht!

Hercule Poirot fand Major Richs Rechtsanwälte nicht sehr entgegenkommend. Er hatte es auch nicht anders erwartet.

Sie ließen durchblicken, daß es im Interesse ihres Klienten sei, wenn Mrs. Clayton sich nicht für ihn einsetzte.

Poirot hatte die Rechtsanwälte auch nur aus Korrektheit aufgesucht. Er hatte genug Beziehungen zum Ministerium des Innern und zu Scotland Yard, um ein Interview mit dem Häftling zu erlangen.

Inspektor Miller, der den Fall Clayton bearbeitete, wurde von Poirot nicht sonderlich geschätzt. Aber bei dieser Gelegenheit verhielt sich der Inspektor nicht feindselig, sondern nur verächtlich.

»Kann an den alten Tattergreis nicht viel Zeit verschwenden«, hatte er zu dem Wachtmeister gesagt, ehe Poirot hereingeführt wurde. »Immerhin muß ich wohl höflich zu ihm sein.«

»Sie müssen wirklich ein Zauberkünstler sein, Monsieur Poirot, wenn Sie hier etwas erreichen wollen«, bemerkte der Inspektor heiter. »Niemand außer Rich hätte den Burschen töten können.«

»Und der Diener.«

»Oh, das will ich zugeben. Als Möglichkeit natürlich. Aber Sie werden nach dieser Richtung hin nichts entdecken. Überhaupt keine Motive.«

»Das können Sie nicht so ohne weiteres behaupten. Motive sind sehr merkwürdige Gebilde.«

»Aber er war mit Clayton überhaupt nicht bekannt, hat eine völlig harmlose Vergangenheit und scheint durchaus richtig im Kopf zu sein. Ich weiß nicht, was Sie sonst noch verlangen.«

»Ich möchte ausfindig machen, daß Rich das Verbrechen nicht begangen hat.«

»Der Dame zuliebe, wie?« Inspektor Miller grinste. »Sie hat Ihnen wohl zugesetzt. Ein ziemliches Augevoll, nicht wahr? *Cherchez la femme* – das paßt hier aus dem Effeff. Wenn sie die Gelegenheit gehabt hätte, wissen Sie, hätte sie es selbst tun können.«

»Niemals!«

»Sie könnten Ihr blaues Wunder erleben. Ich habe so eine Frau gekannt. Räumte etliche Ehemänner aus dem Wege, ohne mit den Wimpern ihrer unschuldsvollen Augen zu zukken. Und jedesmal völlig gebrochen. Die Geschworenen hätten sie am liebsten freigesprochen, wenn es ihnen eben möglich gewesen wäre. Aber das Beweismaterial war unumstößlich.«

»Nun, mein Freund, wir wollen nicht darüber disputieren. Ich möchte mich erdreisten, Sie um einige zuverlässige

Angaben zu bitten. Was die Zeitungen drucken, ist wohl Neuigkeit – aber nicht immer die Wahrheit.«

»Na, die müssen auch ihren Spaß haben. Was möchten Sie denn wissen?«

»Die Zeit des Todes. Bitte, so genau wie möglich.«

»Und das kann nicht sehr genau sein, weil die Leiche erst am folgenden Morgen untersucht wurde. Der Tod ist schätzungsweise zehn bis dreizehn Stunden vorher eingetreten. Mit anderen Worten: zwischen sieben und zehn Uhr am Abend vorher. Der Mörder hat die Schlagader getroffen. Der Tod muß also ziemlich rasch erfolgt sein.«

»Und die Waffe?«

»Eine Art italienisches Stilett, ganz klein, aber scharf wie ein Rasiermesser. Niemand hat es je zuvor gesehen oder kann sagen, woher es stammt. Wir werden es aber schon noch herausbekommen. Es erfordert nur etwas Zeit und Geduld.«

»Es hätte nicht im Verlauf eines Streites aufgenommen werden können?«

»Nein. Der Diener behauptet, daß so etwas in der Wohnung nicht vorhanden gewesen sei.«

»Was mich besonders interessiert, ist das Telegramm«, sagte Poirot. »Das Telegramm, das Arnold Clayton nach Schottland rief. War die Aufforderung echt?«

»Nein. Da oben waren keine Schwierigkeiten vorhanden. Der Ladenverkauf verlief ganz normal.«

»Wer hat denn das Telegramm geschickt – vorausgesetzt, daß ein Telegramm existierte?«

»Es muß eins vorhanden gewesen sein. Nicht, daß wir Mrs. Clayton unbedingt Glauben schenken. Aber Clayton hatte auch dem Diener gegenüber erwähnt, daß er telegrafisch nach Schottland gerufen sei. Ebenfalls Commander McLaren gegenüber.«

»Um welche Zeit hat er mit Commander McLaren gesprochen?«

»Sie nahmen in ihrem Klub gemeinsam einen Imbiß ein, und zwar gegen Viertel nach sieben. Dann fuhr Clayton in einem Taxi nach Richs Wohnung, wo er kurz vor acht eintraf. Danach . . .« Miller machte eine vielsagende Handbewegung.

»Hat jemand irgend etwas Merkwürdiges in Richs Verhalten an diesem Abend wahrgenommen?«

»Na, Sie kennen die Menschen ja. Nach dem Ereignis bilden sie sich ein, allerlei entdeckt zu haben, was sie – darauf möchte ich jede Wette eingehen – überhaupt nicht sahen. So behauptet Mrs. Spence, Rich sei den ganzen Abend über sehr zerstreut gewesen, habe nicht immer eine richtige Antwort gegeben, als ob er ›etwas auf der Seele habe‹. Und das hatte er ja auch wohl, wenn er eine Leiche in der Truhe hatte! Er mußte sich doch den Kopf darüber zerbrechen, wie er den verwünschten Kadaver fortschaffen könne!«

»Warum hat er ihn denn nicht fortgeschafft?«

»Da fragen Sie mich zuviel. Hat vielleicht den Mut verloren. Aber es war heller Wahnsinn, es bis zum nächsten Tage aufzuschieben. Er hatte die allerbeste Chance in der Nacht. Es war nämlich kein Nachtportier vorhanden. Er hätte seinen Wagen holen, die Leiche im Kofferraum verstauen, aufs Land hinausfahren und sie irgendwo abladen können. Vielleicht wäre er beim Verstauen der Leiche gesehen worden. Aber das Haus liegt in einer Seitenstraße, und außerdem ist ein Hof vorhanden. Gegen drei Uhr morgens, sagen wir mal, hätte er eine gute Chance gehabt. Aber was tut er statt dessen? Geht zu Bett, schläft bis in den Tag hinein und findet beim Erwachen die Polizei in der Wohnung!«

»Er ging zu Bett und schlief gut, genau wie ein unschuldiger Mann.«

»Wenn Sie wollen, können Sie es auch so auslegen. Aber glauben Sie es tatsächlich selbst?«

»Die Frage kann ich erst beantworten, wenn ich den Mann mit eigenen Augen gesehen habe.«

»Glauben Sie etwa, einem Menschen die Unschuld an der Nasenspitze ansehen zu können? So einfach ist es nun auch wieder nicht.«

»Das weiß ich, und ich würde nicht daran denken, eine so kühne Behauptung aufzustellen. Ich will nur zu einer Entscheidung kommen, ob der Mann wirklich so dumm ist, wie es den Anschein hat.«

Poirot hatte nicht die Absicht, Charles Rich aufzusuchen, ehe er alle anderen gesehen hatte.

Er begann mit Commander McLaren.

McLaren war ein großer, dunkler, verschlossener Mann mit einem groben, aber angenehmen Gesicht. Er war zurückhaltend und ließ nicht leicht mit sich reden. Doch Poirot besaß Ausdauer.

Als McLaren Margharitas Zeilen gelesen hatte, sagte er fast zögernd:

»Nun, wenn Margharita wünscht, daß ich Ihnen alles erzählen soll, was ich weiß, werde ich das natürlich tun. Weiß zwar nicht, was es noch zu erzählen gibt. Sie haben doch sicher schon alles gehört. Aber ganz wie Margharita wünscht. Ich habe ihr stets den Willen getan – schon seit ihrem sechzehnten Lebensjahr. Sie hat so etwas an sich, wissen Sie.«

»Ich weiß«, bestätigte Poirot und fuhr fort: »Zunächst einmal möchte ich, daß Sie mir eine Frage ganz offen beantworten. Halten Sie Major Rich für schuldig?«

»Ja, entschieden. Ich würde es Margharita nicht sagen, wenn sie ihn unbedingt für unschuldig halten will. Aber ich sehe keine andere Möglichkeit. Zum Teufel, der Mann *muß* schuldig sein.«

»Gab es zwischen ihm und Mr. Clayton irgendeine Unstimmigkeit?«

»Nein, durchaus nicht. Arnold und Charles waren die besten Freunde. Deshalb wirkt das Ganze ja so phantastisch.«

»Vielleicht hatte Major Richs Freundschaft mit Mrs. Clayton –«

Er wurde unterbrochen.

»Pfui! Dieses Gewäsch! Alle Zeitungen weisen versteckt darauf hin. Verdammte Anspielungen! Mrs. Clayton und Rich waren gute Freunde und weiter nichts! Margharita hat viele Freunde! *Ich* bin ihr Freund. Schon seit Jahren. Und es ist nichts zwischen uns vorgefallen, was nicht die ganze Welt wissen könnte. Genauso verhält es sich mit Charles und Margharita.«

»Sie sind also nicht der Ansicht, daß sie ein Verhältnis miteinander hatten?«

»Aber ganz gewiß nicht!« stieß McLaren zornig hervor. »Hören Sie bloß nicht auf diese Spence, diese Giftnudel. Die schwatzt Unsinn über Unsinn.«

»Aber vielleicht hat Mr. Clayton Verdacht geschöpft und angenommen, es bestehe ein Verhältnis zwischen seiner Frau und Major Rich.«

»Ich kann Ihnen versichern, daß dies nicht stimmt. Sonst hätte ich davon gewußt; Arnold und ich waren sehr eng befreundet.«

»Was für ein Mann war Mr. Clayton eigentlich? Das müßten Sie doch in erster Linie wissen.«

»Nun, Arnold war ein ruhiger Mensch. Aber klug – geradezu glänzend, glaube ich. Fabelhafter Kopf für Finanzen. Er bekleidete einen ziemlich hohen Posten im Schatzamt.«

»Das habe ich gehört.«

»Er war sehr belesen und sammelte Marken. Er hatte eine große Vorliebe für Musik. Aber er tanzte nicht und ging abends nicht gern aus.«

»War es Ihrer Ansicht nach eine glückliche Ehe?«

Commander McLaren beantwortete diese Frage nicht sofort. Er schien darüber nachzugrübeln.

»So etwas ist sehr schwer zu sagen. Ja, ich glaube, sie waren glücklich. In seiner ruhigen Art war er ihr ergeben, und ich bin überzeugt, daß sie ihn gern mochte. Eine Trennung war sehr unwahrscheinlich, falls Sie daran gedacht haben sollten. Sie hatten allerdings nicht viele gemeinsame Interessen.«

Poirot nickte. Das war anscheinend alles, was er aus ihm herausbekommen konnte.

Er sagte: »Nun erzählen Sie mir noch etwas von dem letzten Abend. Mr. Clayton speiste mit Ihnen im Klub. Was hat er da gesagt?«

»Er sagte mir, daß er nach Schottland fahren müsse. Schien sehr ärgerlich darüber zu sein. Wir aßen übrigens nicht zu Abend. Keine Zeit. Nur belegte Brote und einen Drink. Das heißt, für ihn. Ich hatte nur den Drink, da ich ja zu einem kalten Souper eingeladen war.«

»Erwähnte Mr. Clayton ein Telegramm?«

»Ja.«

»Hat er es Ihnen eigentlich gezeigt?«

»Nein.«

»Erwähnte er, daß er bei Rich vorsprechen wolle?«

»Nicht definitiv. Er wußte nicht, ob die Zeit dazu reichen würde, und meinte: ›Margharita kann es erklären, oder auch du.‹ Dann fügte er hinzu: ›Sorge dafür, daß sie gut nach Hause kommt.‹ Dann ging er fort. Es war alles ganz natürlich und ungezwungen.«

»Und er hegte keinen Verdacht, daß das Telegramm nicht echt sei?«

»War es das etwa nicht?« Commander McLaren blickte bestürzt drein.

»Anscheinend nicht.«

»Wie merkwürdig . . .« Commander McLaren versank in eine Art Trance, aus der er plötzlich emportauchte mit den Worten:

»Aber das ist tatsächlich seltsam. Ich meine, was ist der Sinn der Sache? Warum sollte ihn jemand nach Schottland schicken wollen?«

»Es ist eine Frage, die unbedingt eine Antwort verlangt.«

Hercule Poirot brach auf und ließ den Commander offenbar in einer tiefen Grübelei zurück.

Die Spences lebten in einem winzigen Hause in Chelsea.

Linda Spence empfing Poirot voller Begeisterung.

»Sie müssen mir alles erzählen«, sagte sie. »Alles von Margharita! Wo steckt sie?«

»Das darf ich Ihnen leider nicht verraten, Madame.«

»Sie hat sich tatsächlich gut versteckt. So etwas versteht Margharita vorzüglich. Aber bei der Verhandlung muß sie doch wohl als Zeugin erscheinen, nicht wahr? Davor kann sie sich nicht drücken.«

Poirot ließ abschätzend seine Blicke über sie gleiten und mußte widerwillig gestehen, daß sie im modernen Stil attraktiv war. Es war kein Typ, den er bewunderte. Das kunstvoll zerzauste Haar hing ihr wirr um den Kopf, und ein Paar scharfsinnige Augen beobachteten ihn aus einem leicht schmuddeligen Gesicht, das, abgesehen von dem lebhaften Cerise ihres Mundes, keinerlei Make-up zeigte. Sie trug einen enormen hellgelben Pullover, der fast bis zu den Knien herabhing, und enge schwarze Hosen.

»Was für eine Rolle spielen Sie in dieser Angelegenheit?« wollte Mrs. Spence wissen. »Sollen Sie um jeden Preis den Freund aus der Patsche ziehen? Ist das die Idee? Welcher Optimismus!«

»Dann halten Sie ihn also für schuldig?«

»Natürlich. Wer sollte es sonst sein?«

Das, dachte Poirot, ist die große Frage. Er parierte sie mit einer anderen.

»Wie erschien Ihnen Major Rich an jenem fatalen Abend? Wie üblich? Oder anders?«

Linda Spence kniff kritisch die Augen zusammen.

»Nein, er war nicht wie sonst. Er war – anders.«

»Inwiefern?«

»Aber, Monsieur Poirot, wenn man gerade jemanden kaltblütig erstochen hat –«

»Aber Sie wußten zu der Zeit nicht, daß er gerade jemanden kaltblütig erstochen hatte, nicht wahr?«

»Nein, selbstverständlich nicht.«

»Wie haben Sie sich dann also sein ›Anderssein‹ erklärt? Wie äußerte es sich überhaupt?«

»Nun, er war zerstreut. Ach, ich weiß es nicht. Aber als ich hinterher darüber nachdachte, kam ich zu dem Schluß, daß ganz entschieden etwas nicht in Ordnung war.«

Poirot seufzte.

»Wer traf zuerst ein?«

»Wir – Jim und ich. Dann kam Jock. Und schließlich Margharita.«

»Wann wurde Mr. Claytons Abreise nach Schottland zum erstenmal erwähnt?«

»Als Margharita kam. Sie sagte zu Charles: ›Arnold läßt sich vielmals entschuldigen. Aber er mußte eilig mit dem Nachtzug nach Edinburgh fahren.‹ Und Charles erwiderte: ›Oh, das ist ja sehr bedauerlich.‹ Jock fügte hinzu: ›Verzeihung, daß ich es nicht erwähnt habe. Aber ich dachte, du wüßtest es bereits.‹ Und dann hatten wir alle einen Drink.«

»Hat Major Rich überhaupt nicht erwähnt, daß er Mr. Clayton an dem Abend gesehen habe? Hat er nichts davon gesagt, daß er auf dem Wege zum Bahnhof bei ihm vorbeigekommen sei?«

»Ich habe nichts davon gehört.«

»Die Geschichte mit dem Telegramm war merkwürdig, nicht wahr?«

»Wieso?«

»Es war ein Schwindel. In Edinburgh weiß niemand etwas davon.«

»Aha! Ich wunderte mich damals schon im stillen.«

»Sie haben sich bei dem Telegramm etwas gedacht?«

»Na, es springt einem doch geradezu ins Auge.«

»Was wollen Sie damit sagen?«

»Mein lieber Monsieur Poirot«, sagte Linda. »Spielen Sie doch nicht den Unschuldigen! Unbekannter Spaßvogel schafft den Ehemann aus dem Wege! Für diese Nacht jedenfalls ist die Luft rein.«

»Sie meinen also, daß Major Rich und Mrs. Clayton geplant hatten, die Nacht zusammen zu verbringen.«

»Das so etwas vorkommen soll, haben Sie sicher auch schon gehört, nicht wahr?« Linda schien amüsiert.

»Und einer von den beiden schickte das Telegramm?«

»Es würde mich nicht überraschen.«

»Major Rich und Mrs. Clayton hatten also nach Ihrer Ansicht ein Verhältnis miteinander?«

»Wollen mal sagen, ich wäre darüber nicht erstaunt. Etwas Positives weiß ich nicht.«

»Hat Mr. Clayton Verdacht geschöpft?«

»Arnold war ein ungewöhnlicher Mensch. Sehr zugeknöpft. Ich glaube, er wußte Bescheid. Aber er war so veranlagt, daß er alles in sich hineinfraß. Die meisten hielten ihn für einen trockenen, gefühllosen Mann. Aber ich bin mir ziemlich sicher, daß es in seinem Innern ganz anders aussah. Merkwürdigerweise hätte es mich viel weniger überrascht, wenn Arnold seinen Freund Charles erstochen hätte, anstatt umgekehrt. Ich kann mich des Gedankens nicht erwehren, daß Arnold in Wirklichkeit ein irrsinnig eifersüchtiger Mann war.«

»Das ist interessant.«

»Noch wahrscheinlicher ist es eigentlich, daß er Margharita umgebracht hätte. Othello – und so weiter. Margharita übte nämlich eine ungewöhnliche Wirkung auf Männer aus.«

»Sie ist eine gutaussehende Frau«, bemerkte Poirot mit wohlüberlegter Unterschätzung.

»Es war mehr als das. Sie hatte ein gewisses Etwas. Sie pflegte die Männer aufzupeitschen, so daß sie ganz verrückt auf sie waren, und sich dann umzudrehen und sie mit einem weitäugigen Erstaunen anzublicken, das sie zum Wahnsinn trieb.«

»Sie kennen sie wohl gut?«

»Mein Lieber, sie ist eine meiner besten Freundinnen – aber ich würde ihr nicht über den Weg trauen!«

»Aha«, sagte Poirot und brachte die Unterhaltung auf Commander McLaren.

»Jock? Der alte Getreue? Ein lieber Kerl. Der geborene Familienfreund. Er und Arnold waren wirklich eng befreundet. Ich glaube, Arnold erschloß sich ihm mehr als allen anderen. Und natürlich war er Margharitas Sklave. Seit Jahren war er ihr treu ergeben.«

»Und war Mr. Clayton auch auf ihn eifersüchtig?«

»Eifersüchtig auf Jock? Was für eine Idee! Margharita mag Jock wirklich gern, aber sie hat nie andere Gedanken für ihn gehabt. Ich glaube, es geht den meisten Frauen bei ihm so. Ich weiß nicht, warum. Eigentlich schade. Er ist so nett.«

Poirot lenkte das Gespräch auf den Diener. Aber abgesehen von einer vagen Bemerkung, daß er einen guten Cocktail mixe, schien Linda Spence sich keine Gedanken über Burgess gemacht, ja ihn kaum bemerkt zu haben.

Aber sie begriff rasch, worauf er hinauswollte.

»Sie denken vielleicht daran, daß er Arnold ebenso leicht getötet haben könnte wie Charles. Doch das erscheint mir irrsinnig unwahrscheinlich.«

»Diese Bemerkung deprimiert mich, Madame. Aber andererseits erscheint es mir irrsinnig unwahrscheinlich – obwohl Sie mir nicht zustimmen werden –, nicht, daß Major Rich Arnold Clayton getötet haben soll, sondern daß er ihn auf diese Weise umgebracht hat.«

»Mit einem Stilett, meinen Sie? Ja, das paßt entschieden nicht zu ihm. Wahrscheinlicher wäre der stumpfe Gegenstand gewesen. Er hätte ihn auch erwürgen können, nicht wahr?«

Poirot seufzte.

»Da sind wir wieder bei Othello angelangt. Ja, Othello ... Sie haben mir da eine kleine Idee in den Kopf gesetzt.«

»Wirklich? Was –« In diesem Augenblick wurde die Haustür aufgeschlossen und geöffnet. »Oh, da kommt Jeremy. Wollen Sie auch mit ihm reden?«

Jeremy Spence war eine angenehme Erscheinung, etwas über dreißig Jahre alt, gut angezogen und fast auffallend diskret. Mrs. Spence erklärte, daß sie unbedingt in der Küche nach dem Rechten sehen müsse, und ließ die beiden Männer allein.

Jeremy Spence hatte nichts von der gewinnenden Offenheit seiner Frau. Es war ihm sichtlich höchst unangenehm, daß er überhaupt in diesen Fall verwickelt war, und seine sorgfältigen Äußerungen verrieten nicht viel. Ja, sie hatten die Claytons seit einiger Zeit gekannt. Rich nicht so gut. Hatte einen angenehmen Eindruck auf ihn gemacht. Soweit er sich entsinnen konnte, war ihm Rich an dem fraglichen Abend genau so wie sonst vorgekommen. Clayton und Rich schienen immer gut miteinander auszukommen. Das Ganze war ihm völlig unbegreiflich.

Im Verlauf der Unterhaltung ließ Jeremy Spence es deutlich durchblicken, daß er es sehr begrüßen würde, wenn Poirot endlich ginge.

»Ich fürchte«, meinte Poirot, »daß Sie diese Fragen nicht schätzen.«

»Nun, wir haben eine ziemlich ausgedehnte Sitzung mit der Polizei hinter uns, und es langt mir nachgerade. Wir haben alles, was wir wissen oder gesehen haben, berichtet, und nun möchte ich die ganze Geschichte vergessen.«

»Das kann ich durchaus verstehen. Es ist höchst unangenehm, in eine solche Angelegenheit verwickelt zu sein und ausgefragt zu werden. Nicht nur nach dem, was man weiß und gesehen hat, sondern vielleicht sogar auch nach dem, was man darüber denkt.«

»Am besten, man denkt nicht darüber nach.«

»Aber läßt es sich vermeiden? Glauben Sie, zum Beispiel, daß Mrs. Clayton auch daran beteiligt war? Hatte sie mit Rich den Tod ihres Gatten geplant?«

»Um Himmels willen, nein!« rief Spence erschrocken und schockiert. »Ich hatte keine Ahnung, daß so etwas überhaupt erwogen würde.«

»Hat Ihre Gattin nicht diese Möglichkeit angedeutet?«

»Ach, Linda! Sie kennen doch die Frauen – immer hacken sie aufeinander herum. Margharita kommt bei ihrem eigenen Geschlecht nie sehr glimpflich davon – sie ist viel zu attraktiv. Aber diese Theorie, daß Rich und Margharita einen Mord planten – nein, das ist zu phantastisch!«

»So etwas ist schon vorgekommen. Die Waffe, zum Beispiel. Es ist eine Waffe, die man eher bei einer Frau als bei einem Manne findet.«

»Soll das heißen, daß die Polizei ihr den Besitz der Waffe nachgewiesen hat? Das ist doch unmöglich! Ich meine ...«

»Ich weiß nichts«, erklärte Poirot wahrheitsgetreu und trat schleunigst den Rückzug an.

Aus der Bestürzung, die sich in Spences Zügen malte, schloß Poirot, daß er diesem Herrn gründlich zu denken gegeben hatte ...

»Sie werden mir verzeihen, Monsieur Poirot, wenn ich nicht einsehe, daß Sie mir in irgendeiner Weise behilflich sein können.«

Poirot antwortete nicht, sondern blickte nachdenklich den Mann an, der des Mordes an seinem Freund beschuldigt wurde.

Er betrachtete das feste Kinn, den schmalen Kopf. Ein schlanker, braungebrannter Mann, sehnig und kräftig. Geschmeidig wie ein Windhund. Ein Mann, dessen Gesicht nichts verriet und der seinen Besuchter mit einem auffallenden Mangel an Herzlichkeit empfing.

»Ich verstehe durchaus, daß Mrs. Clayton Sie mit den besten Absichten zu mir geschickt hat. Aber ganz offen gestanden war das meiner Ansicht nach ziemlich unklug von ihr. Von ihrem wie auch von meinem Standpunkt aus.«

»Inwiefern?«

Rich warf nervös einen Blick über die Schulter. Aber der anwesende Wärter stand in der vorgeschriebenen Entfernung. Rich senkte die Stimme.

»Sie müssen ein Motiv für diese lächerliche Anklage finden und werden versuchen, es so hinzustellen, als ob – eine intime Verbindung zwischen Mrs. Clayton und mir bestanden habe. Das ist, wie Ihnen Mrs. Cleyton bestimmt gesagt haben wird, völlig unwahr. Wir waren gute Freunde, nichts weiter. Aber es ist doch sicherlich ratsam, daß sie keine Schritte für mich unternimmt, nicht wahr?«

Hercule Poirot ging auf diesen Punkt nicht ein. Statt dessen griff er ein Wort heraus.

»Sie sprachen von dieser ›lächerlichen‹ Anklage. Lächerlich ist sie keineswegs, wissen Sie.«

»Ich habe Arnold Clayton nicht getötet.«

»Dann nennen Sie es eine falsche Anklage. Sagen Sie, die Anklage sei nicht wahr. Aber sie ist nicht lächerlich. Im Gegenteil, höchst plausibel. Das müssen Sie doch ganz gut wissen.«

»Ich kann Ihnen nur versichern, daß sie mir geradezu phantastisch erscheint.«

»Diese Ansicht wird Ihnen nicht viel helfen. Wir müssen uns schon etwas Nützlicheres ausdenken.«

»Ich werde durch meine Anwälte vertreten. Wie ich höre, haben diese einen hervorragenden Verteidiger beauftragt. Ich kann daher Ihren Gebrauch des Wortes ›wir‹ nicht akzeptieren.«

Wider Erwarten lächelte Poirot.

»Aha«, sagte er. »Ein Wink mit dem Zaunpfahl. Na schön. Ich gehe. Ich wollte Sie sehen, und ich habe Sie gesehen. Auch habe ich bereits Ihre Karriere studiert. Sie haben Ihre Eignungsprüfung für Sandhurst sehr gut bestanden. Ebenso die für die Generalstabsschule. Und so weiter und so weiter. Ich habe mir heute mein eigenes Urteil über Sie gebildet. Sie sind kein dummer Mann.«

»Und was hat das mit meiner Sache zu tun?«

»Alles! Ein Mann von Fähigkeiten begeht unter keinen

Umständen einen Mord in dieser Weise. Gut. Sie sind unschuldig. Nun erzählen Sie mir mal etwas von Ihrem Diener Burgess.«

»Burgess?«

»Ja. Wenn Sie Clayton nicht umgebracht haben, muß es Burgess getan haben. Eine unentrinnbare Folgerung. Aber warum? Es muß irgendein Grund vorhanden sein. Sie sind der einzige Mensch, der Burgess hinreichend kennt, um eine Vermutung anzustellen. Warum, Major Rich, warum?«

»Ich habe keine Ahnung. Kann es mir überhaupt nicht vorstellen. Oh, ich bin denselben Gedankengängen gefolgt wie Sie. Ja, Burgess hatte Gelegenheit – als einziger außer mir. Aber ich kann es einfach nicht glauben. Burgess gehört nicht zu den Leuten, von denen man sich vorstellen kann, daß sie jemanden ermorden.«

»Wie denken Ihre Rechtsberater darüber?«

Über Richs Züge huschte ein bitterer Ausdruck.

»Meine Rechtsberater verbringen ihre Zeit damit, daß sie mich mit sanfter Überredung fragen, ob es nicht wahr sei, daß ich mein ganzes Leben lang unter vorübergehender Amnesie gelitten habe und wirklich nicht wisse, was ich in solchen Augenblicken tue!«

»So schlimm steht es also«, sagte Poirot. »Na, vielleicht entdecken wir, daß es Burgess ist, der unter solchen Bewußtseinsstörungen leidet. Es ist immer eine Idee. Nun zur Waffe. Man hat sie Ihnen gezeigt und Sie gefragt, ob sie Ihnen gehört, ja?«

»Sie gehört mir nicht. Ich hatte sie nie zuvor gesehen.«

»Nein, sie gehörte Ihnen nicht. Sind Sie jedoch ganz sicher, daß Sie den Dolch nie zuvor gesehen haben?«

»Ja.« Er schien ein wenig zu zaudern. »Eigentlich ist es eine Art Ziergegenstand. Man sieht solche Dinge in Wohnungen herumliegen.«

»Vielleicht im Salon einer Dame. Vielleicht in Mrs. Claytons Salon?«

»Auf keinen Fall!«

Die Worte wurden so laut gesprochen, daß der Wärter aufblickte.

»*Très bien.* Also nicht – aber deshalb brauchen Sie nicht so zu schreien. Aber irgendwo, irgendwann haben Sie tatsächlich etwas sehr Ähnliches gesehen. Nun, habe ich recht?«

»Ich glaube nicht . . . vielleicht . . . in einem Kuriositätenladen.«

»Höchstwahrscheinlich.« Poirot erhob sich. »Gestatten Sie, daß ich mich verabschiede.«

»Und jetzt«, sagte Hercile Poirot, »zu Burgess. Ja, endlich zu Burgess.«

Über die anderen in diesen Fall verwickelten Personen hatte er etwas in Erfahrung gebracht, entweder direkt oder indirekt. Doch niemand hatte ihm etwas über Burgess gesagt. Er besaß keinerlei Anhaltspunkte, keine Andeutungen, welcher Art dieser Mann war.

Als er Burgess sah, wußte er auch, warum.

Der Diener, der durch einen telefonischen Anruf von Commander McLaren von Poirots Besuch unterrichtet war, erwartete ihn in Major Richs Wohnung.

»Ich bin Hercule Poirot.«

»Ja, Sir, ich habe Sie erwartet.«

Burgess hielt ehrerbietig die Tür offen, und Poirot trat ein. Burgess nahm ihm Hut und Mantel ab und führte ihn ins Wohnzimmer.

»So«, meinte Poirot, während er sich umblickte, »hier ist es also geschehen, wie?«

»Ja, Sir.«

Ein stiller Bursche, dieser Burgess, bleichgesichtig, etwas

schlaksig. Unbeholfene Haltung von Schultern und Ellbogen. Eine flache Stimme mit einem provinziellen Akzent, den Poirot nicht kannte. Ein ziemlich nervöser Mann vielleicht – sonst keine bestimmten Merkmale. Es war schwer, ihn mit einer positiven Handlung irgendwelcher Art in Verbindung zu bringen. Konnte man einen negativen Totschläger voraussetzen?

Er hatte jene hellblauen, unbeständigen Augen, die oberflächliche Beobachter oft mit Unehrlichkeit in Übereinstimmung bringen. Dabei kann ein Lügner einem oft mit kühnem, dreistem Blick ins Gesicht sehen.

»Was geschieht mit der Wohnung?« erkundigte sich Poirot.

»Ich betreue sie noch, Sir. Major Rich hat dafür gesorgt, daß mir mein Lohn weiterhin ausgezahlt wird, und er wünscht, daß ich die Wohnung in Ordnung halte, bis ... bis ...«

Die Augen wanderten unbehaglich hin und her.

»Bis ...«, pflichtete Poirot ihm bei. In sachlichem Ton fügte er hinzu: »Ich möchte wohl sagen, daß Major Rich fast mit Bestimmtheit dem Strafgericht überwiesen wird. Der Fall kommt wahrscheinlich innerhalb der nächsten drei Monate zur Verhandlung.«

Burgess schüttelte den Kopf, nicht ablehnend, sondern einfach verdutzt.

»Es scheint kaum möglich zu sein«, meinte er.

»Daß Major Rich ein Mörder ist?«

»Das Ganze. Die Truhe ...«

Sein Blick glitt durch den Raum.

»Aha, das ist also die berühmte Truhe?«

Es war ein riesiges Möbelstück aus sehr dunklem, glänzendem Holz, mit Messing beschlagen und einem großen antiken Schloß versehen.

»Ein hübsches Stück«, meinte Poirot, während er hinüberging.

Die Truhe stand in der Nähe des Fensters an der Wand neben einem modernen Plattenschrank. Auf der anderen Seite befand sich eine halb offenstehende Tür, die zum Teil von einem großen bemalten Lederschirm verdeckt wurde.

»Diese Tür führt in Major Richs Schlafzimmer«, erklärte Burgess.

Poirot nickte, während seine Augen zur anderen Seite des Zimmers wanderten. Dort standen zwei Plattenspieler, jeder auf einem niedrigen Tisch, von denen Kontaktschnüre herabhingen. Bequeme Sessel und ein großer Tisch vervollständigten die Einrichtung. An den Wänden hingen japanische Holzschnitte. Es war ein schöner Raum, behaglich, aber nicht luxuriös.

Sein Blick fiel wieder auf William Burgess.

»Die Entdeckung«, sagte er freundlich, »muß ein großer Schock für Sie gewesen sein.«

»O ja, Sir. Das werde ich niemals vergessen.« Der Diener wurde auf einmal beredt. Die Worte strömten von seinen Lippen. Vielleicht hatte er das Empfinden, daß er durch häufige Schilderung den Vorfall aus seiner Vorstellung tilgen könne.

»Ich war aufräumend durchs Zimmer gegangen, Sir. Gläser und so weiter. Ich hatte mich gerade gebückt, um ein paar Oliven vom Boden aufzuheben, und da sah ich es – auf dem Teppich – einen dunklen rostbraunen Fleck. Nein, der Teppich ist nicht mehr da. Er ist in der Reinigungsanstalt. Die Polizei war damit fertig. Was ist das denn nur? dachte ich und sagte halb im Scherz vor mich hin: ›Es könnte beinahe Blut sein! Aber woher kommt es bloß? Was hat man vergossen?‹ Und dann entdeckte ich, daß es aus der Truhe gesickert war – hier an der Seite, wo ein Spalt ist. Und ich sagte, immer noch ohne mir etwas dabei zu denken: ›Was mag das nur sein?‹ Dann hob ich den Deckel auf – so« – er machte es vor –, »und da war's! Die Leiche eines Mannes, der mit angezogenen Beinen auf der Seite lag, als ob er schliefe. Und dieser ausländische Dolch stak in seinem Halse. Ich werde es nie vergessen, niemals! In meinem ganzen Leben nicht! Der Schock, wissen Sie – wo ich so etwas nicht erwartet hatte . . .«

Er holte tief Atem.

»Ich ließ den Deckel fallen und rannte wie besessen auf die Straße, um einen Polizisten zu holen. Glücklicherweise fand ich einen, gerade um die Ecke herum.«

Poirot betrachtete den Mann nachdenklich. Die schauspielerische Leistung – wenn es eine war – war sehr gut. Aber er fürchtete allmählich, daß es sich nicht um eine schauspielerische Leistung handelte, sondern daß sich alles genau so zugetragen hatte.

»Sie haben wohl nicht daran gedacht, zunächst einmal Major Rich zu wecken?« fragte er.

»Es ist mir überhaupt nicht eingefallen, Sir. Bei dem Schock. Ich – ich wollte nur von hier fort« – er schluckte krampfhaft – »und – Hilfe holen.«

Poirot nickte.

»Haben Sie sich vergegenwärtigt, daß es Mr. Clayton war?«

»Das hätte man eigentlich erwarten sollen, Sir, aber ich glaube nicht, daß es mir zunächst zum Bewußtsein kam. Sobald ich mit dem Polizisten zurückkehrte, sagte ich natürlich sofort: ›Das ist ja Mr. Clayton!‹ Und er fragte: ›Wer ist Mr. Clayton?‹ Und ich sagte: ›Er war gestern abend hier.‹«

»Aha«, sagte Poirot, »gestern abend . . . Können Sie sich noch erinnern, um welche Zeit Mr. Clayton hier eintraf?«

»Nicht auf die Minute, aber ich möchte sagen, so gegen ein Viertel vor acht.«

»Haben Sie ihn gut gekannt?«

»Er und Mrs. Clayton waren hier häufig zu Gast in den anderthalb Jahren, die ich hier beschäftigt war.«

»Machte er denselben Eindruck wie immer?«

»Ich glaube wohl. Ein wenig außer Atem; aber das schob ich darauf, daß er es sehr eilig hatte. Er wollte einen Zug erreichen, wie er sagte.«

»Er hatte sicher einen Koffer bei sich, da er doch nach Schottland fahren wollte.«

»Nein, Sir. Wahrscheinlich hat er ein Taxi unten gehabt.«

»War er enttäuscht, daß Major Rich nicht zu Hause war?«

»Es war ihm nicht anzumerken. Er sagte nur, er wolle ein paar Zeilen schreiben. Er kam hier ins Zimmer und ging zum Schreibtisch, während ich in die Küche zurückkehrte. Ich war mit den Sardelleneiern etwas im Rückstand. Die Küche liegt am Ende des Ganges, und dort hört man nicht viel. Ich habe nicht gehört, daß er fortging oder daß mein Herr zurückkam – und habe auch nicht darauf geachtet.«

»Und was geschah dann?«

»Major Rich rief mich. Er stand dort in der Tür und sagte, er habe die türkischen Zigaretten für Mrs. Spence vergessen. Er bat mich, eiligst welche zu besorgen. Das tat ich dann auch und legte sie hier auf den Tisch. Natürlich nahm ich auch an, daß Mr. Clayton inzwischen fortgegangen sei, um seinen Zug zu erreichen.«

»Und sonst ist niemand in die Wohnung gekommen, während Major Rich nicht zu Hause war und Sie sich in der Küche aufhielten?«

»Nein, Sir, niemand.«

»Können Sie das mit Sicherheit behaupten?«

»Wie wäre es denn möglich, Sir? Der Betreffende hätte doch klingeln müssen.«

Poirot schüttelte den Kopf. Wie wäre es auch möglich gewesen? Die Spences und McLaren und auch Mrs. Clayton konnten, das wußte er bereits, über jede Minute ihrer Zeit Rechenschaft ablegen. McLaren war mit Bekannten im Klub gewesen. Die Spences hatten vor dem Aufbruch ein paar Freunde zu einem Drink bei sich gehabt. Margharita Clayton hatte um die Zeit gerade mit einer Freundin telefoniert. Ganz abgesehen davon, daß er niemand von ihnen als Täter in Betracht zog. Um Arnold Clayton zu töten, hätten sie wohl bessere Möglichkeiten gehabt, als ihm in die Wohnung des Majors zu folgen, wo ein Diener beschäftigt war und der Hausherr jeden Augenblick zurückkehren konnte. Nein, er hatte als letzte schwache Hoffnung mit einem ›mysteriösen Fremden‹ gerechnet! Mit jemandem aus Claytons anscheinend untadeliger Vergangenheit, der ihn auf der Straße erkannt hatte und ihm hierher gefolgt war, ihn dann mit dem Stilett erstochen, die Leiche in die Truhe gesteckt und die Flucht ergriffen hatte. Das reinste Melodrama aus einem romantischen historischen Roman, ohne jede Beziehung zu Vernunft und Wahrscheinlichkeit, das aber ganz gut zu der spanischen Truhe paßte.

Er durchquerte abermals den Raum und trat an die Truhe. Er hob den Deckel, der sich leicht und geräuschlos öffnen ließ.

Mit schwacher Stimme sagte Burgess: »Sie ist gut gesäubert worden. Dafür habe ich gesorgt.«

Poirot beugte sich über die Truhe. Mit einem leisen Ausruf beugte er sich noch tiefer. Seine Finger tasteten die Innenwände ab.

»Diese Löcher hier – an der Rückwand und an einer Seite – sie sehen so aus – sie fühlen sich so an, als ob sie ganz kürzlich gemacht worden wären.«

»Löcher, Sir?« Der Diener trat erstaunt an die Truhe. »Darüber kann ich wirklich nichts sagen. Sie sind mir noch gar nicht aufgefallen.«

»Sie springen nicht gerade ins Auge, sind aber vorhanden. Welchen Zweck haben sie wohl? Was meinen Sie?«

»Ich wüßte es wirklich nicht, Sir. Vielleicht stammen sie von einem Tier – ich meine, von irgendeinem Käfer, der Holz nagt.«

»Ein Tier?« meinte Poirot. »Das sollte mich doch wundern.«

Er begab sich wieder an das andere Ende des Zimmers.

»Als Sie mit den Zigaretten ins Zimmer kamen, waren die Möbel da irgendwie anders arrangiert? Der Tisch, die Stühle oder dergleichen?«

»Es ist merkwürdig, daß Sie das sagen, Sir ... Jetzt, wo Sie es erwähnen, fällt es mir wieder ein. Der Schirm dort, der den Zug von der Schlafzimmertür her auffängt, war ein wenig mehr nach links verschoben.«

»Etwa so?« Poirot stand plötzlich am Schirm und rückte ihn.

»Noch ein wenig mehr ... Ja, so ist's richtig.«

Der Schirm, der bis dahin die Truhe schon halb verdeckt hatte, verbarg sie nun fast vollständig.

»Haben Sie sich Gedanken darüber gemacht, warum er verschoben wurde?«

»Ich habe mir nichts dabei gedacht, Sir.« Burgess fügte unsicher hinzu: »Vielleicht war der Weg ins Schlafzimmer dann nicht so behindert – falls die Damen ihre Mäntel dort ablegen wollten.«

»Vielleicht. Aber es könnte noch einen anderen Grund geben. Der Schirm verdeckt jetzt die Truhe und den Teppich bei der Truhe. Wenn Major Rich Mr. Clayton erstochen hatte, mußte das Blut durch die Ritzen der Truhe sickern. Das hätte jemand bemerken können – wie Sie am nächsten Morgen. Also wurde der Schirm verschoben.«

»Auf den Gedanken wäre ich nie gekommen, Sir.«

»Wie ist die Beleuchtung in diesem Zimmer, kräftig oder schwach?«

»Das will ich Ihnen gleich zeigen, Sir.«

Rasch zog der Diener die Vorhänge vor und knipste ein paar Lampen an, die ein weiches, mildes Licht gaben, kaum stark genug, um dabei zu lesen. Poirot warf einen Blick auf die Deckenbeleuchtung.

»Die Lampe an der Decke brannte nicht, Sir. Sie wird wenig benutzt.«

Poirot hielt in der gedämpften Beleuchtung Umschau.

Der Diener sagte:

»Ich glaube nicht, daß der Blutfleck zu sehen gewesen wäre, Sir, es ist zu trübe.«

»Ich denke, Sie haben recht. Warum ist dann nur der Schirm verschoben worden?«

Burgess erschauerte.

»Ein schrecklicher Gedanke – daß ein so netter Mann wie Major Rich eine solche Tat vollbringen konnte.«

»Sie zweifeln also nicht daran, daß er es getan hat? Warum hat er diese Tat begangen, Burgess?«

»Nun, er hat natürlich den Krieg mitgemacht. Vielleicht hatte er eine Kopfverletzung, nicht wahr? Es heißt ja, daß solche Verletzungen sich oft nach Jahren wieder bemerkbar machen. Die Menschen werden plötzlich wunderlich und wissen nicht, was sie tun. Und man sagt ja, daß sie oft auf die losgehen, die ihnen am nächsten und teuersten sind. Glauben Sie, daß es so gewesen sein könnte?«

Poirot blickte ihn an und wandte sich seufzend ab.

»Nein«, entgegnete er, »so war es nicht.«

Eine knisternde Banknote wurde mit dem Geschick eines Taschenspielers Burgess in die Hand geschoben.

»Oh, vielen Dank, Sir, aber das kann ich doch nicht annehmen.«

»Sie haben mir geholfen«, erklärte Poirot, »indem Sie mir dieses Zimmer zeigten und alles, was in dem Zimmer ist. Indem Sie mir zeigten, was an jenem Abend vor sich ging. Das Unmögliche ist nie unmöglich! Denken Sie daran. Ich sprach nur von zwei Möglichkeiten – das war falsch. Es gibt eine dritte Möglichkeit.« Hier blickte er noch einmal im Zimmer umher und schauderte ein wenig. »Ziehen Sie die Vorhänge wieder auf, und lassen Sie Licht und Luft herein. Der Raum braucht das. Er bedarf einer gründlichen Reinigung. Es wird, glaube ich, noch lange dauern, bis er von dem geläutert ist, das ihn jetzt durchzieht – von dem anhaltenden Hauch des Hasses.«

Mit offenem Munde half der Diener Poirot in den Mantel und schien ganz verwirrt zu sein. Poirot, der mit Vorliebe unverständliche Äußerungen machte, ging flotten Schrittes die Treppe hinunter auf die Straße.

Sobald Poirot nach Hause kam, rief er Inspektor Miller an.

»Was ist eigentlich mit Claytons Koffer geschehen? Seine Frau sagte mir, er habe einen gepackt.«

»Er hatte ihn im Klub beim Portier abgegeben und dann wohl vergessen.«

»Was enthielt er?«

»Na, das Übliche. Pyjama, ein Hemd zum Wechseln und Toilettensachen.«

»Sehr gründlich.«

»Was haben Sie denn darin vermutet?«

Poirot ging nicht auf die Frage ein, sondern sagte:

»Was den Dolch angeht, so möchte ich Ihnen den Vorschlag machen, der Putzfrau habhaft zu werden, die Mrs. Spences Haus reinigt, und ausfindig zu machen, ob sie jemals einen solchen Gegenstand dort herumliegen sah.«

»Mrs. Spence?« Miller pfiff vor sich hin. »Wandern Ihre

Gedanken etwa nach dieser Richtung? Den Spences ist der Dolch gezeigt worden. Sie kannten ihn nicht.«

»Fragen Sie sie noch einmal.«

»Meinen Sie etwa –«

»Und dann lassen Sie mich wissen, was sie sagen.«

»Ich kann mir nicht vorstellen, was Sie entdeckt zu haben glauben.«

»Lesen Sie *Othello*, Miller. Studieren Sie die Charaktere in *Othello*. Wir haben einen davon übersehen.«

Er legte den Hörer auf. Dann wählte er Lady Chattertons Nummer, aber die Leitung war besetzt.

Ein wenig später versuchte er es noch einmal. Abermals ohne Erfolg. Er ließ seinen Diener George kommen und gab ihm den Auftrag, die Nummer so lange anzurufen, bis er eine Antwort bekäme. Lady Chatterton hing, wie er wußte, dauernd an der Strippe.

Er setzte sich in einen Sessel, streifte sorgfältig seine Lackschuhe ab, streckte seine Zehen und lehnte sich zurück.

»Ich bin alt«, sagte er vor sich hin. »Ich werde leicht müde.« Sein Gesicht erhellte sich. »Aber die Gehirnzellen funktionieren noch. Zwar langsam – aber sie funktionieren. Ja, *Othello.* Wer hatte noch davon gesprochen? Ach ja, Mrs. Spence. Der Koffer . . . der Schirm . . . die Leiche, die wie ein schlafender Mann dalag. Ein raffinierter Mord. Überlegt, geplant und, wie ich glaube, mit Genuß ausgeführt!«

George meldete, daß Lady Chatterton am Apparat sei.

»Hier ist Hercule Poirot, Madame. Kann ich wohl mit Ihrem Gast sprechen?«

»Aber natürlich! Oh, Monsieur Poirot, haben Sie etwas Wundervolles geleistet?«

»Noch nicht«, erwiderte Poirot. »Aber vielleicht kommt es noch.«

Kurz darauf ließ sich Margharitas ruhige, sanfte Stimme vernehmen.

»Madame, als ich Sie fragte, ob an jenem Abend alles im Raum an seinem Platz gewesen sei, runzelten Sie die Stirn, als ob Sie sich an etwas erinnerten. Dann entfiel es Ihnen wieder. Hätte es die Stellung des Wandschirms sein können?«

»Der Wandschirm? Aber ja, natürlich. Er stand nicht an seinem gewohnten Platz.«

»Haben Sie an dem Abend getanzt?«

»Ja, eine Zeitlang.«

»Mit wem haben Sie am meisten getanzt?«

»Mit Jeremy Spence. Er ist ein wundervoller Tänzer. Charles tanzt auch gut, aber nicht glänzend. Er tanzte mit Linda, und hin und wieder wechselten wir. Jock McLaren tanzt nicht. Er holte die Platten hervor, sortierte sie und legte die auf, die wir uns wünschten.«

»Und später hörten Sie ernste Musik?«

»Ja.«

Es entstand eine Pause. Dann sagte Margharita:

»Monsieur, was bedeutet dies alles? Haben Sie ... besteht irgendwelche Hoffnung?«

»Ist es Ihnen eigentlich jemals bewußt, Madame, was die Menschen Ihrer Umgebung fühlen?«

Aus ihrer Stimme klang leichte Überraschung, als sie sagte:

»Ich – glaube wohl.«

»Ich glaube nicht. Ich glaube, Sie haben nicht die leiseste Ahnung. Das ist die Tragödie Ihres Lebens. Aber die Tragödie ist für die anderen – nicht für Sie.

Heute erwähnte jemand mir gegenüber Othello. Ich fragte Sie, ob Ihr Gatte eifersüchtig sei, und Sie erwiderten, das müsse er wohl sein. Aber Sie sagten es ganz sorglos. Sie sagten es, wie Desdemona es gesagt haben würde, ohne eine

Gefahr zu wittern. Desdemona erkannte ebenfalls Eifersucht, aber sie verstand sie nicht, weil sie selbst nie Eifersucht empfunden hatte oder empfinden konnte. Sie ahnte, glaube ich, nichts von der Gewalt einer heftigen physischen Leidenschaft. Sie liebte ihren Gatten mit der romantischen Glut einer Heldenverehrung, sie liebte ihren Freund Cassio als einen nahen Gefährten ... Ich glaube, sie machte die Männer verrückt, weil sie selbst einer tiefen Leidenschaft nicht fähig war ... Mache ich mich Ihnen verständlich, Madame?«

Es trat eine Pause ein, und dann ertönte Margharitas Stimme – kühl, lieblich, ein wenig verwirrt:

»Ich – ich verstehe nicht ganz, was Sie da sagen ...«

Poirot seufzte und sagte in nüchternem Ton:

»Heute abend statte ich Ihnen einen Besuch ab.«

Inspektor Miller war nicht leicht zu überreden. Aber Hercule Poirot war auch nicht leicht abzuschütteln. Knurrend streckte Inspektor Miller schließlich die Waffen.

»... obgleich ich nicht einsehe, was Lady Chatterton damit zu tun hat.«

»Eigentlich nichts. Sie hat einer Freundin einen Unterschlupf geboten, das ist alles.«

»Und die Sache mit den Spences – woher wußten Sie das eigentlich?«

»Daß das Stilett von dort kam? Nur eine Vermutung. Eine Bemerkung, die Jeremy Spence machte, gab mir die Idee. Ich deutete an, daß das Stilett wohl Margharita Clayton gehöre, und er zeigte mir, daß er mit Sicherheit wußte, daß dies nicht zutraf.« Nach einer kleinen Pause fragte er neugierig: »Was haben sie gesagt?«

»Gaben zu, daß es sehr einem Zierdolch glich, den sie einstmal besaßen. Aber er war vor einigen Wochen abhanden gekommen, und sie hatten ihn ganz vergessen. Rich hat ihn ihnen wohl entwendet.«

»Ein Mann, der gern sichergeht, dieser Mr. Jeremy Spence«, bemerkte Poirot. Dann murmelte er vor sich hin: »Vor einigen Wochen... Ja, ja, das Planen begann vor langer Zeit.«

»Hm? Wie meinten Sie?«

»Wir sind da«, sagte Poirot, als das Taxi vor Lady Chattertons Haus in Cheriton Street hielt, und entlohnte den Chauffeur.

Margharita Clayton wartete oben in ihrem Zimmer auf sie. Ihre Züge verhärteten sich, als sie Miller sah.

»Ich wußte nicht –«

»Sie wußten nicht, wer der Freund war, den ich mitzubringen beabsichtigte?«

»Inspektor Miller zählt nicht zu meinen Freunden.«

»Das hängt ganz davon ab, ob Sie Gerechtigkeit ausgeübt sehen wollen oder nicht, Mrs. Clayton. Ihr Gatte ist ermordet worden –«

»Und nun müssen wir vom Täter reden«, warf Poirot rasch ein. »Dürfen wir Platz nehmen, Madame?«

Langsam sank Margharita in einen hochlehnigen Sessel, der den beiden Männern gegenüberstand.

»Ich bitte Sie«, wandte sich Poirot an seine beiden Zuhörer, »mir geduldig zuzuhören. Ich glaube jetzt zu wissen, was an jenem verhängnisvollen Abend in Major Richs Wohnung geschah. Wir sind alle miteinander von einer falschen Annahme ausgegangen – von der Annahme, daß nur zwei Personen die Gelegenheit hatten, Mr. Clayton in der Truhe zu verstecken, nämlich Major Rich und William Burgess. Aber wir haben uns geirrt – es war eine dritte Person in der Wohnung, die eine ebenso gute Möglichkeit hatte.«

»Und wer war das?« fragte Miller skeptisch. »Der Liftboy?«

»Nein. *Arnold Clayton.*«

»Was sagen Sie da? Er hat seine eigene Leiche versteckt?«

»Natürlich nicht seinen toten, sondern seinen lebenden Körper. Mit anderen Worten: er hat sich in der Truhe versteckt. Ein Vorkommnis, das sich im Laufe der Geschichte oft wiederholt hat. Mir kam dieser Gedanke, sobald ich sah, daß man ganz kürzlich Löcher in die Truhe gebohrt hatte. Warum war das geschehen? Nun, damit genügend Luft in der Truhe vorhanden war. Und warum war der Wandschirm an jenem Abend aus seiner üblichen Stellung verschoben? Um die Truhe vor den Personen im Raum zu verbergen, damit der versteckte Mann von Zeit zu Zeit den Deckel heben, seine verkrampften Glieder lockern und besser hören konnte, was gesagt wurde.«

»Aber warum?« fragte Margharita mit vor Staunen geweiteten Augen. »Was sollte Arnold veranlaßt haben, sich in der Truhe zu verstecken?«

»Das fragen *Sie*, Madame? Ihr Gatte war ein eifersüchtiger Mann. Auch war er sehr verschlossen. ›Zugeknöpft‹, wie Ihre Freundin, Mrs. Spence, sich ausdrückte. Seine Eifersucht wuchs und quälte ihn. Waren Sie Richs Mätresse oder nicht? Er wußte es nicht. Aber er *mußte* es wissen! Also – ein ›Telegramm aus Schottland‹, das Telegramm, das nie geschickt wurde, das niemand sah. Der Koffer für eine Nacht wird gepackt und zweckdienlich im Klub vergessen. Ihr Gatte hat wahrscheinlich ausfindig gemacht, wann Rich nicht zu Hause ist, und geht um diese Zeit in die Wohnung. Dem Diener sagt er, er möchte ein paar Zeilen schreiben. Sobald er allein ist, bohrt er die Löcher in die Truhe, rückt den Wandschirm zurecht und klettert in die Truhe. An diesem Abend will er die Wahrheit erfahren. Vielleicht bleibt seine Frau zurück, wenn die anderen Gäste aufbrechen; vielleicht geht sie mit und kommt später wieder zurück. An diesem Abend will der verzweifelte, von Eifersucht geplagte Mann Gewißheit haben ...«

»Sie wollen doch wohl nicht behaupten, daß er sich selbst erstochen hat?« Millers Stimme klang ungläubig.

»Oh, nein, jemand anders hat ihn erstochen. Jemand, der wußte, daß er sich in der Truhe versteckt hielt. Es war schon ein regelrechter Mord. Ein sorgfältig geplanter, lange erwogener Mord. Denken Sie an die anderen Charaktere in *Othello*. An Jago hätten wir uns erinnern sollen. Ein listiges Vergiften von Arnold Claytons Gedanken durch versteckte Andeutungen und Winke. Der ehrliche Jago, der treue Freund, der Mann, dem man immer Glauben schenkt! Arnold Clayton glaubte ihm. Arnold Clayton gestattete ihm, auf seiner Eifersucht herumzureiten und sie bis ins Maßlose zu steigern. Ist Arnold Clayton wohl selbst auf die Idee gekommen, sich in der Truhe zu verstecken? Er hat es sich vielleicht eingebildet und wahrscheinlich auch geglaubt. Und so wird die Sache in Szene gesetzt. Das vor einigen Wochen unauffällig entwendete Stilett ist griffbereit. Der Abend kommt heran. Die Lichter sind gedämpft, das Grammophon spielt, zwei Paare tanzen, der überzählige Mann macht sich am Plattenschrank zu schaffen, der dicht neben der spanischen Truhe und ihrem verhüllenden Schirm steht. Hinter den Schirm schlüpfen, den Deckel heben und zustechen – verwegen, aber ganz leicht!«

»Clayton hätte aber aufgeschrien!«

»Nicht, wenn er betäubt war«, entgegnete Poirot. »Nach Aussage des Dieners lag Clayton wie im Schlafe da. Und er war auch in einen Schlaf versetzt worden, und zwar durch den Mann, der einzig und allein in der Lage gewesen war, ihn zu betäuben. Der Mann, mit dem er im Klub zusammen ein Glas getrunken hatte.«

»Jock?« ertönte Marghatitas helle Stimme in kindlicher

Überraschung. »Jock? Nicht der gute alte Jock. Meine Güte, ich habe Jock mein ganzes Leben lang gekannt! Warum in aller Welt sollte Jock –«

Poirot fiel ihr heftig ins Wort.

»Warum haben zwei Italiener sich duelliert? Warum hat ein junger Mann sich erschossen? Jock McLaren ist ein verschlossener Mensch. Er hatte sich vielleicht damit abgefunden, Ihnen und Ihrem Gatten ein treuer Freund zu sein. Aber dann kommt Major Rich auch noch hinzu. Das ist zuviel! Blind vor Haß und Begierde, plant er einen fast vollkommenen Mord – einen Doppelmord, denn Rich würde mit ziemlicher Sicherheit für schuldig befunden werden. Und wenn beide Nebenbuhler – Rich und Ihr Gatte – aus dem Wege sind, dann, so nimmt er an, werden Sie sich endlich ihm zuwenden. Und das hätten Sie vielleicht auch getan, Madame – wie?«

Mit vor Entsetzen geweiteten Augen starrte sie ihn an. Fast unbewußt flüsterte sie: »Vielleicht ... Ich weiß es nicht ...«

Inspektor Miller ließ sich mit plötzlicher Autorität vernehmen.

»Dies ist ja alles ganz schön und gut, Poirot. Aber doch nur eine Theorie, weiter nichts. Sie haben nicht den geringsten Beweis dafür. Wahrscheinlich ist kein wahres Wort an der Geschichte.«

»Sie stimmt von A bis Z.«

»Aber es ist kein Beweis vorhanden. Wir haben keine Veranlassung, einzuschreiten.«

»Sie irren sich. Ich glaube, McLaren wird es zugeben, wenn Sie ihn vor die vollendete Tatsache stellen, das heißt, wenn Sie ihm deutlich zu verstehen geben, daß Margharita Clayton im Bilde ist.«

Poirot brach ab und setzte dann hinzu:

»Denn sobald er *das* weiß, hat er verloren ... Der vollkommene Mord ist vergebens gewesen.«

Das Geheimnis des blauen Kruges

Jack Hartington war ärgerlich. Er hatte wieder einmal zu hoch geschlagen. Jetzt stand er neben dem Ball und blickte, die Entfernung abschätzend, zum Abschlagmal zurück. Mit einem Seufzer zog er seinen metallenen Golfschläger aus dem Futteral, aber zwei weitere fehlerhafte Schläge vernichteten lediglich ein paar Löwenzahnblüten und ein Büschel Gras.

Mit fünfundzwanzig Jahren seinen Stil im Golf zu verbessern war nicht leicht, besonders dann nicht, wenn man, wie er, gezwungen war, die meiste Zeit damit zu verbringen, seinen Lebensunterhalt zu verdienen. Fünf und einen halben Tag der Woche mußte Jack in einem düsteren Büro schmachten. Die Wochenenden aber waren einzig und allein seiner Passion gewidmet. Um jedoch auch an den Wochentagen seinem geliebten Sport frönen zu können, hatte sich Jack in einem kleinen Hotel in der Nähe des Golfplatzes von Stourton Heath eingemietet. Täglich stand er um sechs Uhr früh auf, um eine Stunde zu üben, bevor er den Zug um acht Uhr sechsundvierzig in die Stadt nehmen mußte.

Auch mit seinem Spezialschläger hatte er kein Glück. Es war zum Verzweifeln. Immer, wenn der Ball auf eine kurze Distanz geschlagen werden sollte, schoß er mindestens um das Vierfache über sein Ziel hinaus.

Jack seufzte, nahm seinen Schläger fest in die Hand und gab sich selber den Befehl: »Linker Arm ganz durchgedrückt, nicht hochschauen!«

Er holte aus und hielt sofort inne, als ein schriller Schrei die Stille des Sommermorgens durchbrach. Er war wie versteinert.

»Mord!« rief es, »Hilfe! Mord!«

Es war eine Frauenstimme, die schließlich in einer Art gurgelndem Seufzer erstarb.

Jack schleuderte seinen Schläger hin und rannte in die Richtung, aus der der Schrei gekommen war. Es mußte ganz in der Nähe sein. Dieser Teil des Golfplatzes war unkultiviertes Land, und es gab hier nur wenige Häuser. Eigentlich stand nur ein einziges in der Nähe, ein kleines, malerisches Landhäuschen, das Jack schon oft wegen seiner architektonischen Feinheit aufgefallen war. Es war durch einen heidekrautbewachsenen Abhang verborgen, er umging ihn, und in weniger als einer Minute stand er vor dem kleinen, verschlossenen Tor.

Im Garten stand ein Mädchen, und einen Augenblick lang glaubte Jack, daß sie um Hilfe gerufen hatte. Aber dann änderte er seine Meinung.

Sie hatte einen kleinen Korb mit Unkraut in der Hand. Offenbar hatte sie ihre Arbeit, ein großes Stiefmütterchenbeet zu jäten, gerade beendet. Ihre Augen, bemerkte Jack, waren selbst wie Stiefmütterchen, samtig, weich und dunkel, und mehr violett als blau. In ihrem einfachen lila Leinenkleid sah sie selbst wie ein Stiefmütterchen aus.

Das Mädchen blickte Jack mit einem Ausdruck zwischen Verärgerung und Erstaunen an.

»Verzeihung«, sagte der junge Mann, »aber haben Sie eben geschrien?«

»Ich? Nein, wirklich nicht.«

Ihre Überraschung war so echt, daß Jack seine Frage peinlich war. Ihre Stimme war weich und klang mit einem leichten ausländischen Akzent sehr reizvoll.

»Aber Sie müssen es gehört haben!« rief er aus. »Es kam von irgendwo hier in der Nähe.«

Sie sah ihn verwundert an.

»Ich habe überhaupt nichts gehört.«

Jetzt starrte Jack sie an. Es war völlig unmöglich, daß sie diesen gequälten Hilferuf nicht gehört hatte. Und doch strahlte sie eine solche Ruhe aus, daß er nicht glauben konnte, daß sie ihn anlog.

»Was wurde denn gerufen?« fragte sie.

»Mord, Hilfe, Mord!«

»Mord, Hilfe, Mord«, wiederholte das Mädchen. »Jemand hat sich einen Scherz mit Ihnen erlaubt, Monsieur. Wer könnte hier schon umgebracht werden?«

Jack sah sich um. Er hatte die fixe Idee, irgendwo auf dem Gartenweg eine Leiche zu finden. Er war immer noch überzeugt davon, daß der Schrei, den er gehört hatte, echt gewesen und kein Produkt seiner Einbildung war. Er blickte zu den Fenstern des kleinen Landhauses empor. Alles schien völlig ruhig und friedlich zu sein.

»Wollen Sie vielleicht unser Haus durchsuchen?« erkundigte sich das Mädchen ironisch.

Sie war so voller Skepsis, daß Jacks Verwirrung immer größer wurde. Er wandte sich ab.

»Es tut mir leid«, sagte er. »Es muß von höher oben aus dem Wald gekommen sein.«

Er zog seine Mütze und ging. Während er über die Schulter zurückblickte, sah er, daß das Mädchen ruhig ihre Jätarbeit wiederaufgenommen hatte.

Einige Zeit durchstreifte er den Wald, aber er konnte nichts Ungewöhnliches feststellen. Trotzdem war er so sicher wie zuvor, daß er diesen Schrei vernommen hatte. Schließlich gab er seine Suche auf und eilte zurück nach Hause, um hastig sein Frühstück hinunterzustürzen und den Zug zu erwischen.

Sein Gewissen drückte ihn ein wenig, als er im Zug saß. Hätte er nicht sofort der Polizei melden müssen, was er gehört hatte? Daß er es nicht tat, war einzig und allein der Reaktion des Mädchens zuzuschreiben. Sie hatte ihn ganz sicher verdächtigt, daß er anbändeln wollte. Wahrscheinlich hätte die Polizei dasselbe vermutet. Hatte er den Schrei wirklich gehört?

Mittlerweile war er nicht mehr annähernd so sicher wie vorher. Vielleicht war es der Schrei eines Vogels gewesen, den er für eine Frauenstimme gehalten hatte? Ärgerlich verwarf er diese Annahme. Es war eine Frauenstimme gewesen, und er hatte sie gehört. Er erinnerte sich, kurz vor dem Schrei auf die Uhr geblickt zu haben. Es war fünfundzwanzig Minuten nach sieben gewesen, wenn er sich recht erinnerte. Das könnte ein brauchbarer Hinweis für die Polizei sein, falls irgend etwas entdeckt werden sollte.

Als er an diesem Abend nach Hause fuhr, studierte er die Abendzeitung sorgfältig, um zu sehen, ob irgend etwas über ein Verbrechen erwähnt war. Aber er fand nichts, und er wußte kaum, ob er darüber erleichtert oder enttäuscht sein sollte.

Der folgende Morgen war naß, so naß, daß wohl auch der fanatischste Golfspieler seinen Eifer gedämpft hätte. Jack stand in der letzten Minute auf, schlang sein Frühstück hinunter und rannte, um den Zug zu erreichen. Wiederum durchsuchte er eifrig die Zeitung. Immer noch kein Bericht über irgendeine grausige Entdeckung. Die Abendzeitung brachte auch nichts.

Komisch, sagte sich Jack. Aber das wird es sein – ein paar kleine Jungen, die im Wald gespielt haben.

Am nächsten Morgen war er schon früh draußen. Als er an dem kleinen Landhaus vorbeikam, bemerkte er mit einem Seitenblick das Mädchen, das wieder im Garten Unkraut zupfte. Offenbar eine Gewohnheit von ihr.

Er schlug seinen Ball in ihre Nähe, in der Hoffnung, daß

sie ihn bemerken würde. Als er auf sein nächstes Ziel zuging, sah er auf die Uhr. »Gerade wieder fünfundzwanzig Minuten nach sieben«, murmelte er. »Ich bin gespannt . . .«

Die Worte erstarben auf seinen Lippen.

Hinter ihm ertönte der gleiche Schrei, der ihn schon einmal entsetzt hatte. Eine Frauenstimme rief in schrecklicher Bedrängnis:

»Mord! Hilfe! Mord!«

Jack jagte zurück. Das Mädchen mit den Stiefmütterchenaugen stand an der Pforte. Sie hob erstaunt den Kopf, als Jack triumphierend auf sie zulief und ausrief:

»Diesmal haben Sie es aber gehört!«

Sie musterte ihn von oben bis unten, so daß Jack unbehaglich von einem Fuß auf den anderen trat. Er merkte, wie sie vor ihm zurückschreckte, und als er auf sie zuging, sah sie sich ängstlich um, als sei sie bereit, ins Haus zu rennen, um Schutz zu suchen.

Sie schüttelte ihren Kopf und starrte ihn verständnislos an.

»Ich habe überhaupt nichts gehört«, sagte sie.

Es war, als hätte sie ihm einen Schlag versetzt. Sie sagte das so überzeugend, daß er ihr glauben mußte. Trotzdem, er konnte es sich nicht eingebildet haben – es konnte nicht sein, nein, es konnte keine Einbildung sein.

Ihre Stimme klang freundlich, fast ein wenig mitleidig, als sie ihn fragte:

»Sie haben einen Schock beim Bombenangriff erlitten, was?«

Nun begriff er den Ausdruck der Furcht, ihren verstohlenen Blick zum Fenster. Sie glaubte, er habe Halluzinationen.

Und dann, wie eine kalte Dusche, kam ihm der fürchterliche Gedanke: Hatte sie recht? Litt er wirklich an einer Täuschung? Entsetzt über diese Möglichkeit, drehte er sich abrupt um und stolperte ohne ein Wort der Erklärung davon. Das Mädchen schaute ihm nach, seufzte und bückte sich kopfschüttelnd, um weiterzujäten.

Jack bemühte sich, die Dinge mit sich selbst ins reine zu bringen. Wenn ich diesen verdammten Schrei wieder um fünfundzwanzig Minuten nach sieben höre, sagte er sich, steht fest, daß ich irgendeine Halluzination habe. Aber ich werde ihn nicht noch einmal hören.

Den ganzen Tag über war er nervös. Er ging frühzeitig ins Bett, entschlossen, die Sache am nächsten Morgen aufzuklären.

Es war verständlich, daß er fast die halbe Nacht wach lag und schließlich sogar noch verschlief. Es war schon zwanzig Minuten nach sieben, als er aus dem Hotel herauskam und die Abhänge hinunterrannte. Er sah ein, daß er bis fünfundzwanzig nach sieben den Platz nicht mehr erreichen konnte. Andererseits, wenn dieser Schrei tatsächlich eine Halluzination war, würde er ihn auch woanders hören. Er rannte weiter. Sein Blick klebte auf dem Ziffernblatt seiner Armbanduhr.

Fünfundzwanzig nach sieben.

Von weit her kam das Echo einer Frauenstimme. Die Worte waren nicht erkennbar, aber er war überzeugt, es war der gleiche Schrei, den er zuvor gehört hatte, und er kam aus derselben Richtung, irgendwo in der Nähe des kleinen Landhauses.

Eigenartigerweise beruhigte ihn diese Tatsache. Es könnte immerhin eine Fopperei sein. So unwahrscheinlich es schien, aber auch dieses Mädchen selbst könnte sich einen Streich mit ihm erlauben. Er richtete sich resolut auf und nahm einen Schläger aus seiner Golftasche. Er würde die ersten Löcher bis zum Landhaus spielen.

Das Mädchen war, wie gewöhnlich, im Garten. Sie sah zu ihm auf, und als er seine Mütze zog, sagte sie schüchtern:

»Guten Morgen!«

Sie erschien ihm lieblicher als je zuvor.

»Ein schöner Tag, nicht wahr?« rief Jack munter und verwünschte sich, weil ihm nichts Besseres eingefallen war.

»Ja, wirklich, sehr schön.«

»Gut für den Garten, nehme ich an.«

Das Mädchen lächelte und zeigte dabei ein faszinierendes Grübchen.

»Leider nein. Meine Blumen brauchen Regen. Sehen Sie, sie sind schon ganz vertrocknet.«

Jack faßte dies als Einladung auf und trat an die niedrige Hecke, die den Garten vom Golfplatz trennte.

»Mir scheinen sie in Ordnung«, bemerkte er unbeholfen und wand sich unter dem leicht mitleidigen Blick des Mädchens.

»Die Sonne tut gut, nicht wahr?« fragte sie. »Die Blumen kann man ja immer noch begießen, aber die Sonne gibt Kraft und erneuert die Gesundheit. Monsieur geht es heute viel besser, wie ich sehe.«

Ihr ermunternder Ton ärgerte Jack.

Verflixt, dachte er, ich glaube, sie versucht mich durch Suggestion zu kurieren.

»Ich bin völlig gesund«, sagte er irritiert.

»Dann ist es ja gut«, antwortete das Mädchen rasch und besänftigend.

Jack hatte das ungewisse Gefühl, daß sie ihm nicht glaubte.

Er spielte noch eine Weile und eilte dann zurück zu seinem Frühstück. Während er aß, bemerkte er – und nicht zum erstenmal – den forschenden Blick eines Mannes an seinem Nebentisch. Es war ein Herr mittleren Alters mit einem kraftvollen, energischen Gesicht. Er trug einen schmalen dunklen Bart und hatte graue, durchdringende Augen.

Sein sicheres Auftreten ließ darauf schließen, daß er der höheren Gesellschaftsschicht angehörte. Jack wußte, daß er Lavington hieß, und hatte vage Gerüchte über sein Ansehen als Mediziner gehört. Da Jack jedoch kein häufiger Besucher der Harley Street war, hatte ihm dieser Name wenig oder eigentlich gar nichts bedeutet.

Heute morgen spürte er die stille Beobachtung. Es erschreckte ihn ein wenig. War ihm sein Geheimnis schon deutlich ins Gesicht geschrieben, so deutlich, daß es jeder sehen konnte? Wußte dieser Mann durch seine berufliche Erfahrung, daß bei ihm irgend etwas nicht stimmte? Jack schauderte bei diesem Gedanken. War es wahr? Wurde er wirklich langsam wahnsinnig? War die ganze Sache tatsächlich eine Halluzination, oder erlaubte sich doch nur jemand einen Scherz mit ihm?

Plötzlich kam ihm eine Idee, wie er der Sache auf die Spur kommen konnte. Bisher war er auf seinen Runden immer allein gewesen. Angenommen, jemand war bei ihm? Dann mußte eines von drei Dingen passieren: der Schrei wiederholte sich überhaupt nicht; sie könnten ihn beide hören; oder nur er allein würde ihn hören.

An diesem Abend begann er seinen Plan in die Tat umzusetzen. Lavington war der Mann, den er dazu brauchte. Eine Unterhaltung anzubahnen war nicht schwer. Dem älteren Mann mochte es vielleicht ganz recht sein. Es war klar, daß Jack ihn aus dem einen oder anderen Grund interessierte. So ergab es sich fast von selbst, daß sie verabredeten, am folgenen Morgen vor dem Frühstück zusammen eine Partie Golf zu spielen.

Kurz vor sieben machten sie sich auf den Weg. Es war ein herrlicher Tag, strahlend und wolkenlos, aber noch nicht zu warm. Der Doktor spielte gut, Jack jämmerlich. Er dachte nur an den Schrei. Immer wieder schielte er verstohlen auf seine Armbanduhr. Sie erreichten die siebte Markierung – zwischen dieser und dem nächsten Loch lag das Landhaus – ungefähr um zwanzig Minuten nach sieben.

Das Mädchen stand, wie immer, im Garten, als sie vorbeikamen. Sie sah nicht auf.

Die beiden Golfbälle lagen im Gras, Jacks in der Nähe des Loches, der des Doktors ein wenig weiter weg.

»Das ist meiner«, sagte Lavington. »Ich glaube, ich muß etwas kräftiger zuschlagen.«

Er bückte sich und schätzte die Strecke ab. Jack starrte auf die Uhr. Es war genau fünfundzwanzig Minuten nach sieben.

Der Ball huschte über das Gras, stoppte vor dem Loch, zögerte und fiel hinein.

»Ein guter Schlag«, lobte Jack. Mit einem Seufzer der Erleichterung schob er seine Uhr am Arm hinauf. Es war nichts geschehen. Der Zauber war gebrochen.

»Wenn es Ihnen nichts ausmacht, eine Minute zu warten«, sagte er, »würde ich mir gern eine Pfeife stopfen.«

Sie verweilten kurze Zeit bei der achten Markierung.

Jack füllte seine Pfeife und zündete sie mit zitternden Händen an. Eine große Last schien ihm von der Seele gefallen zu sein.

»Gott, was für ein schöner Tag!« rief er aus und genoß die Aussicht. »Machen Sie weiter, Lavington, Sie sind dran.«

Und dann hörte er es. Gerade in dem Moment, als der Doktor zuschlug. Eine Frauenstimme, schrill und gequält.

»Mord! Hilfe! Mord!«

Die Pfeife fiel Jack aus der Hand. Er schnellte in die Richtung, aus der der Schrei gekommen war. Dann starrte er atemlos auf seinen Begleiter.

Lavington beschattete seine Augen mit der Hand und blickte auf den Rasen.

»Ein bißchen kurz«, sagte er, »aber ich glaube, er ist doch noch hineingerutscht.«

Er hatte nichts gehört!

Die Welt schien sich verkehrt um Jack zu drehen. Er wankte.

Als er wieder zu sich kam, lag er auf dem kurzgeschnittenen Rasen, und Lavington beugte sich über ihn.

»So schön ruhig bleiben, es ist ja alles gut!«

»Was habe ich getan?«

»Sie wurden ohnmächtig, junger Mann. Zumindest sah es so aus.«

»Mein Gott!« stöhnte Jack.

»Was ist los? Stimmt etwas nicht mit Ihnen?«

»Ich erzähle es Ihnen gleich, aber zuerst möchte ich Sie etwas fragen.«

Der Arzt zündete seine Pfeife an und setzte sich auf eine Bank.

»Fragen Sie alles, was Sie wollen«, sagte er tröstend.

»Sie haben mich in den letzten paar Tagen beobachtet. Warum?«

Lavington zwinkerte mit den Augen und antwortete:

»Das ist eine ziemlich direkte Frage. Ich darf Sie doch anschauen.«

»Halten Sie mich nicht hin. Ich meine es ernst. Warum? Ich habe einen triftigen Grund für diese Frage.«

Lavingtons Gesicht wurde ernst.

»Ich will Ihnen ganz ehrlich antworten. Ich entdeckte an Ihnen alle Anzeichen einer akuten Belastung, unter der Sie zu leiden haben. Selbstverständlich interessierte es mich, herauszufinden, wo der Grund hierfür lag.«

»Das kann ich Ihnen leicht erklären«, sagte Jack bitter. »Ich bin auf dem Weg, irrsinnig zu werden.«

Er hielt dramatisch inne, aber da sich Lavington von seiner Enthüllung weniger beeindruckt zeigte, als er es erwartet hatte, wiederholte er:

»Ich sage Ihnen, ich werde wahnsinnig!«

»Seltsam«, murmelte Lavington. »Wirklich sehr seltsam.«

Jack fühlte etwas wie Ärger in sich hochsteigen.

»Ist das alles, was Ihnen einfällt? Ärzte sind so verdammt gefühllos!«

»Bitte, bitte, mein junger Freund, Sie irren sich. Zunächst einmal praktiziere ich nicht Medizin, obgleich ich mein Examen gemacht habe. Genau gesagt, ich bin kein Arzt, das heißt, kein Arzt für den Körper.«

Jack betrachtete ihn neugierig.

»Für den Geist?«

»Ja, ungefähr. Aber genauer gesagt, ich nenne mich einen Doktor der Seele.«

»Aha!«

»Ihrem geringschätzigen Ton entnehme ich, daß Sie damit nicht viel anzufangen wissen. Aber man muß für die Seele doch eine Bezeichnung finden, nicht wahr? Sehen Sie, junger Mann, Seele, das ist nicht nur eine von Geistlichen erfundene religiöse Bezeichnung. Wir nennen es den Geist oder das Unbewußte. Nehmen Sie jeden anderen Ausdruck, der Ihnen besser gefällt. Sie haben sich vorhin an meinen Worten gestoßen, aber ich kann Ihnen versichern, daß es mich wirklich sehr seltsam berührt hat, daß ein so ausgeglichener und normaler Mann wie Sie von sich glaubt, er werde wahnsinnig werden.«

»Ich bin schon wahnsinnig. Vollkommen verrückt, jawohl.«

»Entschuldigen Sie, wenn ich das sage, aber ich glaube Ihnen nicht.«

»Ich habe Wahnvorstellungen.«

»Nach dem Abendessen?«

»Nein, morgens.«

»Das gibt es nicht«, sagte der Arzt und zündete seine Pfeife wieder an.

»Ich sage Ihnen, ich höre Dinge, die sonst niemand hört.«

Lavington lächelte.

»Von tausend Menschen kann einer die Monde des Jupiter sehen. Wenn die anderen neunhundertneunundneunzig sie nicht sehen können, so ist das kein Grund, an ihrer Existenz zu zweifeln, und ganz gewiß kein Grund, den tausendsten Menschen einen Irren zu nennen.«

»Die Jupitermonde sind eine wissenschaftlich erwiesene Tatsache.«

»Es ist ganz leicht möglich, daß Wahnvorstellungen von heute schon morgen als wissenschaftliche Tatsachen zu beweisen sind.«

Lavingtons bestimmte Art machte auf Jack Eindruck. Er fühlte sich gleichermaßen getröstet und aufgemuntert. Der Arzt blickte ihn eine Weile aufmerksam an. Dann nickte er.

»So ist's schon besser«, meinte er. »Das Schlimme mit euch jungen Leuten ist, daß ihr so überzeugt seid, außerhalb eurer eigenen Philosophie könne nichts existieren. Und wenn irgend etwas geschieht, das nicht in eure Anschauung paßt, gebt ihr einfach auf. Erzählen Sie mir, aus welchem Grund Sie glauben, Sie werden verrückt. Dann werden wir weitersehen.«

Ehrlich und ohne Umschweife berichtete Jack von den Ereignissen.

»Was ich nicht verstehen kann«, schloß er, »ist, daß es heute morgen um halb acht, also fünf Minuten später, kam.«

Lavington überlegte einen Moment. Dann fragte er:

»Wie spät ist es jetzt auf Ihrer Uhr?«

»Viertel vor acht«, sagte Jack.

»Dann ist es leicht zu erklären. Meine Uhr ist zwanzig vor acht. Ihre wird also fünf Minuten vorgehen. Das ist der interessanteste und wichtigste Punkt für mich. Sogar unschätzbar wichtig.«

»Wieso?«

»Nun, es sieht so aus, als ob Sie am ersten Morgen tatsächlich einen Schrei gehört hätten. Vielleicht war es ein Scherz, vielleicht auch nicht. An den folgenden Morgen suggerierten Sie sich selbst, ihn um die ganz gleiche Zeit wieder zu hören.«

»Ich bin sicher, daß ich ihn wirklich gehört habe.«

»Sie haben sich das nicht bewußt eingeredet. Aber das Unterbewußtsein spielt uns manchmal reichlich komische Streiche. Jedenfalls, diese Erklärung ist nichts wert. Wenn es ein Fall von Selbstsuggestion wäre, dann hätten Sie den Schrei genau dann gehört, als es auf Ihrer Uhr sieben Uhr fünfundzwanzig war.«

»Und nun?«

»Nun liegt es auf der Hand, daß dieser Hilferuf an einen bestimmten Platz und an eine bestimmte Zeit gebunden ist. Der Platz ist die Umgebung des Landhauses, und die Zeit ist fünfundzwanzig Minuten nach sieben.«

»Ja, aber warum sollte ausgerechnet ich derjenige sein, der ihn hört? Ich glaube nicht an Geister und dieses Spuktheater, Geisterbeschwörung und solchen Kram. Weshalb sollte gerade ich den verdammten Schrei hören?«

»Das können wir im Moment noch nicht sagen. Es ist seltsam, daß viele der besten Medien voller Skepsis stecken. Nicht die Leute, die an okkulten Phänomenen interessiert sind, haben übernatürliche Kräfte. Manche Menschen sehen und hören Dinge, die andere nicht hören. Wir wissen nicht, warum. Und von zehn wollen es neun nicht hören oder sehen und sind überzeugt, daß sie an Wahnvorstellungen leiden, genau wie Sie.

Es ist wie mit der Elektrizität. Manche Substanzen sind

gute Leiter, andere nicht, und lange wußten wir nicht, weshalb, und mußten uns damit zufriedengeben, diese Tatsache zu akzeptieren. Heute wissen wir, weshalb. Eines Tages werden wir auch wissen, warum Sie den Schrei hörten und das Mädchen und ich nicht.

Jedes Ding untersteht einem natürlichen Gesetz. Es gibt in Wirklichkeit nichts Übernatürliches. Diese Gesetze zu finden, die die sogenannten psychischen Phänomene beherrschen, wird eine schwere Aufgabe sein. Aber jeder kleinste Hinweis hilft.«

»Aber was soll ich machen?« fragte Jack.

Lavington schmunzelte.

»Praktisch, wie ich merke. Nun, mein junger Freund, Sie werden gehen und kräftig frühstücken. Dann werden Sie in die Stadt fahren und sich nicht weiter den Kopf über Dinge zerbrechen, die Sie doch nicht verstehen. Ich andererseits werde ein wenig herumschnüffeln und sehen, was ich über dieses Landhaus da hinten herausfinden kann. Dort liegt das Zentrum des Geheimnisses, darauf möchte ich schwören.«

Jack erhob sich.

»Gut, Sir«, sagte er, »ich gehe. Aber ich meine . . .«

»Ja?«

Jack errötete.

»Ich bin sicher, daß das Mädchen in Ordnung ist«, murmelte er.

Lavington schien sich zu amüsieren.

»Sie haben mir nicht gesagt, daß es sich um ein hübsches Mädchen handelt. Na, halten Sie die Ohren steif. Ich bin überzeugt, daß das Geheimnis schon bestand, bevor sie herkam.«

Voller Neugierde kam Jack an diesem Abend nach Hause. Er war jetzt soweit, Lavington blind zu vertrauen. Der Arzt hatte die Geschichte so natürlich aufgenommen und so realistisch behandelt, daß Jack tief beeindruckt war.

Sein neuer Freund wartete schon auf ihn in der Halle, als er zum Abendessen hinunterkam.

»Etwas Neues, Sir?« fragte Jack begierig.

»Ich habe mich ein wenig über die diversen Besitzer des Heather-Landhauses erkundigt. Zuerst war es von einem alten Gärtner und seiner Frau bewohnt. Als der Mann starb, ging die Frau zu ihrer Tochter. Dann erwarb es ein Baumeister, modernisierte es und verkaufte es an einen Herrn aus der Stadt, der es als Wochenendhaus benutzte. Ungefähr vor einem Jahr verkaufte der es an Mr. und Mrs. Turner. Das muß ein ziemlich eigenartiges Paar gewesen sein, soweit ich feststellen konnte. Er war Engländer, und seine Frau soll eine Halbrussin gewesen sein, sehr schön und sehr exotisch, wie man mir sagte. Sie lebten sehr zurückgezogen, besuchten niemanden und gingen kaum einmal in den Garten hinaus. Das Gerücht geht um, daß sie vor irgend etwas Angst hatten. Aber ich glaube, darauf sollten wir uns nicht verlassen.

Und eines Tages zogen sie ganz plötzlich aus. Sie kamen niemals wieder. Mr. Turner instruierte aus London lediglich einen Agenten, das Haus und die Möbel so schnell wie möglich zu verkaufen.

Der nächste Besitzer hieß Mr. Mauleverer. Er wohnte tatsächlich nur vierzehn Tage darin, dann inserierte er, daß das Haus möbliert zu haben sei. Die Leute, denen es jetzt gehört, sind ein schwindsüchtiger französischer Professor und seine Tochter. Sie sind erst zehn Tage dort.«

Jack hatte schweigend zugehört.

»Ich sehe nicht, wie uns das weiterbringen kann. Oder Sie?« fragte er endlich.

»Ich möchte noch mehr über die Turners wissen«, antwortete Lavington ruhig. »Sie verschwanden so sang- und klanglos, ganz frühmorgens. Soviel ich feststellen konnte, hat niemand ihr Weggehen bemerkt. Mr. Turner ist seitdem schon gesehen worden, aber ich kann niemand finden, der Mrs. Turner je wieder gesehen hätte.«

Jack erbleichte.

»Das kann nicht sein! Sie meinen doch nicht ...«, stammelte er.

»Regen Sie sich nicht auf, junger Freund. Der Einfluß eines jeden kurz vor dem Tod, und speziell vor einem gewaltsamen Tod, auf seine Umgebung ist sehr stark. Diese Umgebung mag den Einfluß absorbiert haben, um ihn auf einen passend eingestellten Empfänger wieder auszustrahlen. In diesem Fall auf Sie.«

»Aber warum ich?« rief Jack rebellierend. »Weshalb nicht jemand anders, der etwas damit anfangen kann?«

»Sie betrachten diese Kraft als intelligent und überlegend. Sie ist blind und mechanisch. Ich glaube selbst nicht an erdgebundene Geister, die zu einem bestimmten Zweck irgendwo spuken. Aber ich habe immer und immer wieder Dinge gesehen, so daß ich kaum mehr glauben kann, daß es reiner Zufall ist. Meiner Meinung nach ist es so eine Art dunkles Umhertasten nach der Gerechtigkeit, eine unterirdische Bewegung blinder Kräfte, die immer verborgen nach dieser Richtung arbeiten.«

Er schüttelte sich, als hätte irgend etwas von ihm Besitz ergriffen und belaste ihn, dann wandte er sich mit einem Lächeln an Jack.

»Lassen Sie uns die Geister verbannen, jedenfalls für heute abend«, schlug er vor.

Nur zu gern stimmte Jack zu, aber er hatte Mühe, damit fertig zu werden.

Während des Wochenendes stellte er selber Nachforschungen an, konnte aber nur wenig mehr als der Doktor ermitteln. Auf jeden Fall hatte er es aufgegeben, vor dem Frühstück Golf zu spielen.

Was dann passierte, kam völlig unerwartet.

Als er eines Tages zurückkam, wurde ihm mitgeteilt, daß ihn eine junge Dame sprechen wolle. Zu seiner Überraschung stellte sich heraus, daß es das Mädchen aus dem Garten war, das Stiefmütterchen-Mädchen, wie er sie in Gedanken immer genannt hatte.

Sie war sehr nervös und durcheinander.

»Ich hoffe, Sie verzeihen mir, Monsieur, daß ich einfach hierherkomme, um Sie zu sprechen. Aber ich muß Ihnen etwas erzählen. Ich . . .«

Sie blickte sich unsicher um.

»Gehen wir hier hinein«, sagte Jack und führte sie in den Damensalon des Hotels, ein trostloses Zimmer in rotem Plüsch.

»Bitte, setzen Sie sich doch, Miss . . . Miss . . .«

»Marchaud, Monsieur. Felise Marchaud.«

»Nehmen Sie bitte Platz, Mademoiselle Marchaud, und erzählen Sir mir alles.«

Gehorsam setzte sich Felise. Sie war heute in Dunkelgrün gekleidet, was ihr sehr gut stand. Mehr als je zuvor bemerkte Jack ihren Charme und ihre Schönheit. Sein Herz schlug schneller, als er sich neben sie setzte.

»Es ist so«, begann Felise. »Wir sind erst kurze Zeit hier. Aber seit unserem Einzug erzählt man uns, in unserem Haus – unserem süßen kleinen Haus – spuke es. Kein Dienstbote will bleiben. Das ist nicht so schlimm – ich kann die Hausarbeit selber machen und auch kochen.«

Engel! dachte der entflammte junge Mann. Sie ist wunderbar. Nach außen hin behielt er den Ausdruck sachlicher Aufmerksamkeit.

»Dieses Reden über Geister«, fuhr Felise fort. »Ich glaube, das ist alles Unsinn – das heißt, bis vor vier Tagen glaubte ich es. Monsieur, seit vier Nächten habe ich denselben Traum. Eine Dame steht da, sie ist schön, groß und lieblich. In ihren Händen hält sie einen blauen chinesischen Krug. Sie wirkt gequält, sehr gequält, und immer wieder hält sie mir diesen Krug entgegen, als ob sie mich anflehte, irgend etwas damit zu tun. Aber sie kann nicht sprechen, und ich weiß nicht, was sie will. Diesen Traum hatte ich die ersten beiden Nächte. Aber vorletzte Nacht kam noch etwas dazu. Die Dame und der blaue Krug verschwanden, und plötzlich hörte ich ihre Stimme. Ich weiß, es war ihre Stimme, begreifen Sie, Monsieur? Sie rief: ›Mord! Hilfe! Mord!‹

Ich erwachte, in Schweiß gebadet. Ich redete mir ein, es sei ein Alptraum, und die Worte, die Sie auch hörten, seien ein Zufall. Aber vergangene Nacht kam der Traum wieder. Monsieur, was ist das? Sie haben es doch auch gehört. Was sollen wir tun?«

Felises Gesicht war verstört. Ihre schmalen Hände krampften sich zusammen, und flehentlich blickte sie auf Jack. Er heuchelte eine Unbekümmertheit, die er durchaus nicht empfand.

»Sie müssen keine Angst haben, Mademoiselle Marchaud. Wenn es Ihnen nichts ausmacht, wiederholen Sie die ganze Geschichte vor Dr. Lavington, einem Freund von mir. Er wohnt auch hier.«

Felise erklärte sich einverstanden, und Jack ging, um Lavington zu suchen. Ein paar Minuten später kehrte er mit ihm zurück.

Lavington beobachtete das Mädchen genau, als Jack sie mit ihm bekannt machte. Mit ein paar tröstenden Worten gelang es ihm, sie zu beruhigen. Dann lauschte er gespannt ihrer Geschichte.

»Äußerst seltsam«, sagte er, als sie fertig war. »Haben Sie mit Ihrem Vater darüber gesprochen?«

Felise schüttelte den Kopf.

»Ich wollte ihn nicht beunruhigen. Er ist immer noch sehr krank.« Ihre Augen füllten sich mit Tränen. »Ich halte alles von ihm fern, was ihn aufregen könnte.«

»Ich verstehe«, sagte Lavington gütig. »Und ich bin froh, daß Sie zu uns gekommen sind, Mademoiselle Marchaud. Hartington hier, wie Sie wissen, hatte ein Erlebnis, das Ihrem sehr ähnlich ist. Ich glaube, daß wir dem Geheimnis nun auf der Spur sind. Fällt Ihnen noch etwas ein?«

Felise machte eine rasche Bewegung.

»Natürlich! Wie dumm von mir. Es ist das Wichtigste der ganzen Geschichte. Schauen Sie, Monsieur, was ich hinter dem Küchenschrank fand.«

Sie zeigte ihnen ein schmutziges Stück Zeichenpapier, auf dem in Wasserfarben die Rohskizze einer Frau hingeworfen war. Es war nur eine Kleckserei, aber die Ähnlichkeit war deutlich. Es zeigte eine große blonde Frau mit einem fremdländischen Gesicht. Sie stand an einem Tisch, auf dem ein blauer Porzellankrug stand.

»Ich habe es erst heute morgen gefunden«, erklärte Felise. »Monsieur, das ist das Gesicht der Frau aus meinem Traum. Und es ist derselbe Krug.«

»Ungewöhnlich«, meinte Lavington. »Der Schlüssel zu diesem Geheimnis ist ganz offensichtlich der blaue Krug. Mir scheint, es ist ein chinesischer Krug, wahrscheinlich ein sehr alter. Er hat ein eigentümliches Muster.«

»Er ist chinesisch«, erklärte Jack. »Ich habe ein genau gleiches Stück in der Sammlung meines Onkels gesehen. Er ist ein leidenschaftlicher Sammler chinesischen Porzellans. Ich erinnere mich, einen solchen Krug vor nicht allzu langer Zeit gesehen zu haben.«

»Der chinesische Krug«, murmelte Lavington. Er versank ein paar Minuten in Gedanken, dann hob er plötzlich den Kopf, und ein seltsames Leuchten trat in seine Augen.

»Hartington, wie lange hat Ihr Onkel diesen Krug schon?« fragte er.

»Wie lange? Das weiß ich wirklich nicht.«

»Denken Sie nach! Hat er ihn erst kürzlich gekauft?«

»Ich weiß es nicht. Ja ... ich glaube, ja. Jetzt erinnere ich mich. Ich selbst interessiere mich nicht sehr für Porzellan, aber mir ist so, als hätte er mir diesen Krug als neuesten Zugang seiner Sammlung gezeigt.«

»Ist das weniger als zwei Monate her? Die Turners haben das Heather-Landhaus vor ungefähr acht Wochen verlassen.«

»Ja, ich glaube, es war vor zwei Monaten.«

»Besucht Ihr Onkel manchmal Auktionen?«

»Er fährt von einer Auktion zur anderen.«

»Dann dürfen wir wohl mit Recht annehmen, daß er diesen Krug auf der Versteigerung der Turnerschen Sachen erstand. Ein seltsamer Zufall – oder vielleicht das, was ich das Suchen nach der blinden Gerechtigkeit nenne. Hartington, Sie müssen sofort feststellen, wo Ihr Onkel diesen Krug gekauft hat.«

Jacks Gesicht verzog sich.

»Ich fürchte, das wird nicht möglich sein. Onkel George ist nicht in England. Ich weiß nicht einmal, wohin ich ihm schreiben könnte.«

»Wie lange wird er fortbleiben?«

»Mindestens drei bis vier Wochen.«

Es entstand eine Pause. Felise blickte nervös von einem Mann zum anderen.

»Gibt es denn nichts, was wir tun können?« fragte sie mutlos.

»Ja, es gibt etwas«, antwortete Lavington in einem Ton zurückhaltender Erregung. »Es ist vielleicht ungewöhnlich, aber ich glaube, es verspricht Erfolg. Hartington, Sie müssen diesen Krug besorgen. Bringen Sie ihn hierher, und falls Mademoiselle erlaubt, werden wir einen Abend im Heather-Landhaus verbringen und den blauen Krug mitnehmen.«

Jack fühlte, wie er eine Gänsehaut bekam.

»Was glauben Sie, was passieren wird?« fragte er unruhig.

»Ich habe nicht die geringste Ahnung, aber ich glaube ehrlich daran, daß das Geheimnis gelüftet und der Geist vertrieben wird. Höchstwahrscheinlich hat der Krug einen falschen Boden, und irgend etwas ist innen versteckt. Wenn kein Phänomen erscheint, müssen wir eben unseren eigenen Scharfsinn gebrauchen.«

Felise klatschte in die Hände.

»Das ist eine wunderbare Idee!« rief sie aus.

Aus ihren Augen leuchtete Enthusiasmus. Jack war nicht annähernd so begeistert, im Gegenteil, innerlich war er sehr beunruhigt, aber nichts hätte ihn bewegen können, diese Tatsache vor Felise zuzugeben. Der Doktor tat so, als wäre sein Vorschlag die natürlichste Sache der Welt.

»Wann können Sie den Krug holen?« fragte Felise.

»Morgen«, antwortete er widerwillig.

Es war ihm nicht angenehm, aber er mußte die Sache jetzt zu Ende bringen. Bis dahin nahm er sich vor, so wenig wie möglich an den wahnsinnigen Schrei zu denken.

Am folgenden Abend ging er in das Haus seines Onkels und nahm den betreffenden Krug mit. Als er ihn wiedersah, verstärkte sich seine Gewißheit, daß er mit dem auf dem Bild identisch war. Aber so sorgfältig er ihn auch untersuchte, er fand weder einen doppelten Boden noch sonst etwas Außergewöhnliches.

Es war elf Uhr, als er mit Lavington im Heather-Landhaus ankam. Felise hatte schon auf sie gewartet und öffnete leise die Tür, noch bevor sie angeklopft hatten.

»Kommen Sie herein«, flüsterte sie. »Mein Vater schläft oben. Wir dürfen ihn nicht aufwecken. Ich habe hier drinnen für Sie Kaffee vorbereitet.«

Sie führte die beiden in ein kleines, gemütlich eingerichtetes Wohnzimmer.

Als Jack den chinesischen Krug aus dem Papier wickelte, keuchte sie:

»Aber ja, das ist er! Ich würde ihn überall wiedererkennen!«

Inzwischen traf Lavington seine Vorbereitungen. Er entfernte alles von einem kleinen Tisch und stellte diesen in die Mitte des Zimmers. Rundherum verteilte er drei Stühle. Auf dem Tisch stand nur noch der blaue Krug.

»Jetzt«, sagte er, »sind wir fertig.«

Sie tranken noch ihren Kaffee, dann befahl der Arzt:

»Schalten Sie das Licht aus, und setzen Sie sich an den Tisch.«

Die anderen gehorchten. Wieder kam Lavingtons Stimme aus der Dunkelheit.

»Denken Sie an nichts – oder an alles. Zwingen Sie Ihre Gedanken nicht. Es ist möglich, daß einer von uns mediale Kräfte besitzt. Wenn das so ist, wird er in Trance fallen. Denken Sie immer daran, es gibt nichts zu befürchten. Bannen sie die Furcht aus Ihren Herzen, und lassen Sie sich treiben . . . treiben . . .«

Seine Stimme erstarb. Von einer Minute zur anderen schien die Stille unerträglicher zu werden. Es war alles gut und schön, wenn Lavington sagte, sie sollten die Angst verscheuchen. Es war nicht Angst, was Jack fühlte – es war Panik. Und er war fest überzeugt, daß Felise genauso empfand. Plötzlich hörte er ihre Stimme, leise und entsetzt.

»Irgend etwas Schreckliches wird geschehen, ich fühle es.«

»Verscheuchen Sie die Angst«, sagte Lavington. »Wehren Sie sich nicht gegen die Kräfte, die auf Sie zukommen.«

Die Dunkelheit schien greifbar zu werden, und die Stille hatte etwas Beklemmendes. Näher und näher kam dieses undefinierbare Gefühl der Bedrohung. Jack fühlte, wie es ihm den Atem nahm, dieses unheilvolle Etwas war sehr nahe ...

Dann war alles vorbei. Jack trieb einen Strom hinunter, seine Lider schlossen sich, Friede ... Dunkelheit. Als er langsam wieder zu sich kam, war sein Kopf schwer wie Blei. Wo war er?

Sonnenschein ... Vogelgezwitscher. Er lag da und starrte in den Himmel.

Dann fiel ihm plötzlich alles wieder ein. Die Sitzung, das kleine Zimmer, Felise und der Doktor. Was war geschehen?

Er setzte sich auf und sah sich um. Er befand sich in einem kleinen Gehölz, nicht weit von dem Landhaus. Niemand war in der Nähe. Er zog seine Uhr. Zu seinem Erstaunen zeigte sie halb ein Uhr an. Er sprang auf die Füße und rannte zu dem Landhaus hinüber. Sie mußten Angst bekommen haben. Vielleicht war er aus der Trance nicht aufgewacht, und sie hatten ihn in die frische Luft gebracht?

Er klopfte laut an die Tür des kleinen Hauses. Aber niemand antwortete, alles blieb still.

Sie müssen weggegangen sein, um Hilfe zu holen, dachte er. Oder sonst? Jack fühlte, wie eine unergründliche Furcht sich seiner bemächtigte. Was war letzte Nacht geschehen?

So schnell wie möglich eilte er zum Hotel zurück. Er wollte gerade ins Büro, als er einen kolossalen Stoß in die

Rippen bekam, der ihn fast zu Boden warf. Verärgert drehte er sich um und sah sich einem weißhaarigen älteren Herrn gegenüber, der ihn fröhlich anschnaubte:

»Hast mich nicht erwartet, mein Junge. Hast mich nicht erwartet, was?«

»Aber Onkel George! Ich dachte, du wärst meilenweit weg, irgendwo in Italien!«

»Nein, da war ich nicht. Landete gestern abend in Dover. Ich wollte mit dem Wagen in die Stadt, und auf dem Weg wollte ich dich besuchen. Und was muß ich finden? Die ganze Nacht aus gewesen, hm? Nette Sachen ...«

»Onkel George«, sagte Jack, »ich muß dir die ungewöhnlichste Geschichte der Welt erzählen. Ich wage zu behaupten, daß du sie nicht glauben wirst.«

»Ich werde mich bemühen«, lachte der alte Herr. »Schieß los, mein Junge!«

»Aber ich muß etwas essen. Ich bin am Verhungern.«

Zusammen gingen sie zum Speiseraum, und während einer appetitlichen Mahlzeit erzählte er die ganze Geschichte.

»Und Gott weiß, was aus ihnen geworden ist«, beendete er sie.

Sein Onkel schien am Rande eines Schlaganfalls zu sein.

»Der Krug!« brachte er schließlich hervor. »Der blaue Krug!« Er brüllte: »Was ist aus dem Krug geworden?«

Jack starrte ihn entgeistert an. Während des Redestroms seines Onkels, der nun folgte, begann er zu begreifen.

»Schmelz, einzig – Edelstein meiner Sammlung – Wert mindestens zehntausend Pfund – Offerte von Hoggenheimer, dem amerikanischen Millionär – nur ein einziges Exemplar in der ganzen Welt – verdammt! Was hast du mit meinem blauen Krug gemacht?«

Jack stürzte aus dem Speisesaal. Er mußte Lavington finden. Die junge Dame im Büro blickte ihn kühl an.

»Dr. Lavington ist gestern nacht abgereist. Er hat eine Nachricht für Sie hinterlassen.«

Jack riß das Kuvert auf.

»Mein lieber junger Freund! Ist der Tag des Übernatürlichen vorbei? Nicht ganz, aber Sie sind auch in einer neuen wissenschaftlichen Sprache verkohlt worden. Die besten Grüße von Felise, dem kranken Vater und mir. Wir haben zwölf Stunden Vorsprung. Das sollte ausreichen.

Immer Ihr Ambrose Lavington, Dokter der Seele.«

Das Wespennest

John Harrison kam aus dem Haus, blieb einen Augenblick auf der Terrasse stehen und blickte hinaus auf den Garten. Er war ein großer Mann mit einem hageren, leichenblassen Gesicht. Es wirkte gewöhnlich irgendwie grimmig. Wenn aber, wie jetzt, ein Lächeln seinen mürrischen Ausdruck milderte, hatte er etwas sehr Attraktives an sich.

John Harrison liebte seinen Garten, und der hatte nie schöner ausgesehen als an diesem Augustabend; sommerlich, wenngleich auch schon an den Herbst mahnend. Die Kletterrosen waren noch immer schön, und der süße Duft der Wicken würzte die Luft.

Ein wohlbekannter quietschender Ton veranlaßte Harrison, seinen Kopf abrupt zu wenden. Wer kam denn da durch das Gartentor? Im nächsten Augenblick huschte ein Ausdruck höchsten Erstaunens über sein Gesicht. Diese stutzerhafte Gestalt, die den Weg heraufkam, war die letzte, die er in diesem Teil der Welt erwartet hatte.

»Das ist ja wundervoll!« rief Harrison. »Monsieur Poirot!«

Es war tatsächlich der berühmte Hercule Piorot, dessen Ruf als Detektiv sich in der ganzen Welt ausgebreitet hatte.

»Ja«, sagte er, »ich bin's. Sie sagten einmal zu mir: ›Wenn Sie je in diese Gegend kommen, besuchen Sie mich.‹ Ich habe Sie beim Wort genommen, und hier bin ich.«

»Und ich bin hoch erfreut«, entgegnete Harrison herzlich. »Setzen Sie sich. Darf ich Ihnen etwas zu trinken anbieten?«

Mit einer einladenden Geste deutete er auf einen Tisch auf der Veranda, auf dem eine Anzahl Flaschen standen.

»Ich danke Ihnen«, sagte Poirot und sank in einen Korbstuhl. »Sie haben wohl keinen Fruchtsaft? Nein, nein, ich dachte es mir schon. Ein wenig klares Sodawasser dann – keinen Whisky.«

Als der andere das Glas vor ihn hinstellte, fügte er mit gefühlvoller Stimme hinzu: »Mein Gott, ist das eine Hitze!«

»Was führt Sie in diesen stillen Ort?« fragte Harrison, als er sich ebenfalls niedersetzte. »Vergnügen?«

»Nein, *mon ami,* Geschäfte.«

»Geschäfte? In diesem abgelegenen Flecken?«

Poirot nickte feierlich.

»Aber ja, mein Freund. Verbrechen werden überall verübt, nicht wahr?«

Harrison lachte und meinte:

»Ich glaube, das war eine ziemlich dumme Bemerkung von mir. Aber was für ein Verbrechen untersuchen Sie hier? Oder sollte ich danach lieber nicht fragen?«

»Sie dürfen fragen«, erwiderte Poirot. »Ich freue mich sogar, daß Sie sich dafür interessieren.«

Harrison betrachtete ihn neugierig. Er bemerkte etwas Ungewöhnliches im Benehmen des anderen.

»Sie untersuchen also ein Verbrechen, sagen Sie. Einen ernsten Fall?« fügte er zögernd hinzu.

»So ernst, wie es ihn nur gibt.«

»Sie meinen . . .«

»Mord.«

Hercule Poirot sprach dieses Wort so ernsthaft aus, daß Harrison zurückfuhr. Der Detektiv blickte ihn an, und wieder lag etwas Sonderbares in seinem Gesicht, daß Harrison kaum wußte, wie er weiterreden sollte. Schließlich meinte er:

»Aber ich habe von keinem Mord gehört.«

»Nein«, antwortete Poirot. »Sie werden nichts davon gehört haben.«

»Wer ist ermordet worden?«

»Bisher«, sagte Poirot bedeutungsvoll, »noch niemand.«

»Wie bitte?«

»Deshalb können Sie noch nichts davon gehört haben. Ich untersuche ein Verbrechen, das noch nicht verübt wurde.«

»Aber ich bitte Sie, das ist doch Unsinn.«

»Keinesfalls. Wenn jemand einen Mord untersuchen kann, bevor er verübt wurde, ist das gewiß viel zweckmäßiger als hinterher. Man könnte ihn sogar – das ist eine Idee von mir – verhindern.«

Harrison starrte ihn an.

»Sie scherzen, Monsieur Poirot.«

»Aber nein, ich meine es ernst.«

»Sie glauben tatsächlich, daß ein Mord verübt werden wird? Aber das ist ja absurd!«

Hercule Poirot beendete den ersten Teil des Satzes, ohne von dem Ausruf Notiz zu nehmen. »Es sei denn, wir können ihn verhindern. Ja, *mon ami*.«

»Wir?«

»Ich sagte wir, denn ich werde Ihre Unterstützung brauchen.«

»Und deshalb sind Sie hierher gekommen?«

Wieder blickte Poirot ihn an, und erneut machte dieses undefinierbare Etwas Harrison unsicher.

»Ich bin hergekommen, Monsieur Harrison, weil ich – nun, weil ich Sie mag.« Und mit völlig veränderter Stimme fügte er hinzu: »Ich sehe, Sie haben dort ein Wespennest. Das sollten Sie vernichten, Monsieur Harrison.«

Erstaunt über diesen plötzlichen Wechsel des Gesprächsthemas, zog Harrison die Stirn in Falten. Er folgte Poirots Blick und meinte etwas verwirrt:

»Tatsächlich, das habe ich auch vor, oder vielmehr, der junge Langton wird es tun. Erinnern Sie sich an Claude

Langton? Er war bei der gleichen Abendgesellschaft, wo auch ich Ihre Bekanntschaft machte. Er kommt heute abend herüber, um das Nest auszuheben. Diese Arbeit macht ihm Spaß.«

»Aha«, meinte Poirot. »Und wie wird er es machen?«

»Mit Petroleum und der Gartenspritze. Er bringt seine eigene, sie ist größer als meine.«

»Es gibt noch eine andere Möglichkeit, nicht wahr«, fragte Poirot, »mit Zyankali?«

Harrison sah ihn überrascht an.

»Ja, aber das ist ein ziemlich gefährliches Zeug. Immer ein bißchen riskant, es im Hause zu haben.«

»Ja. Es ist ein tödliches Gift.« Poirot wartete einen Augenblick, dann wiederholte er feierlich: »Tödlich.«

»Nützlich, wenn man seine Schwiegermutter beseitigen will, was?« sagte Harrison und lachte.

Aber Hercule Poirot blieb ernst.

»Und Sie sind ganz sicher, daß es Petroleum ist, mit dem Monsieur Langton Ihr Wespennest ausräuchern will?«

»Ganz sicher. Warum?«

»Ich habe mich im stillen gewundert. Heute nachmittag war ich in der Apotheke in Barchester. Für eine meiner Besorgungen mußte ich im Giftbuch unterschreiben. Dabei sah ich die letzte Eintragung. Sie war für Zyankali, und sie war von Claude Langton unterzeichnet.«

»Das ist komisch«, sagte Harrison langsam. »Langton erzählte mir neulich, daß er nicht im Traum daran denke, dieses Zeug zu benutzen. Im Gegenteil, er sagte sogar, es dürfte zu diesem Zweck überhaupt nicht verkauft werden.«

Poirot schaute zu den Rosen hinüber. Seine Stimme klang sehr leise, als er fragte:

»Mögen Sie Langton?«

Harrison stutzte. Auf diese Frage war er offensichtlich nicht vorbereitet.

»Ich – ich, nun, ich meine, natürlich mag ich ihn. Weshalb sollte ich ihn nicht mögen?«

»Ich habe es mir nur so überlegt«, bemerkte Poirot gelassen, »ob Sie ihn wohl sympathisch finden.« Und als der andere nicht antwortete, fuhr er fort: »Ich frage mich auch, ob er Sie leiden kann.«

»Worauf wollen Sie hinaus, Monsieur Poirot?«

»Ich werde ganz offen sein. Sie sind verlobt und wollen heiraten, Monsieur Harrison. Ich kenne Miss Molly Deane. Sie ist ein sehr charmantes und schönes Mädchen. Bevor sie mit Ihnen verlobt war, war sie Claude Langtons Braut. Aber sie entschied sich für Sie.«

Harrison nickte.

»Ich möchte nicht wissen, welche Gründe sie dafür gehabt hat. Sie mögen gerechtfertigt sein. Aber ich sage Ihnen eines: Langton hat es nicht vergessen oder vergeben.«

»Sie irren sich, Monsieur Poirot. Er hat die Dinge wie ein Mann aufgenommen. Er war erstaunlich anständig zu mir und hat sich besonders bemüht, freundlich zu mir zu sein.«

»Und das finden Sie nicht ungewöhnlich? Sie benutzen das Wort erstaunlich, aber Sie scheinen nicht erstaunt zu sein.«

»Was meinen Sie, Monsieur Poirot?«

»Ich meine«, entgegnete Poirot, »daß ein Mann seinen Haß verbergen kann, bis die richtige Zeit gekommen ist.«

»Haß?« Harrison schüttelte den Kopf und lachte.

»Die Engländer sind sehr einfältig«, schimpfte Poirot. »Sie glauben, sie könnten jedermann hintergehen, aber niemand könne sich dafür revanchieren wollen.« Und bedeutungsvoll setzte er hinzu: »Und weil sie mutig, aber dumm sind, müssen sie manchmal sterben, obwohl kein Grund dazu vorhanden ist.«

»Sie warnen mich«, sagte Harrison mit leiser Stimme. »Ich

verstehe jetzt, was mir die ganze Zeit unklar war. Sie wollen mich vor Claude Langton warnen. Und zu diesem Zweck sind Sie hergekommen.«

Poirot nickte.

Plötzlich sprang Harrison auf.

»Aber Sie sind ja verrückt! Wir leben in England. Solche Sachen passieren hier nicht. Hier laufen die enttäuschten Liebhaber nicht herum und rennen Leuten ein Messer in den Rücken oder vergiften sie. Sie irren sich bei Langton. Dieser Junge würde keiner Fliege etwas zuleide tun.«

»Das Leben der Fliegen ist nicht meine Sorge«, meinte Poirot gelassen. »Und obgleich Sie behaupten, Monsieur Langton würde keiner einzigen das Leben nehmen, vergessen Sie anscheinend doch, daß er sich gerade darauf vorbereitet, das Leben von einigen hundert Wespen zu zerstören.«

Harrison antwortete nicht sofort darauf. Der kleine Detektiv sprang nun auf die Füße. Er trat zu seinem Freund hin und legte ihm die Hand auf die Schulter. So beunruhigt schien er zu sein, daß er den großen Mann fast schüttelte. Dabei redete er eindringlich auf ihn ein.

»Wachen Sie auf, mein Freund! Wachen Sie auf. Und sehen Sie, sehen Sie dahin, wo ich hindeute. Dort auf die Bank, dicht bei dem Baumstumpf. Die Wespen kommen nach Hause. Ermüdet, am Ende des Tages. In einer Stunde werden sie sterben. Und sie wissen es noch nicht. Niemand kann es ihnen sagen. Sie scheinen keinen Hercule Poirot zu haben. Ich sage Ihnen, Monsieur Harrison, ich kam geschäftlich her. Mord ist mein Geschäft. Und es ist mein Geschäft, bevor es passiert ist genauso gut wie hinterher. Um welche Zeit kommt Langton, um das Wespennest auszuheben?«

»Um neun Uhr. Aber ich sage Ihnen, Sie irren sich gewaltig. Langton würde nie –«

»Ihr Engländer!« rief Poirot leidenschaftlich. Er nahm seinen Hut und Stock und ging den Weg hinunter. Einen Augenblick blieb er stehen und sagte über seine Schulter hinweg: »Ich bleibe nicht, um mit Ihnen zu streiten. Ich würde mich nur aufregen. Aber Sie verstehen – ich komme um neun Uhr zurück.«

Harrison öffnete den Mund, um zu sprechen, aber Poirot ließ ihm keine Gelegenheit dazu.

»Ich weiß, was Sie sagen wollen. Langton würde nie und so weiter. Trotz allem werde ich um neun Uhr wiederkommen. Nehmen Sie an, es würde mich amüsieren, beim Ausräuchern des Nestes dabeizusein. Auch so eine von euren englischen Sportarten!«

Er wartete keine Antwort ab, sondern schritt eilig den Weg hinunter und schlug die quietschende Tür hinter sich zu. Draußen auf der Straße verlangsamte er seinen Schritt. Mit seinem betont munteren Wesen war es mit einem Schlag vorbei. Sein Gesicht wurde ernst und besorgt. Er nahm seine Uhr aus der Tasche und sah nach, wie spät es war. Die Zeiger deuteten auf zehn Minuten nach acht.

»Mehr als drei viertel Stunden«, murmelte er, »ich weiß nicht, ob ich nicht doch hätte warten sollen!«

Seine Schritte wurden noch langsamer. Um ein Haar wäre er wieder umgekehrt. Eine vage Vorahnung hatte ihn überfallen. Resolut schob er sie beiseite und setzte seinen Weg ins Dorf fort.

Es war ein paar Minuten vor neun, als er sich dem Gartentor wieder näherte. Der Abend war still und klar, und kein Lüftchen bewegte die Blätter. Etwas Unheilvolles lag in dieser Stille. Wie die Ruhe vor dem Sturm.

Poirot beschleunigte seine Schritte. Er war plötzlich von einer Nervosität gepackt, die er nicht zu deuten vermochte.

In diesem Augenblick öffnete sich die Gartentür, und

Claude Langton trat mit raschem Schritt auf die Straße. Als er Poirot sah, blieb er stehen.

»Oh – äh – guten Abend!«

»Guten Abend, Monsieur Langton. Sie sind aber zeitig hier!«

Langton starrte ihn an.

»Ich weiß nicht, was Sie meinen.«

»Haben Sie das Wespennest ausgehoben?«

»Nein.«

»So«, meinte Poirot sanft, »Sie haben das Wespennest nicht ausgeräuchert. Was haben Sie dann getan?«

»Ach, nur so gesessen und mit dem guten Harrison ein bißchen geschwatzt. Ich muß mich jetzt wirklich beeilen, Monsieur Poirot. Ich hatte keine Ahnung, daß Sie es hier so lange aushalten würden.«

»Ich bin beruflich hier, wissen Sie.«

»Aha. Also, Sie werden Harrison auf der Terrasse vorfinden. Es tut mir leid, daß ich nicht bleiben kann.«

Er eilte fort. Poirot blickte ihm nach. Ein nervöser junger Mann. Gut aussehend, aber ein bißchen verweichlicht.

»Also ich werde Harrison auf der Terrasse finden«, murmelte Poirot. »Ich bin gespannt.«

Er ging durch die Gartentür und marschierte den Weg hinauf.

Harrison saß bewegungslos am Tisch und wandte nicht einmal den Kopf, als Poirot auf ihn zukam.

»Hallo, *mon ami*«, rief Poirot. »Geht es Ihnen gut, ja?«

Es entstand eine lange Pause, dann sagte Harrison mit belegter Stimme:

»Was sagten Sie?«

»Ich fragte, ob es Ihnen gutgeht.«

»Gut, ja. Es geht mir gut. Warum denn nicht?«

»Sie fühlen sich also nicht krank. Das ist schön.«

»Krank? Warum?«

»Vom Waschsoda.«

Harrison stand auf.

»Waschsoda? Wovon reden Sie?«

Poirot machte eine entschuldigende Geste und sagte:

»Ich bedaure die Notwendigkeit unendlich, aber ich schüttete etwas in Ihre Tasche.«

»Sie schütteten Waschsoda in meine Tasche? Wozu, um Himmels willen?« Harrison starrte ihn verständnislos an.

Poirot sprach leise und unpersönlich wie ein Märchenerzähler, der sich dem Niveau eines kleinen Kindes anpaßt.

»Sehen Sie, einer der Vor- und Nachteile, ein Detektiv zu sein, ist, daß man mit kriminellen Elementen in Kontakt kommt. Sie können einen eine Reihe ziemlich interessanter und eigenartiger Dinge lehren. Da war einmal ein Taschendieb. Ich war an ihm interessiert, weil man ihm etwas vorwarf, das er nicht getan hatte. Ich erreichte, daß man ihn freiließ. Und weil er dankbar war, belohnte er mich auf seine Art. Er zeigte mir ein paar Tricks seines Gewerbes. Und so kommt es, daß ich jemandem in die Tasche greifen kann, ohne daß derjenige auch nur den kleinsten Verdacht schöpft. Ich lege eine Hand auf seine Schulter und lenke ihn ab. So gelingt es mir, das, was in seiner Tasche ist, in meine zu transferieren und statt dessen Waschsoda hineinzustopfen. Sehen Sie«, fuhr Poirot träumerisch fort, »wenn ein Mann rasch an das Gift heran will, um es in ein Glas zu schütten, ohne beobachtet zu werden, muß er es unbedingt in seiner rechten Rocktasche haben. Es gibt keinen anderen Platz. Ich wußte, es würde dort sein.«

Er schob seine Hand in die Tasche und brachte ein paar weiße Kristalle hervor.

»Außerordentlich gefährlich«, murmelte er, »es so herumzutragen wie ich.«

Langsam und behutsam zog er aus der anderen Tasche eine Flasche mit weiter Öffnung. Er warf die Kristalle hinein, ging zum Tisch und füllte sie mit einfachem Wasser. Nachdem er sie sorgfältig verkorkt hatte, schüttelte er sie, bis sich alle Kristalle aufgelöst hatten. Harrison beobachtete ihn fasziniert.

Mit seiner Lösung zufrieden, ging Poirot auf das Wespennest zu. Er entkorkte die Flasche, wandte den Kopf ab und goß die Lösung mitten hinein. Dann trat er ein paar Schritte zurück.

Einige Wespen, die von ihrem Flug zurückkamen und sich niederließen, zitterten ein wenig, dann lagen sie still. Andere krochen aus dem Nest heraus – nur um zu sterben. Poirot beobachtete das ein paar Minuten, nickte mit dem Kopf und ging wieder zur Veranda zurück.

»Ein schneller Tod«, sagte er, »ein sehr schneller Tod.«

Harrison fand seine Sprache wieder. »Wieviel wissen Sie?« fragte er.

Poirot sah ihn nicht an.

»Wie ich Ihnen schon erzählte, sah ich Claude Langtons Namen in dem Giftbuch. Was ich Ihnen nicht sagte, war, daß ich ihn fast sofort danach zufällig traf. Er erzählte mir, daß er in Ihrem Auftrag Zyankali gekauft habe, um das Wespennest auszuräuchern. Das kam mir etwas seltsam vor, mein Freund, denn ich erinnerte mich, daß Sie bei diesem Abendessen, vom dem Sie sprachen, den außerordentlichen Vorteil von Petroleum hervorhoben und die Beschaffung von Zyankali als gefährlich und überflüssig bezeichneten.«

»Fahren Sie fort.«

»Ich wußte noch etwas. Ich sah Claude Langton mit Molly Deane zusammen, als sie sich unbeobachtet glaubten. Ich weiß nicht, was die beiden damals auseinandergebracht hat und Molly in Ihre Arme trieb, aber ich erkannte, daß die

Mißverständnisse vorbei waren und daß Miss Deane zu ihrer alten Liebe zurückgefunden hatte.«

»Weiter!«

»Noch etwas wußte ich, *mon ami*. Ich war neulich in der Harley Street und sah Sie aus dem Hause eines ganz bestimmten Arztes kommen. Ich kenne ihn und weiß, wegen welcher Leiden man ihn konsultiert. Und ich sah den Ausdruck in Ihrem Gesicht. Ich habe ihn nur ein- oder zweimal in meinem Leben gesehen. Er ist unschwer zu deuten. Es war das Gesicht eines zum Tode verurteilten Mannes. Habe ich recht?«

»Sehr recht. Er gab mir noch zwei Monate.«

»Sie bemerkten mich nicht, mein Freund, denn Sie hatten anderes im Kopf. Ich konnte noch etwas erkennen, etwas, das Männer zu verbergen suchen, wie ich Ihnen heute nachmittag schon erklärte. Ich sah Haß in Ihnen, mein Freund. Sie machten sich nicht die Mühe, ihn zu verbergen, denn Sie fühlten sich unbeobachtet.«

»Und«, fragte Harrison, »was sonst noch?«

»Es gibt nicht mehr viel zu sagen. Ich kam hierher, sah Langtons Namen zufällig im Giftbuch, wie ich Ihnen sagte, traf ihn und kam dann zu Ihnen. Ich stellte Ihnen Fallen. Sie bestritten, Langton beauftragt zu haben, Zyankali zu besorgen, oder besser gesagt, Sie spielten den Überraschten. Sie waren im Zweifel, als Sie mich sahen. Aber dann erkannten Sie, wie gut alles zusammenpassen würde, und Sie unterstützten meinen Verdacht noch. Ich erfuhr von Langton selbst, daß er um halb neun kommen wollte. Sie sagten neun Uhr und dachten, bis ich käme, würde alles bereits vorbei sein. Und da wußte ich alles.«

»Weshalb kamen Sie?« stöhnte Harrison. »Wenn Sie nur nicht gekommen wären!«

Poirot stand auf.

»Wie ich schon andeutete«, sagte er, »Mord ist mein Geschäft.«

»Mord? Sie meinen Selbstmord.«

»Nein.« Poirots Stimme klang scharf und klar. »Ich meine Mord. Ihr Tod sollte schnell und leicht sein, aber der Tod, den Sie für Langton geplant hatten, war der schlimmste Tod, den ein Mann sterben kann. Er kauft das Gift, er kommt zu Ihnen, und er ist allein mit Ihnen. Sie sterben ganz plötzlich, und das Zyankali wird in Ihrem Glas gefunden. Claude Langton muß hängen. Das war Ihr Plan.«

Wieder stöhnte Harrison auf.

»Weshalb sind Sie gekommen? Wenn Sie nur nicht gekommen wären!«

»Das habe ich Ihnen schon gesagt. Aber ich kam noch aus einem anderen Grund. Ich schätze Sie. Hören Sie zu, *mon ami.* Sie sind ein todkranker Mann. Sie haben das Mädchen, das Sie lieben, verloren. Aber das *eine* sind Sie nicht: Sie sind kein Mörder. Sagen Sie mir nun: Sind Sie froh oder unglücklich darüber, daß ich kam?«

Es entstand eine Pause. Dann erhob sich Harrison. Er trug den würdevollen Ausdruck eines Mannes, der sein eigenes Ich besiegt hatte. Er streckte die Hand über den Tisch und rief:

»Dem Himmel sei Dank, daß Sie kamen! O Gott, ja, ich bin froh.«

Die Mausefalle

Drei blinde Mäuse,
Drei blinde Mäuse,
Ha, wie sie rennen!
Ha, wie sie rennen!
Sie rannten zur Bäuerin
unverwandt.
Die nahm ein großes Messer
zur Hand
Und schnitt sogleich –
schnipp, schnapp!
schnipp, schnapp! –
Den armen Mäusen
die Schwänze ab.
Oh, was für ein schrecklich
grausamer Schwapp
Für drei blinde Mäuse.

Es herrschte eisige Kälte, und schwere, schneebeladene Wolken verdüsterten den Himmel.

Ein Mann in einem dunklen Mantel kam die Culver Street entlang und stieg die Stufen zu Nr. 74 hinauf. Sein Hut war tief in die Stirn gedrückt, und der hochgezogene Schal verdeckte sein Gesicht. Er drückte auf die Klingel, die er unten im Souterrain schrillen hörte.

Mrs. Casey, die gerade beim Geschirrspülen war, murrte erbittert: »Diese verfluchte Glocke! Nie läßt sie einen in Frieden!«

Schnaufend schleppte sie sich die Treppe empor und öffnete die Tür.

Der Mann, dessen Silhouette sich von dem finsteren Himmel abhob, fragte im Flüsterton: »Mrs. Lyon?«

»Zweiter Stock«, erwiderte Mrs. Casey. »Sie können hinaufgehen. Werden Sie erwartet?« Der Mann schüttelte langsam den Kopf. »Na, gehen Sie nur ruhig hinauf und klopfen Sie an.«

Sie blickte ihm nach, als er die mit einem schäbigen Läufer bedeckte Treppe hochstieg. Später erklärte sie, er habe ihr ›ein komisches Gefühl eingeflößt‹. In Wirklichkeit jedoch dachte sie nur: Er muß ziemlich erkältet sein, daß er nur noch flüstern kann.

Sobald der Fremde hinter der Treppenbiegung den Blikken der Wirtin entschwunden war, begann er leise zu pfeifen. Seltsamerweise war es ein Kinderlied, das er pfiff: *Drei blinde Mäuse.*

Molly Davis trat einen Schritt zurück auf die Straße und betrachtete das frisch gemalte Schild neben dem Tor.

Monkswell Manor
Pension

Sie nickte wohlgefällig. Es erweckte tatsächlich den Eindruck, als sei es von fachkundiger Hand geschaffen worden. Na, objektiv gesehen, vielleicht nicht ganz fachkundig. Das *s* in *Pension* kletterte ein wenig nach oben, und die letzten Buchstaben in *Manor* waren etwas zusammengedrängt, aber im großen ganzen konnte Giles auf diese wunderbare Leistung stolz sein. Giles war doch eigentlich sehr begabt. Er verstand sich auf so viele Dinge. Sie machte ständig neue Entdeckungen an ihrem Ehemann. Er sprach so wenig von sich selbst, daß sie erst nach und nach dahinterkam, über wie viele verschiedene Talente er verfügte. Ein ehemaliger Marinesoldat hat immer geschickte Hände, sagten die Leute.

Nun, bei ihrem neuen Unternehmen würden Giles seine praktischen Fähigkeiten gut zustatten kommen; denn es gab wohl kaum jemanden, der in der Leitung einer Pension unerfahrener war als sie beide. Aber sie versprach sich viel Spaß davon, und außerdem war das Wohnungsproblem auf diese Weise gelöst.

Es war Mollys Idee gewesen. Als Miss Emory starb und die Rechtsanwälte Molly davon in Kenntnis setzten, daß ihre Tante ihr Monkswell Manor hinterlassen habe, faßten die jungen Leute zunächst den verständlichen Entschluß, das Haus zu verkaufen. Giles hatte gefragt: »Wie sieht es denn eigentlich aus?« Und Molly hatte geantwortet: »Ach, so ein großer, verschachtelter alter Kasten, vollgestopft mit moderigen, altmodischen viktorianischen Möbeln, umgeben von einem sehr schönen Garten, der aber seit dem Krieg schrecklich verwahrlost ist, weil es nur noch einen alten Gärtner gab.«

Also beschlossen sie, das Besitztum zu verkaufen und nur so viele von den Möbeln zu behalten, um damit ein Häuschen oder eine kleine Wohnung für sich selbst ausstatten zu können.

Aber sofort ergaben sich zwei Schwierigkeiten. Einmal waren keine Häuschen oder Wohnungen zu finden, und zum anderen hatten alle Möbelstücke riesige Ausmaße.

»Na«, meinte Molly, »dann müssen wir eben *alles* verkaufen. Wir werden es ja wohl los, nicht wahr?«

Der Rechtsanwalt versicherte ihr, daß man heutzutage *alles* loswerde.

»Höchstwahrscheinlich«, meinte er, »macht jemand ein Hotel oder eine Pension daraus, und in diesem Falle übernimmt der Käufer sicher gern das gesamte Mobiliar. Zum Glück befindet sich das Haus in sehr gutem Zustand. Die verstorbene Miss Emory hat noch kurz vor dem Krieg umfassende Reparaturen und Modernisierungen ausführen lassen, und es ist seitdem sehr wenig bewohnt worden. O ja, alles ist sehr gut erhalten.«

Und in diesem Moment war Molly der Gedanke gekommen.

»Giles«, hatte sie vorgeschlagen, »warum sollen wir es nicht selbst als Pension übernehmen?«

Zuerst hatte Giles über die Idee gespottet, doch Molly war beharrlich geblieben.

»Wir brauchen ja nicht zu viele Gäste zu nehmen – wenigstens nicht am Anfang. Das Haus ist leicht zu führen – es gibt heißes und kaltes Wasser in den Schlafzimmern, Zentralheizung und einen Gasherd. Außerdem können wir Hühner und Enten halten und unser Gemüse selber im Garten anbauen.«

»Und wer soll die ganze Arbeit besorgen? Ist es nicht sehr schwierig, Dienstboten zu bekommen?«

»Wir müßten natürlich die Arbeit selber tun. Aber das bliebe uns auch nicht erspart, wenn wir woanders lebten. Ein paar Menschen mehr – das würde nicht soviel ausmachen. Und später, wenn der Betrieb richtig läuft, könnten wir wahrscheinlich eine Hilfe bekommen. Wenn wir fünf Gäste hätten und jeder sieben Pfund die Woche zahlte . . .« Molly verlor sich in den Regionen einer etwas optimistischen Arithmetik.

»Und stell dir vor, Giles«, schloß sie, »wir würden in unserem eigenen Haus leben! In unseren eigenen Sachen. Unter den jetzigen Verhältnissen können noch Jahre vergehen, bis wir eine eigene Wohnung finden.«

Darin mußte Giles ihr recht geben. Seit ihrer überstürzten Heirat hatten sie so wenig Zeit zusammen verbracht, daß sie sich beide nach einem eigenen Heim sehnten.

Und so wurde das große Wagnis gestartet. Sie ließen Anzeigen in die Lokalzeitung und in die *Times* einrücken, die verschiedene Antworten brachten.

Heute sollte nun der erste Gast eintreffen. Giles war schon früh mit seinem Wagen aufgebrochen, um Drahtnetz aus Heeresbeständen zu kaufen, das am anderen Ende der Grafschaft angeboten wurde. Und Molly hatte verkündet, daß sie einen Gang ins Dorf unternehmen müsse, um einige letzte Einkäufe zu tätigen.

Nur mit dem Wetter haperte es. In den letzten beiden Tagen war es biter kalt gewesen, und jetzt begann es auch noch zu schneien. Als Molly den Fahrweg zum Haus hinaufeilte, fielen dichte, flaumige Flocken auf den Kragen ihres Regenmantels und ihr helles, lockiges Haar. Die Wettervorhersagen waren recht düster gewesen. Schwerer Schneefall war zu erwarten.

Sie hoffte ängstlich, daß nicht alle Rohre einfrieren würden. Es wäre bedauerlich, wenn gleich zu Anfang alles schiefginge. Sie warf einen Blick auf ihre Uhr. Teezeit schon vorbei. Ob Giles wohl schon zurück war? Würde er sich im stillen wundern, wo sie steckte?

»Ich mußte noch einmal ins Dorf, weil ich etwas vergessen hatte«, würde sie sagen, und er würde lachend fragen: »Noch mehr Konserven?«

Das Wort ›Konserven‹ wirkte auf beide als Stichwort für Gelächter; denn sie hatten ihre Vorratskammer damit angefüllt wie für einen Belagerungszustand.

Und es sah ganz danach aus, dachte Molly mit einem schiefen Blick auf den schneeverhangenen Himmel, als ob ein solcher Belagerungszustand in Kürze eintreten würde.

Das Haus war leer. Giles war noch nicht zurück. Molly ging zunächst in die Küche und dann ins Obergeschoß, wo sie einen Rundgang durch die neuhergerichteten Gästezimmer machte. Mrs. Boyle bekam das Südzimmer mit den Mahagonimöbeln und dem Himmelbett, Major Metcalf das blaue Zimmer mit den Eichenmöbeln und Mr. Wren das Ostzimmer mit dem Erkerfenster. Alle Zimmer machten einen netten Eindruck – und was für ein Segen, daß ihre Tante einen so herrlichen Wäschevorrat besessen hatte. Molly zupfte eine Bettdecke zurecht und ging wieder nach unten. Es war jetzt fast dunkel. Das Haus kam ihr plötzlich unheimlich still und verlassen vor. Es lag ganz abgelegen, drei Kilometer vom nächsten Dorf entfernt. Am Ende der Welt, wie Molly sich ausdrückte.

Sie hatte früher schon öfter allein in diesem Haus geweilt, aber nie zuvor war sie sich der Einsamkeit so bewußt gewesen.

Der Schnee trieb in weichen Stößen gegen die Fensterscheiben – ein wisperndes, beunruhigendes Geräusch. Wenn Giles nun nicht zurückkehrte, wenn der Schnee so dick lag, daß der Wagen steckenblieb? Dann säße sie hier mutterseelenallein – vielleicht tagelang.

Sie ließ ihren Blick durch die Küche schweifen – eine große, behagliche Küche, in die eine dicke, gemütliche Köchin gehörte, die am Küchentisch präsidierte und mit rhythmischen Bewegungen ihrer Kiefer ihre Korinthenbrötchen kaute und schwarzen Tee dazu trank. Und auf der einen Seite müßte ein großes, älteres Stubenmädchen und auf der anderen ein molliges, pausbäckiges Hausmädchen sitzen und am unteren Ende des Tisches eine Küchenhilfe, die die Höhergestellten in der Dienstbotenhierarchie mit ängstlichen Blicken betrachtete. Statt dessen war sie, Dolly Davis, Mädchen für alles; sie mußte eine Rolle ausfüllen, in die sie sich noch gar nicht eingelebt hatte. Ihr ganzes Leben erschien ihr im Augenblick unwirklich. Sogar Giles erschien ihr im Augenblick unwirklich. Sie spielte eine Rolle – weiter nichts.

Ein Schatten glitt am Fenster vorbei und ließ sie zusammenfahren – ein fremder Mann kam durch den Schnee. Sie hörte das Knarren der Seitentür. Der Fremde stand unversehens im Türrahmen und schüttelte den Schnee ab, ein fremder Mann, der einfach in das leere Haus eindrang.

Und dann schwand das Trugbild plötzlich.

»Oh, Giles«, rief sie, »ich bin ja so froh, daß du wieder da bist!«

»Hallo, Liebling! Was für ein schauderhaftes Wetter! Mein Gott, ich bin halb erfroren.«

Er stampfte mit den Füßen und hauchte in seine Hände.

Mechanisch nahm Molly den Mantel auf, den er – typisch Giles – auf die Eichentruhe geworfen hatte. Sie hängte ihn auf einen Kleiderbügel und zog aus den vollgestopften Taschen einen Schal, eine Zeitung, ein Bindfadenknäuel und die Morgenpost, die er bunt durcheinander hineingezwängt hatte. Dann ging sie in die Küche, legte alle diese Dinge auf die Anrichte und setzte den Kessel auf.

»Hast du das Drahtnetz bekommen?« erkundigte sie sich. »Es hat eine Ewigkeit gedauert.«

»Es war nicht die richtige Sorte. Wir hätten es nicht gebrauchen können. Ich bin dann zu einem anderen Abladeplatz gefahren, aber dort gab's auch nichts Geeignetes. Und was hast du angefangen? Es ist wohl noch niemand aufgekreuzt,wie?«

»Mrs. Boyle soll ja sowieso erst morgen kommen.«

»Aber Major Metcalf und Mr. Wren waren für heute angemeldet.«

»Major Metcalf schrieb eine Karte, daß er erst morgen eintreffen würde.«

»Dann haben wir nur Mr. Wren zum Abendessen da. Was für ein Bild machst du dir von ihm? Ich stell' ihn mir als einen korrekten, pensionierten Beamten vor.«

»Nein, ich glaube, er ist ein Künstler.«

»In diesem Falle«, meinte Giles, »lassen wir ihn am besten eine Woche im voraus zahlen.«

»O nein, Giles, Gäste haben doch Gepäck. Wenn sie nicht zahlen, belegen wir es mit Beschlag.«

»Und wenn ihre Koffer in Zeitungspapier gewickelte Steine enthalten? Ehrlich gesagt, Molly, haben wir nicht die geringste Ahnung, was uns bei diesem Unternehmen noch alles blühen kann. Hoffentlich entdecken sie nicht sofort, was für blutige Anfänger wir sind.«

»Mrs. Boyle wird bestimmt dahinterkommen«, meinte Molly. »Sie ist der Typ, der einen Riecher dafür hat.«

»Woher weißt du das? Hast du sie etwa schon gesehen?«

Molly wandte sich ab. Sie breitete eine Zeitung auf dem Tisch aus, holte etwas Käse und machte sich daran, ihn zu reiben.

»Was soll das werden?« erkundigte sich der Gemahl.

»Käseschnitzel«, belehrte ihn Molly. »Brotkrumen, Kartoffelbrei und ein Hauch von Käse, um den Namen zu rechtfertigen.«

»Du scheinst ja eine raffinierte Köchin zu sein«, bemerkte ihr bewundernder Gatte.

»Das möchte ich nicht behaupten. Ich kann immer nur eine Sache auf einmal machen. Mehrere Dinge nebeneinander zu erledigen, das erfordert so viel Übung. Das Frühstück ist am schlimmsten.«

»Warum?«

»Weil man so vieles gleichzeitig im Auge haben muß – Eier und Speck und heiße Milch und Kaffee und Toast. Die Milch kocht über, oder der Toast wird schwarz, oder der Speck verbrutzelt, oder die Eier werden hart. Man muß flink sein wie eine verbrühte Katze, wenn man alles kontrollieren will.«

»Da muß ich morgen früh doch mal Mäuschen spielen, um mir diese herumflitzende verbrühte Katze anzusehen.«

»Das Wasser kocht«, bemerkte Molly. »Sollen wir das Tablett in die Bibliothek tragen und beim Essen Radio hören? Es ist beinahe Zeit für die Nachrichten.«

»Da wir offenbar den größten Teil des Tages in der Küche verbringen werden, sollten wir eigentlich hier auch ein Radio haben.«

»Ja. Wie gemütlich Küchen doch sind! Ich liebe diese Küche. Meiner Ansicht nach ist sie bei weitem der hübscheste Raum im ganzen Haus. Mir gefällt die Anrichte mit den Tellern, und ich schwelge geradezu in dem verschwenderischen Gefühl, das einem so ein gewaltig großer Küchenherd einflößt – obgleich ich natürlich dankbar bin, daß ich nicht darauf zu kochen brauche.«

»Eine einzige Mahlzeit würde wohl unsere ganze Jahresbrennstoffration verschlingen, nicht wahr?«

»Wahrscheinlich. Aber denke nur an die riesigen Hammel- und Rinderbraten, die darin schmorten, an die kolossalen Kupfertöpfe mit selbsteingemachter Stachelbeermarmelade, die ungeheure Mengen von Zucker verschlang. Wie wunderbar und behaglich die viktorianische Epoche doch war! Man braucht nur einen Blick auf die Möbel oben zu werfen: groß, solide und allerdings reichlich verziert, aber – oh! – diese himmlische Bequemlichkeit und der viele Platz, den sie für ihre Kleider hatten, und die Leichtigkeit, mit der Schubladen sich öffnen und schließen ließen. Erinnerst du dich noch an die elegante, moderne Wohnung, die man uns geliehen hatte? Lauter eingebaute Schränke mit Gleittüren – nur glitten sie nicht, sondern verklemmten sich dauernd.«

»Ja, das ist das schlimmste an diesen modernen Einrichtungen. Wenn sie nicht funktionieren, ist man erledigt.«

»Komm, laß uns die Nachrichten hören.«

Die Nachrichten bestanden in der Hauptsache aus düsteren Wetterwarnungen, den üblichen Stockungen in der Außenpolitik, lebhaften Debatten im Parlament und einem Mord in der Culver Street, Paddington.

»Hu«, sagte Molly und schaltete den Apparat aus. »Nichts als Trübsal. Ich habe keine Lust, mir noch einmal einen Aufruf zur Brennstoffersparnis anzuhören. Was erwarten sie eigentlich von uns? Sollen wir etwa im kalten sitzen? Vielleicht hätten wir unsere Pension nicht im Winter eröffnen sollen. Es wäre besser gewesen, wenn wir bis zum Frühling gewartet hätten.« Mit veränderter Stimme setzte sie hinzu: »Ich möchte gern wissen, was für ein Mensch diese Frau war, die da ermordet worden ist.«

»Mrs. Lyon?«

»War das ihr Name? Wer hat sie wohl umgebracht, und warum?«

»Vielleicht hatte sie ein Vermögen unter den Dielen versteckt.«

»Wenn es heißt, die Polizei fahndet nach einem Mann, der ›in der Nähe des Tatortes gesehen‹ wurde, bedeutet dies, daß er der Mörder ist?«

»Gewöhnlich ja. Es ist nur eine höfliche Umschreibung.«

Der schrille Klang einer Glocke ließ sie beide zusammenfahren.

»Das ist die Haustür«, erklärte Giles. »Eintritt – der Mörder«, fügte er scherzhaft hinzu.

»In einem Theaterstück wäre es vielleicht so. Beeile dich. Es ist sicher Mr. Wren. Nun werden wir ja sehen, wer mit seiner Prophezeiung recht hat, du oder ich.«

Gleichzeitig mit Mr. Wren wirbelte ein kleines Schneegestöber ins Haus. Molly, die in der Tür zur Bibliothek stand, konnte von dem Ankömmling nur die Silhouette sehen, die sich von der weißen Welt draußen abhob.

Wie sehr, dachte sie, ähnelten sich doch alle Männer in ihrer zivilen Uniform. Dunkler Mantel, grauer Hut, ein um den Hals gewickelter Schal.

Im nächsten Augenblick hatte Giles die Haustür vor den Elementen verschlossen. Mr. Wren schälte sich aus seinem Halstuch, schleuderte seinen Hut beiseite und stellte seinen Koffer ab – alles mit einer Bewegung, wie es schien, wobei er ständig redete. Er hatte eine hohe, etwas nörglerische Stimme, und im Lichtschein der Halle entpuppte er sich als ein junger Mann mit einem zottigen, von der Sonne gebleichten Haarschopf und hellen, ruhelosen Augen.

»Einfach grauenhaft«, sprudelte er hervor. »Der englische Winter in seiner schlimmsten Form – Rückkehr zu Dickens: Scrooge und Tiny Tim und so weiter. Man muß fürchterlich gesund sein, um das alles auszuhalten. Meinen Sie nicht auch? Und ich habe eine entsetzliche Reise quer durchs Land hinter mir. Ich komme nämlich aus Wales. Sind Sie Mrs. Davis? Ach, nein, wie reizend!« Mollys Finger wurden von einem knöchernen Händedruck umklammert.

»Ganz und gar nicht, wie ich Sie mir vorgestellt habe. Sie schwebten mir nämlich als Witwe eines Generals der indischen Armee vor. Schrecklich grimmig – eine ausgesprochene *memsahib* mit Messinggerät aus Benares. Dabei haben Sie hier ein richtiges viktorianisches Ziertischchen. Himmlisch, einfach himmlisch – haben Sie auch noch Wachsblumen? Oder Paradiesvögel? Oh, ich werde mich in dieses Haus geradezu verlieben. Ich befürchtete nämlich schon, daß es sehr *oldfashioned*, sehr auf ›alter Herrensitz‹ aufgemacht sein würde – in Ermangelung von benarischem Kitsch, meine ich. Statt dessen ist es wunderbar – echte viktorianische Biederkeit! Sagen Sie mal, besitzen Sie auch noch eine dieser schönen Anrichten aus Mahagoni – pflaumenrotem Mahagoni mit großen geschnitzten Früchten?«

»Ja«, erwiderte Molly, der unter diesem Wortschwall fast der Atem ausging, »die haben wir allerdings.«

»Nein! Kann ich sie sehen? Sofort? Wo ist sie? Hier?«

Seine Schnelligkeit war verblüffend. Im Nu hatte er die Eßzimmertür aufgestoßen und das Licht angedreht. Molly folgte ihm, gewahrend, daß das Profil ihres Gemahls zu ihrer Linken tiefste Mißbilligung zum Ausdruck brachte.

Mr. Wren ließ seine langen, knochigen Finger über die prächtige Schnitzerei des massiven Buffets gleiten, wobei er hin und wieder kurze Freudenlaute ausstieß. Dann richtete er einen vorwurfsvollen Blick auf seine Wirtin.

»Kein großer Eßtisch aus Mahagoni? Statt dessen nur diese kleinen, verstreuten Tische?«

»Wir nahmen an, daß es den Gästen so besser gefallen würde«, erklärte Molly.

»Sie haben natürlich durchaus recht, Liebste. Ich ließ mich durch mein *Faible* für den viktorianischen Stil hinreißen. Wenn Sie einen solchen Tisch besäßen, müßten Sie selbstverständlich auch die dazu passende Familie haben; den gestrengen, stattlichen Vater mit Vollbart, die fruchtbare, verwelkte Mutter, elf Kinder, eine tyrannische Gouvernante und – nicht zu vergessen, die arme Verwandte, die überall aushilft und so überaus dankbar ist für das traute Heim, das man ihr bietet . . .«

»Ich werde jetzt Ihren Koffer nach oben bringen«, unterbrach Giles diesen Redestrom. »Ostzimmer?«

»Ja«, bestätigte Molly.

Mr. Wren schoß wieder in die Halle, als Giles nach oben ging.

»Gibt es ein Himmelbett mit kleinen Chintzrosen?« fragte er.

»Nein«, entgegnete Giles kurz, ehe er um die Treppenbiegung verschwand.

»Ich glaube, Ihr Gatte mag mich nicht«, meinte Mr. Wren. »Wo hat er gedient? Bei der Marine?«

»Ja.«

»Das habe ich mir gedacht. Man ist dort viel weniger tolerant als bei der Armee und bei der Luftwaffe. Wie lange sind Sie schon verheiratet? Sind Sie sehr in ihn verliebt?«

»Vielleicht möchten Sie auch hinaufgehen und sich Ihr Zimmer ansehen?«

»Meine Frage ist natürlich impertinent. Aber ich wollte es tatsächlich gern wissen. Es ist so interessant, wenn man über die Menschen Bescheid weiß. Meinen Sie nicht auch? Was sie denken und fühlen, meine ich, nicht nur, wer sie sind und was sie tun.«

»Ich nehme an«, sagte Molly ein wenig ironisch, »daß Sie Mr. Wren sind.«

Der junge Mann blieb stehen und raufte sich das Haar mit beiden Händen.

»Aber nein, wie schrecklich – niemals denke ich an das Nächstliegende. Ja, ich bin Christopher Wren. Lachen Sie bitte nicht. Meine Eltern waren romantische Seelen. Sie hofften, ich würde Architekt werden, und hielten es daher für eine glänzende Idee, mich Christopher zu taufen – als Vorgabe sozusagen.«

»Und sind Sie nun Architekt?« fragte Molly, die sich das Lachen nicht verbeißen konnte.

»Allerdings«, erwiderte Mr. Wren triumphierend. »Oder zumindest beinahe. Ich bin noch nicht ganz fertig. Aber es ist wirklich ein bemerkenswertes Beispiel für das alte Sprichwort: ›Der Wunsch ist der Vater des Gedankens‹. Wohlgemerkt, in Wirklichkeit ist der Name ein Nachteil für mich. Ich werde niemals *der* Christopher Wren sein. Dennoch mögen Chris Wrens ›Fertignester‹ noch Ruhm erlangen.«

Giles kam die Treppe wieder herab. »Ich werde Ihnen jetzt Ihr Zimmer zeigen«, schlug Molly vor.

Als sie kurz darauf wieder unten erschien, fragte Giles: »Na, gefielen ihm die hübschen Eichenmöbel?«

»Er war ganz darauf versessen, ein Himmelbett zu haben. Ich habe ihm daher das Rosenzimmer gegeben.«

Giles knurrte und murmelte etwas vor sich hin, das mit den Worten endete: ». . . der junge Lackaffe.«

Molly setzte eine strenge Miene auf. »Hör mal zu, Giles, dies sind keine privaten Hausgäste, die wir bewirten, sondern unsere zahlenden Kunden. Ob du Christopher Wren magst oder nicht . . .«

»Ich mag ihn nicht«, warf Giles dazwischen.

». . . spielt gar keine Rolle. Er zahlt sieben Pfund die Woche, und das ist für uns die Hauptsache.«

»Vorausgesetzt, *daß* er zahlt.«

»Er hat sich damit einverstanden erklärt. Wir haben seinen Brief.«

»Hast du seinen Koffer in das Rosenzimmer geschafft?«

»Er hat ihn natürlich selbst getragen.«

»Sehr galant. Aber du hättest dich auch nicht dabei verhoben. Er enthält bestimmt keine in Zeitungspapier gewickelten Steine, sondern ist so leicht, daß ich den Eindruck habe, daß überhaupt nichts darin ist.«

»Still! Er kommt«, warnte Molly.

Sie führten Christopher Wren in die Bibliothek, die mit ihren tiefen Sesseln und ihrem Holzfeuer für Mollys Empfinden sehr behaglich wirkte. Das Essen, erklärte sie ihm, würde in einer halben Stunde fertig sein, und im Augenblick sei er der einzige Gast. In diesem Falle, meinte Christopher, könnte er ja mit in die Küche gehen und helfen.

»Wenn Sie wollen, kann ich Ihnen eine Omelette machen«, sagte er mit gewinnendem Lächeln.

Alles Weitere spielte sich in der Küche ab, und Christopher half sogar beim Aufwaschen.

Irgendwie, fand Molly, war dies nicht ganz der richtige Start für eine konventionelle Fremdenpension – und Giles war das Ganze im höchsten Grade peinlich gewesen. Na ja, dachte Molly kurz vor dem Einschlafen, morgen, wenn die anderen kämen, ginge es anders zu.

Der Morgen zog herauf mit düsterem Himmel und Schneegestöber. Giles setzte eine besorgte Miene auf, und Molly verlor ein wenig den Mut. Das Wetter würde alles sehr erschweren.

Mrs. Boyle fuhr in dem mit Schneeketten ausgerüsteten dörflichen Taxi vor, und der Fahrer lieferte einen pessimistischen Bericht über den Zustand der Straße.

»Schneewehen, noch bevor es Nacht ist«, prophezeite er.

Mrs. Boyle selbst wirkte auch nicht gerade erheiternd auf die in Melancholie versunkenen Gemüter ihrer Umgebung. Sie war eine grimmig aussehende Frau mit schallender Stimme und herrschsüchtigem Wesen. Ihre angeborene Streitlust war durch ihren Kriegseinsatz, in dem sie sich hartnäckig und draufgängerisch nützlich machte, noch erheblich gesteigert worden.

»Wenn ich nicht angenommen hätte, daß dies ein bewährter Betrieb sei, wäre ich überhaupt nicht gekommen«, erklärte sie. »Ich glaubte natürlich eine wohlgegründete, nach wissenschaftlichen Grundsätzen geleitete Pension vorzufinden.«

»Sie sind durchaus nicht verpflichtet zu bleiben, wenn Sie nicht zufrieden sind, Mrs. Boyle«, entgegnete Giles.

»Ganz recht, und es wird mir auch im Traum nicht einfallen.«

»Soll ich Ihnen ein Taxi bestellen, Mrs. Boyle? Noch sind

die Straßen offen. Wenn ein Mißverständnis vorliegt, wäre es empfehlenswert, wenn Sie sich eine andere Pension aussuchten«, schlug Giles vor und setzte hinzu: »Wir haben so viele Anfragen, daß wir Ihr Zimmer mit Kußhand loswerden. Außerdem müssen wir in Zukunft einen höheren Pensionspreis verlangen.«

Mrs. Boyle warf ihm einen scharfen Blick zu. »Selbstverständlich werde ich keinen Platzwechsel vornehmen, ehe ich mich persönlich von der Qualität Ihres Hauses überzeugt habe. Vielleicht können Sie mir ein ziemlich großes Badetuch geben, Mrs. Davis. Ich bin nicht gewohnt, mich mit einem Taschentuch abzutrocknen.«

Giles grinste Molly an, sobald Mrs. Boyle ihnen den Rükken wandte und davonschritt.

»Liebling, du warst einfach wundervoll«, lobte Molly. »Herrlich, wie du ihr die Zähne gezeigt hast!«

»Maulhelden werden sehr rasch kleinlaut, wenn man ihnen mit gleicher Münze heimzahlt«, meinte Giles.

»Du liebe Güte, wie wird sie sich bloß mit Christopher Wren vertragen?«

»Wie Katze und Hund.«

Und tatsächlich bemerkte Mrs. Boyle noch am selben Nachmittag Molly gegenüber mit deutlichem Mißfallen in ihrer Stimme: »Das ist aber ein sonderbarer junger Mann.«

Der Bäcker erschien vermummt wie ein Polarforscher und lieferte sein Brot mit der Warnung ab, daß sein nächster Besuch, der in zwei Tagen fällig wäre, vielleicht ins Wasser oder vielmehr in den Schnee fallen würde.

»Überall Verkehrsstockungen«, verkündete er. »Sie sind hoffentlich gut eingedeckt, wie?«

»O ja«, erwiderte Molly. »Wir haben einen großen Vorrat an Konserven. Aber ich nehme am besten noch etwas mehr Mehl.«

Sie dachte an eine gewisse Brotsorte, die die Iren backten. Schlimmstenfalls konnte auch sie ihr Heil damit versuchen.

Der Bäcker hatte die Zeitungen mitgebracht, und sie breitete sie auf dem Tisch in der Halle aus. Die Politik war an die zweite Stelle gerückt. Das Wetter und der Mord an Mrs. Lyon nahmen die erste Seite ein.

Sie betrachtete gerade das verschwommene Foto der Toten, als Christopher Wrens Stimme hinter ihr ertönte: »Ein ziemlich ordinärer Mord, finden Sie nicht auch? Eine so uninteressante Frau und eine so öde Straße. Man kann sich gar nicht vorstellen, daß eine aufregende Geschichte dahintersteckt, nicht wahr?«

»Zweifellos«, bemerkte Mrs. Boyle verächtlich, »hat diese Kreatur ihren verdienten Lohn erhalten.«

»Oh!« Mr. Wren wandte sich ihr mit gewinnender Lebhaftigkeit zu. »Sie halten es also für ein Sexualverbrechen?«

»Davon habe ich nichts gesagt, Mr. Wren.«

»Aber sie wurde erwürgt, nicht wahr? Ich wüßte zu gerne« – er streckte seine langen, weißen Hände aus –, »was für ein Gefühl das ist, wenn man jemanden erwürgt.«

»Aber ich bitte Sie, Mr. Wren!«

Christopher bewegte sich langsam auf sie zu und fragte mit gesenkter Stimme: »Haben Sie sich schon mal vorgestellt, Mrs. Boyle, wie es ist, wenn man erdrosselt wird?«

»Aber ich bitte Sie, Mr. Wren!« wiederholte Mrs. Boyle mit noch größerer Empörung.

Hastig las Molly laut ein paar Sätze aus der Zeitung vor: »Der Mann, nach dem die Polizei fahndet, trug einen dunklen Überzieher und einen hellen Filzhut. Er war von mittlerer Größe und trug einen wollenen Schal.«

»Mit anderen Worten«, meinte Christopher Wren, »er sah genauso aus wie jeder andere.«

»Ja«, stimmte Molly zu. »Genau wie jeder andere.«

In seinem Büro in Scotland Yard sagte Inspektor Parminter zu Detektiv-Sergeant Kane: »Führen Sie jetzt diese beiden Leute zu mir herein.«

»Ja, Sir.«

»Können Sie sie kurz beschreiben?«

»Es sind ganz ehrbare Arbeiter. Reagieren etwas langsam. Sind aber zuverlässig.«

»Also gut.« Inspektor Parminter nickte.

Kurz darauf wurden zwei verlegene Männer in ihrem Sonntagsstaat ins Zimmer geführt. Parminter schätzte sie mit raschem Blick ab. Er verstand sich vorzüglich darauf, Menschen von ihrer Schüchternheit zu befreien.

»Sie glauben also Informationen zu besitzen, die uns in der Mordsache Lyon nützlich sein könnten«, sagte er. »Nett von Ihnen, daß Sie sich herbemüht haben. Nehmen Sie doch Platz. Zigarette?«

Er wartete, bis sie sich bedient und die Zigaretten angezündet hatten.

»Schauderhaftes Wetter.«

»Das kann man wohl sagen, Sir.«

»Na, dann legen Sie mal los.«

Jetzt, wo die Schwierigkeiten der Schilderung vor ihnen auftauchten, kehrte ihre Befangenheit zurück.

»Nun, zier dich nicht, Joe«, ermunterte der größere der beiden seinen Gefährten.

Und Joe zierte sich auch nicht.

»Es verhält sich folgendermaßen. Wir hatten kein Streichholz.«

»Wo war das?«

»Jarman Street, wir waren mit Straßenarbeiten beschäftigt – Gasrohre.«

Inspektor Parminter nickte. Auf Einzelheiten würde er später eingehen. Die Jarman Street, das wußte er, lag ganz in der Nähe der Culver Street, wo die Tragödie sich ereignet hatte.

»Sie hatten also kein Streichholz«, wiederholte er aufmunternd.

»Nein, meine Schachtel war leer, und Bills Feuerzeug funktionierte nicht. Also redete ich einen Mann an, der gerade vorbeikam. ›Können Sie uns Feuer geben, Mister?‹ sagte ich. Dachte mir weiter nichts. Nein, da noch nicht. Er war einfach einer von vielen Passanten, und es war reiner Zufall, daß ich gerade ihn fragte.«

Parminter nickte wieder.

»Nun, er gab uns seine Streichhölzer, ohne einen Ton zu sagen. ›Lausig kalt‹, bemerkte Bill, und der Mann antwortete im Flüsterton: ›Ja, wirklich.‹ Hat 'ne tüchtige Erkältung, dachte ich. Er war auch bis zur Nasenspitze eingewikkelt. ›Danke, Mister‹, sagte ich und gab ihm die Schachtel zurück. Er ging schnell davon, so schnell, daß es zu spät war, um ihn zurückzurufen, als ich sah, daß er etwas fallen gelassen hatte. Es war ein kleines Notizbuch, das er vermutlich mit den Streichhölzern aus der Tasche gerissen hatte. ›He, Mister‹, rief ich ihm nach, ›Sie haben was verloren!‹ Aber er schien mich nicht zu hören – er beschleunigte seine Schritte und schoß um die Ecke, nicht wahr, Bill?«

»Stimmt«, pflichtete ihm Bill bei. »Wie ein geölter Blitz.«

»Er sauste in die Harrow Road, und es war unmöglich, ihn einzuholen, nicht bei dem Tempo, das er vorlegte. Es war auch schon ziemlich spät, und außerdem handelte es sich nur um ein kleines Notizbuch, keine Brieftasche oder so was. Vielleicht war es nicht so wichtig. ›Komischer Kauz‹, sagte ich noch. ›Den Hut bis über die Ohren gezogen, bis oben hin zugeknöpft – wie ein Gauner im Kintopp‹, sagte ich zu Bill. Nicht wahr, Bill?«

»Genau das hast du gesagt«, bestätigte Bill.

»Komisch, daß ich das gesagt habe. Nicht, daß ich mir irgend etwas dabei gedacht habe. Hat's eilig, nach Hause zu kommen, das war mein Gedanke, und ich konnte es ihm nicht verargen – es war verdammt kalt!«

»Verdammt kalt«, echote Bill.

»Also sagte ich zu Bill: ›Wir wollen uns das Büchlein mal angucken und sehen, ob es wichtig ist.‹ Gesagt, getan, Sir. ›Nur ein paar Adressen‹, sagte ich zu Bill. Culver Street Nummer vierundsiebzig und irgend so'n blödes Herrenhaus.«

»Protzig«, bemerkte Bill voller Mißfallen.

Joe war allmählich in Schwung geraten und setzte seine Erzählung mit einer gewissen Begeisterung fort.

»›Culver Street Nummer vierundsiebzig‹, sagte ich zu Bill, ›das ist gerade um die Ecke. Nach Feierabend bringen wir es hin.‹ Und dann sah ich oben auf der Seite etwas Geschriebenes. ›Was ist das?‹ fragte ich Bill. Er nahm das Buch und las es vor. ›*Drei blinde Mäuse* – muß wohl plemplem sein‹, meinte er. Und gerade in diesem Augenblick – ja, Sir, genau in diesem Augenblick hörten wir ein paar Häuser weiter eine Frau schreien: ›Mord! Zu Hilfe!‹«

Joe flocht hier eine dramatische Pause ein.

»Und wie sie schrie!« fuhr er fort. »›Du‹, sagte ich zu Bill, ›spring doch mal eben hin.‹ Eine Weile später kam er zurück und sagte ganz aufgeregt: ›Da ist ein Menschenauflauf, und die Polizei ist da, einer Frau ist die Kehle durchgeschnitten worden, oder man hat sie erwürgt, und die Frau, die nach der Polizei geschrien hat, das war die Wirtin, die die Leiche gefunden hat.‹ – ›Wo war das?‹ sagte ich zu ihm. ›In der Culver Street‹, antwortete er. ›Welche Nummer?‹ fragte ich, und er sagte, er habe nicht darauf geachtet.«

Bill räusperte sich und scharrte verlegen mit den Füßen wie jemand, der sich nicht mit Ruhm bedeckt hat.

»Also sagte ich: ›Laß uns hingehen, um sicher zu sein.‹ Und als wir entdeckten, daß es Nummer vierundsiebzig war, haben wir uns besprochen. ›Vielleicht‹, sagte Bill, ›hat die Adresse im Notizbuch gar nichts damit zu tun‹, und ich sagte: ›Vielleicht doch.‹ – Na, als wir dann hörten, daß die Polizei nach einem Mann sucht, der um diese Zeit das Haus verlassen hatte, sind wir hierhergekommen und haben nach dem Herrn gefragt, der diesen Fall bearbeitet, und ich hoffe nur, daß wir Ihre Zeit nicht umsonst gestohlen haben.«

»Sie haben sehr richtig gehandelt«, lobte Parminter. »Haben Sie das Notizbuch bei sich? Danke vielmals. Nun . . .«

Er stellte seine Fragen rasch und sachlich und holte alle Einzelheiten aus den beiden heraus. Nur eines gelang ihm nicht: eine genaue Beschreibung des Mannes zu bekommen, der das Notizbuch verloren hatte. Statt dessen erhielt er denselben Steckbrief, den ihm bereits eine hysterische Wirtin gegeben hatte: Hut tief ins Gesicht gezogen, Mantel bis oben zugeknöpft, Schal, der die untere Gesichtshälfte verdeckte, eine Flüsterstimme, behandschuhte Hände.

Als die Männer gegangen waren, blieb Parminter an seinem Tisch sitzen und starrte unentwegt auf das offen vor ihm liegende Notizbuch. Nach einer Weile würde er damit in die zuständige Abteilung gehen, um festzustellen, ob Fingerabdrücke vorhanden waren. Doch im Augenblick richtete er seine volle Aufmerksamkeit auf die beiden Adressen und die kleingeschriebene Zeile oben auf der ersten Seite.

Er wandte den Kopf, als Sergeant Kane den Raum betrat.

»Kommen Sie her, Kane, und sehen Sie sich das einmal an.«

Kane stellte sich hinter den Inspektor und pfiff leise vor sich hin. *»Drei blinde Mäuse!* Nun bin ich aber platt!«

»Ja.« Parminter öffnete eine Schublade und nahm einen halben Briefbogen heraus, den er neben das Notizbuch legte. Man hatte ihn, sorgfältig am Kleid der Ermordeten befestigt, gefunden.

Auf diesem Bogen stand geschrieben: *Dies ist die erste.* Darunter befanden sich eine kindliche Zeichnung von drei Mäusen und einige Notentakte.

Leise pfiff Kane die Melodie: *Drei blinde Mäuse, ha, wie* sie *rennen ...*

»Richtig. Das ist das Leitmotiv.«

»Verrückt, nicht wahr, Sir?«

»Ja.« Parminter runzelte die Stirn. »Die Identifizierung dieser Frau war doch eindeutig, wie?«

»Ja, Sir. Hier ist der Bericht der Abteilung für Fingerabdrücke. Mrs. Lyon, wie sie sich nannte, hieß in Wirklichkeit Maureen Gregg. Sie wurde vor zwei Monaten nach Verbüßung ihrer Strafe aus dem Gefängnis Holloway entlassen.«

Nachdenklich sagte Parminter: »Sie zog nach der Culver Street und nannte sich Maureen Lyon. Hin und wieder trank sie ein bißchen, und es war bekannt, daß sie ein paarmal einen Mann mit nach Hause brachte. Sie legte keinerlei Furcht an den Tag. Es besteht kein Grund zu der Annahme, daß sie sich in Gefahr wähnte. Dieser Fremde klingelt, fragt nach ihr und wird von der Wirtin in den zweiten Stock geschickt. Die Wirtin kann ihn nicht beschreiben, bemerkt nur, daß er mittelgroß war und infolge einer starken Erkältung seine Stimme verloren zu haben schien. Sie kehrte dann wieder ins Souterrain zurück und vernahm keinerlei verdächtige Geräusche. Auch hörte sie den Mann nicht fortgehen. Als sie etwa zehn Minuten später ihrer Mieterin den Tee brachte, fand sie sie erdrosselt vor.

Dies war kein Gelegenheitsmord, Kane. Er war sorgfältig geplant.« Er hielt inne und setzte dann unvermittelt hinzu: »Wie viele Häuser gibt es wohl in England, die den Namen Monkswell Manor führen?«

»Vielleicht gibt es nur eins, Sir.«

»Das wäre ein zu unverschämtes Glück. Aber stellen Sie Nachforschungen an.«

Der Blick des Sergeanten ruhte nachdenklich auf den beiden Eintragungen des Notizbuches: *74, Culver Street; Monkswell Manor.*

Schließlich meinte er: »Sie glauben also . . .«

Rasch fiel ihm Parminter ins Wort. »Ja. Sie etwa nicht?«

»Möglich. Monkswell Manor . . . ich könnte fast schwören, daß ich den Namen erst kürzlich gelesen habe.«

»Wo?«

»Das versuche ich mir gerade ins Gedächtnis zurückzurufen. Einen Augenblick . . . Zeitung . . . *Times!* Letzte Seite. Warten Sie mal . . . ›Hotels und Pensionen‹ . . . Eine Sekunde, Sir, ich löste das Kreuzworträtsel in der Nummer.«

Er eilte aus dem Zimmer und kam triumphierend zurück. »Ich hab's, Sir. Sehen Sie nur.«

Der Inspektor las die angedeutete Stelle.

Monkswell Manor, Harpleden, Berks. Er zog das Telefon zu sich heran. »Verbinden Sie mich mit der Polizei der Grafschaft Berkshire.«

Mit der Ankunft Major Metcalfs kam richtig Schwung in die Pension Monkswell Manor. Major Metcalf war weder furchterregend wie Mrs. Boyle noch auf die Nerven gehend wie Christopher Wren, sondern ein phlegmatischer Mann in mittleren Jahren, der einen sauberen, militärischen Eindruck machte und den größten Teil seiner Dienstzeit in Indien verbracht hatte. Er schien mit seinem Zimmer und dessen Möblierung durchaus zufrieden zu sein, und wenn er und Mrs. Boyle auch keine gemeinsamen Freunde entdecken konnten, so hatte er doch Vettern ihrer Freunde, *die Yorkshire-Linie,* drüben in Poonah gekannt. Sein Gepäck jedoch – zwei schwere schweinslederne Koffer – besänftigte sogar Giles' mißtrauische Natur.

Offen gestanden hatten Molly und Giles nicht viel Zeit, um sich in Spekulationen über ihre Gäste zu ergehen. Das Zubereiten und Servieren des Abendessens und das nachfolgende Geschirrspülen nahmen sie völlig in Anspruch. Major Metcalf pries den Kaffee, und Giles und Molly suchten müde, aber triumphierend ihre Lagerstätte auf, von der sie jedoch gegen zwei Uhr morgens durch das beharrliche Klingeln einer Glocke wieder aufgescheucht wurden.

Giles fluchte. »Es ist die Haustür. Wer kann das nur sein?«

»Beeil dich«, sagte Molly. »Um so eher wirst du es wissen.«

Mit einem vorwurfsvollen Blick auf Molly hüllte sich Giles in seinen Schlafrock und stieg die Treppe hinab. Molly hörte, wie der Riegel zurückgeschoben wurde, und dann ein Stimmengemurmel in der Halle. Von Neugierde getrieben, kroch sie aus dem Bett, um durch das Treppengeländer zu lugen. Unten in der Halle half Giles einem bärtigen Fremden aus einem schneebedeckten Mantel. Abgerissene Sätze drangen zu ihr herauf.

»Brrr.« Seine Stimme klang irgendwie fremdländisch.

»Meine Finger sind fast abgestorben. Und meine Füße . . .« Ein heftiges Stampfen wurde hörbar.

»Kommen Sie herein«, sagte Giles und öffnete die Tür der Bibliothek. »Hier ist es warm. Am besten warten Sie hier, während ich ein Zimmer herrichte.«

»Ich habe wirklich Glück gehabt«, bemerkte der Fremde höflich.

Molly spähte emsig durch das Geländer. Sie sah einen älteren Mann mit einem spitzen schwarzen Bärtchen und teuflischen Augenbrauen. Einen Mann, der sich trotz seiner ergrauten Schläfen mit jugendlichen, elastischen Schritten bewegte.

Giles schloß die Tür der Bibliothek und kam rasch die Treppe herauf. Molly erhob sich aus ihrer zusammengekauerten Stellung.

»Wer ist das?« fragte sie.

Giles grinste. »Ein neuer Gast. Sein Wagen hat sich in einer Schneewehe überschlagen. Es gelang ihm, sich daraus zu befreien, und dann ist er in dem wirbelnden Schneesturm – horch nur, wie es draußen heult! – die Straße entlanggestolpert, bis er unser Schild sah, das ihm, so sagt er, wie die Erfüllung eines Gebetes erschien.«

»Glaubst du, wir können es riskieren?«

»Aber Liebling, ein Einbrecher sucht sich gewiß nicht eine solche Nacht für seine Runde aus.«

»Er ist ein Ausländer, nicht wahr?«

»Ja. Sein Name ist Paravicini. Ich habe seine Brieftasche gesehen, die er, wie ich stark annehme, absichtlich gezeigt hat, und sie strotzte von Geldscheinen. Welches Zimmer sollen wir ihm geben?«

»Das grüne Zimmer. Es ist aufgeräumt und soweit fertig. Wir brauchen nur das Bett herzurichten.«

»Ich werde ihm einen Pyjama leihen müssen. Sein Gepäck ist noch im Auto. Er erzählte mir, er habe durchs Fenster klettern müssen.«

Molly holte Laken, Kopfkissenbezüge und Handtücher.

Während sie eilig das Bett bezogen, bemerkte Giles: »Es schneit, was das Zeug halten will. Wir werden völlig von der Außenwelt abgeschnitten sein, Molly. Eigentlich ganz spannend, nicht wahr?«

»Ich weiß nicht recht«, meinte Molly voller Zweifel. »Glaubst du, daß ich Brot backen kann, Giles?«

»Natürlich. Du bringst alles fertig«, beruhigte sie ihr treuer Gatte.

»Ich habe es noch nie versucht. Brot gehört zu den Dingen, die man als selbstverständlich hinnimmt. Ob frisch oder alt, es wird vom Bäcker gebracht. Aber wenn wir eingeschneit sind, kommt kein Bäcker.«

»Auch kein Schlächter, kein Postbote, keine Zeitung, und wahrscheinlich werden wir auch ohne Telefon dasitzen.«

»Dann sind wir also nur auf das Radio angewiesen, das uns Verhaltensmaßregeln gibt?«

»Jedenfalls produzieren wir selbst unser elektrisches Licht.«

»Du mußt morgen wieder den Generator laufen lassen, und wir müssen die Heizung gut versorgen.«

»Die nächste Koksladung dürfte jetzt ausbleiben. Und unser Vorrat ist ziemlich erschöpft.«

»Lieber Himmel! Giles, ich fürchte, es steht uns eine schlimme Zeit bevor. Nun schnell, hole diesen Mr. Soundso. Ich krieche wieder ins Bett.«

Der Morgen bestätigte Giles' Prophezeiungen. Der Schnee türmte sich anderthalb Meter hoch vor Türen und Fenstern, und es schneite immer noch. Die Welt sah weiß, schweigend und – auf undefinierbare Art – drohend aus.

Mrs. Boyle saß am Frühstückstisch. Sonst befand sich niemand im Eßzimmer. Major Metcalfs Gedeck am Nebentisch war bereits abgeräumt worden, und Mr. Wren war noch nicht erschienen. Ein Frühaufsteher – anscheinend – und ein Langschläfer. Mrs. Boyle wußte mit Sicherheit, daß es nur eine richtige Frühstückspause gab, und zwar um neun Uhr.

Sie hatte ihre ausgezeichnete Omelette verzehrt und war nun damit beschäftigt, den Toast zwischen ihren starken weißen Zähnen zu zermalmen. Sie befand sich in einer grollenden, unentschlossenen Stimmung. Monkswell Manor entsprach ganz und gar nicht ihren Erwartungen. Sie hatte mit Bridge-Partnern gerechnet und gehofft, verwelkte alte Jungfern vorzufinden, die sie mit ihrer gesellschaftlichen Stellung und ihren Verbindungen beeindrucken und denen sie geheimnisvolle Andeutungen über die Wichtigkeit ihres Kriegsdienstes machen konnte.

Bei Kriegsende war Mrs. Boyle gleichsam an einer öden Küste gestrandet. Stets war sie eine geschäftige Frau gewesen, die die Worte ›Tüchtigkeit‹ und ›Organisation‹ beredt im Munde führte. Ihre kraftvolle Energie hatte die Leute davon abgehalten, zu fragen, ob sie tatsächlich eine gute und tüchtige Organisatorin war. Der Kriegsdienst war ihr auf den Leib geschrieben. Sie hatte die Menschen drangsaliert und tyrannisiert, die Leiter der verschiedenen Abteilungen gepiesackt und sich selbst – man muß ihr Gerechtigkeit widerfahren lassen – niemals geschont. Aus Angst vor ihrer leisesten Ungnade flitzten unterwürfige Frauen, um ihre Befehle auszuführen. Und nun war dieses erregende, geschäftige Dasein vorüber. Sie stand wieder im Privatleben, aber ihr früheres Privatleben gab es nicht mehr. Ihr von der Armee requiriertes Haus mußte gründlich überholt werden, ehe sie es wieder beziehen konnte, und angesichts der herrschenden Dienstbotennot schien eine Rückkehr sowieso unpraktisch. Außerdem waren ihre Freunde in alle Winde zerstreut. Zweifellos würde sie bald wieder einen

Platz an der Sonne finden, aber vorläufig hieß die Parole: abwarten. Ein Hotel oder eine Pension schien die beste Lösung zu sein, und sie hatte sich Monkswell Manor ausgesucht.

Geringschätzig ließ sie ihren Blick durch den Raum schweifen.

Höchst unaufrichtig von diesen Leuten, sagte sie sich, mir nicht mitzuteilen, daß sie das Haus eben erst eröffnet haben.

Sie schob ihren Teller noch weiter von sich fort. Daß ihr Frühstück ausgezeichnet zubereitet und serviert worden war, mit gutem Kaffee und selbstgemachter Marmelade, brachte sie seltsamerweise noch mehr in Wallung. Denn dadurch war ihr ein berechtigter Grund zur Klage genommen. Ihr Bett mit den gestickten Laken und einem weichen Kopfkissen war ebenfalls komfortabel. Mrs. Boyle schätzte Komfort, aber nicht minder schätzte sie eine Gelegenheit, nörgeln zu können. Vielleicht überwog die letztere Leidenschaft sogar.

Mrs. Boyle erhob sich majestätisch und verließ das Eßzimmer, wobei sie an der Tür dem höchst ungewöhnlichen jungen Mann mit dem rötlichen Haar begegnete, der an diesem Morgen einen knallgrünen, karierten Schlips trug – und noch dazu einen wollenen Schlips.

Unmöglich, dachte Mrs. Boyle. Einfach unmöglich!

Und dann die Art und Weise, wie er sie mit seinen hellen Augen so von der Seite ansah – nein, das gefiel ihr ganz und gar nicht. Es lag etwas Beunruhigendes, Ungewöhnliches in diesem ein wenig höhnischen Blick.

Höchstwahrscheinlich geistig nicht ganz auf Draht, dachte Mrs. Boyle bei sich.

Sie erwiderte seine schwungvolle Verbeugung mit einem leichten Kopfnicken und marschierte in den großen Salon. Bequeme Sessel hier, besonders der große rosafarbene. Am besten stellte sie von vornherein klar, daß dies *ihr* Sessel war. Der Sicherheit halber legte sie ihr Strickzeug hinein und ging zu dem Heizkörper hinüber, den sie mit der Hand abtastete. Wie sie schon vermutet hatte, waren die Röhren nur warm, nicht etwa heiß. Ihre Augen blitzten kampflustig. *Hierüber* konnte sie ein paar Worte verlieren.

Sie blickte zum Fenster hinaus. Schauderhaftes Wetter – ganz schauderhaft. Nun, sie würde hier nicht lange bleiben – höchstens, wenn mehr Gäste kamen und den Aufenthalt etwas amüsanter gestalteten.

Mit sanftem Rauschen glitt ein Schneebrett vom Dach. Mrs. Boyle schreckte zusammen. »Nein«, sagte sie laut, »ich werde nicht lange bleiben.«

Irgend jemand lachte – es war ein dünnes, hohes Kichern. Sie wandte scharf den Kopf. Der junge Wren stand im Türrahmen und betrachtete sie mit seinem seltsamen Ausdruck.

»Nein«, meinte er, »das glaube ich auch nicht.«

Major Metcalf half Giles, den Schnee von der Hintertür wegzuschaufeln. Er war ein tüchtiger Arbeiter, und Giles erging sich in lauten Dankesbezeugungen.

»Gesunde Gymnastik«, erklärte Major Metcalf. »Man muß jeden Tag Gymnastik treiben, wenn man in Form bleiben will.«

Der Major war also ein Körperertüchtigungsfanatiker, wie Giles befürchtet hatte. Das paßte zu seinem Verlangen, um halb acht zu frühstücken.

Als habe er Giles' Gedanken gelesen, sagte der Major plötzlich: »Sehr nett von Ihrer Frau, mir das Frühstück so zeitig zu richten. Auch über das frische Ei habe ich mich sehr gefreut.«

Die dringenden Pflichten eines Pensionsinhabers hatten

auch Giles schon vor sieben aus dem Bett getrieben. Molly und er hatten rasch etwas Tee getrunken und ein paar weiche Eier gegessen und dann die Wohnräume in Ordnung gebracht. Alles war jetzt pieksauber. Aber Giles dachte unwillkürlich, wäre *er* Gast in Monkswell Manor, könnten ihn keine zehn Pferde an einem solchen Morgen eine Minute früher als unbedingt notwendig aus den Federn bringen.

Der Major war jedoch schon früh auf den Beinen gewesen und hatte nach dem Frühstück das Haus durchstreift, ohne recht zu wissen, was er mit seiner überschäumenden Energie anfangen sollte.

Na, dachte Giles, er kann sich ja nun austoben, indem er Schnee schaufelt.

Er sah seinen Gefährten verstohlen von der Seite an. Es war wirklich nicht leicht, diesen Mann einzustufen. Unnachgiebig, in vorgeschrittenen Jahren, ein merkwürdig forschender Blick. Ein Mann, der nichts verriet. Giles fragte sich im stillen, warum er wohl nach Monkswell Manor gekommen war. Wahrscheinlich pensioniert und keine andere Beschäftigung.

Mr. Paravicini kam spät nach unten. Er verzehrte ein einfaches kontinentales Frühstück: Kaffee und Toast.

Als Molly es ihm servierte, brachte er sie ein wenig aus der Fassung, indem er aufsprang, eine übertriebene Verbeugung machte und ausrief: »Ah, meine reizende Wirtin, nicht wahr?«

Molly nickte kurz. Um diese Stunde war sie nicht aufgelegt, Komplimente zu empfangen.

»Ich möchte mal wissen«, sagte sie, als sie das Geschirr, ohne Rücksicht auf Verluste, im Spülbecken auftürmte, »warum alle ihr Frühstück zu verschiedenen Zeiten haben müssen. Eine ziemliche Zumutung.«

Sie schleuderte die Teller in das Trockengestell und eilte nach oben, um sich über die Betten herzumachen. An diesem Morgen konnte sie keine Hilfe von Giles erwarten. Er mußte den Weg zum Boilerhaus und zum Hühnerstall freischaufeln.

Molly warf die Laken in höchster Eile zusammen, wobei sie keinen allzu großen Wert auf Sorgfalt legte. Sie war gerade dabei, eines der Badezimmer zu säubern, als das Telefon läutete.

Zuerst verwünschte Molly diese Unterbrechung, dann aber spürte sie auf dem Wege nach unten eine gewisse Erleichterung darüber, daß wenigstens das Telefon noch in Betrieb war.

Ein wenig atemlos betrat sie die Bibliothek und nahm den Hörer von der Gabel.

»Ja, wer ist dort?«

Eine herzhafte Stimme mit einem leichten, aber angenehmen Dialekt fragte: »Ist Monkswell Manor am Apparat?«

»Ja, Pension Monkswell Manor.«

»Kann ich wohl mit Mr. Davis sprechen?«

»Er kann leider im Augenblick nicht an den Apparat kommen«, erwiderte Molly. »Ich bin Mrs. Davis. Mit wem spreche ich, bitte?«

»Inspektor Hogben von der Berkshire-Polizei.«

Molly rang nach Luft und stammelte: »O ja ... hm ... ja?«

»Mrs. Davis, es handelt sich um eine ziemlich dringliche Angelegenheit. Ich möchte mich am Telefon nicht weiter darüber auslassen. Aber ich habe Wachtmeister Trotter zu Ihnen geschickt – er muß jeden Augenblick eintreffen.«

»Aber das wird nicht möglich sein. Wir sind nämlich eingeschneit – vollständig eingeschneit. Die Straßen sind unpassierbar.«

Die Stimme am anderen Ende der Leitung verlor nicht eine Sekunde lang ihre Zuversichtlichkeit.

»Trotter wird Sie schon erreichen. Und bitte, Mrs. Davis, bestellen Sie Ihrem Gatten ausdrücklich, er möchte sich genau anhören, was Trotter zu berichten hat, und blindlings seine Instruktionen befolgen. Das wäre alles.«

»Aber, Inspektor Hogben, was . . .«

Doch sie hörte nur noch ein scharfes Knacken. Hogben hatte offenbar aufgelegt. Molly rappelte ein paarmal an der Gabel und ließ den Hörer sinken. Als sie sich umdrehte, öffnete sich die Tür.

»O Giles, mein Liebling, da bist du ja.«

Giles hatte Schnee im Haar und ziemlich viel Kohlenruß im Gesicht. Er schien sehr erhitzt zu sein.

»Was gibt's denn, Liebes? Ich habe die Kohleneimer gefüllt und das Holz hereingebracht. Jetzt kommen die Hühner an die Reihe, und dann sehe ich mir den Boiler an. Einverstanden? Was hast du denn, Molly? Du siehst ja ganz verängstigt aus!«

»Giles, die *Polizei* war am Apparat.«

»Die Polizei?« fragte Giles ungläubig.

»Ja, sie schicken uns einen Inspektor oder einen Wachtmeister oder dergleichen.«

»Aber warum? Was haben wir denn verbrochen?«

»Ich weiß es nicht. Glaubst du, daß es sich um die zwei Pfund Butter handelt, die wir aus Irland bekamen?«

Giles runzelte die Stirn. »Die Rundfunkgebühr habe ich doch bezahlt, nicht wahr?«

»Ja, die Quittung liegt im Schreibtisch. Giles, die alte Mrs. Bidlock hat mir fünf Kleiderabschnitte für meinen alten Tweedmantel gegeben. Das ist wahrscheinlich verboten – aber meines Erachtens ist es durchaus gerecht. Ich habe einen Mantel weniger und dafür die Abschnitte. Lieber Himmel, was haben wir uns sonst noch zuschulden kommen lassen?«

»Ich hätte neulich beinahe Pech mit dem Wagen gehabt. Aber der andere hatte schuld. Ganz entschieden.«

»Irgend etwas müssen wir auf dem Kerbholz haben«, jammerte Molly.

»Leider ist ja praktisch alles, was man heutzutage tut, illegal«, meinte Giles verdrießlich. »Daher dieses dauernde Schuldgefühl. Wahrscheinlich dreht es sich um diesen Laden. Die Eröffnung einer Fremdenpension ist sicherlich mit tausend Fallen verbunden, von denen wir keine Ahnung haben.«

»Ich dachte, man brauche nur die Alkoholvorschriften zu beachten. Wir haben niemandem etwas zu trinken gegeben, und im übrigen können wir mit unserem eigenen Haus ja wohl anfangen, was wir wollen.«

»Ich weiß. Es klingt alles ganz richtig. Aber wie gesagt, heutzutage ist alles mehr oder weniger ungesetzlich.«

»Herrje«, seufzte Molly, »ich wollte, wir hätten die Finger davon gelassen. Wir werden tagelang eingeschneit sein. Die Gäste werden unwirsch und essen alle unsere Konserven auf.«

»Kopf hoch, Liebes«, ermunterte sie Giles. »Im Augenblick haben wir zwar eine Pechsträhne, aber es wird alles wieder gut werden.«

Etwas zerstreut gab er ihr einen Kuß auf den Kopf, und als er sie losließ, fügte er mit veränderter Stimme hinzu: »Weißt du, Molly, wenn man es sich richtig überlegt, muß es sich um eine ziemlich ernsthafte Sache handeln. Sonst würde man keinen Polizeibeamten bei solchem Unwetter zu uns hinausschicken.« Er deutete mit der Hand auf die sich draußen türmenden Schneemassen. »Es muß wirklich sehr dringend sein . . .«

Bei diesen Worten öffnete sich die Tür, und Mrs. Boyle kam herein.

»Ach, hier sind Sie, Mr. Davis«, sagte Mrs. Boyle. »Wissen Sie, daß die Heizung im Salon praktisch eiskalt ist?«

»Tut mir leid, Mrs. Boyle. Aber unser Koksvorrat ist etwas knapp und . . .«

Mrs. Boyle fiel ihm rücksichtslos ins Wort. »Ich zahle hier sieben Pfund die Woche – *sieben* Pfund. Und ich bin *nicht* gewillt zu frieren.«

Giles errötete und sagte kurz: »Ich werde etwas mehr auflegen.«

Er verließ das Zimmer, und Mrs. Boyle wandte sich an Molly.

»Ich will mich ja nicht einmischen, Mrs. Davis, aber es ist doch ein sehr merkwürdiger junger Mann, den Sie hier aufgenommen haben. Seine Manieren – und seine Schlipse . . . Bürstet er sich eigentlich niemals das Haar?«

»Er ist ein äußerst tüchtiger Architekt«, erklärte Molly.

»Wie bitte?«

»Christopher Wren ist Architekt und . . .«

»Meine liebe junge Frau«, versetzte Mrs. Boyle schnippisch, »auch ich habe von *Sir Christopher Wren* gehört. Selbstredend war er ein Architekt. Er hat die St.-Pauls-Kathedrale gebaut. Die jungen Leute heutzutage scheinen anzunehmen, daß die ältere Generation keine Bildung genossen habe.«

»Ich meinte *unseren* Wren. Er heißt auch Christopher. Seine Eltern haben ihn so getauft, weil sie hofften, er würde Architekt werden. Und er ist tatsächlich einer – oder jedenfalls beinahe. Also hat sich die Hoffnung erfüllt.«

»Ha!« schnaubte Mrs. Boyle. »Das scheint mir eine höchst verdächtige Geschichte zu sein. An Ihrer Stelle würde ich Erkundigungen über ihn einziehen. Was wissen Sie eigentlich von ihm?«

»Genausoviel wie von Ihnen, Mrs. Boyle: nämlich, daß er uns sieben Pfund die Woche zahlt. Das ist alles, was ich zu wissen brauche, nicht wahr? Das andere geht mich nichts an. Es ist mir gleichgültig, ob ich meine Gäste gern habe oder ob« – Molly blickte Mrs. Boyle fest in die Augen – »ich sie nicht ausstehen kann.«

Mrs. Boyle errötete vor Zorn. »Sie sind noch jung und unerfahren und sollten froh sein, wenn Ihnen jemand, der weiser ist als Sie, einen Rat erteilt. Und dann dieser merkwürdige Ausländer. Wann ist der denn eingetroffen?«

»Mitten in der Nacht.«

»Ach, wie seltsam! Nicht gerade die üblichste Zeit.«

»Ehrliche Reisende von der Tür zu weisen verstößt gegen das Gesetz, Mrs. Boyle.« Süßlich fügte Molly hinzu: »Das dürfte Ihnen vielleicht unbekannt sein.«

»Ich kann nur sagen, daß mir dieser Paravicini, oder wie der Mensch sich nennt . . .«

»Vorsicht, Vorsicht, meine Dame. Wenn man vom Teufel spricht, dann kommt er.«

Mrs. Boyle fuhr zusammen, als ob der Leibhaftige sie persönlich angesprochen habe. Mr. Paravicini, der leise hereingetrippelt war, rieb sich mit satanischer Heiterkeit die Hände.

»Sie haben mich erschreckt«, sagte Mrs. Boyle. »Ich habe Sie nicht kommen hören.«

»Ich schleiche auf Zehenspitzen«, erklärte Mr. Paravicini. »Niemand hört mich jemals kommen und gehen. Das finde ich amüsant. Manchmal erlausche ich zufällig etwas dabei. Auch das amüsiert mich.« Leise setzte er hinzu: »Und was ich gehört habe, vergesse ich nicht.«

Mrs. Boyle erwiderte ziemlich kleinlaut: »Wirklich? Ich muß mein Strickzeug holen – ich habe es im Salon liegenlassen.«

Sie verließ eilends das Zimmer. Molly betrachtete Mr. Paravicini mit einem verdutzten Ausdruck. Er kam tänzelnd auf sie zu.

»Meine bezaubernde Wirtin scheint beunruhigt zu sein.« Ehe sie es verhindern konnte, hatte er ihr die Hand geküßt. »Was ist geschehen, Teuerste?«

Molly trat einen Schritt zurück. Im Augenblick war ihr Mr. Paravicini nicht allzu sympathisch. Er blinzelte sie an wie ein Satyr.

»Heute morgen ist alles ein bißchen kompliziert«, bemerkte sie leichthin. »Das liegt wohl an dem Schnee.«

»Ja.« Mr. Paravicini wandte den Kopf zum Fenster. »Der Schnee macht alles sehr schwierig, nicht wahr? Unter Umständen aber auch sehr leicht.«

»Ich weiß nicht, was Sie damit sagen wollen.«

»Nein«, meinte er nachdenklich. »Es gibt sehr vieles, das Sie nicht wissen. Ich glaube zum Beispiel, daß Sie von der Leitung einer Pension nicht viel verstehen.«

Molly schob kampflustig das Kinn vor. »Das mag sein. Aber wir lassen uns nicht unterkriegen.«

»Bravo, bravo.«

»Schließlich«, Mollys Stimme verriet eine leise Besorgnis, »bin ich keine allzu schlechte Köchin . . .«

»Sie sind zweifellos eine großartige Köchin«, versicherte ihr Mr. Paravicini.

Wie lästig doch diese Ausländer sind, dachte Molly.

Es war, als habe Mr. Paravicini ihre Gedanken gelesen. Auf jeden Fall änderte sich sein Wesen. Er sprach jetzt ruhig und durchaus ernsthaft.

»Darf ich Ihnen einen kleinen Rat geben, Mrs. Davis? Sie und Ihr Gatte sollten nicht zu vertrauensselig sein. Haben Sie über Ihre Gäste Auskünfte eingeholt?«

»Ist das üblich?« Molly schien schon wieder verängstigt. »Ich dachte, man nähme sie einfach auf.«

»Es ist stets vorteilhaft, etwas über die Menschen zu wissen, die unter Ihrem Dach schlafen.« Er beugte sich vor und klopfte ihr etwas bedrohlich auf die Schulter. »Sehen Sie mich an. Ich komme mitten in der Nacht hereingeschneit, im wahrsten Sinne des Wortes, und behaupte, mein Wagen habe sich in einer Schneewehe überschlagen. Was wissen Sie von mir? Überhaupt nichts. Vielleicht wissen Sie ebensowenig von Ihren anderen Gästen.«

»Mrs. Boyle . . .«, begann Molly und hielt inne, als diese Dame mit ihrem Strickzeug in der Hand wieder ins Zimmer trat.

»Der Salon ist zu kalt. Ich werde mich hier aufhalten.« Mit diesen Worten schritt sie auf den Kamin zu.

Mr. Paravicini wirbelte vor ihr her. »Gestatten Sie, daß ich das Feuer für Sie schüre.«

Wie schon in der vergangenen Nacht war Molly von seinem jugendlichen, behenden Gang beeindruckt. Auch war ihr nicht entgangen, daß er stets darauf bedacht war, dem Licht den Rücken zu kehren, und jetzt, als er vor dem Feuer kniete, glaubte sie, den Grund dafür entdeckt zu haben. Mr. Paravicini war, wenn auch sehr geschickt, so doch ganz offensichtlich geschminkt.

Der alte Idiot versuchte also, jünger zu erscheinen, als er in Wirklichkeit war, dachte sie. Na, das war ihm nicht gelungen. Er sah eher noch älter aus. Nur der jugendliche Gang paßte nicht zu ihm. Aber vielleicht war auch der sorgfältig einstudiert.

Sie wurde aus ihren Grübeleien aufgescheucht und wieder in die rauhe Wirklichkeit zurückversetzt durch das plötzliche Erscheinen von Major Metcalf.

Mrs. Davis, ich fürchte, die Rohre in der . . . hm« – er

senkte seine Stimme züchtig – »unteren Toilette sind eingefroren.«

»Herrjemine!« stöhnte Molly. »Was für ein schrecklicher Tag! Erst die Polizei und nun die Rohre.«

Mr. Paravicini ließ das Schüreisen klirrend in den Kamin fallen, und Mrs. Boyle hörte mit dem Stricken auf. Molly, die Major Metcalf anblickte, war über seine plötzliche steife Haltung und seinen schwer zu beschreibenden Gesichtsausdruck verdutzt – ein Ausdruck, den sie sich nicht zu erklären vermochte: als sei jegliches Gefühl aus seinen Zügen gewichen und habe eine aus Holz geschnitzte Maske zurückgelassen.

»Die *Polizei,* sagen Sie?« stieß er abrupt hervor.

Sie spürte jetzt, daß es trotz seiner äußeren Gefaßtheit in seinem Innern gärte. Eine heftige Gemütsbewegung – Furcht oder Wachsamkeit oder Erregung – schien ihn zu beherrschen. *Dieser Mann,* sagte sich Molly, *könnte gefährlich sein.*

Er faßte sich wieder, und diesmal lag nur eine milde Neugierde in seiner Stimme. »Was ist mit der Polizei?«

»Man hat angerufen«, erwiderte Molly. »Gerade eben. Um uns mitzuteilen, daß man einen Wachtmeister zu uns hinausschicken will.« Sie blickte aus dem Fenster und setzte hoffnungsvoll hinzu: »Aber ich glaube nicht, daß er es schaffen wird.«

»Warum schickt man einen Polizisten?« Er kam einen Schritt auf sie zu, aber ehe sie antworten konnte, öffnete sich die Tür, und Giles trat ein.

»Dieser verdammte Koks besteht zur Hälfte aus Steinen«, schimpfte er. Dann fügte er scharf hinzu: »Ist irgendwas passiert?«

Major Metcalf wandte sich zu ihm um. »Wie ich höre, soll die Polizei erscheinen. Warum eigentlich?«

»Oh, keine Sorgen«, entgegnete Giles. »In diesem Wetter kommt niemand durch. Herrje, die Schneewehen sind über anderthalb Meter hoch. Die Straße ist völlig blokkiert. Keine Menschenseele wird heute hier auftauchen.«

Im selben Augenblick vernahm man deutlich, wie dreimal ans Fenster geklopft wurde.

Alle fuhren erschreckt zusammen. Im ersten Augenblick wußte niemand, woher der Laut kam, der wie eine drohende, gespenstische Warnung klang. Dann deutete Molly mit einem Aufschrei auf die ins Freie führende Glastür. Draußen stand ein Mann und pochte an die Scheiben. Das Mysterium seiner Ankunft erklärte sich aus der Tatsache, daß er Skier trug.

Mit einem Ausruf des Erstaunens durcheilte Giles das Zimmer, machte sich am Schloß zu schaffen und öffnete die Glastür.

»Vielen Dank, Sir«, sagte der Neuankömmling, der eine heitere Stimme und ein tiefgebräuntes Gesicht besaß.

»Wachtmeister Trotter«, stellte er sich vor.

Mrs. Boyle nahm ihn über ihr Strickzeug hinweg mißbilligend aufs Korn. »Sie können noch kein Wachtmeister sein«, verkündete sie geringschätzig. »Dafür sind Sie zu jung.«

Der junge Mann, der in der Tat noch sehr jung war, antwortete in leicht verärgertem Ton: »Ich bin nicht ganz so jung, wie ich aussehe, meine Gnädigste.«

Sein Blick wanderte über die Gruppe und blieb auf Giles haften.

»Sind Sie Mr. Davis? Könnte ich wohl diese Skier irgendwo verstauen?«

»Selbstverständlich. Kommen Sie nur mit.«

Sobald die Tür zur Halle sich hinter den beiden geschlossen hatte, bemerkte Mrs. Boyle giftig: »Anscheinend zahlen wir heutzutage die vielen Steuern, damit die Polizei sich beim Wintersport amüsieren kann.«

Paravicini war inzwischen dicht an Molly herangetreten. Zischelnd raunte er ihr ins Ohr: »Warum haben Sie die Polizei gerufen, Mrs. Davis?«

Vor der brennenden Feindseligkeit seines Blickes wich sie ein wenig zurück. *Dieser* Mr. Paravincini war ihr ganz neu. Einen Augenblick lang spürte sie Furcht und erwiderte ratlos: »*Ich* habe sie doch nicht gerufen, ganz bestimmt nicht!«

Dann stürzte Christopher Wren aufgeregt ins Zimmer und flüsterte mit hoher, durchdringender Stimme: »Wer ist dieser Mann in der Halle? Wo kommt er her? Geradezu unanständig gesund – und ganz voll Schnee!«

Mrs. Boyles Stimme überdröhnte das Geklapper ihrer Stricknadeln. »Sie mögen es glauben oder nicht, aber der Mann ist ein Polizist. Ein Ski laufender Polizist!«

Es gab keinerlei Privileg für die bessere Gesellschaft mehr – das schien aus ihren Worten zu klingen.

Major Metcalf flüsterte Molly zu: »Entschuldigen Sie, Mrs. Davis, darf ich Ihr Telefon benutzen?«

»Natürlich, Major Metcalf.«

Während er an den Apparat trat, ließ sich Christopher Wrens schrilles Organ vernehmen: »Er sieht blendend aus. Finden Sie nicht auch? Für mein Empfinden sind Polizisten schrecklich attraktiv.«

»Hallo, hallo ...« Major Metcalf rappelte gereizt an der Gabel und wandte sich an Molly. »Mrs. Davis, dieses Telefon gibt überhaupt keinen Ton von sich.«

»Eben war es doch noch in Ordnung. Ich ...«

Sie wurde von Christopher Wren unterbrochen, der in ein hysterisches Gelächter ausbrach. »Aha, wir sind also jetzt völlig abgeschnitten. Völlig abgeschnitten. Komisch, nicht wahr?«

»Das kann ich nicht lächerlich finden«, bemerkte Major Metcalf gezwungen.

»Ich auch nicht«, stimmte ihm Mrs. Boyle zu.

Christopher schüttelten immer noch Lachkrämpfe. »Nur ein kleiner Scherz von mir«, erklärte er. »Pst!« – er legte den Finger an die Lippen – »der Spürhund naht.«

Giles und Wachtmeister Trotter traten zusammen ins Zimmer. Trotter, der den Schnee von seinem Anzug gebürstet hatte, trug ein großes Notizbuch und einen Bleistift in der Hand. Er brachte die Atmosphäre eines langwierigen Gerichtsverfahrens mit sich.

»Molly«, sagte Giles, »Wachtmeister Trotter möchte mit uns unter vier Augen reden.«

Molly folgte den beiden aus dem Zimmer.

»Wir gehen am besten ins Studierzimmer«, schlug Giles vor.

Sie gingen in das kleine Kabinett am Ende der Halle, das diesen würdigen Namen trug, und Wachtmeister Trotter schloß sorgfältig die Tür hinter sich.

»Was haben wir verbrochen, Wachtmeister?« fragte Molly kläglich.

»Verbrochen?« Wachtmeister Trotter starrte sie an. Dann lächelte er über das ganze Gesicht. »Aber darum handelt es sich doch gar nicht. Es tut mir leid, wenn ein Mißverständnis aufgekommen ist. Nein, Mrs. Davis, es geht um etwas ganz anderes – eher um polizeilichen Schutz, wenn Sie mich recht verstehen.«

Da sie ihn nicht im geringsten verstanden, blickten beide ihn fragend an.

Wachtmeister Trotter fuhr fort: »Mein Anliegen hat etwas mit Mrs. Lyon zu tun, Mrs. Maureen Lyon, die vor zwei Tagen in London ermordet wurde. Sie haben vielleicht davon in der Zeitung gelesen.«

»Ja«, sagte Molly.

»Als erstes möchte ich wissen, ob Sie mit dieser Mrs. Lyon bekannt waren.«

»Hab' nie was von ihr gehört«, erklärte Giles, und Molly stimmte ihm murmelnd zu.

»Nun, das haben wir uns schon gedacht. Aber in Wirklichkeit hieß die Ermordete nicht Lyon. Sie wurde in den Polizeiakten geführt und an Hand der vorhandenen Fingerabdrücke ohne Schwierigkeiten identifiziert. Ihr eigentlicher Name lautete Gregg, Maureen Gregg. John Gregg, ihr verstorbener Mann, war Landwirt und wohnte auf der Longridge-Farm unweit von hier. Vielleicht haben Sie gehört, was sich seinerzeit dort zugetragen hat?«

Im Raum herrschte Totenstille. Nur ein einziger Laut unterbrach das Schweigen: ein dumpfer, unerwarteter Aufprall, als Schnee vom Dach rutschte. Es war ein geheimnisvolles, fast unheimliches Geräusch.

Trotter fuhr fort: »Im Jahre 1940 wurden drei evakuierte Kinder bei den Greggs auf der Longridge-Farm einquartiert. Eines dieser Kinder starb später an sträflicher Vernachlässigung und an Mißhandlungen, die sie dort erlitten hatten. Der Fall erregte ziemliches Aufsehen, und beide Greggs wurden zu Gefängnisstrafen verurteilt. Gregg gelang es, auf dem Wege zum Gefängnis zu entkommen. Er stahl ein Auto und stieß auf der Flucht mit einem anderen Wagen zusammen. Er war sofort tot. Mrs. Gregg hat ihre Zeit abgesessen und wurde vor zwei Monaten entlassen.«

»Und nun ist sie ermordet worden«, murmelte Giles. »Wen hat man in Verdacht?«

Doch Wachtmeister Trotter ließ sich nicht aus der Ruhe bringen. »Erinnern Sie sich an den Fall, Sir?« fragte er.

Giles schüttelte den Kopf. »Im Jahre 1940 diente ich als Marineoffizier im Mittelmeer.«

Trotter ließ seinen Blick zu Molly gleiten.

»Ich ... ich erinnere mich tatsächlich, etwas davon gehört zu haben«, gestand Molly ein wenig gepreßt. »Aber warum kommen Sie zu uns? Was haben *wir* damit zu tun?«

»Die Sache ist die: Sie schweben in Gefahr, Mrs. Davis.«

»Gefahr?« wiederholte Giles ungläubig.

»Es verhält sich folgendermaßen, Sir. In der Nähe des Tatortes fand man ein Notizbuch, das zwei Adressen enthielt. Die erste war Culver Street vierundsiebzig.«

»Wo die Frau ermordet wurde?« warf Molly ein.

»Ja, Mrs. Davis. Die andere Adresse war Monkswell Manor.«

»Was sagen Sie da?« Mollys Ton klang ungläubig. »Aber wie seltsam!«

»Ja. Aus diesem Grunde hielt Inspektor Hogben es für ungeheuer wichtig, ausfindig zu machen, ob irgendeine Verbindung zwischen Ihnen oder diesem Haus und der Geschichte mit der Longridge-Farm besteht.«

»Nein, nicht die geringste«, versicherte ihm Giles. »Es muß purer Zufall sein.«

Wachtmeister Trotter entgegnete sanft: »Inspektor Hogben hält es aber nicht für einen Zufall. Er wäre selbst gekommen, wenn es irgend möglich gewesen wäre. Aber bei diesem Wetter schickte er mich, da ich ein erfahrener Skiläufer bin. Er gab mir Anweisung, mich eingehend über jede im Haus befindliche Person zu informieren, ihm telefonisch Bericht zu erstatten und alle Maßnahmen zu treffen, die ich für die Sicherheit des Haushaltes für notwendig halte.«

»Sicherheit?« wiederholte Giles in scharfem Ton. »Mein Gott, Sie nehmen doch nicht etwa an, daß jemand hier im Haus umgebracht werden soll?«

»Ich wollte die Dame nicht beunruhigen«, erklärte Trotter, »aber gerade das ist es, was Inspektor Hogben befürchtet.«

»Aber um Himmels willen, aus welchem Grunde ...«

Trotter fiel ihm ins Wort. »Um das zu entdecken, bin ich ja hier.«

»Aber das Ganze ist total verrückt.«

»Ja, Sir. Und eben deswegen so gefährlich.«

Molly mischte sich ein. »Ich habe den Eindruck, daß Sie uns noch nicht alles gesagt haben. Stimmt's, Wachtmeister?«

»Ja, Madam. Über der Seite in dem bewußten Notizbuch standen die Worte: *Drei blinde Mäuse.* An das Kleid der Ermordeten war ein Zettel geheftet mit der Aufschrift: *Dies ist die erste.* Darunter befanden sich eine Zeichnung von drei Mäusen und ein paar Notentakte, die die Melodie des Kinderliedes angaben.«

Molly sang leise vor sich hin:

Drei blinde Mäuse,
Ha, wie sie rennen ...

Sie brach ab. »Oh, es ist gräßlich – schauderhaft. Drei Kinder waren damals auf der Farm, nicht wahr?«

»Ja, Mrs. Davis. Ein fünfzehnjähriger Junge, ein vierzehnjähriges Mädchen und der zwölfjährige Junge, der später starb.«

»Was ist aus den zwei anderen geworden?«

»Das Mädchen wurde, soviel ich weiß, von einer Familie adoptiert. Es ist uns nicht gelungen, sie ausfindig zu machen. Der Junge müßte jetzt etwa dreiundzwanzig sein. Wir haben ihn aus den Augen verloren. Er soll immer ein wenig – sonderbar gewesen sein. Mit achtzehn Jahren trat er ins Heer ein und ist später fahnenflüchtig geworden. Seitdem ist er verschwunden. Der Militärpsychiater behauptet steif und fest, daß er nicht normal gewesen sei.«

»Sie nehmen also an, daß *er* es war, der Mrs. Lyon umgebracht hat?« fragte Giles. »Daß es sich also um einen mordsüchtigen Irren handelt, der aus unbekannten Gründen hier auftauchen mag?«

»Wir vermuten, daß irgend jemand in diesem Haus etwas mit den Vorgängen auf der Longridge-Farm zu tun hatte. Sobald wir einen solchen Zusammenhang festgestellt haben, sind wir im voraus gewappnet. Sie, Sir, behaupten also, daß Sie in keiner Weise in diesen Fall verwickelt waren. Gilt das auch für Sie, Mrs. Davis?«

»Ich . . . ja, natürlich.«

»Wollen Sie mir bitte alle Personen nennen, die sich bei Ihnen aufhalten?«

Sie gaben ihm die Namen: Mrs. Boyle; Major Metcalf; Mr. Christopher Wren; Mr. Paravicini. Er schrieb sie in sein Notizbuch.

»Und wie steht's mit dem Hauspersonal?«

»Wir haben kein Personal«, erwiderte Molly. »Dabei fällt mir ein, daß ich unbedingt die Kartoffeln aufsetzen muß.«

Mit diesen Worten eilte sie aus dem Zimmer.

Trotter wandte sich an Giles. »Was wissen Sie über diese Leute, Sir?«

»Ich – wir . . .« Giles stotterte. Doch dann fuhr er gelassen fort: »Eigentlich gar nichts, Wachtmeister. Mrs. Boyle schrieb uns von einem Hotel in Bournemouth, Major Metcalf aus Leamington, Mr. Wren von einem Privathotel in South Kensington. Mr. Paravicini schneite buchstäblich mitten in der Nacht herein, da sein Wagen sich hier in der Nähe in einer Schneewehe überschlagen hatte. Ich nehme jedoch an, daß alle Personalausweise, Lebensmittelkarten und dergleichen besitzen.«

»Das werde ich natürlich noch prüfen.«

»In gewisser Hinsicht ist es ja günstig, daß das Wetter so schauderhaft ist«, meinte Giles. »Unter diesen Umständen kann der Mörder unmöglich bis zu uns vordringen, nicht wahr?«

»Vielleicht braucht er das nicht einmal, Mr. Davis.«

»Was soll das heißen?«

Wachtmeister Trotter zögerte eine Sekunde. Dann sagte er: »Sie müssen die Möglichkeit ins Auge fassen, Sir, daß er *vielleicht schon hier ist.*«

Giles starrte ihn verdutzt an.

»Wie soll ich das verstehen?«

»Mrs. Gregg wurde vor zwei Tagen umgebracht. *Alle Ihre Gäste sind erst nach diesem Zeitpunkt hier eingetroffen, Mr. Davis.*«

»Ja, allerdings, aber sie hatten ihre Zimmer sämtlich im voraus bestellt – eine ganze Weile im voraus – außer Paravicini.«

Wachtmeister Trotter seufzte, und seine Stimme klang müde. »Diese Verbrechen sind im voraus geplant.«

»Diese Verbrechen? Bisher ist doch nur eines begangen worden. Warum sind Sie so sicher, daß ein weiteres folgen wird?«

»Daß es ausgeführt wird – dessen bin ich nicht sicher. Das hoffe ich zu verhindern. Daß es versucht wird, davon bin ich überzeugt.«

»Wenn Ihre Ansicht richtig ist«, stieß Giles erregt hervor, »dann käme nur eine Person in Frage – die einzige Person, die das passende Alter hat. *Christopher Wren!*«

Wachtmeister Trotter hatte Molly in der Küche aufgesucht.

»Ich würde es sehr begrüßen, Mrs. Davis, wenn Sie mit mir in die Bibliothek kommen würden. Dort möchte ich für alle ein paar grundsätzliche Bemerkungen machen. Mr. Davis hat Ihre Leute freundlicherweise schon darauf vorbereitet.«

»Gern – lassen Sie mich eben die Kartoffeln fertigschälen. Manchmal wünsche ich, Sir Walter Raleigh hätte diese vertrackten Dinger gar nicht entdeckt.«

Wachtmeister Trotter bewahrte ein mißbilligendes Schweigen, das von Molly unterbrochen wurde. »Ich kann es einfach nicht glauben, was Sie uns da erzählt haben. Es ist so – phantastisch!«

»Es ist durchaus nicht phantastisch, Madam. Es handelt sich um nackte Tatsachen.«

»Haben Sie eine Beschreibung dieses Mannes?« fragte Molly neugierig.

»Mittelgroß, schmächtig gebaut, trug einen dunklen Mantel und einen hellen Hut, sprach im Flüsterton, sein Gesicht war durch einen Schal verhüllt. Wie Sie sehen, trifft das auf Hinz und Kunz zu.« Nach einer kleinen Pause fuhr er fort: »Drei dunkle Mäntel und helle Hüte hängen auch in Ihrer Halle, Mrs. Davis.«

»Ich glaube nicht, daß einer von den Gästen aus London kam.«

»Wirklich nicht, Mrs. Davis?« Mit affenartiger Geschwindigkeit bewegte sich Wachtmeister Trotter auf die Anrichte zu und ergriff die dort liegende Zeitung.

»Der *Evening Standard* vom 19. Februar. Zwei Tage alt. Irgend jemand hat die Zeitung mitgebracht, Mrs. Davis.«

»Wie merkwürdig!« Molly starrte auf die Zeitung, und eine schwache Saite vibrierte in ihrem Gedächtnis. »Woher mag sie nur stammen?«

»Sie dürfen die Menschen nicht nur nach ihrem Äußeren beurteilen, Mrs. Davis. Sie wissen im Grunde gar nichts von diesen Leuten, die Sie in Ihr Haus aufgenommen haben.« Er setzte hinzu: »Ich nehme an, daß Sie und Mr. Davis noch nicht lange mit der Leitung einer Pension vertraut sind.«

»Das stimmt«, gab Molly zu. Sie kam sich auf einmal recht jung, töricht und kindisch vor.

»Wahrscheinlich sind Sie auch noch nicht lange verheiratet, wie?«

»Gerade ein Jahr.« Sie errötete ein wenig. »Es kam alles ziemlich plötzlich.«

»Liebe auf den ersten Blick«, meinte Wachtmeister Trotter verständnisinnig.

Molly fühlte sich nicht imstande, ihn kühl abblitzen zu lassen. »Ja«, erwiderte sie und fügte in plötzlicher Vertrauensseligkeit hinzu: »Wir hatten uns nur vierzehn Tage lang gekannt.«

Ihre Gedanken eilten zurück zu jenen stürmischen zwei Wochen ihrer jungen Liebe. Es hatte keine Zweifel gegeben – sie hatten beide gewußt, daß sie zueinander gehörten. In einer gequälten, nervösen Welt hatten sie das Wunder ihrer Liebe gefunden. Ein leises Lächeln umspielte ihre Lippen.

Sie kehrte wieder in die Wirklichkeit zurück und spürte, wie Wachtmeister Trotters Blick nachsichtig auf ihr ruhte.

»Ihr Gatte stammt wohl nicht aus dieser Gegend, wie?«

»Nein«, erwiderte Molly zerstreut. »Er kommt aus Lincolnshire.«

Von Giles' Vergangenheit wußte sie eigentlich fast nichts. Seine Eltern waren tot, und er vermied jedes Gespräch über seine Jugend. Wahrscheinlich hatte er eine unglückliche Kindheit verlebt.

»Sie sind beide noch sehr jung für die Leitung eines solchen Unternehmens, wenn ich mir die Bemerkung gestatten darf.«

»Das will ich nicht sagen. Ich bin zweiundzwanzig und . . .«

Molly brach ab, als sich die Tür öffnete und Giles erschien.

»Sie sind alle versammelt«, verkündete er, »und ich habe

ihnen die Situation in groben Umrissen skizziert. Sie haben hoffentlich nichts dagegen, Wachtmeister.«

»Nein, damit haben Sie mir viel Zeit erspart«, sagte Trotter. »Sind Sie bereit, Mrs. Davis?«

Vier Stimmen erhoben sich gleichzeitig, als Wachtmeister Trotter die Bibliothek betrat.

Die höchste und schrillste war die von Christopher Wren. Er verkündete der Umwelt, daß dies alles maßlos aufregend sei und er in der kommenden Nacht kein Auge schließen werde, und ob man nicht, *bitte,* alle die blutigen Einzelheiten erfahren könnte?

Mrs. Boyle lieferte dazu die Kontrabaßbegleitung. »Eine unglaubliche Schande – die reinste Unfähigkeit – unerhört, daß die Polizei Mörder frei herumlaufen läßt!«

Mr. Paravicini redete hauptsächlich mit den Händen. Seine Gesten waren beredter als seine Worte, die von Mrs. Boyles Kontrabaß übertönt wurden. Gelegentlich drang Major Metcalfs schroffes, abgerissenes Bellen durch das Stimmengewirr. Er verlangte nach Tatsachen.

Trotter wartete eine Weile. Dann hob er gebieterisch die Hand, und erstaunlicherweise trat Ruhe ein.

»Ich danke Ihnen, meine Herrschaften«, sagte er. »Nun, Mr. Davis hat Ihnen bereits die Gründe für meine Anwesenheit auseinandergesetzt. Ich möchte nur eines wissen, mehr nicht, aber ich möchte es sehr rasch wissen. *Wer von Ihnen hat etwas mit den Vorkommnissen auf der Longridge-Farm tun?«*

Eisiges Schweigen folgte diesen Worten. Vier ausdruckslose Gesichter starrten Wachtmeister Trotter an. Die eben noch zum Ausdruck gebrachten Gefühle – Erregung, Empörung, Hysterie, Neugierde – waren wie ausgelöscht, als sei jemand mit einem Schwamm über eine Schiefertafel gefahren.

Wachtmeister Trotter begann von neuem, diesmal etwas eindringlicher. »Bitte, verstehen Sie mich doch. Wir haben Grund zu der Annahme, daß einer von Ihnen in Gefahr – in *Lebensgefahr* – schwebt. Ich muß unbedingt wissen, wer von Ihnen das ist!«

Und immer noch rührte sich keiner.

Trotters Stimme klang jetzt ein wenig zornig. »Na schön – ich werde jetzt alle der Reihe nach fragen. Mr. Paravicini?«

Ein schwaches Lächeln breitete sich über Mr. Paravicinis Züge. Er hob die Hände in einer protestierenden, theatralischen Geste.

»Aber ich bin doch fremd in dieser Gegend, Inspektor. Ich weiß nichts, aber auch gar nichts von diesen lokalen Angelegenheiten vergangener Tage.«

Trotter verschwendete keine Zeit, sondern sagte scharf: »Mrs. Boyle?«

»Ich sehe tatsächlich nicht ein, warum ... Ich meine – warum sollte ausgerechnet *ich* mit einer so peinlichen Angelegenheit zu schaffen haben?«

»Mr. Wren?«

Christopher schrillte: »Ich war ja damals noch ein Kind. Ich kann mich nicht einmal daran erinnern, etwas davon gehört zu haben.«

»Major Metcalf?«

Der Major entgegnete schroff: »Las davon in der Zeitung. War seinerzeit in Edinburgh stationiert.«

»Und das ist alles, was Sie mir zu sagen haben – Sie alle miteinander?«

Wieder herrschte Schweigen.

Trotter stieß einen Seufzer der Verzweiflung aus. »Nun gut, wenn einer von Ihnen ermordet wird, dann hat er es sich selbst zuzuschreiben.«

Er wandte sich unvermittelt ab und verließ das Zimmer.

»Herrje«, äußerte sich Christopher, »wie melodramatisch!« Er setzte hinzu: »Er sieht sehr gut aus, nicht wahr? Ich bewundere die Polizei. So streng und so abgebrüht. Ein ziemlicher Nervenkitzel, diese ganze Geschichte. *Drei blinde Mäuse.* Wie geht doch noch die Melodie?«

Er pfiff die Weise vor sich hin, und Molly rief: »Bitte nicht!«

Er wirbelte herum und betrachtete sie lachend. »Aber meine Liebe, es ist doch mein Leitmotiv. Ich bin noch nie zuvor für einen Mörder gehalten worden, und es macht mir ungeheuren Spaß!«

»Überspannter Unsinn«, erklärte Mrs. Boyle. »Ich glaube kein Wort davon.«

In Christophers blassen Augen flackerte es spitzbübisch auf. »Warten Sie nur, Mrs. Boyle«, sagte er mit gesenkter Stimme, »bis ich mich von hinten an Sie heranschleiche und Sie meine Hände an Ihrer Kehle spüren.«

Molly zuckte zusammen.

Giles wurde zornig. »Sie machen meine Frau ganz nervös, Wren. Nebenbei gesagt, war es ein verdammt taktloser Witz.«

»Das Ganze ist wahrhaftig kein Scherz«, ließ sich der Major vernehmen.

»Im Gegenteil«, protestierte Christopher. »Das ist es ja gerade – der Scherz eines Verückten. Dadurch wird die Situation so wundervoll makaber.«

Lachend blickte er alle der Reihe nach an. »Wenn Sie nur Ihre Gesichter sehen könnten«, meinte er.

Dann verließ er rasch das Zimmer.

Mrs. Boyle fand zuerst die Sprache wieder. »Ein selten unerzogener und neurotischer junger Mann«, bemerkte sie. »Wahrscheinlich ein Kriegsdienstverweigerer.«

»Er erzählte mir, daß er während eines Luftangriffes achtundvierzig Stunden unter Trümmern begraben lag, ehe man ihn ausbuddelte«, erwähnte Major Metcalf. »Dadurch läßt sich wohl manches erklären.«

»Die Leute haben tausend Entschuldigungen, wenn sie sich von ihren Nerven unterkriegen lassen«, versetzte Mrs. Boyle bissig. »Ich habe im Krieg bestimmt ebensoviel durchgemacht wie jeder andere, aber *meine* Nerven sind völlig in Ordnung.«

»Das kommt Ihnen vielleicht noch einmal gut zustatten, Mrs. Boyle«, meinte Metcalf.

»Was soll das heißen?«

Major Metcalf erwiderte gemessen: »Ich glaube, Sie waren im Jahre 1940 Quartiermacherin für diesen Bezirk, Mrs. Boyle.« Er blickte zu Molly hinüber, die ernst nickte. »Ich habe doch recht, nicht wahr?«

Zornesröte stieg Mrs. Boyle in die Wangen. »Na, und was besagt das schon?« fragte sie schroff.

»*Sie* waren für die Unterbringung der drei Kinder auf der Longridge-Farm verantwortlich«, lautete die ernste Antwort.

»Hören Sie, Major, es ist mir wirklich schleierhaft, wie man mich für das Geschehen verantwortlich machen kann. Die Leute auf der Farm schienen sehr nett zu sein und wollten die Kinder unbedingt aufnehmen. Ich finde wirklich nicht, daß mich irgendeine Schuld trifft – oder daß man mir die Verantwortung in die Schuhe schieben könnte.«

Giles fragte scharf: »Warum haben Sie das nicht Wachtmeister Trotter erzählt?«

»Weil es die Polizei nichts angeht«, erwiderte Mrs. Boyle schroff. »Ich kann auf mich selbst aufpassen.«

»Ich würde Ihnen raten, auf der Hut zu sein«, warnte Major Metcalf.

Damit verließ auch er das Zimmer.

Molly murmelte: »Sie waren tatsächlich die Quartiermacherin. Ich entsinne mich jetzt ganz gut.«

Giles starrte sie an. »Molly, wußtest du darüber Bescheid?«

»Ihnen gehörte das große Haus am Gemeindeplatz, nicht wahr?«

»Es wurde requiriert«, entgegnete Mrs. Boyle. »Und nun ist es vollständig ruiniert«, fügte sie bitter hinzu. »Verwüstet. Ein Skandal.«

Hier begann Mr. Paravincini leise vor sich hin zu kichern. Dann warf er den Kopf zurück und brach in ein schallendes Gelächter aus.

»Sie müssen mir verzeihen«, ächzte er. »Aber ich finde dies alles höchst amüsant. Ja, es macht mir Spaß – riesigen Spaß.«

In diesem Augenblick betrat Wachtmeister Trotter wieder das Zimmer und warf Mr. Paravincini einen mißbilligenden Blick zu. »Es freut mich«, sagte er ironisch, »daß Sie die Sache so belustigend finden.«

»Ich bitte vielmals um Entschuldigung, Inspektor, daß ich die Wirkung Ihrer feierlichen Warnung verdorben habe.«

Wachtmeister Trotter zuckte die Achseln. »Ich habe mein Bestes getan, um Ihnen die Situation zu erläutern. Außerdem bin ich kein Inspektor, sondern nur Wachtmeister. Bitte, Mrs. Davis, ich möchte gern das Telefon benutzen.«

»Ich krieche zu Kreuze«, erklärte Mr. Paravincini, »und schleiche mich davon.«

Mit diesen Worten ging er hinaus, aber durchaus nicht schleichend, sondern mit dem jugendlich elastischen Schritt, den Molly schon vorher an ihm bemerkt hatte.

»Merkwürdiger Kauz«, meinte Giles.

»Verbrechertyp«, erklärte Trotter. »Würde ihm nicht über den Weg trauen.«

»Oh«, warf Molly dazwischen. »Denken Sie etwa, daß *er* ...? Aber er ist ja viel zu alt. Oder ist er vielleicht gar nicht alt? Er gebraucht Make-up, eine ganze Menge sogar. Und er hat einen jugendlichen Gang. Vielleicht hat er sich so zurechtgemacht, um alt zu wirken? Wachtmeister Trotter, glauben Sie ...«

Der Wachtmeister erteilte ihr einen strengen Verweis. »Nutzlose Spekulationen bringen uns keinen Schritt weiter, Mrs. Davis, und jetzt muß ich Inspektor Hogben Bericht erstatten.«

Er durchquerte den Raum, um zum Telefon zu gelangen.

»Sie können nicht telefonieren«, sagte Molly, »der Apparat ist tot.«

»Was sagen Sie da?« Trotter drehte sich blitzschnell um. Der scharfe, besorgte Ton seiner Stimme beeindruckte sie alle. »Tot? Seit wann?«

»Major Metcalf versuchte kurz vor Ihrer Ankunft zu telefonieren.«

»Aber davor muß es noch in Ordnung gewesen sein. Sie haben doch Inspektor Hogbens Botschaft bekommen, nicht wahr?«

»Ja. Aber ich glaube, daß die Drähte seit etwa zehn Uhr am Boden liegen – infolge der Schneemassen.«

Trotters Miene blieb ernst. »Wer weiß«, sagte er. »Die Drähte können auch durchgeschnitten sein.«

Molly starrte ihn ungläubig an. »Glauben Sie wirklich?«

»Ich werde mich davon überzeugen.«

Er eilte aus dem Zimmer, und nach kurzem Zaudern folgte ihm Giles.

»Gütiger Himmel!« rief Molly. »Es ist ja beinahe Essenszeit. Da muß ich mich aber sputen – oder wir haben nichts auf dem Tisch.«

Als auch sie hinausstürzte, murmelte Mrs. Boyle: »Unfähiges Ding! Was für ein Haus! Na, *ich* werde nicht sieben Pfund für eine solche Schlamperei bezahlen.«

Wachtmeister Trotter beugte sich prüfend über die Drähte. »Existiert ein Nebenanschluß?« erkundigte er sich bei Giles.

»Ja, oben in unserem Schlafzimmer. Soll ich dort einmal nachsehen?«

»Ja, bitte.«

Trotter öffnete das Fenster und lehnte sich hinaus, wobei er den Schnee von der Fensterbank fegte. Giles eilte, zwei Stufen auf einmal nehmend, die Treppe hinauf. –

Mr. Paravicini war im großen Salon. Er trat an den Flügel und öffnete ihn. Dann setzte er sich auf den Klavierschemel und klimperte mit einem Finger leise eine Melodie.

Drei blinde Mäuse ...

Christopher Wren war in seinem Schlafzimmer. Munter pfeifend, schritt er auf und ab. Plötzlich wurde das Pfeifen zaghaft und erstarb. Er setzte sich auf den Rand seines Bettes, vergrub das Gesicht in den Händen und begann zu schluchzen. Wie ein Kind murmelte er: »Ich kann nicht mehr.«

Dann wechselte seine Stimmung. Er stand auf und warf sich in die Brust. »Ich *muß* weitermachen«, sagte er sich. »Ich muß es *zu Ende* führen.« –

Giles stand in dem Schlafzimmer, das er mit Molly teilte, am Telefon. Dann bückte er sich und hob einen Handschuh von Molly auf. Ein Londoner Busfahrschein flatterte daraus zu Boden. Während Giles dem Billett nachblickte, veränderte sich sein Gesichtsausdruck. Es hätte ebensogut ein anderer Mann sein können, der – wie im Traum – langsam zur Tür schritt, sie öffnete und eine Weile den Korridor hinab zum Kopf der Treppe blickte. –

Molly schälte die Kartoffeln zu Ende, schüttete sie in den Topf und setzte ihn aufs Feuer. Dann warf sie einen Blick in den Backofen. Alles war soweit in Ordnung, alles ging genau nach Plan.

Auf dem Küchentisch lag die zwei Tage alte Nummer des *Evening Standard,* die sie stirnrunzelnd betrachtete. Wenn sie sich doch nur entsinnen könnte . . .

Plötzlich schlug sie die Hände vors Gesicht. »O nein«, jammerte sie. »O nein!«

Langsam ließ sie die Hände sinken und blickte sich wie eine Fremde in der Küche um, die so warm, so behaglich, so geräumig und von einem schwachen, leckeren Geruch durchzogen war.

»O nein«, flüsterte sie noch einmal.

Wie eine Schlafwandlerin bewegte sie sich langsam auf die Tür zu, die in die Halle führte, und öffnete sie. Irgendwo pfiff jemand. Sonst herrschte tiefe Stille.

Oh, diese Melodie!

Molly trat schaudernd zurück. Sie wartete noch eine Weile, während sie sich in der vertrauten Küche umblickte. Ja, alles war in Ordnung und ging seinen gewohnten Gang. Wieder schritt sie auf die Küchentür zu. –

Major Metcalf stieg ruhig die Hintertreppe hinab. Er blieb eine Weile in der Halle stehen, ehe er den Verschlag unter der Treppe öffnete und prüfend hineinblickte. Alles schien ruhig zu sein. Ein günstiger Augenblick, um das zu tun, was er sich vorgenommen hatte. –

Mrs. Boyle, die in der Bibliothek saß, drehte ziemlich gereizt an den Knöpfen des Radios.

Mit ihrem ersten Versuch war sie mitten in einem Vortrag über den Ursprung und die Bedeutung der Kinderlieder gelandet. Das war wirklich das allerletzte, das sie zu hören wünschte. Sie drehte ungeduldig weiter, und eine kultivierte Stimme informierte sie: »Die Psychologie der Furcht muß gründlich verstanden werden. Nehmen wir einmal an, Sie befinden sich allein im Zimmer, und hinter Ihnen öffnet sich leise eine Tür . . .«

Und eine Tür öffnete sich auch tatsächlich.

Mrs. Boyle fuhr heftig zusammen und wandte sich ruckartig um. »Ach, Sie sind es«, rief sie erleichtert, »Idiotische Programme senden sie hier. Ich kann überhaupt nichts finden, das ich mir gern anhören möchte!«

»Ich würde mir an Ihrer Stelle auch keine Mühe mehr geben, Mrs. Boyle.«

Mrs. Boyle schnaubte. »Was soll ich denn sonst hier anfangen?« fragte sie unwirsch. »Mit einem potentiellen Mörder in ein Haus eingesperrt – nicht, daß ich dieser melodramatischen Geschichte den geringsten Glauben schenke . . .«

»Wirklich nicht, Mrs. Boyle?«

»Was soll dieser merkwürdige Tonfall . . .?«

Der Gürtel des Regenmantels wurde ihr so rasch um den Hals gelegt, daß sie sich nicht mehr darüber klarwerden konnte, was das zu bedeuten hatte. Gleichzeitig wurde das Radio lauter eingestellt. Der Vortragende, der über die Psychologie der Furcht redete, schrie seine gelehrten Bemerkungen in den Raum und übertönte etwaige Geräusche, die mit Mrs. Boyles Hinscheiden verknüpft sein mochten.

Aber ihr Tod verursachte nicht viel Lärm.

Der Mörder war zu gewandt.

Sie hockten alle miteinander in der Küche. Auf dem Gasherd brodelten die Kartoffeln. Aus dem Ofen drang das appetitliche Aroma der Fleischpastete.

Vier erschütterte Personen starrten einander an. Die fünfte, Molly, nippte bleich und zitternd an einem Glas

Whisky, das ihr die sechste, Wachtmeister Trotter, aufgezwungen hatte.

Wachtmeister Trotter musterte die Versammlung mit ernster, grimmiger Miene. Knapp fünf Minuten waren verstrichen, seitdem Mollys Angstschrei ihn und die anderen im Laufschritt zur Bibliothek gejagt hatte.

»Sie war eben erst erwürgt worden, als Sie die Bibliothek betraten, Mrs. Davis«, wandte er sich an Molly. »Sind Sie ganz sicher, daß Sie niemanden gesehen oder gehört haben, als Sie durch die Halle kamen?«

»Ich hörte jemanden pfeifen«, erwiderte Molly mit schwacher Stimme. »Aber das war früher. Ich glaube ... Ich bin nicht sicher, aber ich meine, ich hätte gehört, wie irgendwo leise eine Tür geschlossen wurde, gerade als ich – als ich in die Bibliothek ging.«

»Welche Tür?«

»Ich weiß es nicht.«

»Versuchen Sie einmal scharf nachzudenken, Mrs. Davis. War es oben, unten, rechts oder links?«

»Ich habe Ihnen doch gesagt, ich weiß es nicht. Ich bin nicht einmal ganz sicher, ob ich überhaupt etwas gehört habe.«

»Wollen Sie nicht endlich aufhören, meiner Frau so zuzusetzen?« sagte Giles voller Zorn. »Sehen Sie denn nicht, daß sie völlig verstört ist?«

»Ich bin damit beschäftigt, einen Mord zu untersuchen, Mr. Davis. Bisher hat niemand von Ihnen das Ganze ernst genommen. Mrs. Boyle schon gar nicht. Sie hat mir wichtige Informationen vorenthalten. Alle anderen ebenfalls. Nun, Mrs. Boyle ist tot. Wenn wir der Sache jetzt nicht auf den Grund kommen, und zwar schleunigst, haben wir vielleicht noch einen Mord am Halse.«

»Noch einen? Unsinn. Warum denn?«

»Weil«, antwortete Trotter ernst, »von *drei* kleinen blinden Mäusen die Rede ist.«

Ungläubig meinte Giles: »Ein Mord für jede Maus? Aber da müßte ja noch jemand in enger Beziehung zu diesem Fall stehen.«

»Ja, das ist natürlich die Voraussetzung.«

»Aber warum sollte dieser Mord ausgerechnet hier stattfinden?«

»Weil das Notizbuch nur zwei Adressen enthielt. Im Haus Culver Street vierundsiebzig wohnte nur ein in Frage kommendes Opfer, und das ist erledigt. Monkswell Manor bietet einen größeren Spielraum.«

»Unsinn, Trotter. Es wäre ein höchst unwahrscheinliches Zusammentreffen, wenn der Zufall *zwei* Menschen hierhergeführt hätte, die alle beide in die Affäre von der Longridge-Farm verwickelt sind.«

»Unter gewissen Umständen gar kein so merkwürdiges Zusammentreffen. Denken Sie mal darüber nach, Mr. Davis.« Trotter wandte sich den anderen zu. »Sie haben mir zwar schon gesagt, wo Sie sich alle befanden, als Mrs. Boyle ermordet wurde. Aber ich möchte noch einmal darauf zurückkommen. Sie waren also in Ihrem Zimmer, Mr. Wren, als Sie Mrs. Davis schreien hörten?«

»Ja, Wachtmeister.«

»Und Sie, Mr. Davis, waren oben in Ihrem Schlafzimmer, um die Telefonleitung zu prüfen?«

»Ja«, bestätigte Giles.

»Mr. Paravicini hielt sich im Salon auf und spielte auf dem Flügel. Übrigens hat niemand Ihr Spiel gehört, Mr. Paravicini.«

»Ich spielte sehr, sehr leise, Wachtmeister, nur mit einem Finger.«

»Welche Melodie?«

»*Drei blinde Mäuse,* Wachtmeister.« Mr. Paravicini lächelte. »Dieselbe Melodie, die Mr. Wren oben pfiff. Die Melodie, die uns allen im Kopf herumschwirrt.«

»Ein gräßliches Lied«, sagte Molly.

»Wie verhielt es sich mit der Telefonleitung?« fragte Metcalf. »War sie vorsätzlich zerstört worden?«

»Ja, Herr Major. Unmittelbar vor dem Eßzimmerfenster war ein Stück herausgeschnitten. Ich hatte gerade die Stelle gefunden, als Mrs. Davis schrie.«

»Aber das ist doch völlig verrückt. Wie kann der Mörder hoffen, unentdeckt zu entkommen?« fragte Christopher schrill.

Der Wachtmeister nahm ihn sorgfältig aufs Korn.

»Vielleicht ist ihm nicht viel daran gelegen«, entgegnete er. »Vielleicht ist er aber auch davon überzeugt, daß er zu schlau für uns ist. Mörder werden oft so.« Er fügte hinzu: »Unsere Ausbildung schließt nämlich auch einen Kursus in Psychologie ein. Die Mentalität eines Schizophrenen ist sehr interessant.«

»Sollten wir nicht lieber diese langen Fremdwörter vermeiden?« schlug Giles vor.

»Gewiß, Mr. Davis. Im Augenblick interessieren uns nur zwei kurze Wörter. *Mord* ist das eine, und das andere *Gefahr.* Darauf müssen wir uns konzentrieren. Nun, Major Metcalf, ich möchte mir Ihre Bewegungen noch einmal deutlich vor Augen führen. Wie Sie sagten, waren Sie also im Keller. Warum eigentlich?«

»Nur eine kleine Besichtigungstour«, erwiderte der Major. »Ich warf einen Blick in den Verschlag unter der Treppe und entdeckte dort eine Tür. Als ich sie öffnete, sah ich weitere Stufen und bin nach unten gestiegen. Schöne Kellerräume haben Sie da«, wandte er sich an Giles. »Wahrscheinlich die Krypta eines alten Klosters.«

»Wir befassen uns hier nicht mit Altertumsforschung, Major Metcalf, sondern mit der Untersuchung eines Mordes. Wollen Sie einen Augenblick horchen, Mrs. Davis? Ich lasse die Küchentür offen.« Der Wachtmeister ging hinaus, und bald darauf hörte man, wie eine Tür mit leisem Knakken geschlossen wurde. »War dies das Geräusch, das Sie hörten, Mrs. Davis?« fragte er, als er wieder im Türrahmen erschien.

»Ich . . . ja, es klang so ähnlich.«

»Das war die Tür unter der Hintertreppe. Es wäre nicht ausgeschlossen, daß der Mörder, als er sich nach der Tat durch die Halle zurückzog, Sie aus der Küche kommen hörte und rasch in diesen Verschlag schlüpfte.«

»Dann wird die Tür seine Fingerabdrücke aufweisen«, rief Christopher.

»Meine sind schon da«, warf Major Metcalf dazwischen.

»Ganz recht«, sagte Wachtmeister Trotter. »Aber dafür haben wir ja eine befriedigende Erklärung, nicht wahr?« fügte er aalglatt hinzu.

»Hören Sie mal, Wachtmeister«, ließ sich Giles vernehmen. »Ich gebe zu, daß Sie in dieser Angelegenheit das Kommando haben. Aber immerhin ist es mein Haus, und bis zu einem gewissen Grade fühle ich mich für die darin lebenden Menschen verantwortlich. Sollten wir nicht einige Vorsichtsmaßregeln treffen?«

»Zum Beispiel, Mr. Davis?«

»Nun, ich würde vorschlagen, die Person in Haft zu nehmen, auf die alle Verdachtsmomente ziemlich deutlich hinzuweisen scheinen.«

Bei diesen Worten blickte er Christopher Wren fest ins Auge.

Christopher Wren sprang einen Schritt vor, und seine Stimme klang schrill und hysterisch: »Es ist nicht wahr! Sie irren sich! Sie sind alle gegen mich. Jeder ist gegen mich. Sie wollen mir diesen Mord in die Schuhe schieben. Es ist eine regelrechte Verfolgung – ja, eine Verfolgung!«

»Ruhig Blut, mein Junge«, sagte Major Metcalf.

»Schon gut, Chris.« Molly trat zu ihm hin und legte ihm die Hand auf den Arm. »Niemand hat etwas gegen Sie.« Sie wandte sich an Trotter: »Sagen Sie ihm doch, daß er nichts zu befürchten hat.«

»Wir schieben niemandem etwas in die Schuhe«, erklärte Wachtmeister Trotter.

»Sagen Sie ihm, daß Sie ihn nicht verhaften werden.«

»Ich verhafte vorläufig noch niemanden. Dazu brauche ich genügende Beweise – und die sind im Augenblick noch nicht vorhanden.«

Giles rief laut: »Ich glaube, du bist verrückt, Molly. Und Sie ebenfalls, Wachtmeister. Es gibt hier nur einen einzigen Menschen, der für diese Rolle paßt, und . . .«

»Einen Augenblick, Giles«, fiel ihm Molly ins Wort. »Sei bitte mal ruhig. Wachtmeister Trotter, kann ich . . . kann ich Sie einen Moment allein sprechen?«

»Ich bleibe hier«, erklärte Giles.

»Nein, Giles, auch du darfst nicht dabeisein.«

Giles' Gesicht verfinsterte sich, als er sagte: »Ich verstehe nicht, was über dich gekommen ist, Molly.«

Er folgte den anderen aus dem Zimmer und ließ die Tür hinter sich zuknallen.

»Nun, Mrs. Davis, wo drückt Sie denn der Schuh?«

»Herr Wachtmeister, als Sie uns die Geschichte von der Longridge-Farm erzählten, schienen Sie der Ansicht zu sein, daß der älteste Junge hinter dieser ganzen Sache stecke. Aber Sie wissen es nicht mit aller Bestimmtheit, nicht wahr?«

»Da haben Sie durchaus recht, Madam. Aber die Wahrscheinlichkeit spricht dafür: seelische Labilität, Fahnenflucht, das Gutachten des Psychiaters.«

»O ja, ich weiß, und deshalb scheint alles auf Christopher hinzudeuten. Aber ich glaube nicht, daß Christopher der Täter ist. Es muß doch andere Verdächtige geben. Hatten diese drei Kinder keine Verwandten – Eltern, zum Beispiel?«

»Doch. Aber die Mutter war tot, und der Vater befand sich als Soldat auf einem der Kriegsschauplätze.«

»Nun, und wo lebt er jetzt?«

»Darüber sind wir nicht informiert. Wir wissen nur, daß er im vergangenen Jahr aus der Armee entlassen wurde.«

»Wenn der Sohn seelisch labil war, mag der Vater es auch gewesen sein.«

»Allerdings.«

»Der Mörder könnte also durchaus auch ein älterer Mann sein. Sie müssen nämlich wissen, daß Major Metcalf sich entsetzlich aufgeregt hat, als ich erwähnte, daß die Polizei angerufen habe. Das war keine Einbildung.«

»Bitte glauben Sie mir, Mrs. Davis«, lautete die ruhige Antwort, »ich habe von Anfang an alle Möglichkeiten ins Auge gefaßt. Den Jungen, Jim, den Vater, sogar die Schwester. Den Mord hätte nämlich auch eine Frau begehen können. Nein, ich habe nichts übersehen. Aber wenn ich auch persönlich davon überzeugt bin, so weiß ich es noch nicht mit positiver Sicherheit. Es ist wirklich schwer, sich ein zutreffendes Urteil über Menschen und Dinge zu bilden – besonders heutzutage. Sie würden staunen, wenn Sie wüßten, was wir Polizisten zu sehen bekommen. Besonders in den Ehen. Alle diese übereilten Kriegsheiraten – ohne jede solide Grundlage. Man kennt die Verhältnisse, die Familie des Partners nicht. Man verläßt sich einfach auf das Wort des anderen. Ein Bursche braucht nur vorzugeben, daß er Kampfflieger oder Marineleutnant sei – das Mädchen wird ihm blindlings glauben. Ein, zwei Jahre können vergehen, ehe sie entdeckt, daß sie einen durchgebrannten Bankbeamten, der irgendwo schon Frau und Kinder sitzen hat, oder sonst einen Schurken geheiratet hat.«

Er ließ eine kleine Pause eintreten und fuhr dann fort: »Ich weiß ganz gut, womit sich Ihre Gedanken beschäftigten, Mrs. Davis. Eins möchte ich Ihnen nur noch verraten: *Der Mörder amüsiert sich königlich.* Das ist das einzige, was ich mit absoluter Sicherheit weiß.«

Mit diesen Worten schritt er zur Tür.

Molly stand wie eine Salzsäule, während ihr flammende Röte in die Wangen stieg. Nach einer Weile, als sich ihre Starrheit löste, ging sie langsam zum Herd, wo sie niederkniete und die Klappe öffnete. Appetitliche Düfte strömten ihr entgegen. Ihr Herz wurde leichter. Ihr war, als sei sie plötzlich wieder in die warme, vertraute Welt des Alltags zurückversetzt. Kochen, Hausarbeit, Häuslichkeit, gewöhnliches, prosaisches Leben.

So hatten Frauen seit undenklichen Zeiten für ihre Männer gekocht. Die Welt der Gefahren – des Wahnsinns – wurde ausgesperrt. In ihrer Küche war eine Frau sicher – bis in alle Ewigkeit.

Die Küchentür öffnete sich, und Molly wandte den Kopf, als Christopher Wren ein wenig atemlos auftauchte.

»Meine Teuerste«, rief er. »Ein ganz toller Klamauk! Irgend jemand hat dem Wachtmeister die Skier gestohlen!«

»Dem Wachtmeister die Skier gestohlen? Aus welchem Grunde sollte das jemand tun?«

»Das ist ja das Unerklärliche. Ich meine, wenn der Wachtmeister sich entschließen würde, uns zu verlassen, so könnte das – wenigstens für mein Empfinden – dem Mörder doch nur höchst angenehm sein. Ich meine, es ist ziemlich sinnlos, nicht wahr?«

»Giles hatte sie doch in den Verschlag unter der Treppe gestellt.«

»Dort stehen sie aber nicht mehr. Mysteriös, nicht wahr?« Er grinste über das ganze Gesicht. »Der Wachtmeister ist fuchsteufelswild. Bissig wie eine Schildkröte. Er hat dem armen Major Metcalf ordentlich die Hölle heiß gemacht. Aber der alte Knabe behauptet steif und fest, nicht darauf geachtet zu haben, als er, kurz vor dem Mord an Mrs. Boyle, in den Verschlag geschaut hat. Trotter dagegen beharrt darauf, daß er die Skier bemerkt haben müsse. Im Vertrauen gesagt« – Christopher senkte die Stimme und beugte sich zu Molly hinüber – »diese ganze Geschichte geht Trotter allmählich auf die Nerven.«

»Sie geht uns allen auf die Nerven«, sagte Molly.

»Mir nicht. Ich finde dies alles überaus anregend. Es besitzt den Reiz des Unwirklichen.«

Molly fuhr ihn scharf an: »Das würden Sie bestimmt nicht sagen, wenn *Sie* sie gefunden hätten – Mrs. Boyle, meine ich. Das Bild schwebt mir dauernd vor Augen – ich kann es einfach nicht vergessen. Ihr Gesicht – ganz geschwollen und bläulichrot ...«

Sie erschauerte. Christopher trat näher an sie heran und legte ihr die Hand auf die Schulter.

»Ich weiß, Molly. Ich bin ein Idiot. Bitte verzeihen Sie mir. Ich habe gedankenlos drauflosgeschwatzt.«

Ein trockener Schluchzer entrang sich Mollys Kehle. »Eben noch schien alles in Ordnung – das Kochen – die Küche ...« Ihre Worte klangen verwirrt, zusammenhanglos. »Und dann auf einmal – war alles wieder da – wie ein Alptraum ...«

Ein eigenartiger Ausdruck trat in Christophers Gesicht,

als er so vor ihr stand und auf ihren gesenkten Scheitel hinabblickte.

»Ach so«, sagte er. »Ich verstehe.« Er wich langsam zurück. »Nun, es ist wohl besser, wenn ich mich aus dem Staube mache und Sie nicht länger – störe.«

»Gehen Sie nicht fort«, rief Molly, als seine Hand schon auf dem Türgriff lag.

Er fuhr herum und warf ihr einen forschenden Blick zu. Dann kam er langsam zurück.

»Meinen Sie das im Ernst?«

»Wovon sprechen Sie?«

»Sie wünschen wirklich nicht, daß ich – fortgehe?«

»Aber nein, gewiß nicht. Ich möchte nicht allein sein. Ich habe Angst vor dem Alleinsein.«

Christopher ließ sich am Tisch nieder. Molly schob die Pastete auf einen höheren Rost und schloß die Herdklappe. Dann trat sie zu ihm.

»Das ist sehr interessant«, sagte Christopher mit gepreßter Stimme.

»Was ist interessant?«

»Daß Sie sich nicht davor fürchten, mit *mir* – allein zu sein. Sie fürchten sich doch nicht, oder?«

Sie schüttelte den Kopf. »Nein, ich fürchte mich nicht.«

»Warum nicht, Molly?«

»Ich weiß nicht. Es ist nun mal so.«

»Und doch bin ich der einzige, der für die Rolle des Täters paßt. Ein Mörder nach Maß.«

»Nein«, erklärte Molly. »Es gibt noch andere Möglichkeiten. Ich habe mit Wachtmeister Trotter darüber gesprochen.«

»War er der gleichen Ansicht?«

»Er hat es nicht abgestritten«, erwiderte Molly langsam.

Gewisse Worte gingen ihr nicht aus dem Kopf. Besonders

der Satz: *Ich weiß genau, womit sich Ihre Gedanken beschäftigen, Mrs. Davis.* Aber wußte er es wirklich? War das möglich? Auch war er davon überzeugt, daß der Mörder sich königlich amüsiere. Stimmte das?

Sie wandte sich wieder an Christopher: »*Sie* amüsieren sich doch nicht gerade königlich, nicht wahr? Trotz allem was Sie so dahergeredet haben.«

»Mein Gott, nein«, erwiderte Christopher mit entsetztem Blick. »Was für eine merkwürdige Ausdrucksweise!«

»Oh, sie stammt nicht von mir, sondern von Wachtmeister Trotter. Der Mann ist mir verhaßt. Er ... er setzt einem Grillen in den Kopf – Ideen, die nicht wahr sind, die überhaupt nicht wahr sein können.«

Sie verbarg ihr Gesicht in den Händen; Christopher zog ihre Hände mit einer behutsamen Gebärde fort.

»Nun erklären Sie, Molly, wovon reden Sie da eigentlich?«

Ohne Widerstreben ließ sie sich auf dem Stuhl nieder, den er ihr mit sanftem Zwang hinschob. Er hatte sein kindisches, hysterisches Wesen völlig abgestreift.

»Was ist los, Molly?« fragte er noch einmal.

Molly warf ihm einen Blick zu – einen langen, abschätzenden Blick. Sie überhörte seine Frage und sagte statt dessen: »Wie lange kennen wir uns nun eigentlich, Christopher? Zwei Tage?«

»Ungefähr. Sie haben das Gefühl, daß wir uns trotz dieser kurzen Spanne anscheinend ziemlich gut kennen.«

»Ja. Seltsam, nicht wahr?«

»Vielleicht auch nicht. Wir fühlen eben eine gewisse Sympathie füreinander, und das mag daran liegen, daß wir beide – etwas Schweres durchgemacht haben.«

Molly ließ diese kühne Behauptung auf sich beruhen und stellte ihrerseits eine andere auf: »Sie heißen in Wirklichkeit gar nicht Christopher Wren.«

»Nein.«

»Warum haben Sie ...«

»... diesen Namen gewählt? Oh, es war ein launiger Einfall. In der Schule nannten mich die anderen so, um mich zu hänseln.«

»Wie lautet Ihr wirklicher Name?«

Christopher erwiderte gelassen: »Darauf möchte ich nicht näher eingehen. Der Name würde Ihnen auch nichts sagen. Ich bin gar kein Architekt: Ich bin ein Deserteur.«

Sekundenlang spiegelte sich ängstliche Bestürzung in Mollys Augen.

Christopher bemerkte es. »Ja«, meinte er, »genau wie unser unbekannter Mörder. Ich sagte Ihnen ja schon, daß ich der einzige bin, auf den der Steckbrief paßt.«

»Unsinn«, erklärte Molly. »Ich habe Ihnen doch schon versichert, daß ich Sie nicht für den Mörder halte. Bitte, erzählen Sie mir mehr von sich. Was hat Sie zur Fahnenflucht getrieben – die Nerven?«

»Ob ich Angst hatte, meinen Sie? Nein, so seltsam es klingen mag, Angst spürte ich nie. Jedenfalls nicht mehr als alle anderen auch. Ich stand sogar im Ruf, unter Feuer ziemlich kühl zu bleiben. Nein, der Grund lag ganz woanders. Es hatte etwas mit meiner Mutter zu tun.«

»Mit Ihrer Mutter?«

»Ja. Sie ist nämlich ums Leben gekommen, bei einem Luftangriff. Sie wurde unter Trümmern verschüttet. Man ... man mußte sie ausgraben. Ich weiß nicht, was mit mir geschah, als ich davon erfuhr ... Wahrscheinlich verlor ich ein wenig den Verstand. Ich bildete mir nämlich ein, es sei *mir* passiert. Ich hatte die fixe Idee, ich müßte so schnell wie möglich nach Hause, um ... um mich auszugraben. Ich kann es nicht näher erklären – es war alles so konfus.« Er vergrub seinen Kopf in den Händen und sprach mit gedämpfter

Stimme. »Lange wanderte ich umher, um sie zu suchen – oder mich selbst – ich weiß es nicht genau. Und als dann mein Verstand wieder klar war, wagte ich nicht mehr, mich zurückzumelden. Ich wußte genau, daß ich es niemandem begreiflich machen konnte. Seitdem habe ich mich planlos treiben lassen.«

Er starrte sie an. Verzweiflung ließ sein junges Gesicht verhärmt erscheinen.

»Sie dürfen sich nicht unterkriegen lassen«, sagte Molly sanft. »Sie können ein neues Leben beginnen.«

»Ist das überhaupt möglich?«

»Natürlich. Sie sind ja noch so jung.«

»Ja, aber sehen Sie... Ich bin mit meinem Latein am Ende.«

»Nein, das stimmt nicht. Das bilden Sie sich nur ein. Ich glaube, jeder Mensch hat mindestens einmal im Leben dieses Gefühl – daß alles zu Ende ist, daß es einfach nicht mehr weitergeht.«

»Sie kennen es, nicht wahr, Molly? Sie müssen es selbst erfahren haben, um so sprechen zu können.«

»Ja.«

»Und was war bei Ihnen die Ursache?«

»Mein Los habe ich mit vielen anderen geteilt. Ich war mit einem jungen Kampfflieger verlobt – der dann ums Leben kam.«

»Steckte nicht noch mehr dahinter?«

»Wahrscheinlich. Ich erlitt einen schweren Schock, als ich jünger war. Es war ein sehr bedrückendes Erlebnis, das mir ein Vorurteil gegen das Leben einflößte, so daß ich glauben mußte, es sei immer – gräßlich. Jacks Tod bestätigte dann meine Überzeugung, daß das ganze Leben grausam und trügerisch sei.«

»Ich verstehe. Und dann«, sagte Christopher, während er sie scharf beobachtete, »trat vermutlich Giles auf den Plan.«

»Ja.« Er sah das zärtliche, fast scheue Lächeln, das um ihre Lippen spielte. »Giles erschien – und alles war wieder gut; ich fühlte mich geborgen und glücklich – Giles!«

Das Lächeln schwand, und ihr Gesicht nahm plötzlich einen bekümmerten Ausdruck an. Sie zitterte wie vor Kälte.

»Was ist Ihnen, Molly? Was ängstigt Sie? Sie fürchten sich doch auf einmal, nicht wahr?«

Sie nickte.

»Hängt es etwa mit Giles zusammen? Hat er irgend etwas gesagt oder getan?«

»Nicht mit Giles, sondern mit diesem schrecklichen Menschen!«

»Mit welchem schrecklichen Menschen?« Christopher war erstaunt. »Paravicini?«

»Nein, nein. Wachtmeister Trotter.«

»Wachtmeister Trotter?«

»Mit seinem Gemunkel und seinen versteckten Andeutungen setzt er einem schreckliche Gedanken in den Kopf – Gedanken über Giles – Gedanken, von deren Existenz ich keine Ahnung hatte. Ich hasse diesen Mann – ich hasse ihn!«

In langsamem Erstaunen zog Christopher die Augenbrauen hoch. »Giles? *Giles!* Ja, natürlich, wir beide sind so ziemlich im gleichen Alter. Er kommt mir allerdings älter vor als ich – aber das mag eine Täuschung sein. Ja, Giles könnte ebensogut für die Rolle passen. Aber hören Sie, Molly, das ist doch alles Unsinn. Giles war doch bei Ihnen – hier – an dem Tage, als diese Frau in London ermordet wurde?«

Molly schwieg.

Christopher blickte sie scharf an. »Oder etwa nicht?«

Molly sprach wie gehetzt, die Worte in wirrem Durcheinander hervorsprudelnd. »Er war den ganzen Tag außer Haus – im Wagen – er fuhr zu einem entlegenen Ort, um Drahtnetz zu kaufen – das hat er mir wenigstens gesagt – und das habe ich auch angenommen, bis – bis . . .«

»Bis?«

Langsam streckte Molly die Hand aus und zeigte auf das Datum des *Evening Standard,* der ausgebreitet auf dem Küchentisch lag.

Christopher warf einen Blick darauf und sagte: »Londoner Ausgabe – zwei Tage alt.«

»Die Zeitung steckte in Giles' Tasche, als er zurückkehrte. Er . . . er muß also in London gewesen sein.«

Christopher erstarrte. Er sah abwechselnd auf die Zeitung und auf Molly. Er spitzte die Lippen und begann zu pfeifen, hörte aber sofort wieder auf. Es war nicht angebracht, ausgerechnet jetzt *diese* Melodie zu pfeifen.

Er wählte seine Worte sehr sorgfältig und vermied es, ihr in die Augen zu sehen. »Was wissen Sie eigentlich, genaugenommen, über Giles?«

»Nicht doch«, rief Molly. »Nun fangen Sie nicht auch noch damit an. Das ist es ja gerade, was Trotter, dieser Schuft, andeutete. Nämlich, daß Frauen oft nichts von den Männern wüßten, die sie heirateten – besonders in Kriegszeiten. Daß sie sich nur auf die Worte des Mannes verließen.«

»Das hat wohl seine Richtigkeit.«

»Nun hauen Sie in dieselbe Kerbe. Ich ertrage das nicht. Und nur, weil wir alle uns in einem so hysterischen Zustand befinden, daß wir jeder noch so phantastischen Andeutung Glauben schenken. Es ist aber nicht wahr! Ich . . .«

Sie brach plötzlich ab. Die Küchentür hatte sich geöffnet.

Giles erschien im Türrahmen. »Unterbreche ich eine interessante Unterhaltung?« fragte er.

Christopher glitt vom Tisch mit den Worten: »Ich nehme gerade etwas Kochunterricht.«

»Was Sie nicht sagen! Sperren Sie die Ohren auf, Wren,

ein Tête-à-tête ist momentan nicht angebracht. Bleiben Sie gefälligst von der Küche weg, verstanden?«

»Na, hören Sie mal ...«

»Lassen Sie meine Frau in Ruhe, Wren. Sie soll nicht das nächste Opfer werden.«

»Eben das«, meinte Christopher, »ist meine größte Sorge.«

Wenn Giles eine tiefere Bedeutung in diesen Worten entdeckte, so ließ er es sich nicht anmerken. Nur die Röte in seinem Gesicht vertiefte sich um eine Schattierung. »Diese Sorge überlassen Sie getrost mir«, warnte er. »Ich kann selbst auf meine Frau achtgeben. Nun machen Sie, daß Sie hinauskommen.«

»Bitte gehen Sie, Christopher«, ertönte Mollys klare Stimme. »Ja – wirklich.«

Christopher bewegte sich langsam auf die Tür zu. »Ich werde nicht weit gehen«, sagte er, zu Molly gewandt, und die Worte enthielten eine ganz bestimmte Bedeutung.

»Wollen Sie endlich verschwinden?«

Ein hohes, kindisches Kichern war die Antwort. »Zu Befehl, Herr Leutnant«, sagte Christopher.

Sobald sich die Tür hinter ihm schloß, wandte sich Giles an Molly.

»Um Himmels willen, Molly, hast du denn gar keinen Verstand? Allein unter vier Augen mit einem gefährlichen, mordsüchtigen Irren!«

»Er ist nicht der ...« – sie bog den Satz rasch ab – »er ist bestimmt nicht gefährlich. Außerdem bin ich auf der Hut. Ich kann selber auf mich aufpassen.«

Giles stieß ein unangenehmes Lachen aus. »Das hat Mrs. Boyle auch behauptet.«

»Oh, Giles, bitte nicht!«

»Verzeihung, Liebling. Aber ich bin ganz außer mir. Dieser elende Kerl! Was du an ihm findest, kann ich nicht verstehen.«

»Ich habe Mitleid mit ihm«, sagte Molly langsam.

»Mitleid mit einem mordsüchtigen Irren?«

Molly bedachte ihn mit einem merkwürdigen Blick. »Ich könnte mit einem mordsüchtigen Irren Mitleid haben.«

»Du nennst ihn auch noch Christopher. Seit wann redet ihr euch mit Vornamen an?«

»Oh, Giles, sei nicht albern. Heutzutage nennt sich jedermann beim Vornamen. Das weißt du ganz gut.«

»Schon nach so kurzer Zeit? Aber vielleicht steckt mehr dahinter. Vielleicht kanntest du Mr. Christopher Wren, diesen angeblichen Architekten, bereits, ehe er hierherkam? Vielleicht hast du ihm sogar den Vorschlag gemacht, hierherzukommen? Vielleicht war es überhaupt ein abgekartetes Spiel?«

Molly starrte ihn fassungslos an. »Giles, bist du denn ganz von Sinnen? Um Himmels willen, was willst du damit sagen?«

»Ich will damit sagen, daß Christopher Wren ein alter Freund von dir ist, und daß du in engeren Beziehungen zu ihm stehst, als du mir eingestehen willst.«

»Giles, ich glaube, du bist verrückt geworden!«

»Vermutlich wirst du darauf beharren, daß du ihn nie gesehen hast, bevor er hier aufkreuzte. Eigentlich ziemlich merkwürdig, sich eine so abgelegene Pension auszusuchen, nicht wahr?«

»Merkwürdiger als im Fall von Major Metcalf und – und Mrs. Boyle?«

»Ja, ich glaube schon. Übrigens habe ich gelesen, daß diese mordsüchtigen Irren einen besonderen Reiz auf Frauen ausüben sollen. Das scheint in der Tat wahr zu sein. Wo hast du ihn kennengelernt? Und wie lange dauert das schon?«

»Du machst dich geradezu lächerlich, Giles. Ich habe Christopher Wren niemals zuvor gesehen.«

»Du bist also nicht vor zwei Tagen nach London gefahren, um ihn zu treffen und mit ihm zu vereinbaren, daß ihr euch hier als Freunde begegnen wollt?«

»Du weißt sehr gut, Giles, daß ich seit Wochen nicht mehr in London war.«

»Wirklich nicht? Das ist ja interessant.« Er fischte einen pelzgefütterten Handschuh aus der Tasche und hielt ihn in die Höhe. »Dies ist einer der Handschuhe, die du vorgestern getragen hast, nicht wahr? An dem Tag, als ich drüben in Sailham war, um das Drahtnetz zu kaufen.«

»An dem Tage, als *du* drüben in Sailham warst, um das Drahtnetz zu kaufen«, wiederholte Molly und blickte ihm fest in die Augen. »Ja, ich habe diese Handschuhe getragen, als ich ausging.«

»Du wolltest angeblich ins Dorf. Wenn du nur ins Dorf gegangen bist, willst du mir bitte erklären, wie dies in deinen Handschuh geraten ist?«

Anklagend hielt er einen rosa Omnibusfahrschein in die Höhe.

Es folgte abgrundtiefes Schweigen.

»Du warst in London«, behauptete Giles.

»Na schön«, gab Molly zu und schob trotzig das Kinn vor. »Ich war in London.«

»Um diesen Burschen, diesen Christopher Wren, zu treffen.«

»Nein, nicht um mich mit Christopher zu treffen.«

»Aus welchem anderen Grunde, wenn ich fragen darf?«

»Das möchte ich dir gerade in diesem Augenblick nicht verraten.«

»Mit anderen Worten: du willst dir nur Zeit lassen, um eine plausible Geschichte zu erfinden!«

»Ich glaube fast«, erklärte Molly, »ich hasse dich.«

»Ich hasse dich nicht«, sagte Giles gemessenen Tones. »Aber ich wünschte beinahe, es wäre so. Ich habe einfach das Gefühl, dich nicht mehr zu kennen, überhaupt nichts von dir zu wissen.«

»Mir geht es ebenso«, gestand Molly. »Du – du bist ein Fremder für mich. Ein Mann, der mich belügt ...«

»Wann habe ich dich je belogen?«

Molly lachte. »Denkst du etwa, ich hätte dir die Ausrede mit dem Drahtnetz geglaubt? *Du* warst an dem Tag auch in London.«

»Du hast mich dort wohl gesehen«, meinte Giles. »Und hast mir nicht genug Vertrauen geschenkt ...«

»Dir Vertrauen schenken? Daß ich nicht lache! Ich werde nie wieder einem Menschen Vertrauen schenken – nie wieder!«

Keiner von beiden merkte, daß sich die Küchentür leise geöffnet hatte. Mr. Paravicini räusperte sich taktvoll.

»Zu peinlich«, murmelte er. »Ich hoffe aufrichtig, daß ihr jungen Leute euch nichts an den Kopf werft, was euch später reut. Das geschieht so leicht, wenn zwei Liebende sich streiten.«

»Wenn zwei Liebende sich streiten«, wiederholte Giles spöttisch. »Liebende ist gut.«

»Ja, ja«, sagte Mr. Paravicini. »Ich weiß genau, wie Ihnen zumute ist. Das alles habe ich als junger Mann selbst durchgemacht. Aber weshalb ich hier eingedrungen bin: dieser Polizeimensch besteht hartnäckig darauf, daß wir uns alle im Salon versammeln. Er scheint eine Idee zu haben.« Mr. Paravicini kicherte. »Daß die Polizei einen Anhaltspunkt hat – nun ja, das soll vorkommen. Aber eine *Idee?* Ich möchte es bezweifeln. Sicherlich ein eifriger, fleißiger Beamter, unser Wachtmeister Trotter, aber meines Erachtens nicht mit übermäßigen Geistesgaben ausgestattet.«

»Geh nur hin, Giles«, sagte Molly. »Ich muß kochen und hier in der Küche nach dem Rechten sehen. Wachtmeister Trotter kann auch ohne mich auskommen.«

»Apropos Kochen«, bemerkte Mr. Paravicini und tänzelte auf Molly zu, »haben Sie je folgendes Gericht versucht: Hühnerleber auf dick mit *foie gras* belegtem Toast, dazu eine hauchdünne, mit französischem Senf bestrichene Speckscheibe?«

»Unsereiner sieht heutzutage nicht viel Gänseleberpastete«, meinte Giles. »Kommen Sie, Mr. Paravicini.«

»Soll ich hierbleiben und Ihnen helfen, meine Verehrteste?«

»Sie kommen hübsch brav mit in den Salon, Paravicini«, erklärte Giles.

Mr. Paravicini lachte belustigt auf.

»Ihr Gatte hat Angst um Sie. Ganz natürlich. Der Gedanke, Sie mit *mir* allein zu lassen, findet nicht seinen Beifall. Und zwar fürchtet er meine sadistischen Neigungen – nicht etwa meine Verführungskunst. Ich beuge mich der Gewalt.« Er verneigte sich graziös und warf Molly eine Kußhand zu.

Molly fühlte sich recht unbehaglich. »Oh, Mr. Paravicini, ich bin überzeugt ...«

Mr. Paravicini schüttelte den Kopf und wandte sich an Giles: »Sie handeln klug, junger Mann. Nehmen Sie ja kein Risiko auf sich. Kann ich Ihnen oder dem Wachtmeister beweisen, daß ich kein pathologischer Mörder bin? Nein, das kann ich nicht. Negatives läßt sich schwer nachweisen.«

Er summt heiter vor sich hin.

Molly zuckte zusammen. »Bitte, Mr. Paravicini – nicht *diese* Melodie!«

»*Drei blinde Mäuse* – ach ja! Diese Melodie schwirrt mir immer im Kopf herum. Wenn man richtig darüber nachdenkt, ist es ein gruseliges Lied. Durchaus kein nettes kleines Kinderlied. Aber Kinder haben eine Vorliebe für Schauriges. Das haben Sie sicher schon bemerkt. Das Lied ist typisch englisch – das rohe ländliche England. *Die nahm ein großes Messer zur Hand und schnitt sogleich – schnipp schnapp! schnipp schnapp! – Den armen Mäusen die Schwänze ab.* Ein Kind hätte natürlich Spaß daran. Ich könnte Ihnen überhaupt Geschichten von Kindern erzählen . . .«

»Bitte, hören Sie auf«, bat Molly mit schwacher Stimme. »Ich glaube, Sie sind auch grausam.« Ihr Tonfall nahm eine hysterische Färbung an. »Sie spotten und grinsen! Sie sind wie eine Katze, die mit einer Maus spielt – die mit einer . . .«

Sie begann zu lachen.

»Nimm dich zusammen, Molly«, mahnte Giles. »Komm, wir gehen alle miteinander in den Salon. Trotter wird sicher schon ungeduldig. Laß das Kochen nur sein. Mord ist wichtiger als dein Essen.«

»Ich weiß nicht, ob ich Ihnen da recht geben kann«, sagte Mr. Paravicini, als er den beiden mit zierlichen Schrittchen folgte. »Der Verurteilte nahm ein kräftiges Frühstück zu sich – heißt es doch immer.«

In der Halle gesellte sich Christopher Wren zu ihnen und wurde von Giles mit einem finsteren Blick bedacht. Er sah rasch und besorgt zu Molly hinüber, aber Molly rauschte hocherhobenen Hauptes, ohne nach rechts oder links zu schauen, an ihm vorbei. Fast wie eine Prozession marschierten sie in den Salon, wobei Mr. Paravicini mit seinem tänzelnden Gang den Abschluß bildete.

Wachtmeister Trotter und Major Metcalf standen bereits wartend da – der Major recht verdrießlich und Wachtmeister Trotter krebsrot und energiegeladen.

»Gut«, rief Trotter, als sie eintraten. »Jetzt sind wir alle versammelt. Ich möchte nämlich gern ein gewisses Experiment anstellen, und dazu benötige ich Ihre Mithilfe.«

»Wird es viel Zeit in Anspruch nehmen?« erkundigte sich Molly. »Ich habe allerlei in der Küche zu tun. Schließlich müssen wir ja irgendwann mal eine Mahlzeit zu uns nehmen.«

»Ich habe Verständnis für Ihre Unruhe, Mrs. Davis«, pflichtete ihr Trotter bei, »aber wenn ich mir die Bemerkung erlauben darf, es gibt wichtigere Dinge als Essen. Mrs. Boyle, zum Beispiel, braucht keine Mahlzeit mehr.«

»Aber Wachtmeister«, empörte sich Major Metcalf, »das ist eine außerordentliche Taktlosigkeit!«

»Verzeihung, Major, aber ich möchte, daß jeder sich an diesem Experiment beteiligt.«

»Haben Sie Ihre Skier wiedergefunden, Herr Wachtmeister?« fragte Molly.

Der junge Mann errötete noch tiefer. »Nein, leider nicht, Madam. Aber ich darf gestehen, daß ich ziemlich sicher bin, wer sie genommen hat. Und auch, aus welchem Grunde. Im Augenblick will ich mich nicht weiter dazu äußern.«

»Ja nicht!« rief Mr. Paravicini. »Erklärungen sollte man immer bis zum Ende aufsparen – bis zum spannenden letzten Kapitel, wissen Sie.«

»Dies ist kein Spiel, Sir.«

»Nein? Nun, da befinden Sie sich wohl im Irrtum. Ich glaube, es ist ein Spiel – für eine gewisse Person.«

»Der Mörder amüsiert sich königlich«, murmelte Molly vor sich hin.

Die anderen blickten sie erstaunt an. Sie biß sich auf die Lippen. »Ich zitiere nur, was Wachtmeister Trotter zu mir sagte.«

Wachtmeister Trotter schien wenig davon erbaut zu sein. »Mr. Paravicini, man kann gut von letzten Kapiteln reden und so tun, als ob es sich um einen Schauerroman handle. Aber wir haben es hier mit der Wirklichkeit zu tun. Mit Dingen, die tatsächlich passieren.«

»Wenn es nur mir nicht passiert«, meinte Christopher Wren, wobei er sorgfältig seinen Hals betastete.

»Na, na«, brummte Major Metcalf. »Malen Sie nicht den Teufel an die Wand, junger Mann. Der Wachtmeister wird uns jetzt seine Instruktionen erteilen.«

Wachtmeister Trotter räusperte sich, und seine Stimme nahm einen offiziellen Ton an.

»Vor einer Weile notierte ich mir Ihre Aussagen, aus denen hervorging, wo Sie sich zu dem Zeitpunkt aufhielten, als Mrs. Boyle ermordet wurde. Demnach waren Mr. Wren und Mr. Davis in ihren Schlafzimmern, Mrs. Davis in der Küche, Major Metcalf im Keller und Mr. Paravicini hier im Salon.«

Er hielt einen Augenblick inne und fuhr dann fort:

»So lauten die von Ihnen gemachten Aussagen. Ich habe keine Möglichkeit, sie nachzuprüfen. Sie mögen wahr sein – oder auch nicht. Um mich ganz deutlich auszudrücken: Vier dieser Aussagen stimmen – aber *eine ist falsch.* Welche?«

Er blickte allen der Reihe nach ins Gesicht. Doch niemand äußerte sich dazu.

»Vier von Ihnen haben die Wahrheit gesprochen – einer hat gelogen. Ich habe einen Plan, der mir vielleicht hilft, den Lügner zu entlarven. Wenn mir das glückt, weiß ich auch, wer der Mörder ist.«

»Nicht ohne weiteres«, widersprach Giles scharf. »Jemand mag aus einem anderen Grunde gelogen haben.«

»Das möchte ich bezweifeln, Mr. Davis.«

»Was haben Sie eigentlich für Hintergedanken? Sie haben doch eben noch betont, daß Sie keine Möglichkeit hätten, unsere Aussagen nachzuprüfen.«

»Nein, aber ich möchte, daß alle noch einmal das wiederholen, was sie in dem kritischen Moment getan haben.«

»Pah«, sagte der Major geringschätzig. »Rekonstruktion des Verbrechens. Abgeschmackte Idee.«

»Nicht eine Rekonstruktion des *Verbrechens,* Herr Major, sondern eine Rekonstruktion der Handlungen scheinbar unschuldiger Personen.«

»Und was versprechen Sie sich davon?«

»Sie werden mir verzeihen, wenn ich im Augenblick nicht näher darauf eingehe.«

»Sie wünschen also eine Wiederholungsvorstellung?« fragte Molly.

»Mehr oder weniger, Mrs. Davis.«

Stille trat ein – eine etwas beklemmende Stille.

Es ist eine Falle, dachte Molly. *Es ist eine Falle, aber ich verstehe nicht, wie ...*

Man hätte den Eindruck gewinnen können, *fünf* Schuldige seien im Zimmer, und nicht vier Unschuldige und ein Schuldiger. Alle warfen unsichere, verstohlene Blicke auf den selbstsicher lächelnden jungen Mann, der dieses anscheinend harmlose Manöver vorgeschlagen hatte.

Christopher sprudelte schrill hervor: »Es will mir nicht einleuchten – einfach nicht einleuchten, daß Sie etwas damit erreichen können, wenn Sie uns unsere früheren Handlungen wiederholen lassen. Das ist in meinen Augen blühender Unsinn.«

»Wirklich, Mr. Wren?«

»Was Sie anordnen, Wachtmeister«, sagte Giles langsam, »wird natürlich geschehen. Wir machen alle mit. Müssen wir genau dasselbe tun wie vorher?«

»*Genau die gleichen Handlungen* werden ausgeführt.«

Eine leise Zweideutigkeit in diesem Satz ließ Major Metcalf aufhorchen. Wachtmeister Trotter fuhr fort:

»Mr. Paravicini erzählte uns, daß er am Flügel saß und eine gewisse Melodie spielte. Vielleicht sind Sie so gut, Mr. Paravicini, uns das noch einmal vorzuführen?«

»Mit dem größten Vergnügen, mein lieber Wachtmeister.«

Mr. Paravicini hüpfte behende durch das Zimmer und ließ sich auf dem Klavierschemel nieder.

»Der Maestro intoniert jetzt das Leitmotiv eines Mordes«, verkündete er theatralisch.

Grinsend und betont affektiert schlug er mit einem Finger die Tasten an: *Drei blinde Mäuse ...*

Er amüsiert sich königlich, dachte Molly. Er amüsiert sich königlich.

In dem großen Raum übten die sanften, gedämpften Töne eine fast unheimliche Wirkung aus.

»Vielen Dank, Mr. Paravicini«, sagte Wachtmeister Trotter. »Ich nehme an, daß Sie die Melodie in genau der gleichen Weise spielten wie bei der – früheren Gelegenheit.«

»Ganz recht, Wachtmeister. Ich habe sie dreimal wiederholt.«

Wachtmeister Trotter wandte sich an Molly. »Spielen Sie auch Klavier, Mrs. Davis?«

»Ja.«

»Sind Sie imstande, die Melodie in derselben Weise wiederzugeben wie Mr. Paravicini?«

»Aber selbstverständlich.«

»Wollen Sie sich dann bitte an den Flügel setzen und beginnen, sobald ich Ihnen das Zeichen gebe?«

Molly machte einen etwas verdutzten Eindruck, ging aber langsam zum Flügel hinüber.

Mr. Paravicini erhob sich protestierend. »Aber Wachtmeister, es war doch ausgemacht, daß jeder seine frühere Rolle wiederholen sollte, und *ich* war doch hier am Flügel.«

»Dieselben Handlungen wie zum Zeitpunkt des Mordes

werden ausgeführt – *aber nicht unbedingt von denselben Personen.*«

»Was Sie mit diesem Plan bezwecken, ist mir nicht ganz klar«, warf Giles ein.

»Er hat schon seinen Zweck, Mr. Davis. Er ist ein Mittel, die ursprünglichen Aussagen zu überprüfen – vielleicht *eine* Aussage im besonderen. Also, bitte. Ich werde Ihnen jetzt Ihre verschiedenen Plätze anweisen. Mrs. Davis wird hier am Flügel sitzen. Mr. Wren, wollen Sie bitte in die Küche gehen? Sie dürfen gerne nach Mrs. Davis' Essen sehen. Mr. Paravicini, Sie werden sich in Mr. Wrens Schlafzimmer begeben. Dort können Sie Ihre musikalischen Talente unter Beweis stellen, indem Sie, wie er, *Drei blinde Mäuse* pfeifen. Major Metcalf, Sie möchte ich bitten, nach oben in Mr. Davis' Schlafzimmer zu steigen und das Telefon zu untersuchen. Und Sie, Mr. Davis, wollen Sie einen Blick in den Verschlag unter der Treppe werfen und dann in den Keller gehen?«

Ein kurzes Schweigen folgte diesen Worten. Dann bewegten sich vier Menschen langsam auf die Tür zu. Trotter folgte ihnen nach. Mit einem Blick über die Schulter sagte er:

»Zählen Sie bis fünfzig, und fangen Sie dann an zu spielen, Mrs. Davis.«

Ehe die Tür sich hinter den anderen schloß, hörte Molly Mr. Paravicinis geschmeidige Stimme: »Ich hätte es nie für möglich gehalten, daß die Polizei soviel Freude an Gesellschaftsspielen hat.«

»Achtundvierzig, neunundvierzig, fünfzig . . .«

Molly begann gehorsam zu spielen. Wiederum zogen die leisen Töne der grausamen kleinen Melodie durch den großen, hallenden Raum.

Drei blinde Mäuse,
Ha, wie sie rennen . . .

Mollys Herz klopfte zum Zerspringen. Wie Paravicini schon geäußert hatte, war es ein seltsam fesselndes, gruseliges Liedchen. Es drückte den typisch kindlichen Mangel an Mitleid aus, der so erschreckend ist, wenn man ihm bei einem Erwachsenen begegnet.

Schwach nur drangen aus dem über ihr liegenden Schlafzimmer die Töne derselben Melodie – gepfiffen von Paravicini, der Christopher Wrens Rolle spielte.

Plötzlich wurde nebenan in der Bibliothek das Radio hörbar. Wachtmeister Trotter mußte es angestellt haben. Er übernahm also wohl Mrs. Boyles Rolle.

Warum aber nur? Was für einen Sinn hatte dies alles? Wo steckt die Falle? Daß eine Falle vorhanden war, davon war sie felsenfest überzeugt.

Ein kalter Luftzug wehte ihr über den Nacken. Sicherlich hatte sich die Tür geöffnet, und jemand war ins Zimmer getreten. Sie wandte rasch den Kopf. Nein, das Zimmer war leer.

Aber plötzlich befiel sie Nervosität – panische Furcht ... Wenn nun tatsächlich jemand hereinkäme? Wenn Paravicini, zum Beispiel, um die Tür tänzeln und zum Flügel hüpfen sollte – mit seinen spitzen, sich krallenden Fingern ...

So, Sie spielen also Ihren eigenen Trauermarsch, meine Gnädigste, eine treffliche Idee ...

Unsinn, rief sie sich zu, sei nicht töricht – fort mit diesen Hirngespinsten. Außerdem kannst du ihn über deinem Kopf pfeifen hören. Ebenso, wie er dich hören kann.

Fast hätte sie die Finger von den Tasten genommen bei dem Gedanken, der ihr plötzlich kam. Niemand hatte Mr. Paravicini spielen hören! War *das* die Falle? War es vielleicht möglich, daß Mr. Paravicini überhaupt nicht gespielt hatte? Daß er nicht im Salon, sondern in der Bibliothek gewesen war? In der Bibliothek, damit beschäftigt, Mrs. Boyle zu erwürgen?

Er war verärgert gewesen, sehr sogar, als Trotter angeordnet hatte, daß *sie* spielen sollte. Er hatte immer betont, daß er sehr leise gespielt habe. Natürlich hatte er das Leisespielen hervorgehoben in der Hoffnung, daß es zu leise sein würde, um außerhalb des Raumes gehört zu werden. Denn wenn jemand, der es das letztemal nicht vernommen hatte, es diesmal hörte – nun, dann hätte Trotter ja gefunden, wonach er suchte: die Person, die *gelogen* hatte.

Die Tür des Salons öffnete sich. Molly, ganz im Gedanken an Paravicini befangen, hätte beinahe aufgeschrien. Aber es war nur Wachtmeister Trotter, der gerade in dem Augenblick eintrat, als sie die dritte Wiederholung der Melodie beendete.

»Besten Dank, Mrs. Davis«, sagte er.

Er schien mit sich selbst äußerst zufrieden zu sein und trug ein energisches, zuversichtliches Wesen zur Schau.

Molly nahm die Hände von den Tasten. »Haben Sie erreicht, was Sie bezweckten?« erkundigte sie sich.

»Allerdings.« Seine Stimme klang frohlockend. »Ich habe genau das erreicht, was ich beabsichtigt hatte.«

»Und wer ist es?«

»Wissen Sie das wirklich nicht, Mrs. Davis? Nanu – das ist doch nicht so schwierig. Übrigens sind Sie – wenn ich mir die Bemerkung gestatten darf – äußerst töricht gewesen. Sie haben mich nach dem dritten Opfer suchen lassen. Infolgedessen schwebten Sie in Lebensgefahr.«

»Ich? Sie sprechen in Rätseln!«

»Sie sind mir gegenüber nicht aufrichtig gewesen, Mrs. Davis. Sie haben mir etwas verheimlicht. Mrs. Boyle beging denselben Fehler.«

»Ich verstehe Sie immer noch nicht.«

»O ja, Sie verstehen mich ganz gut. Als ich zum erstenmal die Geschichte von der Longridge-Farm erwähnte, wußten Sie genau darüber Bescheid. Sie waren ganz erregt. Und Sie haben auch bestätigt, daß Mrs. Boyle die Quartiermacherin für diesen Bezirk war. Außerdem stammen Sie beide aus dieser Gegend. Als ich darüber nachzudenken begann, wer wohl das dritte Opfer werden könnte, fiel daher meine Wahl sofort auf Sie. Denn Sie besaßen unmittelbare Kenntnis von den Ereignissen auf der Longridge-Farm. Wir Polizisten sind nämlich nur halb so dumm, wie wir aussehen.«

Molly erwiderte mit leiser Stimme: »Bitte begreifen Sie doch ... Ich ... wollte nicht daran zurückdenken.«

»Das kann ich mir lebhaft vorstellen.« Seine Stimme nahm plötzlich eine andere Färbung an. »Ihr Mädchenname ist Wainwright, nicht wahr?«

»Ja.«

»Und Sie sind ein wenig älter, als Sie vorgeben. Im Jahre 1940, als der Fall sich ereignete, waren Sie Lehrerin an der Abbeyvale-Schule.«

»Nein!«

»O doch, Mrs. Davis.«

»Das stimmt nicht. Lassen Sie es sich doch gesagt sein!«

»Der Junge, der später gestorben ist, brachte es fertig, einen Brief an Sie abzusenden. Er stahl eine Briefmarke. In diesem Brief bettelte er um Hilfe – flehte er seine freundliche Lehrerin an, ihm und seinen Geschwistern beizustehen. Es ist die Pflicht eines Lehrers, ausfindig zu machen, warum ein Kind nicht zur Schule kommt. Sie haben sich dieser Pflicht entzogen und den Brief des armen kleinen Teufels unbeachtet gelassen.«

»Hören Sie auf!« Mollys Wangen glühten. »Sie reden da von meiner Schwester. *Sie* war diese Lehrerin. Aber sie hat seinen Brief nicht ignoriert. Sie war damals krank – hatte

Lungenentzündung. Sie hat den Brief erst nach dem Tode des Kindes zu sehen bekommen. Es hat sie schrecklich mitgenommen – ganz furchtbar. Sie war äußerst sensibel. Aber es war nicht ihre Schuld. Und eben weil sie es sich so sehr zu Herzen nahm, habe ich es nie ertragen können, daran erinnert zu werden. Es hat stets wie ein Alpdruck auf mir gelastet.«

Molly hielt sich die Hände vor die Augen. Als sie wieder aufblickte, sah sie, daß Trotter sie anstarrte.

Leise sagte er: »Es war also Ihre Schwester. Nun, schließlich . . .« Ein seltsames Lächeln huschte plötzlich über sein Gesicht. »Schließlich ist es kein großer Unterschied, nicht wahr? *Ihre* Schwester – *mein* Bruder.« Er griff in die Tasche und lächelte jetzt ganz glücklich.

Molly starrte entsetzt auf den Gegenstand in seiner Hand. »Ich habe immer geglaubt, die Polizei trage keine Revolver.«

»Da haben Sie ganz recht«, erwiderte der junge Mann. »Aber sehen Sie, Mrs. Davis, *ich bin kein Polizist.* Ich bin Jim – Georgies Bruder. Sie hielten mich für einen Polizisten, weil ich von der Telefonzelle im Dorf aus anrief und Ihnen sagte, Wachtmeister Trotter sei auf dem Wege zu Ihnen. Als ich dann hier ankam, zerschnitt ich die Telefondrähte vor dem Haus, damit Sie nicht bei der Polizeiwache anrufen konnten.«

Fassungslos blickte Molly ihn an. Der Revolver war jetzt auf sie gerichtet.

»Rühren Sie sich nicht, Mrs. Davis – und schreien Sie vor allen Dingen nicht – sonst drücke ich sofort ab.«

Er lächelte immer noch. Es war, wie Molly mit Entsetzen erkannte, das Lächeln eines Kindes. Und als er sprach, verwandelte sich seine Stimme ebenfalls in eine Kinderstimme.

»Ja«, sagte er. »Ich bin Georgies Bruder. Georgie starb auf der Longridge-Farm. Diese gräßliche Mrs. Boyle hat uns dorthin geschickt, und die Bäuerin hat uns grausam gequält, und *Sie* wollten uns nicht helfen – uns drei kleinen, blinden Mäusen. Damals habe ich mir geschworen, Sie alle zu töten, wenn ich erst groß wäre. Es war mein voller Ernst. Seitdem habe ich unablässig an meine Rache gedacht.« Er runzelte plötzlich die Stirn. »Beim Militär haben sie mich zu oft belästigt – der Arzt stellte ständig Fragen – ich mußte unbedingt fort. Ich fürchtete, sie würden mich sonst an meinem Vorhaben hindern. Aber ich bin jetzt erwachsen, und Erwachsene können tun, was sie wollen.«

Molly riß sich zusammen. *Rede mit ihm*, befahl sie sich. *Du mußt ihn ablenken.*

»Hören Sie, Jim«, sagte sie, »nehmen Sie Vernunft an – Sie kommen hier nicht ungeschoren 'raus!«

Seine Stirn umwölkte sich. »Irgend jemand hat meine Skier versteckt. Ich kann sie nicht finden.« Er lachte. »Aber es wird wohl nichts ausmachen. Dies ist der Revolver Ihres Mannes. Ich habe ihn aus seiner Schublade genommen. Wahrscheinlich wird man annehmen, daß *er* Sie erschossen hat. Und außerdem ist es mir gleichgültig. Es hat mir so viel Spaß gemacht – diese ganze Komödie. Die Alte da in London, mein Gott, ihr Gesicht, als sie mich erkannte! Und diese einfältige Frau heute morgen!«

Er nickte langsam vor sich hin.

Plötzlich ließ sich – ganz deutlich – ein unheimliches, leises Pfeifen vernehmen. Irgend jemand pfiff *Drei blinde Mäuse ...*

Trotter fuhr zusammen, so daß der Revolver ins Schwanken geriet. Gleichzeitig rief eine Stimme: »Hinlegen, Mrs. Davis!«

Molly sank zu Boden, als Major Metcalf, der aus seinem Versteck hinter dem Sofa hervorgekommen war, sich auf Trotter stürzte. Der Revolver entlud sich, und die Kugel bohrte sich in eins der ziemlich mittelmäßigen, dem Herzen der verstorbenen Miss Emory so teuren Ölgemälde.

Im nächsten Augenblick brach ein regelrechter Tumult aus. Giles stürzte ins Zimmer. Dicht hinter ihm tauchten Christopher und Mr. Paravicini auf.

Major Metcalf, der sich Trotters bemächtigt hatte, sprach in kurzen, abgerissenen Sätzen.

»Kam ins Zimmer, während Sie klimperten – schlüpfte hinters Sofa – habe ihn von Anfang an in Verdacht gehabt – wußte, daß er kein Polizeibeamter war. Ich bin nämlich Polizeibeamter – Inspektor Tanner von Scotland Yard. Haben mit Metcalf ausgemacht, daß ich seinen Platz einnehme. Hielten es für ratsam, jemanden an Ort und Stelle zu haben.« Dann redete er sanft auf den jetzt fügsamen Trotter ein: »Nun, mein Junge, Sie kommen jetzt mit mir. Niemand tut Ihnen etwas zuleide. Es wird Ihnen nichts geschehen. Wir werden für Sie sorgen.«

Mit einer jämmerlich kindlichen Stimme fragte der braungebrannte junge Mann: »Und Georgie wird mir nicht böse sein?«

»Nein, Georgie wird Ihnen nicht böse sein«, beruhigte ihn Metcalf.

Im Vorbeigehen flüsterte er Giles zu: »Völlig durchgedreht, der arme Kerl.«

Metcalf verließ mit Trotter das Zimmer, und Mr. Paravicini legte Christopher Wren die Hand auf den Arm.

»Und Sie, mein Freund«, sagte er, »kommen mit mir.«

Giles und Molly blieben allein zurück und blickten sich stumm an. Im nächsten Augenblick lagen sie sich in den Armen.

»Liebling«, flüsterte Giles, »hat er dich auch ganz gewiß nicht verletzt?«

»Nein, nein, mir ist gar nichts passiert. Giles. Ich war so

schrecklich verwirrt. Ich habe beinahe geglaubt, du ... Warum bist du eigentlich an dem bewußten Tag nach London gefahren?«

»Liebling, ich wollte dir ein Geschenk für unseren morgigen Hochzeitstag kaufen – es sollte eine Überraschung werden.«

»Wie merkwürdig! Auch ich war in London, um ein Geschenk für *dich* auszusuchen; ich wollte es ebenfalls vor dir geheimhalten.«

»Ich war irrsinnig eifersüchtig auf Christopher, diesen neurotischen Esel. Ich muß völlig von Sinnen gewesen sein. Verzeih mir, Liebling.«

Die Tür öffnete sich, und Mr. Paravicini hüpfte wie ein Ziegenbock herein. Er strahlte über das ganze Gesicht.

»Ich unterbreche wohl den Versöhnungsakt – eine so reizende Szene. Aber leider muß ich mich von Ihnen verabschieden. Einem Polizei-Jeep ist es gelungen, bis hierher durchzudringen, und ich werde die Leute überreden, mich mitzunehmen.« Er beugte sich herab und flüsterte Molly geheimnisvoll ins Ohr: »Mich erwarten demnächst vielleicht einige Unannehmlichkeiten, aber ich bin fest davon überzeugt, daß sich alles arrangieren läßt, und wenn Sie eine Kiste erhalten sollten – sagen wir mal: mit einer Gans, einem Puter, einigen Dosen Gänseleberpastete, einem Schinken und Nylonstrümpfen, ja? – nun, dann nehmen Sie alles mit einer Empfehlung von mir an eine sehr charmante Dame. Mr. Davis, mein Scheck liegt auf dem Tisch in der Halle.«

Er küßte Molly die Hand und tänzelte zur Tür.

»Nylonstrümpfe?« murmelte Molly. »Gänseleberpastete? Wer ist dieser Mr. Paravicini eigentlich? Der Weihnachtsmann in eigener Person?«

»Schwarzmarkthändler, nehme ich an«, sagte Giles.

Christopher Wren steckte schüchtern den Kopf durch die Tür. »Ihr lieben Leutchen, ich störe hoffentlich nicht, aber aus der Küche dringt ein schrecklicher Brandgeruch. Könnte ich da irgend etwas unternehmen?«

»Oh, meine Pastete!« Mit diesem gequälten Aufschrei stürzte Molly davon.

Die Doppelsünde

Als ich das Zimmer meines Freundes Poirot betrat, fand ich ihn in bemitleidenswert überarbeitetem Zustand vor. Er war so sehr in Mode gekommen, daß jede reiche Frau, die ein Armband verlegt oder ihre Lieblingskatze verloren hatte, zu dem berühmten Hercule Poirot eilte, um seine rettenden Dienste in Anspruch zu nehmen. Mein kleiner Freund war eine eigentümliche Mischung aus flämischer Sparsamkeit und künstlerischer Begeisterungsfähigkeit. Viele Fälle nahm er an, die ihn persönlich wenig interessierten, die jedoch seiner erstgenannten Eigenschaft zugute kamen.

Andererseits übernahm er oft Fälle, die ihm wenig oder gar nichts einbrachten, die ihn aber faszinierten. Das Ergebnis war, wie ich schon sagte, daß er völlig überarbeitet war. Er gab das sogar selber zu, und es fiel mir nicht schwer, ihn zu überreden, mit mir eine Woche Ferien in dem berühmten Badeort Ebermouth an der Westküste Englands zu machen.

Wir hatten dort einige sehr angenehme Tage verbracht, als Poirot mit einem geöffneten Brief in der Hand zu mir kam.

»Mon ami, du erinnerst dich an meinen Freund Joseph Aarons, den Theateragenten?«

Nach kurzem Überlegen nickte ich. Poirot hat so viele unterschiedliche Freunde, vom Straßenkehrer bis zum Herzog.

»Eh bien, Hastings, dieser Joseph Aarons ist zur Zeit in Charlock Bay. Es geht ihm gar nicht gut, und wie es scheint, ist da eine Sache, die ihm sehr zu schaffen macht. Er bittet mich um meine Hilfe. Ich denke, mon ami, daß ich ihm beistehen muß. Er ist ein treuer Freund, dieser gute Joseph Aarons, und er hat mir früher einmal sehr geholfen.«

»Gewiß, wenn du meinst«, sagte ich. »Übrigens soll Charlock Bay ein sehr hübscher Ort sein. Ich bin selber noch nie dort gewesen.«

»Dann können wir ja das Nützliche mit dem Angenehmen verbinden«, sagte Poirot. »Würdest du dich um die Zugverbindungen kümmern?«

»Wir werden wahrscheinlich ein- oder zweimal umsteigen müssen«, sagte ich und verzog das Gesicht. »Du weißt doch, wie das mit diesen Bummelzügen ist, die quer durchs Land fahren. Sie brauchen von der Küste im Norden von Devon bis zur Küste im Süden unter Umständen einen ganzen Tag.«

Bei der Auskunft erfuhr ich jedoch, daß die Zugverbindung gut war und wir nur einmal in Exeter umzusteigen hatten. Ich eilte gerade mit dieser erfreulichen Nachricht zu Poirot zurück, als ich zufällig an einem Reisebüro für Omnibusausflüge ein Plakat las:

»Morgen Ganztagsausflug nach Charlock Bay. Abfahrt: acht Uhr dreißig quer durch die schönsten Landschaften von Devon.«

Ich erkundigte mich noch nach den Einzelheiten und kehrte begeistert ins Hotel zurück. Leider stellte sich heraus, daß Poirot mein Entzücken kaum teilte.

»Mein Freund, warum nur diese Leidenschaft für Omnibusse? Der Zug, siehst du, das ist eine sichere Sache. Da können die Reifen nicht platzen, da passieren keine Unglücke. Man wird auch von keiner Zugluft belästigt. Da kann man die Fenster einfach schließen.«

Ich wagte vorsichtig zu bemerken, daß gerade die frische Luft für mich den größten Vorteil bei Busfahrten ausmachte.

»Und wenn es regnet? Das Wetter bei euch in England ist so unbeständig.«

»Dazu gibt es doch ein Verdeck und all das. Übrigens wenn es allzu heftig regnet, fällt die Fahrt aus.«

»Ah«, sagte Poirot. »Dann wollen wir hoffen, daß es regnet.«

»Wenn deine Abneigung natürlich so groß ist . . .«

»Nein, nein, mon ami. Ich sehe doch, wie dein Herz an diesem Busausflug hängt. Gott sei Dank habe ich meinen langen Regenmantel und zwei wollene Schals mitgebracht.« Er seufzte. »Aber werden wir denn auch genügend Zeit in Charlock Bay haben?«

»Nun, ich fürchte, wir werden eine Nacht dort verbringen müssen. Die Tour geht allerdings über Dartmoor wieder zurück. Wir werden in Monkhampton zu Mittag essen. Gegen vier Uhr kommen wir in Charlock Bay an, und der Bus fährt gegen fünf weiter. Abends um zehn ist er dann wieder hier.«

»Soso!« sagte Poirot. »Und es gibt also Leute, denen so was Freude macht. Wir werden natürlich eine Fahrpreisermäßigung bekommen, wenn wir auf die Rückfahrt verzichten?«

»Ich glaube kaum, daß das geht.«

»Du mußt darauf bestehen.«

»Aber Poirot, sei nicht so garstig. Du weißt genau, das ist knauserig.«

»Mein Freund, das hat mit ›Garstigkeit‹ gar nichts zu tun. Das ist mein Wirtschaftssinn. Wenn ich Millionär wäre, würde ich auch nur das bezahlen, was gerecht und richtig ist.«

Wie ich jedoch vorhergesehen hatte, mußte Poirot in dieser Hinsicht eine Enttäuschung einstecken. Der Herr in dem Reisebüro war ruhig und freundlich, aber stahlhart. Er vertrat den Standpunkt, daß die Karten nur für die komplette

Rundreise galten. Er meinte sogar, daß wir eigentlich einen Extrabetrag zahlen müßten für das Privileg, in Charlock Bay bleiben zu können.

Besiegt zahlte Poirot die geforderte Summe und verließ leicht grollend das Reisebüro.

»Ihr Engländer habt keinen Sinn für Geld«, murrte er. »Hast du den jungen Mann bemerkt, Hastings, der den vollen Fahrpreis zahlte und dabei noch erwähnte, er steige schon in Monkhampton aus?«

»Nein, ich glaube nicht. Äh, ich habe . . .«

»Ja, ja, du hast die ganze Zeit die hübsche junge Dame angestarrt, die den Sitz Nummer fünf – neben den unseren – gebucht hat. Ah! Ja, mein Freund, mir ist das keineswegs entgangen. Als ich die Plätze dreizehn, vierzehn buchte, die in der Mitte und daher die sichersten sind, hast du dich nur aus diesem Grunde so brutal vorgedrängt und behauptet, die Sitze drei und vier wären viel besser.«

»Wirklich, Poirot«, sagte ich und spürte, wie ich rot wurde.

»Kastanienbraunes Haar – immer das kastanienbraune Haar!«

»Jedenfalls lohnte sich ein Blick auf sie mehr als einer auf den komischen jungen Mann.«

»Das kommt auf den Standpunkt an. Für mich war der junge Mann interessant.«

Etwas wirklich Interessiertes in seinem Tonfall veranlaßte mich, ihn rasch anzusehen. »Wieso? Warum meinst du?«

»Oh, nun reg dich nicht auf. Vielleicht interessierte er mich, weil er versucht, sich einen Schnurrbart wachsen zu lassen, und weil das Ergebnis bis jetzt so kläglich ist.« Poirot strich sich zärtlich über seine eigene prachtvolle Manneszierde. »Es ist eine Kunst«, murmelte er, »einen Schnurrbart wachsen zu lassen! Ich hege Sympathie für alle, die das versuchen.«

Oft ist es schwierig, herauszufinden, ob Poirot es ernst meint oder ob er sich nur auf Kosten des anderen lustig macht. Ich hielt es für das sicherste, nichts mehr zu sagen.

Die nächste Morgendämmerung kündigte einen strahlenden und sonnigen Tag an. Einen wahrhaft prachtvollen Tag! Poirot jedoch ging kein Risiko ein. Er trug eine Wollweste, einen dicken Mantel und zwei Wollschals und darüber eine Regenhaut, zusätzlich zu dem dicken Anzug, dem wärmsten, den er hatte. Er schluckte noch zwei Grippevorbeugungstabletten und steckte weiteren Vorrat ein.

Wir nahmen jeder einen kleinen Koffer für das Nachtzeug mit. Das hübsche Mädchen, das wir am Tage vorher gesehen hatten, trug auch einen kleinen Koffer, ebenso der junge Mann, der anscheinend Poirots Sympathie erworben hatte. Die anderen Reisegäste hatten kein Gepäck. Die vier Koffer wurden vom Fahrer im Gepäckraum verstaut, und wir nahmen unsere Plätze ein.

Poirot wies mir ziemlich boshaft den äußeren Platz an, da »dort die meiste frische Luft« sei, und dann ließ er sich selbst neben unserer schönen Nachbarin nieder. Aber bald schon machte er alles wieder gut. Der Mann auf Platz sechs war ein lauter Bursche, der witzig sein wollte, aber nur lärmend war, und Poirot fragte das Mädchen leise, ob sie den Platz mit ihm tauschen wolle. Sie nahm dankbar an, und es dauerte nicht lange, da plauderten wir drei auf das munterste.

Sie war offensichtlich noch sehr jung, kaum über neunzehn Jahre alt, und offen wie ein Kind. Bald schon vertraute sie uns den Grund ihrer Reise an. Sie war geschäftlich für ihre Tante unterwegs, die in Ebermouth einen sehr interessanten Antiquitätenladen führte.

Diese Tante war nach dem Tod ihres Vaters in sehr armen Verhältnissen zurückgeblieben und hatte das kleine Kapital und ein Haus voll hübscher Sachen, die ihr Vater ihr hinterlassen hatte, verwandt, um damit das Geschäft zu gründen. Der Erfolg hatte ihr einen guten Namen in dieser Branche gemacht. Das Mädchen, Mary Durrant, war zu ihrer Tante gekommen, um bei ihr in die Lehre zu gehen, und war ganz begeistert davon. Sie schätzte es weit mehr als die Alternative, Kindererzieherin oder Gesellschafterin zu werden.

Poirot nickte zu alledem interessiert und zustimmend mit dem Kopf.

»Mademoiselle werden auch sehr viel Erfolg haben, ich bin sicher«, sagte er galant. »Aber ich möchte Ihnen einen Rat geben: Seien Sie nicht allzu vertrauensvoll, Mademoiselle. Überall in der Welt gibt es Halunken und Vagabunden, vielleicht sogar in diesem Bus hier. Man sollte immer vorsichtig sein, immer wachsam.«

Sie starrte ihn mit offenem Mund an, und er nickte weise.

»Aber ja, es ist so, wie ich Ihnen sage. Wer weiß? Sogar ich, der ich jetzt mit Ihnen spreche, könnte doch ein Bösewicht der übelsten Sorte sein.«

Und seine Augen funkelten, als ihn ihr überraschter Blick traf.

Zum Mittagessen machten wir in Monkhampton Station, und nach ein paar Worten mit dem Ober hatte Poirot es erreicht, daß uns ein kleiner Tisch für drei Personen am Fenster zugewiesen wurde. Auf dem großen Hof parkten reihenweise Wagen, die aus dem ganzen Land gekommen waren. Der Speisesaal war überfüllt und der Lärm beträchtlich.

»Da kommt man erst richtig in Ferienstimmung«, sagte ich mit einer Grimasse.

Mary Durrant stimmte zu. »Ebermouth ist im Sommer

heutzutage ganz verseucht. Meine Tante sagt, vorher sei das ganz anders gewesen. Man kommt auf dem Bürgersteig gar nicht mehr voran vor lauter Gedränge.«

»Aber es ist gut für das Geschäft, Mademoiselle.«

»Ach, für unseres nicht so sehr. Wir verkaufen nur seltene und wertvolle Sachen. Mit billigem Krimskrams geben wir uns nicht ab. Meine Tante hat Kunden in ganz England. Wenn sie einen Tisch aus einer bestimmten Stilepoche möchten oder ein gewisses Stück Chinaporzellan, dann schreiben sie das meiner Tante, und die besorgt es für sie. So war es auch in diesem Fall.«

Wir sahen sie interessiert an, und sie berichtete weiter. Ein Herr aus Amerika, Mr. J. Baker Wood, sei ein Kenner und Sammler von Miniaturen. Neulich sei ein sehr wertvoller Satz Miniaturen auf den Markt gekommen, und Miss Elizabeth Penn, Marys Tante, hatte ihn gekauft. Dann hatte sie Mr. Wood benachrichtigt, ihm die Miniaturen beschrieben und ihm den Preis genannt. Er hatte sofort geantwortet und sich bereit erklärt, sie zu kaufen, falls sie der Beschreibung entsprächen. Er hatte gebeten, sie zur Ansicht nach Charlock Bay zu bringen, wo er sich gerade aufhielt. Miss Durrant war also dorthin als Vertreterin der Firma unterwegs.

»Sie sind zwar bezaubernd, sicher«, sagte sie. »Dennoch kann ich mir nicht vorstellen, daß jemand so viel Geld dafür bezahlen will. Fünfhundert Pfund! Denken Sie bloß! Sie sind von Cosway. Ich meine, es sind echte Cosways. Mir dreht sich der Kopf von all dem Zeug.«

Poirot lächelte. »Sie haben wohl noch nicht sehr viel Erfahrung, wie, Mademoiselle?«

»Ich hatte vorher ja nie mit diesen Dingen zu tun«, sagte Mary kläglich. »In meiner Ausbildung kam so etwas nicht vor. Ich muß eine ganze Menge lernen.«

Sie seufzte. Dann plötzlich sah ich, wie sich ihre Augen vor Entsetzen weiteten. Sie saß dem Fenster direkt gegenüber, und ihr Blick war jetzt starr auf den Parkplatz gerichtet. Mit einem hingeworfenen Wort der Entschuldigung sprang sie auf und rannte aus dem Speisesaal. Nach wenigen Augenblicken kam sie wieder zurück, atemlos und verlegen.

»Es tut mir leid, daß ich eben so weggerannt bin. Aber ich dachte, ich hätte einen Mann beobachtet, wie er meinen Koffer aus dem Bus holte. Es war aber sein eigener, der meinem Koffer ähnlich sieht. Es war mir schrecklich peinlich. Es sah ja so aus, als hätte ich ihn des Diebstahls bezichtigt.«

Sie lachte bei dem Gedanken.

Poirot jedoch lachte nicht. »Was war das für ein Mann? Beschreiben Sie ihn mir.«

»Er trug einen braunen Anzug. Ein dünner, schwächlicher junger Mann mit einem unentschlossenen Schnurrbart.«

»Aha«, sagte Poirot. »Unser Freund von gestern, Hastings. Sie kennen diesen jungen Mann, Mademoiselle. Haben Sie ihn vorher gesehen?«

»Nein, niemals. Warum?«

»Nichts. Es ist recht merkwürdig – das ist alles.«

Er wurde sehr schweigsam und nahm an unserer Unterhaltung nicht weiter teil, bis Mary Durrant etwas sagte, was seine Aufmerksamkeit erregte.

»Ach, Mademoiselle, was sagten Sie gerade?«

»Ich sagte, auf meiner Rückreise müsse ich mich vor ›Bösewichtern‹, wie Sie das nennen, hüten. Ich glaube, Mr. Wood bezahlt immer in bar. Wenn ich fünfhundert Pfund in Banknoten bei mir habe, könnte ich einem solchen Bösewicht wohl beachtenswert erscheinen.«

Sie lachte wieder, aber Poirot antwortete nicht. Statt dessen fragte er sie, in welchem Hotel in Charlock Bay sie abzusteigen gedenke.

»Im Hotel Anker. Es ist klein und nicht teuer, aber sehr gut.«

»So.« sagte Poirot. »Das Hotel Anker. Genau das Hotel, in dem auch mein Freund Hastings hier übernachten wollte. Wie drollig!«

Er zwinkerte mir zu.

»Bleiben Sie lange in Charlock Bay?« fragte Mary.

»Nur eine Nacht. Ich habe da etwas Geschäftliches zu erledigen. Ich glaube kaum, daß Sie erraten würden, was ich für einen Beruf habe.«

Ich sah Mary einige Möglichkeiten erwägen und wieder verwerfen, wahrscheinlich aus einem Gefühl der Vorsicht heraus. Schließlich wagte sie die Annahme, Poirot könne Zauberer sein. Er war höchst amüsiert darüber.

»Ach! Das ist ja eine Idee! Sie glauben, ich hole Kaninchen aus Hüten? Nein, Mademoiselle. Ich bin genau das Gegenteil von einem Zauberer. Der Zauberer läßt Dinge verschwinden. Ich sorge dafür, daß Dinge, die verschwunden sind, wieder auftauchen.« Er beugte sich dramatisch nach vorn, um seinen Worten größere Wirkung zu verleihen. »Es ist ein Geheimnis, Mademoiselle, aber Ihnen will ich es sagen, ich bin ein Detektiv.«

Er lehnte sich wieder auf seinem Stuhl zurück, zufrieden mit der Wirkung, die seine Worte erzielt hatten. Mary Durrant starrte ihn mit unverhohlener Verblüffung an. Doch die weitere Unterhaltung wurde unterbrochen, denn eine Hupe draußen verkündete, daß das Straßenmonstrum zur Weiterfahrt drängte.

Als Poirot und ich den Speiseraum zusammen verließen, bemerkte ich, wie charmant unsere Speisegesellschaft sei.

»Ja, sie ist charmant. Aber findest du nicht auch, daß sie ein wenig dumm ist?«

»Dumm?«

»Nun sei nicht gleich eingeschnappt. Ein Mädchen kann hübsch sein und kastanienbraunes Haar haben und gleichzeitig dumm sein. Es ist doch die Höhe der Dummheit, zwei völlig Fremde so ins Vertrauen zu ziehen.«

»Nun, sie konnte ja schließlich sehen, daß wir in Ordnung sind.«

»Was du da sagst, mein Freund, ist Blödsinn. Jeder, der etwas von diesem Geschäft versteht, wird natürlich erscheinen, als ob er ›in Ordnung‹ wäre. Diese Kleine quasselte, sie müsse aufpassen, wenn sie fünfhundert Pfund bei sich habe. Aber jetzt hat sie doch genausogut fünfhundert Pfund im Koffer.«

»In Miniaturen.«

»Genau das. In Miniaturen. Und zwischen dem einen und dem anderen besteht ja wohl ein so großer Unterschied nicht, mon ami.«

»Aber niemand außer uns weiß davon.«

»Nur der Kellner, und ein paar Gäste an den Nachbartischen. Und zweifellos auch einige Leute in Ebermouth! Mademoiselle Durrant ist charmant, aber wenn ich Miss Elizabeth Penn wäre, dann würde ich meiner neuen Helferin zunächst einmal Nachilfestunden in gesundem Menschenverstand erteilen.« Er schwieg einen Augenblick und fuhr dann nachdenklich fort. »Weißt du, mein Freund, es wäre das leichteste von der Welt, einen Koffer aus dem Bus zu holen, während wir alle beim Essen waren.«

»Ach, Poirot, komm, das würde doch jemand sehen.«

»Ja, und was würde dieser Jemand denken? Doch zweifellos, daß da einer sein Gepäck herausholt. Denn er würde das ganz offen und selbstverständlich tun, und niemand würde sich da einmischen.«

»Meinst du etwa – aber Poirot – es war doch sein eigener Koffer, oder?«

Poirot runzelte die Stirn. »Es scheint so. Trotzdem ist es merkwürdig. Er hat seinen Koffer nicht abgeholt, als der Bus hier einfuhr. Und ist dir nicht aufgefallen, daß er nicht hier zum Essen war?«

»Wenn Miss Durrant nicht zufällig am Fenster gesessen hätte, könnte sie ihn nicht bemerkt haben«, sagte ich langsam.

»Aber da es sein eigener Koffer war, bedeutet es gar nichts«, sagte Poirot. »Also brauchen wir an diese Sache keinen Gedanken zu verschwenden, mon ami.«

Als wir unsere Plätze wieder eingenommen hatten und in voller Geschwindigkeit dahinbrausten, konnte er es dann doch nicht lassen, Mary Durrant eine weitere Lektion über die Gefahren der Indiskretion zu erteilen. Sie hörte zwar mit ernstem Gesicht zu, schien aber dennoch alles als einen Scherz aufzufassen.

Um vier Uhr kamen wir in Charlock Bay an und hatten tatsächlich das Glück, im Hotel Anker noch zwei Einzelzimmer zu bekommen. Es war eins jener liebenswürdigen Gasthäuser aus alter Zeit, das in einer stillen Nebenstraße lag.

Poirot hatte gerade seine Sachen ausgepackt und ließ seinem Schnurrbart ein wenig Pflege zukommen, ehe er zu Joseph Aarons ging, als verzweifelt an die Tür geklopft wurde. Ich rief: »Herein«, und zu meinem größten Erstaunen erschien Mary Durrant mit weißem Gesicht und Tränen in den Augen.

»Ach bitte, entschuldigen Sie – aber – aber – es ist etwas ganz Entsetzliches passiert. Und Sie sagten doch, Sie seien Detektiv.« Das sagte sie zu Poirot.

»Was ist passiert, Mademoiselle?«

»Ich habe gerade meinen Koffer geöffnet. Die Miniaturen waren in einer Krokodilreisetasche – verschlossen natürlich. Und jetzt – sehen Sie nur.«

Sie hielt uns eine kleine, viereckige Krokodilledertasche entgegen. Der Deckel hing lose herunter. Poirot nahm die Tasche in die Hand. Das Schloß war gewaltsam aufgebrochen worden. Die Spuren verrieten das deutlich genug. Poirot prüfte alles genau und nickte.

»Und die Miniaturen?« fragte er, obwohl wir beide die Antwort bereits kannten.

»Weg! Gestohlen. Oh, was soll ich nur tun?«

»Machen Sie sich keine Sorgen«, sagte ich. »Mein Freund ist Hercule Poirot. Sicher haben Sie den Namen schon gehört. Wenn irgend jemand Ihnen helfen kann, die Miniaturen wiederzubekommen, dann er.«

»Monsieur Poirot? Der berühmte Monsieur Poirot?«

Poirot war eitel genug, sich über die deutlich spürbare Bewunderung in ihrer Stimme zu freuen. »Ja, mein Kind«, sagte er. »Ich bin es, ich selbst. Und Sie können getrost Ihren kleinen Kummer in meine Hände legen. Ich werde alles tun, was möglich ist. Aber ich fürchte, ich fürchte sehr, daß es schon zu spät ist. Sagen Sie, ist das Schloß Ihres Koffers auch aufgebrochen?«

Sie schüttelte den Kopf.

»Lassen Sie bitte mal sehen.«

Wir gingen zusammen in ihr Zimmer, und Poirot prüfte den Koffer eingehend. Er war offensichtlich mit einem Schlüssel geöffnet worden.

»Das dürfte nicht allzu schwierig gewesen sein. Diese Kofferschlösser sind ja fast alle gleich. Eh bien, wir müssen sofort der Polizei eine Meldung machen und so rasch wie möglich mit Mr. Baker Wood in Verbindung treten. Ich werde das selbst übernehmen.«

Ich begleitete ihn und fragte, was er damit gemeint habe, als er sagte, es sei schon zu spät. »Mon cher, ich sagte heute, ich sei das Gegenteil von einem Zauberer und daß ich verschwundene Dinge wieder zum Vorschein brächte. Aber nehmen wir mal an, daß mir jemand zuvorgekommen ist. Verstehst du? Nein? Dann wirst du es nach einer Minute verstehen.«

Er verschwand in die Telefonzelle. Nach fünf Minuten erschien er wieder und sah ernst aus. »Es ist so, wie ich befürchtet habe. Eine Dame war vor einer halben Stunde bei Mr. Wood und sagte, sie käme von Miss Elizabeth Penn. Sie hat ihm die Miniaturen gezeigt, und begeistert hat er sie gekauft und sofort bezahlt. In Banknoten, also bar.«

»Vor einer halben Stunde – eine halbe Stunde, bevor wir hier ankamen.«

Poirot lächelte rätselhaft. »Die Schnellbusse sind zwar sehr schnell, aber ein Personenauto würde von – sagen wir Monkhampton wenigstens eine Stunde vor uns hier eintreffen.«

»Und was tun wir jetzt?«

»Der gute Hastings – immer praktisch. Wir informieren die Polizei, tun alles für Miss Durrant, was wir können, und – ja, das habe ich soeben beschlossen – werden einmal persönlich mit Mr. J. Baker Wood sprechen.«

Wir führten dieses Programm durch. Die arme Mary Durrant war völlig durcheinander und fürchtete, ihre Tante werde sie für den Diebstahl zur Verantwortung ziehen.

»Was sie wahrscheinlich auch tun wird«, bemerkte Poirot, als wir auf dem Weg ins Strand-Hotel waren, in dem Mr. Wood wohnte. »Und zwar mit Recht. Was für ein Leichtsinn, Schätze im Wert von fünfhundert Pfund in einem Koffer zu lassen und zum Mittagessen zu gehen! Und trotzdem, mon ami, zwei sonderbare Punkte sind mir an diesem Fall aufgefallen. Die Krokodilreisetasche zum Beispiel. Warum wurde sie aufgebrochen?«

»Um die Miniaturen herauszuholen.«

»Aber ist das nicht töricht? Nehmen wir an, unser Freund macht sich an dem Gepäck zu schaffen unter dem Vorwand, seinen Koffer zu holen. Ist es da nicht einfacher, den Koffer zu öffnen und die Reisetasche ungeöffnet herauszunehmen und in seinen eigenen Koffer zu stecken, als viel Zeit darauf zu verwenden, das Schloß aufzubrechen?«

»Er mußte doch sicher sein, daß die Miniaturen darin waren.«

Poirot sah wenig überzeugt drein, aber da wir gerade in Mr. Woods Zimmerflucht geführt wurden, war er einer weiteren Erklärung enthoben.

Mir war Mr. Baker Wood auf den ersten Blick unsympathisch.

Er war ein schwerer, vulgärer Mensch, viel zu auffällig gekleidet, und trug einen riesigen Diamantring. Er war protzig und laut.

Natürlich hätte er nichts Verdächtiges bemerkt. Wieso auch? Die Frau sagte, sie hätte die Miniaturen, all right. Übrigens sehr schöne Arbeiten. Ob er die Nummer der Banknoten hätte? Nein, die hätte er nicht. Und wer sei dieser Mr. – äh – Poirot – eigentlich, der da so zu ihm hereinschneie und all diese Fragen stelle?

»Ich werde Sie nichts mehr fragen, Monsieur, nur noch eine einzige Sache. Bitte, beschreiben Sie mir die Frau, die bei Ihnen war. War sie jung und hübsch?«

»Nein, Sir, das war sie nicht. Wirklich nicht. Eine große Frau in mittleren Jahren, graue Haare, unreiner Teint mit einem Schnurrbartansatz. Eine Sirene? Nein in diesem Leben war sie das nie.«

»Poirot«, schrie ich, als wir das Hotel verließen, »ein Schnurrbart. Hast du gehört?«

»Meine Ohren sind noch ausgezeichnet, Hastings, danke.«

»Aber was für ein unsympathischer Mensch, dieser Wood.«

»Da hast du recht. Als der liebe Gott den Charme verteilte, hat Wood sicher ›nein danke‹ gesagt.«

»Na schön, wir sollten den Dieb erwischen«, bemerkte ich. »Identifizieren können wir ihn ja.«

»Du bist bewundernswert naiv, Hastings. Hast du schon mal gehört, daß es so etwas wie ein Alibi gibt?«

»Du glaubst also, er hat ein Alibi?«

Poirots Antwort kam unerwartet: »Ich hoffe sehr.«

»Das Ärgerliche bei dir ist, daß du am liebsten alles schwierig haben möchtest.«

»Ganz recht, mon ami. Ich mag keine Vögel, die sitzen bleiben.«

Poirots Prophezeiung stellte sich als richtig heraus. Unser Reisegefährte in dem braunen Anzug hieß Mr. Norton Kane. Er war sofort ins George Hotel in Monkhampton gegangen und hatte es den ganzen Nachmittag über nicht verlassen. Das einzige, was gegen ihn vorlag, war, daß Miss Durrant ihn gesehen hatte, wie er seinen Koffer aus dem Bus holte, während wir zu Mittag aßen.

»Daran ist an sich nichts verdächtig«, sagte Poirot nachdenklich.

Nach dieser Bemerkung verfiel er in Schweigen. Er lehnte es ab, weiter über die Sache zu sprechen, und sagte, als ich ihn drängte, er denke über Schnurrbärte im allgemeinen nach und rate mir, dasselbe zu tun.

Ich entdeckte jedoch, daß er Joseph Aarons bat, mit dem er den Abend verbrachte, ihm alle nur möglichen Einzelheiten über Mr. Baker Wood zu erzählen. Da beide Männer im gleichen Hotel wohnten, bestand die Chance, ein paar Informationskrümchen aufzusammeln. Jedoch, was auch immer Poirot erfuhr, er behielt es für sich.

Mary Durrant war nach ihren Aussagen bei der Polizei am frühen Morgen mit dem Zug nach Ebermouth zurückgekehrt. Wir speisten mit Joseph Aarons zu Mittag, und nach dem Essen verkündete mir Poirot, daß die Angelegenheit des Theateragenten zufriedenstellend abgeschlossen sei und daß wir nach Ebermouth zurückfahren könnten, wenn wir wollten. »Aber nicht mit dem Bus, mon ami. Dieses Mal fahren wir mit dem Zug.«

»Hast du Angst vor Taschendieben oder davor, daß du noch eine junge Dame in Nöten antreffen könntest?«

»Diese beiden Sachen könnten mir auch im Zug passieren, Hastings. Nein, ich möchte nur möglichst schnell in Ebermouth sein, denn ich möchte mit unserem Fall weiterkommen.«

»Unserem Fall?«

»Aber ja, mein Freund. Mademoiselle Durrant erbat meine Hilfe. Wenn die Angelegenheit jetzt auch in Händen der Polizei ist, so bedeutet das noch lange nicht, daß der Fall für mich erledigt ist. Ich kam hierher, um einem alten Freund zu helfen, aber man soll nie von Hercule Poirot sagen können, daß er einen Fremden in Not sitzenlassen hat.« Und mit etwas prahlerischer Geste wandte er sich ab.

»Ich dachte, du hättest dich schon vorher dafür interessiert«, sagte ich hinterlistig. »In dem Reisebüro, als du den jungen Mann zum erstenmal sahst, obwohl ich nicht weiß, was deine Aufmerksamkeit auf ihn zog.«

»Nein? Weißt du das nicht, Hastings? Du solltest es aber wissen. Nun ja, das bleibt noch mein kleines Geheimnis.«

Bevor wir abfuhren, hatten wir noch eine kurze Unterhaltung mit dem diensthabenden Polizeiinspektor. Er hatte Mr.

Norton Kane verhört und vertraute Poirot unter dem Siegel der Verschwiegenheit an, daß das Verhalten des jungen Mannes keinen günstigen Eindruck auf ihn gemacht habe. Er hatte getobt, geleugnet und sich selbst widersprochen.

»Aber wie der Trick ausgeführt wurde, das weiß ich nicht«, bekannte er. »Er könnte das Zeug einem Komplicen gegeben haben, der damit sofort in einem schnellen Wagen davongefahren ist. Aber das ist nur Theorie. Dazu müßten wir den Wagen und den Fahrer finden und überführen.«

Poirot nickte nachdenklich.

»Glaubst du, daß es so gemacht wurde?« fragte ich ihn, als wir im Zug saßen.

»Nein, mein Freund, so haben sie es nicht gemacht. Sie haben es klüger angestellt.«

»Willst du es mir nicht erzählen?«

»Noch nicht. Du weißt ja, das ist meine kleine Schwäche, ich behalte meine Geheimnisse bis zum Schluß für mich.«

»Und wird der Schluß bald sein?«

»Sehr bald.«

Wir kamen kurz nach sechs Uhr in Ebermouth an, und Poirot fuhr sofort in das Antiquitätengeschäft von Elizabeth Penn. Der Laden war geschlossen, aber Poirot drückte auf die Glocke, und Mary öffnete die Tür. Ihr Gesicht drückte Überraschung und Freude aus, als sie uns wiedersah.

»Bitte kommen Sie herein. Meine Tante ist auch da«, sagte sie und führte uns in einen rückwärtigen Raum.

Eine ältere Dame kam uns entgegen. Sie hatte weiße Haare und sah selbst wie eine ihrer Miniaturen aus mit der rosigweißen Haut und den blauen Augen. Um ihre Schultern trug sie eine Pelerine aus wertvoller alter Spitze.

»Sind Sie der berühmte Monsieur Poirot?« fragte sie mit einer leisen, liebenswürdigen Stimme. »Mary hat mir von Ihnen erzählt. Ich konnte es kaum glauben. Und Sie wollen uns wirklich in unserer Sorge beistehen? Können Sie uns einen Rat geben?«

Poirot sah sie einen Moment lang an, dann verbeugte er sich.

»Mademoiselle Penn – die Wirkung ist verblüffend, aber Sie sollten sich wirklich einen Schnurrbart wachsen lassen.«

Miss Penn stieß einen kleinen Schrei aus und fuhr zurück.

»Sie waren gestern nicht im Geschäft, nicht wahr?«

»Am Morgen war ich hier. Später hatte ich böse Kopfschmerzen und ging direkt nach Hause.«

»Nicht nach Hause, Mademoiselle. Gegen Ihre Kopfschmerzen haben Sie nämlich einen Luftwechsel versucht, nicht wahr? Die Luft von Charlock Bay soll sehr gesund sein.«

Er faßte mich am Arm und zog mich zur Tür. Dort blieb er stehen und wandte sich noch einmal um.

»Sie sehen, ich weiß alles. Diese kleine – Farce – muß aufhören.«

In seinem Ton lag eine Drohung. Miss Penn war blaß geworden, sie nickte stumm. Poirot wandte sich an das Mädchen.

»Mademoiselle«, sagte er sanft, »Sie sind jung und charmant. Wenn Sie sich aber an solchen kleinen Affären beteiligen, wird das bald dazu führen, daß Ihre Jugend und Ihr Charme hinter Gefängnismauern verkommt. Und ich, Hercule Poirot, sage Ihnen, daß das ein Jammer wäre.«

Dann trat er auf die Straße, und ich folgte ihm verwirrt.

»Vom ersten Augenblick an, mon ami, war ich interessiert. Als dieser junge Mann einen Platz buchte, und zwar nur bis Monkhampton, bemerkte ich, daß das Mädchen plötzlich ihre Aufmerksamkeit ihm zuwandte. Warum nur? Er ist ja nicht der Typ Mann, nach dem sich eine Frau umdreht. Als die Fahrt im Bus begann, hatte ich das Gefühl, es würde etwas passieren. Wer sah den jungen Mann an dem Gepäck herumarbeiten? Mademoiselle, und zwar nur Mademoiselle. Und erinnere dich, sie selbst wählte diesen Platz gegenüber dem Fenster, eine äußerst unweibliche Wahl.

Und dann kam sie zu uns mit der Geschichte von dem Diebstahl und der aufgebrochenen Reisetasche. Ich sagte dir ja gleich, daß das keinen rechten Sinn ergab.

Und was ist das Ergebnis von alledem? Mr. Baker Wood hat sein gutes Geld für gestohlene Ware bezahlt. Die Miniaturen müssen an Miss Penn zurückgegeben werden. Sie wird sie wieder verkaufen und wird dann eintausend Pfund erhalten statt fünfhundert. Ich habe diskrete Nachforschungen anstellen lassen und erfahren, daß ihr Geschäft sehr schlecht geht – also. Meine Schlußfolgerung war – die Tante und die Nichte stecken unter einer Decke.«

»Dann hast du Norton Kane niemals verdächtigt?«

»Mon ami! Mit diesem Schnurrbart? Ein Krimineller ist entweder glatt rasiert, oder er hat einen richtigen Schnurrbart, den er nach Bedarf abnehmen kann. Aber welche Gelegenheit für die kluge Miss Penn, eine eingeschrumpfte alte Dame mit weiß-rosa Hautfarbe, als wir sie sahen. Aber wenn sie sich streckt, große Schuhe anzieht, ihren Teint ein wenig verändert, mit ein paar unschönen Pusteln und als krönenden Effekt ein paar spärliche Schnurrbarthaare über der Oberlippe, was dann? Eine männliche Frau, sagt Mr. Wood. Ein verkleideter Mann, sagen wir sofort.«

»Dann ist sie wirklich gestern nach Charlock Bay gefahren?«

»Sicher. Der Zug, wie du dich erinnern kannst, fuhr hier um elf Uhr ab und war um zwei Uhr in Charlock Bay. Der Zug zurück ist noch schneller. Es ist der, mit dem wir kamen. Er fährt um vier Uhr in Charlock Bay ab und ist fünfzehn Minuten nach sechs hier. Natürlich waren die Miniaturen niemals in der Reisetasche. Die wurde künstlich aufgebrochen, bevor man sie in Mademoiselles Koffer verstaute. Mademoiselle Mary mußte nur ein paar Dummköpfe finden, die ihrem Charme erlagen und denen sie alles erzählen konnte. Aber einer der Dummköpfe war kein Dummkopf, sondern Hercule Poirot.«

Diese Schlußfolgerung mißfiel mir außerordentlich. Ich sagte hastig:

»Dann hast du mich angelogen, als du sagtest, du ließest keinen Fremden im Stich. Das genau hast du getan.«

»Nein, Hastings, ich belüge dich nie. Ich habe dir nur erlaubt, daß du dich selbst belügst. Für mich war dieser Fremde – Mr. Baker Wood – ein Fremder in diesem Land.« Sein Gesicht wurde dunkel. »Ah! Wenn ich an diesen Betrug denke, diese schändliche Überbezahlung! Dasselbe Fahrgeld für eine Hinreise nach Charlock wie für das Retourbillett. Mein Blut kocht. Ich will den Fremden helfen, jawohl! Kein angenehmer Mensch, dieser Mr. Baker Wood, sicher. Aber ein Fremder! Und wir Fremden, Hastings, müssen zusammenhalten. Und was mich betrifft, ich halte immer zu den Fremden!«

Am falschen Draht

Und vor allen Dingen keinen Ärger, keine Aufregung«, sagte Dr. Meynell in dem unverbindlichen Plauderton der Ärzte.

Mrs. Harter wurde bei diesen wohlgemeinten, aber inhaltlosen Worten keineswegs zuversichtlicher, eher skeptischer.

»Sie haben eine kleine Herzschwäche«, fuhr der Arzt beiläufig fort, »aber es ist nichts Ernstes, seien Sie unbesorgt. Allerdings«, fügte er hinzu, »dürfte es dennoch das beste sein, wenn Sie einen Lift einbauen ließen. Wie denken Sie darüber?«

Mrs. Harter machte ein bekümmertes Gesicht, sie dachte an die Kosten. Dr. Meynell hingegen sah mit sich selbst zufrieden aus. Er behandelte lieber reiche als arme Patienten, weil er bei ersteren seine lebhafte Phantasie walten lassen konnte. Außerdem wußte er, daß er angesehen war, weil er für ihre Leiden Kostspieliges verschrieb.

»Ja, einen Lift«, wiederholte Dr. Meynell und versuchte, sich etwas noch Teureres zu überlegen – doch ihm fiel nichts weiter ein. »Dann wollen wir alle unnötigen Anstrengungen vermeiden. Bei schönem Wetter ruhig etwas an die frische Luft gehen, aber keine Gewalttouren! Und vor allen Dingen«, setzte er fröhlich hinzu, »viel geistige Zerstreuung – nur nicht dauernd ans Herz denken.«

Dem Neffen der alten Dame, Charles Ridgeway, erklärte der Arzt etwas mehr.

»Verstehen Sie mich nicht falsch«, sagte er. »Ihre Tante kann noch Jahre leben, wahrscheinlich tut sie das auch. Aber eine Überanstrengung oder ein Schock können eine fatale

Wirkung haben.« Er schnalzte mit den Fingern. »Sie muß ein ruhiges Leben führen. Keinerlei Aufregung! Keine Anstrengung. Sie soll möglichst nicht anfangen zu grübeln und nachzudenken. Sie muß heiter bleiben und möglichst viel Zerstreuung haben.«

»Zerstreuung«, sagte Charles Ridgeway geistesabwesend.

Er war ein junger Mann mit eigenen Gedanken. Er glaubte auch, daß man seine privaten Absichten fördern müsse wo immer möglich.

Am Abend schlug er seiner Tante den Erwerb eines Radioapparates vor.

Mrs. Harter, die bereits durch den Gedanken an den Lifteinbau ernstlich aufgebracht war, zeigte sich zerstreut und abgeneigt. Sie war altmodisch und hatte sich von jeher gegen die Anschaffung eines Radios gesträubt.

»Du weißt, daß ich dieses Zeug nicht mag«, sagte Mrs. Harter kläglich. »Diese Wellen, weißt du – die elektrischen Wellen . . . Sie haben eine Wirkung auf mich.«

Überlegen, doch freundlich, setzte Charles ihr auseinander, wie rückständig sie sei. Er sprach geduldig, schmeichelte ihr und begann sie langsam zu überzeugen.

Mrs. Harter, deren Kenntnisse von diesem ›Zeug‹ völlig unzureichend waren, hielt zunächst dennoch an ihrer Meinung fest. Sie blieb weiterhin skeptisch und zeigte sich wenig begeistert.

»Diese Elektrizität«, murmelte sie furchtsam. »Charles, du kannst sagen, was du willst, auf manche Leute hat sie eine unangenehme Wirkung. Ich zum Beispiel habe vor einem Gewitter stets heftige Kopfschmerzen. Ich weiß das.«

Sie nickte triumphierend. Charles war ein geduldiger junger Mann. Er war auch beharrlich.

»Meine liebe Tante Mary«, sagte er, »ich werde dir das Ganze noch mal genau erklären.«

Auf diesem Gebiet kannte er sich einigermaßen aus. Er lieferte eine kleine Vorlesung über das Thema und redete sich immer mehr in Begeisterung, indem er von Hochfrequenzen, Kondensatoren, Verstärkern, Antennen und Transistoren und so weiter sprach ...

Mrs. Harter ertrank in einem Meer von Worten; widerstandslos ergab sie sich.

»Na schön, Charles«, murmelte sie, »wenn du wirklich meinst ...«

»Meine liebe Tante Mary«, sagte Charles begeistert. »Das ist genau das Richtige für dich, damit du dich nicht langweilst oder gar den Kopf hängen läßt.«

Der von Dr. Meynell verschriebene Lift wurde kurze Zeit danach eingebaut und hätte fast den Tod für Mrs. Harter bedeutet, denn wie viele alte Damen hegte sie einen tiefen Widerwillen gegen fremde Männer in ihrem Haus. Sie verdächtigte alle samt und sonders, es auf ihr altes Silber abgesehen zu haben.

Nach dem Lift wurde der teuerste Radioapparat angeschafft. Mrs. Harter stellte ihn allerdings nicht an. Charles mußte seine ganze Beredsamkeit aufwenden, um die Tante damit zu versöhnen. Er drehte an den Knöpfen und hielt erneut einen längeren Vortrag.

Mrs. Harter saß in ihrem hohen Lehnsessel, geduldig und höflich, doch in der festen Überzeugung, daß dieses neue Gerät reiner Unsinn sei.

»Hörst du, Tante Mary – das ist Berlin! Ein wunderbarer Empfang ...«

Mrs. Harter lauschte lächelnd.

Charles drehte weiter.

»London«, sagte er jetzt. Musik erklang.

»Ach, wirklich?« fragte Mrs. Harter ein wenig interessiert.

Charles schaltete einen anderen Wellenbereich ein, und ein unirdisches Geheul schallte durch den Raum.

»Jetzt scheinen wir in einen Hundezwinger geraten zu sein«, meinte Mrs. Harter, die sich bis ins hohe Alter eine gewisse Portion Humor bewahrt hatte.

Charles lachte. »Das macht Spaß, nicht wahr, Tante Mary? Das war lustig!«

Mrs. Harter konnte nicht umhin, über ihn zu lächeln. Sie mochte ihn recht gern. Einige Jahre lang hatte eine Nichte, Miriam Harter, mit ihr zusammengelebt. Mrs. Harter hatte die Absicht gehabt, das Mädchen als Erbin einzusetzen, aber Miriam hatte sie enttäuscht. Sie war ungeduldig gewesen und hatte sich allzu deutlich in der Gesellschaft ihrer Tante gelangweilt. Ständig war sie, wie die Tante es nannte, ›bummeln‹ gegangen. Schließlich hatte sie mit einem jungen Mann angebandelt, den ihre Tante mißbilligte. Miriam war daraufhin zu ihrer Mutter zurückgeschickt worden – mit einem kurzen Schreiben, ganz so, als sei sie eine Ware, die man zur Ansicht gehabt hatte. Später hatte Miriam den jungen Mann sogar geheiratet, und Mrs. Harter hatte ihr ein paar Taschentücher geschickt, dann noch mal ein Spitzendeckchen zu Weihnachten.

Nachdem sich die Nichte als Enttäuschung herausgestellt hatte, war Mrs. Harters Aufmerksamkeit auf den Neffen gefallen. Ja, Charles hatte von Anfang an gut eingeschlagen. Er behandelte seine Tante ehrerbietig, er hörte mit scheinbar intensivem Interesse den Erinnerungen aus ihrer Jugend zu. Ein großer Unterschied zu Miriam, die sich nicht nur gelangweilt, sondern das auch unverblümt gezeigt hatte. Charles war zudem niemals langweilig, immer gut gelaunt und fröhlich. Täglich ließ er seine Tante viele Male wissen, daß sie eine wunderbare alte Dame sei.

Mit ihrer neuen Entdeckung höchst zufrieden, hatte Mrs. Harter ihrem Notar neue Direktiven erteilt, wie ihr Testament abgeändert werden sollte. Dies war geschehen; das Testament war abgeändert worden, sie hatte es geprüft und unterzeichnet.

Und jetzt, sogar im Falle des Radioapparates, schien sich Charles neue Lorbeeren verdient zu haben.

Mrs. Harter, zuerst ganz Ablehnung, interessierte sich schließlich immer mehr für das Radio. Besondere Freude machte ihr der Apparat, wenn Charles nicht da war. Das lästige an Charles war, daß er das Radio nicht in Ruhe lassen konnte. Mrs. Harter setzte sich am liebsten gemütlich in ihren Sessel und lauschte einem einzigen Sender, gleichgültig, ob er nun ein Symphoniekonzert oder den Lebensbericht der Lucrezia Borgia oder Wasserstandsmeldungen brachte ... Sie war ruhig und glücklich, in Frieden mit sich und der Welt.

Charles schaffte das nicht. Er mußte ständig an irgendwelchen Knöpfen drehen, und der klare Klang wurde durch quietschende und heulende Töne zerrissen, während er ruhelos versuchte, ausländische Sender ›hereinzubekommen‹. Aber an den Abenden, an denen Charles bei Freunden eingeladen war, genoß Mrs. Harter ihr neues Radio. Sie brauchte nur einen Knopf, um sich, behaglich in ihrem Sessel zurückgelehnt, am Programm zu erfreuen.

Drei Monate, nachdem der Radioapparat angeschlossen worden war, geschah es zum erstenmal. Charles war zu einem Bridgeabend zu Bekannten gegangen.

Das Abendprogramm brachte Balladen. Eine bekannte Sopransängerin sang ›Annie Laurie‹, und in der Mitte des Liedes geschah das Seltsame. Zuerst war der Sender weg, dann hörte man einen Moment lang Musik, gleich darauf heftiges Brummen und Quieken, das eine Weile anhielt und dann erstarb. Tödliche Stille war eingetreten. Anschließend war wieder leises Brummen zu hören.

Mrs. Harter hatte die Empfindung gehabt, als höre sie ›Sphärenmusik‹. Dann plötzlich – klar und deutlich hatte sie eine Stimme, eine Männerstimme mit leicht irischem Akzent gehört!

»Mary – kannst du mich hören, Mary? Hier ist Patrick ... Komm bald zu mir! Du bist doch bereit, nicht wahr, Mary?« Daran anschließend hatten wieder die Klänge von ›Annie Laurie‹ das Zimmer gefüllt.

Mrs. Harter saß noch immer aufrecht in ihrem Sessel, die Hände um beide Armlehnen geklammert. Hatte sie geträumt? – Patrick! Patricks Stimme hatte, hier in diesem Zimmer, zu ihr gesprochen ... Nein, das mußte ein Traum sein, vielleicht eine Halluzination. Vielleicht war sie für ein oder zwei Minuten eingeschlafen. Eine komische Sache, so etwas zu träumen – daß ihr verstorbener Mann über den Äther zu ihr gesprochen haben sollte ... Sie hatte sich sehr erschreckt! Was hatte er doch gesagt?

»Komm bald zu mir! Du bist doch bereit, nicht wahr, Mary?«

Das konnte doch nur eine Vorahnung sein ... Herzschwäche ... ihr Herz. Schließlich war sie ja nicht mehr die Jüngste.

»Es ist eine Vorahnung, jawohl, das ist es«, sagte Mrs. Harter, erhob sich langsam und müde aus ihrem Sessel und fügte etwas hinzu, das für sie charakteristisch war: »Und das schöne Geld für den Lift zum Fenster hinausgeschmissen!«

Sie sprach mit niemandem über das, was sie gehört hatte, aber in den darauffolgenden Tagen war sie ständig geistesabwesend.

Dann kam der Geburtstag ihres Mannes ... Wieder war sie allein zu Hause. Das Radio, das soeben noch Orchestermusik gebracht hatte, erstarb mit derselben Plötzlichkeit wie beim letztenmal. Wieder herrschte einen Moment lang unheimliche Stille, das Gefühl des Überirdischen, und schließlich wieder Patricks Stimme, doch diesmal nicht, wie sie im Leben gewesen war – nein, viel feiner, weit weg, mit einem merkwürdigen Klang.

»Patrick spricht zu dir, Mary. Komm jetzt bald ...!«

Dann Quietschen, Brummen, und die Orchestermusik war wieder da, als sei nichts geschehen.

Mrs. Harter sah auf die Uhr. Nein, sie hatte nicht geschlafen, diesmal bestimmt nicht. Wach und im vollen Besitz ihrer Sinne hatte sie Patricks Stimme gehört. Es war keine Halluzination, das war sicher. Verwirrt versuchte sie sich an die Theorie zu erinnern, die Charles ihr von den Ätherwellen erklärt hatte.

Konnte es möglich sein, daß Patrick wirklich zu ihr gesprochen hatte? Daß seine Stimme wirklich durch den Raum getragen werden konnte? Gewisse Wellenlängen seien noch nicht erforscht, hatte Charles gesagt und von einer Lücke in der Wellenskala gesprochen. Sie war überzeugt, daß Patrick zu ihr gesprochen hatte. Er wollte sie offenbar auf das vorbereiten, was bald kommen mußte.

Mrs. Harter läutete nach ihrer Haushälterin Elizabeth, einer großen, hageren Sechzigerin. Unter einer mürrischen Schale verbarg sie tiefe Zuneigung für ihre Herrin.

»Elizabeth«, sagte Mrs. Harter, als ihre Perle erschienen war, »Sie erinnern sich doch, was ich Ihnen gesagt habe. Die oberste Schublade meines Schreibtischs? Sie ist verschlossen. Der lange Schlüssel mit dem weißen Etikett paßt dazu. Darin liegt alles. Ich habe alles vorbereitet.«

»Vorbereitet? Was, Mrs. Harter?«

»Für mein Begräbnis«, fauchte Mrs. Harter. »Sie wissen sehr wohl, was ich meine, Elizabeth. Sie haben mir selbst dabei geholfen, alles in der Schublade zu verstauen.«

In Elizabeths Gesicht begann es merkwürdig zu arbeiten.

»Oh, gnädige Frau«, wimmerte sie, »so was dürfen Sie nicht sagen. Ich dachte, Sie fühlten sich wieder besser?«

»Irgendwann müssen wir alle gehen«, knurrte Mrs. Harter ärgerlich. »Alt genug bin ich schließlich. Also, Elizabeth, machen Sie sich nicht lächerlich. Wenn Sie unbedingt flennen wollen, gehen Sie hinaus und heulen Sie anderswo.«

Elizabeth zog sich zurück, unterdrückt schluchzend.

Mrs. Harter sah ihr liebevoll nach. Alte Gans, aber treu, dachte sie. Sehr treu. Ich muß mal überlegen – habe ich ihr nun hundert Pfund vermacht oder nur fünfzig? Jedenfalls sollten es hundert sein. Sie hat mich lange Zeit gut versorgt.

Diese Frage beschäftigte die alte Dame, und am nächsten Tag setzte sie sich an ihren Schreibtisch und schrieb ihrem Notar, er möchte ihr das Testament noch einmal zuschicken. Sie wolle es noch einmal überprüfen. Noch an demselben Tag geschah es, daß Charles beim Abendessen etwas sagte, das sie aufhorchen ließ.

»Übrigens, Tante Mary«, fragte er, »wer ist eigentlich der komische Alte oben im Gästezimmer? Ich meine das Bild über dem Kamin ... Der Alte mit dem Biberhut und dem altmodischen Backenbart?«

Mrs. Harter sah ihn streng und tadelnd an.

»Das ist dein Onkel Patrick als junger Mann«, antwortete sie.

»Oh, Tante Mary, das tut mir leid. Ich wollte nicht taktlos sein.«

Mrs. Harter akzeptierte die Entschuldigung mit einem würdevollen Neigen ihres Kopfes.

Charles fuhr reichlich unsicher fort: »Ich habe mich nur gewundert, weißt du –«

Er hielt unentschlossen inne, und Mrs. Harter fragte scharf: »Was wolltest du sagen?«

»Ach, nichts«, entgegnete Charles hastig. »Jedenfalls nichts Vernünftiges.«

Eine Weile gab die alte Dame Ruhe, aber später am Abend kam sie noch einmal darauf zurück.

»Charles, ich möchte, daß du mir sagst, warum du mich nach dem alten Bild deines Onkels gefragt hast.«

Charles machte ein betretenes Gesicht.

»Aber ich sagte dir doch, Tante Mary, es ist nichts weiter – vielleicht eine dumme Einbildung meinerseits, völlig absurd.«

»Charles«, forderte jetzt Mrs. Harter gebieterisch, »ich bestehe darauf, es zu erfahren.«

»Nun gut, liebe Tante, wenn du unbedingt darauf bestehst. Ich habe mir eingebildet, ihn gesehen zu haben – den Mann auf dem Bild, meine ich. Er sah aus dem Fenster ganz rechts, als ich gestern abend nach Hause kam. Wahrscheinlich war es ein Lichteffekt. Ich fragte mich, wer es wohl sein konnte. Sein Gesicht war so – viktorianisch, wenn du verstehst, was ich damit sagen will. Aber Elizabeth sagte mir, es sei niemand da, kein Besucher oder Gast im Haus. Ich kam dann zufällig ins Gästezimmer und sah dort das Bild über dem Kamin. Es war der Mann, den ich zuvor am Fenster gesehen hatte. Ich glaube, das läßt sich ganz einfach erklären – mit Unterbewußtsein oder so etwas. Wahrscheinlich habe ich das Bild vorher schon einmal gesehen, ohne mir dessen bewußt zu sein, und nun habe ich mir eingebildet, das Gesicht am rechten Fenster wiedererkannt zu haben.«

»Am rechten Fenster, sagst du?« fragte Mrs. Harter scharf.

»Ja, warum?«

»Nichts.«

Mrs. Harter schwieg. Sie war völlig verwirrt. Dieses Fenster gehörte zum Ankleidezimmer ihres Mannes.

Einige Tage später ging Charles wieder aus. Mrs. Harter saß allein vor dem Radio. Heute war der Todestag ihres Mannes, und ihre Gedanken waren weit weg – genauer gesagt: im Jenseits. Dabei war es mehr als natürlich, daß sie sich wieder eine Verbindung mit Patrick wünschte.

Obgleich ihr Herz schnell schlug, war sie nicht überrascht, als sich dasselbe Brummen wieder einstellte, die schon bekannte Unterbrechung eintrat und nach einer Pause mit absoluter Stille die schwache, weit entfernte Stimme ihres Mannes zu ihr sprach:

»Mary – bist du jetzt fertig? Am Freitag komme ich zu dir – am Freitag um halb zehn ... Hab keine Angst, es tut nicht weh ... Ich hole dich.«

Bei den letzten Worten setzte die Orchestermusik wieder ein – laut und mit fröhlichen Rhythmen.

Mrs. Harter saß einige Minuten ganz still da. Ihr Gesicht war schneeweiß geworden, und die Lippen hatten sich bläulich verfärbt.

Dann stand sie langsam auf und setzte sich an ihren Schreibtisch. Mit zittriger Handschrift schrieb sie folgende Zeilen:

»Heute abend, um 21 Uhr 15 habe ich deutlich die Stimme meines verstorbenen Mannes gehört. Er sagte mir, daß er mich am Freitag um halb zehn zu sich holen wolle. Wenn ich an diesem Tage und zu dieser Stunde sterben sollte, möchte ich, daß diese Tatsache bekanntgegeben wird – als eindeutiger Beweis dafür, daß Verbindungen mit der Totenwelt möglich sind. –

Mary Harter.«

Mrs. Harter las es noch einmal durch, steckte den gefalteten Bogen in einen Umschlag und adressierte ihn. Dann drückte sie die Klingel. Elizabeth erschien prompt. Mrs. Harter stand von ihrem Schreibtisch auf und überreichte ihr den Brief.

»Elizabeth«, sagte sie, »falls ich am Freitag sterben sollte, möchte ich, daß Sie das Dr. Meynell geben. Nein« – Elizabeth machte Anstalten zu protestieren –, »streiten Sie nicht mit mir herum. Sie haben mir selber oft genug gesagt, daß Sie an Vorahnungen glauben. Ich habe Ihnen in meinem Testament fünfzig Pfund vermacht. Ich will, daß Sie hundert erhalten. Wenn ich nicht mehr selber zur Bank gehen kann, bevor ich sterbe, wird Mr. Charles das erledigen.«

Wie vorher schnitt Mrs. Harter Elizabeths tränenreiche Protestrede ab. Über ihren Entschluß sprach Mrs. Harter am nächsten Morgen mit ihrem Neffen.

»Bitte, denke daran, Charles. Falls mir etwas zustoßen sollte, will ich, daß Elizabeth fünfzig Pfund extra erhält.«

»Seit ein paar Tagen siehst du richtig finster drein, Tante Mary«, sagte Charles sorgenvoll. »Was ist denn los? Nach dem, was Dr. Meynell sagt, werden wir in zwanzig Jahren deinen hundertsten Geburtstag feiern.«

Mrs. Harter lächelte ihm liebevoll zu, aber sie antwortete nicht. Nach ein paar Minuten fragte sie: »Was hast du am Freitag vor, Charles?«

Der machte ein verdutztes Gesicht.

»Um ehrlich zu sein, die Ewings haben mich gebeten, mit ihnen Bridge zu spielen. Aber wenn es dir lieber ist, bleibe ich natürlich zu Hause.«

»Nein«, sagte Mrs. Harter mit Bestimmtheit. »Gewiß nicht, Charles. Du kannst am Freitag gern zusagen, ich möchte am liebsten allein sein.«

Charles sah sie stirnrunzelnd an, aber Mrs. Harter gab keine weitere Erklärung. Sie war eine mutige und sehr bestimmte alte Dame. Sie wußte, daß sie ihre letzte Erfahrung allein machen mußte.

Am Freitag war das Haus ganz still. Mrs. Harter saß am Abend wie gewöhnlich in ihrem hohen Lehnsessel vor dem Kamin. Sie hatte alle Vorbereitungen abgeschlossen. Am Morgen war sie noch zur Bank gegangen, hatte fünfzig Pfund in Scheinen abgehoben und sie Elizabeth überreicht, trotz tränenreicher Proteste. Dann hatte Mrs. Harter ihre persönlichen Wertsachen sortiert und das eine und andere Schmuckstück mit Namen von Freunden und Verwandten versehen. Sie hatte auch eine Liste mit Instruktionen für Charles aufgeschrieben. Ihr Worcester-Teeservice sollte ihre Kusine Emma erhalten. Die Kristallgläser sollte der junge William bekommen und so weiter.

Jetzt blickte sie auf das schmale Kuvert, das sie in der Hand hielt, und zog ein gefaltetes Dokument heraus. Es war ihr Testament, das ihr Mr. Hopkinson auf ihren Wunsch geschickt hatte. Sie hatte es bereits sorgfältig durchgelesen; jetzt sah sie es nochmals durch, um ihr Gedächtnis aufzufrischen. Es war ein kurzes, klares Dokument. Ein Vermächtnis von fünfzig Pfund für Elizabeth Marshall als Anerkennung für ihre treuen Dienste. Zwei Legate von je fünfhundert Pfund für ihre Schwester und ihren ältesten Vetter, der Rest für ihren geliebten Neffen Charles Ridgeway.

Mrs. Harter nickte mehrmals. Charles würde ein reicher Mann sein, wenn sie gestorben war. Soll er – er ist ein lieber, guter Junge. Immer freundlich, immer voller Zuneigung und stets ein fröhliches Wort zur Hand, um sie aufzumuntern.

Sie sah auf die Uhr: drei Minuten vor halb zehn.

Nun gut, sie war bereit. Und sie war ruhig – ganz ruhig. Obwohl sie sich diese Worte ständig wiederholte, schlug ihr

Herz ängstlich und unregelmäßig. Immer wieder sagte sie vor sich hin, daß sie ganz ruhig sei, aber ihre Nerven waren über das erträgliche Maß hinaus angespannt.

Halb zehn!

Das Radio war eingeschaltet. Was würde sie hören? Eine Stimme, die den Wetterbericht bekanntgab – oder die leise, weit entfernte Stimme, die ihrem Mann gehörte, der vor fünfundzwanzig Jahren gestorben war?

Doch sie hörte nichts von beiden. Statt dessen vernahm sie ein Geräusch, das sie zwar kannte, das ihr aber heute abend einen Schrecken einjagte, als griffe eine eisige Hand nach ihrem Herzen... Ein Schlüssel wurde ins Haustürschloß gesteckt –

Ein kalter Hauch wehte durch den Raum. Mrs. Harter hatte keinen Zweifel mehr, es war soweit... Sie hatte Angst, sie hatte nur noch Angst – lähmendes Entsetzen packte sie. Und plötzlich wurde ihr bewußt: Fünfundzwanzig Jahre sind eine lange Zeit! Patrick ist für sie jetzt ein Fremder!

Jetzt waren leise Schritte vor der Tür... zaghaft, zögernd. Und nun öffnete sich geräuschlos die Tür...

Mrs. Harter erhob sich, ihre Beine zitterten – leicht von einer Seite auf die andere schwankend, starrte sie auf die offene Tür. Aus ihren Fingern glitt etwas in den Kamin.

Sie wollte schreien, doch sie konnte nicht – eine wohlbekannte Gestalt mit einem altmodischen Backenbart und in unmoderner Kleidung stand im Dämmerlicht auf der Türschwelle: Patrick!

Ihr Herz spürte einen schmerzhaften Riß, flatterte noch wie ein Vögelchen am Boden – dann Stille. Sie fiel zu Boden.

Elizabeth fand sie eine Stunde später.

Sofort rief sie Dr. Meynell an. Charles Ridgeway wurde hastig von seinem Bridgeabend zurückgerufen. Man konnte nichts mehr tun. Mrs. Harter war bereits dort, von wo es keine Rückkehr gibt.

Zwei Tage später erinnerte sich Elizabeth an den Brief, den ihre Herrin ihr für Dr. Meynell gegeben hatte. Er las ihn mit großem Interesse und zeigte ihn Charles Ridgeway.

»Ein komischer Zufall«, sagte Dr. Meynell. »Es scheint ziemlich sicher zu sein, daß Ihre Tante Halluzinationen von der Stimme ihres verstorbenen Mannes hatte. Sie muß sich darüber so erregt haben, daß ihre Aufregung tödlich war, als der Zeitpunkt kam. Sie starb an einem Herzschlag.«

»Autosuggestion?« fragte Charles.

»Möglich. Ich werde Sie das Ergebnis der Autopsie sofort wissen lassen, obwohl ich keinerlei Zweifel habe. Unter diesen Umständen ist eine Autopsie jedoch notwendig – natürlich eine reine Formsache.«

Charles nickte verständnisvoll. Längst hatte er einen bestimmten Draht von der Rückseite des Radioapparates hinauf in sein Zimmer im oberen Stockwerk entfernt. Auch einen Backenbart hatte er längst verbrannt. Ein paar viktorianische Kleidungsstücke, die seinem verstorbenen Onkel gehörten, lagen schon lange wieder in der Truhe auf dem Speicher.

Soweit er es übersehen konnte, war er vollkommen sicher. Sein Plan, der sich zuerst schattenhaft in seinem Kopf zu formen begonnen hatte, als Dr. Meynell ihm sagte, seine Tante könne bei großer Vorsicht noch viele Jahre leben, war großartig geglückt. Nur ein plötzlicher Schock, hatte Dr. Meynell zu Charles damals gesagt – zu diesem liebenswürdigen jungen Mann, an dem die alte Dame so gehangen hatte.

Charles lächelte.

Als der Arzt gegangen war, machte sich Charles methodisch an die Erfüllung seiner Pflichten. Die Vorbereitungen für das Begräbnis waren zu treffen. Für Verwandte, die von weit kamen, mußte er Zugverbindungen heraussuchen. In ein oder zwei Fällen würden sie sogar über Nacht oder für zwei Nächte bleiben. Charles erledigte alles tüchtig und gewissenhaft, während ihn seine eigenen Gedanken begleiteten. Könnte es sein, daß irgend jemand etwas ahnte?

Niemand! Am allerwenigsten hatte seine tote Tante gewußt, in welch schwieriger Lage er steckte. Seine Machenschaften, die er vor allen hatte sorgfältig verbergen können, hatten ihn soweit gebracht, daß ihm zumindest Gefängnis drohte, wenn er nicht bald seine Schulden bezahlen konnte. Er mußte innerhalb weniger Monate eine beträchtliche Geldsumme aufbringen. Nun – das würde jetzt in Ordnung kommen. Charles war zufrieden. Dank seinem Scherz – na ja, etwas makaber war er schon ... war er gerettet. Jetzt würde er bald ein reicher Mann sein. Darum brauchte er sich nicht mehr zu sorgen, denn Mrs. Harter hatte niemals ein Geheimnis aus ihrer Absicht gemacht.

Elizabeth steckte den Kopf zur Tür herein und teilte ihm mit, daß Mr. Hopkinson gekommen sei und ihn zu sprechen wünsche.

Genau zur rechten Zeit, dachte Charles. Er unterdrückte eine Lust zu pfeifen und zwang sein Gesicht zu dem der Lage angemessenen Ernst. Dann ging er in die Bibliothek hinunter. Er begrüßte den pedantischen alten Herrn, der über ein Vierteljahrhundert hindurch der juristische Berater seiner Tante gewesen war.

Der Notar nahm auf Charles' Einladung hin Platz und begann nach höflichem Räuspern sogleich das Berufliche zu besprechen.

»Ich habe den Sinn des Briefes nicht ganz verstanden, Mr. Ridgeway, den Sie mir schrieben. Sie scheinen anzunehmen, die verstorbene Mrs. Harter habe Sie als ihren Alleinerben eingesetzt?«

Charles starrte ihn an.

»Ja, sicher – meine Tante hat es mir doch selber gesagt.«

»O ja, gewiß. Sie *waren* auch als Alleinerbe eingesetzt.«

»Waren?«

»Das sagte ich. Mrs. Harter schrieb mir aber vor ein paar Tagen, ich solle ihr das Testament am vergangenen Donnerstag wieder zuschicken.«

Charles hatte ein unbehagliches Gefühl, die Vorahnung von etwas Unerfreulichem.

»Zweifellos wird es sich unter ihren Papieren finden lassen«, fuhr der Notar milde fort.

Charles sagte nichts. Er hütete seine Zunge. Er hatte Mrs. Harters Papiere schon zu sorgfältig durchsucht, um nicht genau zu wissen, daß kein Testament dazwischenlag. Erst nach einigen Minuten, in denen er seine Selbstbeherrschung wiedererlangt hatte, sagte er das. Seine Stimme klang unwirklich, und er hatte das Gefühl, kaltes Wasser tropfe seinen Rücken hinunter.

»Hat jemand ihre persönlichen Sachen durchsucht?« fragte der Notar.

Charles antwortete, daß die Haushälterin, Elizabeth, das getan hätte. Auf Hopkinsons Vorschlag hin wurde Elizabeth gerufen. Sie erschien prompt, mürrisch und aufrecht und beantwortete die Fragen, die man ihr stellte.

Sie hatte die Kleider und alle persönlichen Sachen ihrer Herrin durchsucht. Sie war sicher, daß darunter kein juristisches Dokument gewesen war. Sie wußte, wie das Testament aussah – ihre arme Herrin hatte es am Morgen vor ihrem Tode noch in der Hand gehalten.

»Täuschen Sie sich da auch nicht?« fragte der Notar scharf.

»Nein, Sir, bestimmt nicht. Sie sagte es mir selbst. Und sie gab mir fünfzig Pfund in Scheinen. Das Testament war in einem länglichen, blauen Umschlag.«

»Ja, das stimmt«, sagte Hopkinson.

»Jetzt fällt mir auch wieder ein«, fuhr Elizabeth fort, »dieses blaue Kuvert lag am Morgen nach ihrem Tod auf diesem Tisch, aber leer. Ich legte es dann auf den Schreibtisch.«

»Ja, ich erinnere mich, es da gesehen zu haben«, bestätigte Charles.

Er stand auf und ging zum Schreibtisch. Nach ein paar Augenblicken kam er mit einem Kuvert in der Hand zurück, das er Hopkinson reichte. Der prüfte es und nickte.

»Das ist der Umschlag, in dem ich ihr das Testament am vergangenen Donnerstag schickte.«

Beide Männer sahen Elizabeth fest an.

»Wünschen Sie noch etwas, Sir?« fragte sie höflich.

»Nein, im Augenblick nichts mehr, danke«, antwortete der Notar. »Moment mal! Sagen Sie – war im Kamin an jenem Abend Feuer?«

»Ja, Sir, wir machen jeden Abend Feuer.«

»Danke, das genügt.«

Elizabeth verschwand. Charles beugte sich vor, seine zitternde Hand lag noch auf dem Tisch.

»Was denken Sie darüber? Was wollen Sie tun?«

Hopkinson hob die Schultern.

»Da können wir nur hoffen, daß das Testament noch irgendwo auftaucht. Wenn nicht –«

»Was dann?«

»Dann, fürchte ich, gibt es nur eine Schlußfolgerung: Ihre Tante ließ sich das Testament schicken, um es zu vernichten. Da sie nicht wollte, daß Elizabeth dadurch etwas verlöre, gab sie ihr die fünfzig Pfund in bar.«

»Aber warum?« schrie Charles verzweifelt. »Warum denn?«

Hopkinson räusperte sich, trocken und unbeteiligt: »Hatten Sie – äh – vielleicht eine Auseinandersetzung mit Ihrer Tante, Mr. Ridgeway?« murmelte er.

Charles schnappte nach Luft.

»Nein, wirklich nicht«, beteuerte er leidenschaftlich. »Wir verstanden uns ausgezeichnet, wir empfanden, die aufrichtigste Zuneigung füreinander – bis zum Schluß.«

»Aha.« Hopkinson sah ihn nicht an.

Mit einem Schock wurde Charles klar, daß der Notar ihm nicht glaubte. Wer mochte wissen, was dieser Paragraphenhengst alles ahnte? Vielleicht waren ihm Gerüchte von Charles' Schulden zu Ohren gekommen. Vielleicht dachte er, daß auch seine Tante davon gewußt und ihr Neffe deswegen Streit mit ihr gehabt hatte?

Charles machte die bittersten Minuten seines Lebens durch. Seine Lügen hatte man ihm geglaubt. Jetzt, da er die Wahrheit sagte, wurde an seinen Worten gezweifelt. Welche Ironie des Schicksals!

Natürlich hatte seine Tante das Testament nicht verbrannt, natürlich nicht. Sie hatte es doch in der Hand gehalten ...

Eine plötzliche Erkenntnis durchzuckte ihn. Wie war doch das Bild? Vor seinem geistigen Auge tauchte es wieder auf ... Die alte Dame sprang auf, eine Hand auf das Herz gepreßt – aus der anderen glitt etwas, segelte etwas Weißes in die rote Glut des Kamins ...

Charles' Gesicht wurde aschfahl. Er hörte eine heisere Stimme, seine eigene, fragen: »Und wenn das Testament nicht gefunden wird?«

»Dann existiert noch ein früheres von Mrs. Harter. Es ist schon Jahre alt. Darin vermacht Mrs. Harter alles Vermögen ihrer Nichte Miriam Harter, jetzt Miriam Robinson.«

Was sagte der alte Idiot da? Miriam . . .? Miriam mit ihrem komischen Ehemann und ihren vier rotznasigen Gören . . . Sein ganzer kluger Plan – für Miriam?

Das Telefon schrillte grell unmittelbar neben Charles. Er hob den Hörer ab. Es war der Arzt. Seine warme, freundliche Stimme sagte: »Ridgeway, sind Sie's? Sie wollen doch sicherlich den Befund erfahren. Die Autopsie ist gerade beendet worden. Todesursache wie ich vermutet habe. Aber ihr Herz war schon viel schwächer, als ich damals gedacht hatte. Bei allergrößter Vorsicht hätte sie höchstens noch zwei Monate zu leben gehabt. Vielleicht ist es ein Trost für Sie.«

»Verzeihung«, sagte Charles. »Würden Sie das bitte noch einmal sagen?«

»Sie hätte auf jeden Fall nicht mehr länger als zwei Monate leben können«, wiederholte der Arzt ein wenig lauter. »Alles hat auch wieder sein Gutes, mein lieber Junge, sehen Sie –«

Charles legte den Hörer langsam auf die Gabel zurück. Mit halbem Bewußtsein hörte er die weit entfernte Stimme des Notars.

»Mein Gott, mein lieber Ridgeway, ist Ihnen nicht wohl? Sind Sie krank?«

Agatha Christie im Diogenes Verlag

Der Fall der enttäuschten Hausfrau

Sechs Kriminalgeschichten. Auswahl und Einleitung von Peter Naujack. Aus dem Englischen von Günter Eichel und Peter Naujack

Geschichten der berühmtesten und erfolgreichsten Autorin der Welt, darunter *Zeugin der Anklage,* von Billy Wilder mit Marlene Dietrich und Charles Laughton verfilmt.
Seit Lucrezia Borgia hat keine Frau so viel an Morden verdient wie Agatha Christie.

Villa Nachtigall

Sieben Kriminalgeschichten. Auswahl von Peter Naujack. Deutsch von Günter Eichel und Peter Naujack

Geschichten der Schöpferin von Hercule Poirot und Miss Marple. Die Titelstory *Villa Nachtigall* wurde unter dem Titel *Love from a Stranger* zweimal verfilmt.

»Agatha Christie appelliert an die menschliche Neugier in uns allen.« *Margery Allingham*

Meistererzählungen

Deutsch von Maria Meiner, Marfa Berger und Ingrid Jacob

Alle Geschichten von Agatha Christie sind gut; die besten wurden für diesen Sonderband ausgewählt, darunter die mit Marlene Dietrich verfilmte *Zeugin der Anklage.*

Mary Hottingers Anthologien im Diogenes Verlag

Mord
Kriminalgeschichten aus England und Amerika von Edgar Allan Poe bis Raymond Chandler, Vorwort von Mary Hottinger. Mit Vignetten von Paul Flora

Mehr Morde
Kriminalgeschichten aus England und Amerika von Margery Allingham bis Henry Slesar, Vorwort von Mary Hottinger. Mit Vignetten von Paul Flora

Noch mehr Morde
Kriminalgeschichten aus England und Amerika von Dorothy Sayers bis Peter Cheyney, Vorwort von Mary Hottinger. Mit Vignetten von Paul Flora

Wahre Morde
Die berühmtesten Kriminalfälle und -prozesse aus England, gesammelt und vorgeführt von Mary Hottinger, übersetzt von Peter Naujack

Gespenster
Die besten Gespenstergeschichten aus England von Daniel Defoe bis Elizabeth Bowen

Mehr Gespenster
Die besten Gespenstergeschichten aus England, Schottland und Irland von Rudyard Kipling bis H.G. Wells

Noch mehr Gespenster
Die besten Gespenstergeschichten aus aller Welt von Nikolai Gogol bis Guy de Maupassant. In memoriam Mary Hottinger, herausgegeben von Dolly Dolittle

Ehegeschichten
von Joseph Conrad bis Mary McCarthy

Familiengeschichten
von W. Somerset Maugham bis F. Scott Fitzgerald, Vorwort von Mary Hottinger

Kindergeschichten
von Charles Dickens bis Doris Lessing

Ganz gemeine Geschichten
von Herman Melville bis W. Somerset Maugham

Unheimliche Geschichten
Eine Sammlung von ungewöhnlichen, kuriosen und gar schauerlichen Geschichten von Ambrose Bierce bis G.K. Chesterton

Horror
Klassische und moderne Horrorgeschichten von Charles Dickens bis Ernest Hemingway, Nachwort von Mary Hottinger

Mehr Horror
Moderne Horrorgeschichten von Graham Greene bis Patricia Highsmith. In memoriam Mary Hottinger, ausgewählt von Barbara Birrer

Noch mehr Horror
Klassische Horrorgeschichten von Edgar Allan Poe bis Anton Čechov. In memoriam Mary Hottinger, ausgewählt von Christian Strich

Geldgeschichten
Von Mark Twain bis W. Somerset Maugham. Für den Literaturfreund ausgewählt und mit einem Vorwort von Mary Hottinger

Margery Allingham im Diogenes Verlag

»Margery Allingham sticht ins Auge wie strahlend helles Licht. Alles, was sie schreibt, ist von vollendeter Form.« *Agatha Christie*

Die Handschuhe des Franzosen
Fünf Kriminalgeschichten. Aus dem Englischen von Peter Naujack. Zeichnungen von Georges Eckert

Trau keiner Lady
Roman. Deutsch von Gerd van Bebber

Gefährliches Landleben
Roman. Deutsch von Brigitte Mentz

Süße Gefahr
Roman. Deutsch von Peter Fischer

Judaslohn
Roman. Deutsch von Edith Walter

Wenn Geister sterben
Roman. Deutsch von Brigitte Mentz

Überstunden für den Totengräber
Roman. Deutsch von Theda Krohm-Linke

Tänzer in Trauer
Roman. Deutsch von Irene Holicki

Polizei am Grab
Roman. Deutsch von F. A. Hofschuster

Blumen für den Richter
Roman. Deutsch von Marie Rieger

Der Hüter des Kelchs
Roman. Deutsch von Edith Walter

Der Geist der Gouvernante
Roman. Deutsch von Edith Walter

Der Fall Pig
Roman. Deutsch von Karin Polz

Ein böser Nachbar
Roman. Deutsch von Karin Polz

Zur Hochzeit eine Leiche
Roman. Deutsch von Edith Walter

Unschuldiger gesucht
Zwei Geschichten. Deutsch von Monika Elwenspoek

Gedankenschnüffler
Roman. Deutsch von Irene Holicki

Verschwundene Fracht
Roman. Deutsch von Klaus Schomburg

Der Dank des Einbrechers
Kriminalgeschichten. Deutsch von Anne Uhde

Schlag mich mit Blindheit
Roman. Deutsch von Gerd van Bebber

Der vollkommene Butler
Geschichten. Deutsch von Otto Bayer

Ingrid Noll im Diogenes Verlag

»Im englischen Sprachraum haben mittlerweile längst einige Damen das alte Krimimuster neu belebt, wenn man an Ruth Rendell, P. D. James oder Amanda Cross denkt. Der deutsche Kriminalroman hat mit Ingrid Noll eine ebenbürtige Schreibschwester gewonnen. Männer sollten sich also nicht nur vor mordenden Damen vorsehen, sondern auch vor schreibenden Kolleginnen, die ihnen den Rang ablaufen.«
Klaus Walther/Freie Presse, Chemnitz

»Ingrid Noll kann erzählen und versteht es zu unterhalten, was man von deutschen Autoren bekanntlich nicht oft sagen kann.«
Frankfurter Allgemeine Zeitung

»Eine fesselnd formulierende, mit viel schwarzem Humor ausgestattete Neurosen-Spezialistin in Patricia-Highsmith-Format.« *Münchner Merkur*

Der Hahn ist tot
Roman

Die Häupter meiner Lieben
Roman

Die Apothekerin
Roman

Meistererzählungen der Weltliteratur im Diogenes Verlag

• Alfred Andersch
Mit einem Nachwort von Lothar Baier

• Honoré de Balzac
Ausgewählt von Auguste Amédée de Saint-Gall. Mit einem Nachwort von Georges Simenon

• Ambrose Bierce
Auswahl und Vorwort von Mary Hottinger. Aus dem Amerikanischen von Joachim Uhlmann. Mit Zeichnungen von Tomi Ungerer

• Giovanni Boccaccio
aus dem Decamerone. Aus dem Italienischen von Heinrich Conrad. Ausgewählt von Silvia Sager

• Anton Čechov
Ausgewählt von Franz Sutter. Aus dem Russischen von Ada Knipper, Herta von Schulz und Gerhard Dick

• Miguel de Cervantes Saavedra
Aus dem Spanischen von Gerda von Uslar. Mit einem Nachwort

• Raymond Chandler
Aus dem Amerikanischen von Hans Wollschläger

• Agatha Christie
Aus dem Englischen von Maria Meinert, Maria Berger und Ingrid Jacob

• Stephen Crane
Herausgegeben, aus dem Amerikanischen und mit einem Nachwort von Walter E. Richartz

• Fjodor Dostojewskij
Herausgegeben, aus dem Russischen und mit einem Nachwort von Johannes von Guenther

• Friedrich Dürrenmatt
Mit einem Nachwort von Reinhardt Stumm

• Joseph von Eichendorff
Mit einem Nachwort von Hermann Hesse

• William Faulkner
Aus dem Amerikanischen übersetzt, ausgewählt und mit einem Nachwort von Elisabeth Schnack

• F. Scott Fitzgerald
Ausgewählt und mit einem Nachwort von Elisabeth Schnack. Aus dem Amerikanischen von Walter Schürenberg, Anna von Cramer-Klett, Elga Abramowitz und Walter E. Richartz

• Nikolai Gogol
Die Nase
Ausgewählte Erzählungen. Auswahl, Vorwort und Übersetzung aus dem Russischen von Sigismund von Radecki

• Jeremias Gotthelf
Mit einem Essay von Gottfried Keller

• Dashiell Hammett
Ausgewählt von William Matheson. Aus dem Amerikanischen von Wulf Teichmann, Walter E. Richartz, Hellmuth Karasek und Elizabeth Gilbert

• O. Henry
Aus dem Amerikanischen von Christine Hoeppner, Wolfgang Kreiter, Rudolf Löwe und Charlotte Schulze. Mit einem Nachwort von Heinrich Böll

• Hermann Hesse
Zusammengestellt, mit bio-bibliographischen Daten und Nachwort von Volker Michels

• Patricia Highsmith
Ausgewählt von Patricia Highsmith. Aus dem Amerikanischen von Anne Uhde, Walter E. Richartz und Wulf Teichmann

• E.T.A. Hoffmann
Herausgegeben von Christian Strich. Mit einem Nachwort von Stefan Zweig

• Washington Irving
Aus dem Amerikanischen von Gunther Martin. Mit Illustrationen von Henry Ritter und Wilhelm Camphausen

• Gottfried Keller
Mit einem Nachwort von Walter Muschg

• D.H. Lawrence
Ausgewählt, aus dem Englischen und mit einem Nachwort von Elisabeth Schnack

• Nikolai Lesskow
Ausgewählt von Anna von Guenther. Aus dem Russischen von Johannes von Guenther

• Jack London
Aus dem Amerikanischen von Erwin Magnus. Mit einem Vorwort von Herbert Eisenreich

• Carson McCullers
Ausgewählt von Anton Friedrich. Aus dem Amerikanischen von Elisabeth Schnack

• Heinrich Mann
Vorwort von Hugo Loetscher. Mit 24 Zeichnungen von George Grosz

• Katherine Mansfield
Das Puppenhaus
Ausgewählt, aus dem Englischen und mit einem Nachwort von Elisabeth Schnack

• W. Somerset Maugham
Ausgewählt von Gerd Haffmans. Aus dem Englischen von Kurt Wagenseil, Tina Haffmans und Mimi Zoff

• Guy de Maupassant
Ausgewählt, übertragen und mit einem Nachwort von Walter Widmer

• Meistererzählungen aus Amerika
Geschichten von Edgar Allan Poe bis John Irving. Mit einleitenden Essays von Edgar Allan Poe und Ring Lardner, Zeittafel, biobibliographischen Notizen und Literaturhinweisen. Herausgegeben von Gerd Haffmans. Erweiterte Neuausgabe 1995

• Meistererzählungen aus Irland
Geschichten von Frank O'Connor bis Bernard Mac Laverty. Herausgegeben von Gerd Haffmans. Mit einem einleitenden Essay von Frank O'Connor, bio-bibliographischen Notizen und Literaturhinweisen. Erweiterte Neuausgabe 1995

• Herman Melville
Aus dem Amerikanischen von Günther Steinig. Nachwort von Hans-Rüdiger Schwab

• Prosper Mérimée
Aus dem Französischen von Arthur Schurig und Adolf V. Bystram. Mit einem Nachwort von V.S. Pritchett

• Conrad Ferdinand Meyer
Mit einem Nachwort von Albert Schirnding

• Frank O'Connor
Aus dem Englischen und mit einem Nachwort von Elisabeth Schnack

• Liam O'Flaherty
Aus dem Englischen und mit einem Nachwort von Elisabeth Schnack

• George Orwell
Aus dem Englischen von Felix Gasbarra, Peter Naujack, Alexander Schmitz, Nikolaus Stingl u.a. Ausgewählt von Christian Strich

• Konstantin Paustowski
Aus dem Russischen von Rebecca Candreia und Hans Luchsinger

• Luigi Pirandello
Auswahl und Nachwort von Lisa Rüdiger. Aus dem Italienischen von Percy Eckstein, Hans Hinterhäuser und Lisa Rüdiger

• Edgar Allan Poe
Aus dem Amerikanischen von Gisela Etzel. Auswahl und Vorwort von Mary Hottinger

• Alexander Puschkin
Aus dem Russischen von André Villard. Mit einem Fragment ›Über Puschkin‹ von Maxim Gorki

• Saki
Aus dem Englischen von Günter Eichel. Mit einem Nachwort von Thomas Bodmer und Zeichnungen von Edward Gorey

• Alan Sillitoe
Aus dem Englischen von Hedwig Jolenberg und Wulf Teichmann

● **Georges Simenon**
Aus dem Französischen von Wolfram Schäfer, Angelika Hildebrandt-Essig, Gisela Stadelmann, Linde Birk und Lislott Pfaff

● **Henry Slesar**
Aus dem Amerikanischen von Thomas Schlück und Günter Eichel

● **Stendhal**
Aus dem Französischen von Franz Hessel, M. von Musil und Arthur Schurig. Mit einem Nachwort von Maurice Bardèche

● **Adalbert Stifter**
Mit einem Nachwort von Julius Stöcker

● **Leo Tolstoi**
Ausgewählt von Christian Strich. Aus dem Russischen von Arthur Luther, Erich Müller und August Scholz

● **B. Traven**
Ausgewählt von William Matheson

● **Iwan Turgenjew**
Herausgegeben, aus dem Russischen und mit einem Nachwort von Johannes von Guenther

● **Mark Twain**
Mit einem Vorwort von N.O. Scarpi

● **Jules Verne**
Aus dem Französischen von Erich Fivian